## À PROPOS DE L'AUTRICE

Plusieurs fois finaliste des RITA Awards, **Teri Wilson** excelle en matière de comédies romantiques. Elle puise son inspiration dans des activités aussi diverses qu'excitantes, d'où sa participation au jury de Miss America et à l'écriture de scénarios pour la chaîne de télévision américaine Hallmark Channel.

Un patron pour amant

*

Coup de fondre pour un inconnu

*Collection :* SAGAS

*Titre original :*
THE BACHELOR'S BABY SURPRISE

*Ce roman a déjà été publié en 2020*



**HARPERCOLLINS FRANCE**
83-85, boulevard Vincent-Auriol, 75646 PARIS CEDEX 13
Service Clients — www.harlequin.fr
ISBN 978-2-2805-0778-3 — ISSN 2426-993X

Édité par HarperCollins France.
Composition et mise en pages Nord Compo.
Imprimé en octobre 2024 par CPI Black Print (Barcelone)
en utilisant 100% d'électricité renouvelable.
Dépôt légal : novembre 2024.

FSC www.fsc.org
MIXTE
Papier issu de sources responsables
FSC® C159065

Pour limiter l'empreinte environnementale de ses livres, HarperCollins France s'engage à n'utiliser que du papier fabriqué à partir de bois provenant de forêts gérées durablement et de manière responsable.

TERI WILSON

# Un patron pour amant

IDYLLES À NEW YORK
VOLUME 2

*Traduction française de*
SOPHIE WATINE-VIEVARD

SAGAS
HARLEQUIN

# 1

Comme Audrey Hepburn, Evangeline Holly fondait pour les gâteaux au chocolat bien crémeux et elle était d'ailleurs à tu et à toi avec tous les employés de la célèbre pâtisserie Magnolia Bakery de Greenwich Village.

En outre, elle logeait non pas un mais deux Cavalier King Charles un peu handicapés dans son minuscule appartement, où les chiens étaient strictement interdits de séjour. Alors, oui, elle était coupable. Et à maints égards.

Mais elle avait des principes bien établis et connaissait parfaitement ses limites. Et il y avait notamment deux choses qu'elle s'interdisait rigoureusement : le mauvais vin et les aventures d'un soir.

Jusqu'à présent.

Sa tête résonnait comme un tambour. Elle ouvrit péniblement les yeux, et la première chose sur laquelle se posa son regard fut deux chiens en train de ronfler, confortablement installés sur une veste d'homme Armani qui gisait sur le sol de sa chambre. À côté, en tas, un pantalon et une chemise Oxford d'un blanc éclatant.

Bien.

Elle ferma les yeux. Après tout, il n'y avait rien d'absolument répréhensible à boire du vin pas cher ni à prendre un peu de plaisir. C'était seulement qu'avoir grandi dans un vignoble dans le nord de New York l'avait préservée de la première expérience.

Quant à la deuxième donnée de l'équation...

C'était à mettre sur le compte du fait que, ces dernières années, elle avait été engagée dans une relation strictement monogame. Et puis, qui avait du temps à consacrer à l'intimité de nos jours ? Evangeline avait toujours eu un peu de mal à croire que les gens passaient au lit autant de temps qu'ils le prétendaient.

Elle rouvrit les yeux. Le soleil du matin se reflétait sur une paire de boutons de manchette posée sur sa table de chevet. Des boutons de manchette sur *sa* table de chevet. Certes, c'était des Tiffany & Co., mais quand même.

Elle s'était trompée sur toute la ligne.

Notamment concernant l'engagement. Et la monogamie. Si, de son côté, elle l'avait pratiquée, cela avait été nettement moins le cas de Jeremy. Apparemment, lui passait beaucoup de temps au lit… avec sa sous-cheffe. Pas avec Evangeline.

Elle l'avait compris trois jours plus tôt. C'était incroyable à quel point les choses pouvaient changer en trois malheureux petits jours. Elle avait perdu son petit ami. Et son travail. Et toutes les certitudes qu'elle avait pu avoir s'étaient envolées comme une volée de moineaux.

À l'image de sa capacité à éviter certains menus péchés.

Son mal de tête était la preuve qu'elle avait enfreint la règle de « ne jamais boire de mauvais vin ». Plus tangibles encore, les éléments trahissant qu'elle était passée outre son principe d'éviter les aventures d'un soir ; les vêtements et les boutons de manchette, bien sûr, mais surtout cet homme si séduisant couché à ses côtés, les yeux fermés, seulement couvert par ses plus jolis draps.

— Bonjour, dit-il sans ouvrir les yeux, comme s'il avait senti son regard posé sur lui. Sa voix était harmonieuse et grave. Pas du tout comme celle de Jeremy.

— Hum.

Elle avala sa salive. Mais qu'est-ce qui lui avait pris ? Elle avait ramené un parfait inconnu chez elle, et il était là maintenant, nu dans son lit.

C'était la faute de Jeremy. À 80 %. Les autres 10 %, elle voulait bien se les imputer. À elle et au *pinot grigio* dont elle sentait encore le goût au fond de sa gorge. Du *pinot grigio*. Vraiment, quelle idée.

— Bonjour, finit-elle par répondre.

Elle ne savait ni quoi dire ni comment se comporter. Ni où regarder. Et elle avait toutes les peines du monde à détacher son regard du propriétaire des boutons de manchette, alors qu'il s'étirait et roulait sur le dos, dévoilant un ventre aux très virils abdominaux.

Sa gorge s'assécha. Mais où avait-elle rencontré cet homme magnifique ? Et comment avait-elle trouvé le courage de flirter avec lui ? Parce qu'il fallait bien qu'ils aient flirté pour qu'il se retrouve ici, non ?

Dans son esprit encore un peu embrumé par les vapeurs du pinot, elle réentendit ce que Jeremy lui avait dit.

« Bien sûr que je vais voir ailleurs. Qu'est-ce que tu croyais ? La sensualité et toi, ça fait deux. J'ai des besoins, moi. Comme la plupart des gens. »

Voilà ce qui l'avait poussée à l'action. Quand votre petit ami vous assène que vous êtes une nullité au lit, soit vous vous roulez en boule sous votre couette soit vous faites en sorte de lui prouver qu'il a tort. Deux jours en position fœtale lui avaient amplement suffi.

L'inconnu s'éclaircit la gorge, la ramenant au présent.

Le regard d'Evangeline remonta du ventre athlétique de l'homme à son demi-sourire ensommeillé. Il l'avait surprise en train de le contempler. Parfait.

— Écoute, heu…

— Ryan, dit-il, en croisant les bras sous sa tête, ce qui fit glisser le drap un peu plus bas encore.

*Ne regarde pas. Surtout pas.*

Mais, bien sûr, elle regarda, et une onde chaleur envahit son corps. Particulièrement les zones que Jeremy avait décrétées mortes à peine trois jours plus tôt.

— Oui, dit-elle en se mordant la lèvre. Ryan, je sais.

— Je te crois, Eve, dit-il avec un clin d'œil.

Il était évident qu'il ne la croyait pas, même si Ryan était le premier prénom qui lui était venu à l'esprit quand elle avait vu les initiales *RW* gravées sur ses boutons de manchette.

Eve ?

Personne ne l'avait jamais appelée Eve. Pour tout le monde, elle était Evangeline.

Elle avait entendu dire un jour que « Eve » signifiait « vivante, source de vie ». Mais mieux valait éviter de trop penser à ça avec un homme nu au corps de dieu grec allongé à côté d'elle.

— Ce que je voulais dire, Ryan, c'est que je n'ai pas l'habitude de faire ce genre de choses.

— Je sais. Tu me l'as dit hier soir. Plusieurs fois, même, dit-il en posant la main sur le haut de sa cuisse et en lui adressant un sourire vaguement triste. Ou doux amer.

Elle se sentait bizarrement percée à jour. Comme si cet homme la connaissait intimement. Alors qu'ils n'avaient passé que quelques heures ensemble. Sous la chaleur de sa main, la peau de sa cuisse frissonna.

— Parfait. On est sur la même longueur d'onde. C'était juste pour une nuit. C'était sans doute une erreur, d'ailleurs. Et je ne m'attends pas à ce que tu me demandes mon numéro, ni rien, dit-elle en éloignant sa jambe et la dissimulant sous la couverture.

Le sourire de Ryan s'effaça, et les fossettes qui adoucissaient l'expression de son visage disparurent.

— Une erreur ?

Elle opina de la tête parce que, bien sûr, cet écart avait été une erreur.

La dernière chose dont elle avait besoin, c'était bien d'un homme. Même pour une seule nuit. Surtout cet homme, dont elle ne pouvait pas regarder les mains sans les imaginer en train de caresser sa peau. Et dont la bouche lui donnait envie de rester dans ce lit, avec lui, pour revisionner le film de la folle soirée qu'ils avaient passée ensemble.

— Seigneur, je me demande combien de verres j'ai bus hier.

Oh non, elle n'avait quand même pas posé la question tout haut ?

— Un certain nombre, répondit Ryan, la mine plus sombre encore.

*Ryan. Ryan. Ryan.*

Impossible d'arrêter de se répéter son nom.

— Pourtant, tu n'avais pas l'air ivre. Même pas éméchée. Est-ce que je suis censé m'excuser ? J'ai l'impression qu'il faudrait, non ?

C'était un autre des avantages d'avoir passé sa jeunesse dans un vignoble. Elle avait développé une tolérance exceptionnelle. Au vin, en tout cas. Même dans les rares occasions où elle savait avoir abusé, cela ne se voyait jamais.

— Tu n'as absolument pas à t'excuser, dit-elle, assaillie par les souvenirs de sa bouche, de son odeur, de son poids sur son corps alors qu'il entrait en elle.

Exactement ce qu'elle attendait.

Absolument délicieux.

Un frisson la parcourut tout entière, et elle sauta du lit pour ne pas céder à la tentation de se serrer contre lui.

Le regard intense que Ryan posait sur elle lui faisait l'effet d'une caresse. En pensée, elle appelait *Ryan. Ryan*. Comme elle avait crié son nom cette nuit.

Oh ! mon Dieu.

Elle croisa les bras, et les yeux de Ryan s'arrêtèrent sur ses seins. Comme lui, elle était nue. Ce qui était parfaitement logique, étant donné la situation.

— Et si, moi, je voulais te demander ton téléphone, dit Ryan, qui n'avait manifestement aucune intention de quitter son lit.

Combien de temps comptait-il rester là ? Ne connaissait-il pas les conventions des relations d'un soir ?

*Ryan.*

Evangeline s'était répété son nom si souvent qu'il s'était vidé de son sens. Elle s'interrogeait sur la signification de l'initiale *W* mais n'osait pas poser la question. Si elle le savait, elle avait trop peur d'être tentée de le contacter dans un moment de faiblesse.

*Non. Pas question.*

— Mais non, tu ne veux pas mon numéro, dit-elle en s'enveloppant dans le dessus-de-lit en patchwork.

— Je t'assure que j'y tiens.

— Non, insista-t-elle en secouant vigoureusement la tête. Tu n'y tiens pas vraiment.

S'il avait été au courant de sa situation, il aurait déjà été en train de s'enfuir. Et elle aurait trouvé ça normal.

— Je suis sans doute un peu idiot.

Pourquoi fallait-il qu'il soit aussi charmant ? Il n'y était sans doute pour rien. C'était sûrement génétique, comme ses abdominaux. Et sa voix. Et le bleu profond de ses yeux.

Evangeline n'avait jamais vu un bleu aussi intense.

Elle détourna le regard.

— Je t'assure que tu n'as pas à faire ça. Tout va bien. C'était - *exactement ce dont j'avais besoin* - sympa.

— Sympa, répéta-t-il.

Ce mot sonnait terriblement creux, et Evangeline aurait voulu pouvoir le retirer. Elle dut prendre sur elle pour ne pas lui raconter toute la vérité. Lui dire qu'elle était perdue. Qu'elle était perdue depuis longtemps, et que la vraie raison qui l'empêchait de faire ce genre de chose, c'était que ça la paniquait.

Toute forme d'intimité impliquait un certain degré de vulnérabilité, et elle était incapable de gérer ça. Elle avait cru que Jeremy l'avait comprise. Une erreur de plus.

— Tiens, dit-elle en se penchant pour ramasser sa chemise et son pantalon.

Quand leurs doigts s'effleurèrent, le nœud qu'elle avait dans la gorge doubla de volume.

*Va-t'en. Je t'en supplie, va-t'en.*

Il sortit du lit et commença à s'habiller. Enfin.

Par terre, Olive et Bee dormaient toujours comme des loirs sur la veste de Ryan. Les pattes d'Olive s'agitèrent ; elle était encore en train de chasser un lapin dans ses rêves.

Evangeline tira doucement sur la veste pour ne pas déranger les chiens, mais Bee étant totalement sourde, elle était très sensible aux mouvements. Elle se réveilla en sursaut et griffa les mollets d'Evangelina de ses petites pattes. Olive, elle, bâilla bruyamment, sauta sur le lit et se mit à observer Ryan tandis qu'il enfilait son pantalon.

Il tendit la main pour la gratter derrière les oreilles.

— Caresse-la du côté gauche. Elle est aveugle de l'œil droit, tu risques de la surprendre.

Il suivit son conseil, et la queue du petit Cavalier King Charles se mit à frétiller vigoureusement. Bee se hissa sur le lit pour obtenir sa part de caresses.

— Elles sont mignonnes, dit Ryan, et le cœur d'Evangeline fondit un peu plus.

Comment faisait-il pour être aussi craquant ?

— Merci. En fait, elles appartiennent à mon grand-père, mais il est entré dans un établissement médicalisé, alors elles vivent là maintenant, répondit-elle.

Mais pourquoi lui racontait-elle tout ça ?

— Je suis vraiment désolé, dit-il d'une voix aussi douce que du velours.

On aurait dit qu'il était sincère.

S'il n'avait pas été sur le point de s'en aller, elle lui aurait sans doute proposé de lui préparer un petit déjeuner.

— Tiens, dit-elle en lui tendant sa veste littéralement recouverte de poils de chien.

Il l'enfila en faisant mine de n'avoir rien remarqué. C'était si délicat de sa part qu'Evangeline était sur le point de craquer. Peut-être que cette nuit avec lui n'avait pas été une erreur. Peut-être que l'erreur, c'était ce qui était en train de se passer.

Peut-être qu'elle n'aurait pas dû être aussi pressée de le faire partir.

— Eh bien, au revoir, dit-elle de sa voix la plus ferme possible.

Il contourna le lit, s'approcha d'elle et leva la main, apparemment pour lui caresser le visage. Mais Evangeline fit un petit pas en arrière, et il laissa retomber sa main.

— Au revoir, Eve.

Devant l'appartement d'Eve, Ryan Wilde regarda la porte se refermer sur lui.

*Eh bien*, se dit-il, *c'est une première.*

Jamais il n'avait été jeté hors du lit d'une femme avec aussi peu de ménagements. Cela dit, il n'avait pas pour habitude de coucher avec des femmes qu'il ne connaissait pas.

Surtout plus maintenant.

À cause du *New York Times*, la vie amoureuse de Ryan s'était considérablement compliquée ces dernières semaines, même s'il faisait de son mieux pour éviter tout engagement.

Une fois sur le perron de l'immeuble, il prit son téléphone portable dans la poche de sa veste – qui avait tout d'un manteau de fourrure à cet instant précis – et appela le chauffeur du Bennington Hotel.

Ce dernier répondit dès la première sonnerie :

— Que puis-je pour vous, monsieur Wilde ?

Ryan ne profitait pas souvent des avantages liés à son poste de directeur financier du Bennington, mais il fallait bien avouer que disposer d'un chauffeur à un moment pareil était appréciable. Le soleil se levait à peine, baignant les immeubles de pierre de taille de nuances violettes et bleues. La froide et douce lumière de l'hiver. Les trottoirs enneigés étaient déserts, à part un vieux vendeur de journaux qui installait son kiosque.

— Pourriez-vous passer me prendre dans le Village ?

Après avoir indiqué l'adresse au chauffeur, Ryan rangea son téléphone et se frotta les mains pour les réchauffer. Sa respiration formait un petit nuage dans l'air glacé. Que diable avait-il fait de son manteau ?

Levant les yeux vers les fenêtres du troisième étage, il essaya de deviner laquelle était celle d'Eve. Si seulement il avait laissé son trench-coat Burberry là-haut, il aurait eu une bonne excuse pour retourner la voir. Mais ça n'était pas le cas. Il l'avait laissé sur le dossier d'une chaise au bar à vin la veille à peu près au moment où il avait repéré Eve de l'autre côté de la pièce, un couteau de boucher à la main.

Un spectacle des plus étonnants. Elle s'était saisie d'une bouteille de champagne et l'avait décolletée avec le couteau. Tranché net le goulot juste en dessous du bouchon. Il y avait eu un bruit sec, et toute sa tablée l'avait applaudie, les hommes surtout avait-il remarqué, tandis qu'elle souriait d'un air tranquille.

À en juger par les fiches cartonnées empilées sur la table, ce n'était pas un rendez-vous amoureux, plutôt un groupe réuni pour une séance de travail.

Des fiches cartonnées. Au beau milieu d'un bar à vin un vendredi soir.

Ryan avait abandonné son manteau, son verre et les trois associés avec qui il était attablé.

Il fallait absolument qu'il lui parle.

Toute la semaine, il avait soigneusement évité les célibataires de Manhattan en quête d'un mari, mais il était instantanément tombé sous le charme de la déesse au couteau de boucher. Il ne s'expliquait pas bien pourquoi.

Bien sûr, elle était jolie. Plus que jolie, même. Belle. Avec des lèvres pleines et des cheveux blond doré qu'il imagina aussitôt avec délice glisser entre ses doigts.

Mais il n'y avait pas que sa beauté. S'il s'était senti seul au monde avec elle dans ce bar bondé dès la première seconde, c'est qu'il avait éprouvé une sensation indescriptible au creux de la poitrine dès qu'il l'avait vue. Et en se rapprochant, il avait senti autre chose ; son regard voilait un secret.

— Très impressionnant, avait-il dit pour engager la conversation.

— Ça s'appelle sabrer, avait-elle dit, tandis que le rose lui montait aux joues.

Elle lui avait ensuite raconté que les officiers de la cavalerie française utilisaient leurs sabres de cette façon pour ouvrir les bouteilles de champagne pendant les campagnes napoléoniennes. Cela n'expliquait pas pourquoi elle était en train de le faire dans un bar de l'Upper West Side, mais peu importait.

Il avait été fasciné par ce qu'elle lui avait dit. Elle l'avait fasciné...

Au point qu'il avait intentionnellement évité de lui révéler son nom de famille.

Il n'était pas très fier de le lui avoir caché, même si elle l'avait mis dehors à peine quelques minutes après qu'il s'était réveillé dans son lit. Il s'était contenté de lui donner son prénom.

*Je m'appelle Ryan.*

Il ne mentait pas vraiment, bien sûr, mais il avait eu l'impression de jouer un jeu... ce qui ne lui ressemblait pas du tout.

Tout comme la réputation qu'il avait depuis quelques semaines et qui lui collait à la peau alors qu'elle était totalement infondée.

D'ailleurs, il s'était senti très soulagé en constatant qu'Eve n'avait aucune idée de son identité.

Une voiture tourna à l'angle de la rue, et Ryan se retourna en entendant les pneus crisser sur la neige, mais ce n'était pas la limousine du Bennington.

Le vent était frisquet et, transi de froid, il se dirigea vers le kiosque à journaux, en espérant que le vieil homme pourrait lui vendre un café bien chaud.

— Excusez-moi, dit-il.

— Oui ? répondit l'homme en levant la tête vers lui.

— Est-ce que vous auriez du café, s'il vous plaît ?

— Bien sûr. Et brûlant avec ça.

— Parfait, dit Ryan en prenant de la monnaie dans son portefeuille.

Puis son regard s'arrêta sur un magazine.

*Gotham*. Peu importait le titre, c'est la photo sur la couverture qui provoqua un choc.

On y voyait le visage d'un homme.

*Son* visage.

Si Evangeline Holly ignorait qui il était jusqu'à ce matin, elle allait le découvrir.

# 2

*Six semaines plus tard*

Ryan était en retard.

Depuis trois ans qu'il était le directeur financier du Bennington, il était le premier de l'équipe des dirigeants à arriver le matin. Il était connu pour ça.

Le président-directeur général tentait bien parfois d'être là avant lui, juste pour l'énerver un peu, mais Ryan avait un sixième sens pour deviner ses manœuvres, sans doute parce que Zander Wilde n'était pas seulement le P-DG de l'hôtel mais aussi son cousin, et que les deux hommes se connaissaient depuis toujours. Ils étaient comme des frères.

C'est pourquoi il ne fut pas étonné de trouver Zander en train de l'attendre dans son bureau alors qu'il arrivait avec à peine cinq minutes de retard sur son horaire habituel. Agacé, oui, mais pas vraiment étonné.

Zander s'était installé dans le fauteuil de Ryan, les chevilles croisées sur le bureau en acajou. Repliant le journal qu'il était en train de lire, il adressa un sourire triomphant à Ryan.

— On dirait bien que je suis arrivé le premier.

Ryan posa son attaché-case et s'assit dans un des fauteuils placés face au bureau.

— Et tu es content de toi ?

— Très, répondit Zander, la mine réjouie.

— Il t'aura quand même fallu trois ans pour y arriver. Et, si ça ne te gêne pas trop, tu peux enlever les pieds de mon bureau ?

Zander leva les yeux au ciel théâtralement et obtempéra.

— Il faut que je te parle de quelque chose, mais d'abord, dis-moi. Tu es mourant, en phase terminale ? Tu n'es jamais en retard.

— Il n'est jamais que 7 h 35. Et, non, je ne suis pas sur le point de mourir, j'ai juste été… hum, retardé.

— Retardé ? Ah, je vois. Nous sommes en présence d'un problème spécifique aux célibataires, dit Zander en regardant d'un air malicieux la couverture de magazine encadrée accrochée au mur. « *Gotham* déclare Ryan Wilde Célibataire le plus sexy de l'année » proclamait le gros titre.

Ryan avait appris six semaines plus tôt qu'il avait « remporté le titre », comme aimait ironiser Zander. Et son sentiment à ce sujet n'avait pas changé depuis le matin neigeux où il l'avait découvert dans ce kiosque de West Village. Cela le rendait malade.

Et il détestait particulièrement avoir cette couverture de magazine sous les yeux tous les jours, mais il valait encore mieux qu'elle soit dans son bureau que dans le grand hall de l'hôtel, où Zander avait initialement prévu de l'accrocher. Ryan se doutait qu'il ne s'agissait que d'une plaisanterie, mais il préférait ne pas prendre le risque et s'était plié à l'exigence de Zander que le fameux cadre trône dans son bureau.

— Vas-y, raconte. Tu as dû te battre toute la nuit pour repousser les ardeurs de toute une troupe de femmes ?

*Pas vraiment, non.*

Ryan fuyait la compagnie des femmes depuis des semaines. Six semaines pour être précis. Même si sa chasteté n'avait rien à voir avec l'article de *Gotham*.

En fait, il ne parvenait pas à s'ôter Evangeline Holly de la tête. Il s'était même rendu deux fois jusque dans le Village, où il était resté quelques minutes devant son immeuble, à repenser à la nuit qu'ils avaient passée ensemble.

Ça avait été si bon.

Mieux que bon. Incroyable. Si merveilleux qu'il valait sans doute mieux directement passer à autre chose. Une telle magie ne pouvait pas se reproduire. Ce n'était même pas la peine d'essayer de la retrouver.

Quoique. Peut-être que la magie ne venait pas de cette nuit, peut-être que ce qui avait été magique, c'était elle.

Deux fois, il avait été sur le point de monter frapper à sa porte mais, en repensant à sa hâte de se débarrasser de lui, il était retombé sur terre. Cette femme avait refusé de lui donner son numéro de téléphone. Il y avait donc fort à parier qu'elle serait tout sauf ravie de le trouver devant sa porte.

— J'ai regardé le match des Rangers et, ensuite, je me suis couché, dit-il. Seul.

— Pourquoi es-tu en retard, alors ? s'inquiéta Zander. Non. Ne me dis pas que les groupies sont revenues.

Techniquement, non, les groupies n'étaient pas revenues. Pour la bonne raison qu'elles n'étaient jamais parties. Elles avaient quasiment élu domicile au Bennington depuis maintenant presque deux mois – depuis le jour où le *New York Times* avait décidé de semer la pagaille dans sa vie auparavant tranquille.

Il aurait dû s'y attendre. Le Bennington avait été au centre d'une série d'articles dans la rubrique Mariages du Times, et une journaliste spécialisée avait même émis l'hypothèse que l'hôtel était maudit après que plusieurs mariages organisés dans la salle de bal du palace se furent terminés en scènes dignes du film *Just Married (ou presque)*.

Mais c'était de l'histoire ancienne.

Du moins, cela aurait dû l'être. Ryan avait en effet négocié un cessez-le-feu avec la journaliste. En échange de la couverture exclusive du récent mariage de Zander, elle avait déclaré que la malédiction n'était plus d'actualité. Ce que Ryan n'avait pas prévu, c'était que la dernière phrase de son article laisserait entendre qu'il était lui-même à la recherche d'une épouse.

Une simple petite phrase, mais ces quelques mots avaient suffi. Depuis, les femmes se jetaient à sa tête à toute heure du jour et de la nuit. Et sa photo en couverture de *Gotham* n'avait fait qu'empirer les choses.

— Il y en a une demi-douzaine qui m'attend dans le hall.

J'ai dû faire le tour du pâté de maisons et entrer par la porte de service, soupira Ryan.

— Et si, au contraire, tu descendais dans le hall maintenant pour aller parler à ces charmantes dames et que tu proposais un rendez-vous à l'une d'elles ?

Il plaisantait, ou quoi ?

— C'est hors de question.

Ces femmes ne savaient rien de lui, sinon qu'il était célibataire. Et riche. Pas besoin d'être un génie pour comprendre ce qui les poussait à vouloir l'épouser.

Non, merci. Il avait déjà failli se marier une fois et cela lui avait suffi. Plus jamais il ne se laisserait prendre.

— Est-ce que tu réalises que presque tous les hommes de New York rêveraient d'être à ta place ? dit Zander d'un ton un peu outré.

— Ah, oui ? dit Ryan en croisant les bras. Mais pas toi.

— Évidemment, non. Je viens de me marier et je suis heureux en ménage.

Logique.

Et Ryan était heureux pour Zander. Sincèrement. Mais il n'allait pas pour autant choisir au hasard une des candidates au mariage qui avaient envahi le hall de l'hôtel. On n'était pas dans l'émission *Bachelor*. C'était sa vie.

— Bravo. Moi, je préfère badiner. Je veux des relations à court terme et sans engagement. On peut changer de sujet, maintenant ? Tu voulais me parler… J'imagine que ce n'était pas de ma vie personnelle ?

— Exact, dit Zander en faisant glisser le journal ouvert jusqu'à Ryan. Tu as vu ça ?

Le *New York Times*. Ce n'était pas sa lecture favorite en ce moment, mais au moins il n'était pas ouvert à la page Carnet rose.

— La page culinaire ?

— Oui. Va lire la rubrique des restaurants, il y a quelque chose d'intéressant, dit Zander en lui indiquant un paragraphe en milieu de page.

Ryan le parcourut en diagonale.

*Carlo Bocci a été aperçu hier soir à la réception du Plaza, ce qui suggère qu'il est de retour à New York pour sa revue annuelle des restaurants de notre ville pour le* Guide Michelin. *À la même époque l'année dernière, M. Bocci a visité un total de trente-cinq établissements, mais n'a accordé la très convoitée étoile Michelin qu'à moins d'une dizaine d'entre eux. Et seul le White Swan s'est vu accorder les mythiques trois étoiles. Le White Swan qui a par ailleurs récemment été nommé Meilleur Restaurant américain par le magazine* Food & Wine.

— Et quoi ? On est vexés parce qu'il est descendu au Plaza plutôt qu'au Bennington ? dit Ryan en relevant la tête.

— Non. Peu importe où il est descendu. Ce qui compte...

— Ce sont les étoiles du Michelin, termina Ryan.

— Exactement, dit Zander avec un demi-sourire. Tu imagines ce que représenterait un classement trois étoiles pour le Bennington 8 ?

Le Bennington 8, le restaurant gastronomique de l'hôtel, était situé sur le toit, dans l'atrium. Sa vue extraordinaire sur Manhattan lui assurait déjà une clientèle nombreuse. Mais, avec trois étoiles au Michelin, leur carnet de réservations serait plein des mois à l'avance.

Ce qui rapporterait de l'argent. Beaucoup d'argent.

Et le Bennington en avait bien besoin parce que l'affaire de la malédiction des mariages leur avait porté un coup sévère. Ils commençaient à redresser la barre, mais pas assez vite.

— Trois étoiles ? Tu crois vraiment que c'est possible ?

Ils ne savaient même pas si le Bennington 8 était sur la liste des établissements que Carlo Bocci visiterait. Cette liste était secrète. Ryan pensait même que le critique faisait ses réservations sous un faux nom et se présentait dans les restaurants au moment où on l'attendait le moins.

— Non, répondit Zander en secouant la tête. Pas en l'état actuel des choses. C'est pourquoi toi et moi allons faire passer des entretiens tout l'après-midi aujourd'hui. Et demain aussi s'il le faut.

— Tu veux engager un nouveau chef ? Je ne suis pas sûr que ce soit une bonne idée.

Leur chef était en effet un des meilleurs de la ville. Jamais ils ne pourraient recruter quelqu'un de son calibre en aussi peu de temps. Et sûrement pas quelqu'un de meilleur.

— Tu as raison. On ne trouvera pas mieux que Patrick. Concernant la nourriture, on est parfaits. Mais ça ne représente que la moitié de l'équation, non ?

— Le vin, conclut Ryan. Tu veux engager un sommelier.

— Un chef sommelier. Quelqu'un qui possède des références impeccables. Sans un bon sommelier, nous n'avons aucune chance. Est-ce qu'on a les moyens d'embaucher ?

— Je me débrouillerai.

Il allait passer la journée le nez dans les comptes, à faire en sorte que ça marche. Mais ça irait. Les chiffres étaient la spécialité de Ryan. Avec les chiffres, pas de zones grises. Tout était noir ou blanc.

Exactement ce que Ryan aimait.

Zander se leva, replia le *Times* et le glissa sous son bras.

— Génial. J'ai déjà un peu tâté le terrain. Je vais organiser les entretiens. Dégage-moi tout ton temps.

— D'accord, dit Ryan en contournant le bureau pour récupérer son fauteuil.

— Espérons qu'on trouvera quelqu'un de libre immédiatement. Il doit bien y avoir un sommelier sans boulot dans cette ville. Et assez charismatique pour faire le poids face à Bocci.

Les pensées de Ryan le ramenèrent six semaines en arrière. Vers un petit bar à vin du Village. Vers Evangeline Holly, son couteau de boucher et le goût de raisin fraîchement cueilli de ses lèvres.

Mais il ne voulait pas s'appesantir sur ces souvenirs.

Zander demandait l'impossible mais Ryan était heureux d'avoir ce défi à relever. Il fallait qu'il retrouve toute sa concentration. Pour cela, il avait besoin d'oublier toutes les femmes qui désiraient l'épouser. Et, surtout, il lui fallait oublier celle qui n'en avait pas envie.

— Si cette personne existe, fais-moi confiance, on la trouvera, dit-il à Zander d'un ton déterminé.

Evangeline commençait à désespérer.

Et même, en toute honnêteté, elle avait dépassé le point de non-retour depuis plusieurs jours déjà.

Six semaines sans salaire, c'était très long, d'autant qu'elle devait payer une partie de la maison de retraite de son grand-père, ce qui était déjà au-dessus de ses moyens en temps normal.

Elle s'était sans doute montrée trop impulsive.

D'accord, elle et Jeremy avaient rompu. D'accord, il avait couché avec sa sous-cheffe. Mais est-ce que cela impliquait qu'Evangeline quitte le restaurant ?

*Bien sûr que oui. Tu es folle ou quoi ? Ne songe pas une seconde à y retourner en rampant.*

Elle releva le menton et franchit d'un pas décidé la porte à tambour du Bennington Hotel.

Il fallait qu'elle décroche ce job. Si elle n'y arrivait pas, elle serait obligée d'aller ramper aux pieds de Jeremy avant même la fin de la journée.

— Puis-je vous aider ? lui demanda la réceptionniste en lui jetant un regard totalement impassible.

— Oui, je viens pour un entretien. J'ai rendez-vous à 16 heures, dit Evangeline en s'obligeant à sourire tout en se cramponnant à son sac Everlane – un des derniers luxes évoquant son ancienne vie.

C'était fou de voir à quel point les choses pouvaient changer rapidement. Un mois et demi plus tôt, elle croyait que sa vie était toute tracée. Elle était heureuse.

Du moins croyait-elle être heureuse. Elle n'en était plus aussi sûre maintenant.

*Mais si, tu étais heureuse. Ta relation avec Jeremy te convenait parfaitement. Arrête de penser à cette nuit-là.*

Elle avala sa salive. Cette aventure d'un soir continuait à l'obséder six semaines plus tard. C'était la preuve incontestable qu'elle n'était pas faite pour ce genre de choses. Elle saurait retenir la leçon.

Depuis ce fameux matin où elle s'était réveillée avec cet homme scandaleusement beau dans son lit, elle s'interrogeait sur sa relation avec Jeremy et sur la vie en général.

Comment expliquer qu'elle avait ressenti un lien si intense

avec quelqu'un qu'elle venait à peine de rencontrer ? Elle avait couché avec cet homme alors qu'elle ne connaissait même pas son nom de famille.

Elle le connaissait maintenant. Wilde. Ryan Wilde. Ça n'était pas évident de passer à côté, étant donné qu'il s'affichait dans tous les kiosques à journaux de Manhattan depuis que le magazine *Gotham* l'avait nommé Célibataire le plus sexy de New York ou quelque chose d'aussi ridicule.

Pas étonnant qu'elle soit tombée sous le charme. En fait, leur nuit ensemble n'avait rien eu de très exceptionnel. C'était juste un très, très bon amant. Et il n'y était d'ailleurs sûrement pour rien. Cela faisait certainement partie de sa panoplie de roi des play-boys.

Parmi tous les hommes de Manhattan, il avait fallu qu'elle se retrouve au lit avec lui. Elle en était si mortifiée qu'elle n'avait même pas acheté le magazine dont il faisait la couverture. Elle voulait à tout prix oublier cette nuit-là.

Malheureusement, elle n'y arrivait pas. Elle avait été bien trop mémorable.

Elle rougissait à chaque fois qu'elle y repensait et elle avait passé de longues heures à tenter de comprendre pourquoi elle n'avait jamais été aussi passionnée au lit avec Jeremy.

Peut-être n'avait-elle pas été aussi heureuse avec lui qu'elle le pensait. Apparemment, elle s'était trompée sur beaucoup de choses.

Mais au moins avait-elle été sur le point de pouvoir exercer le métier de ses rêves. Et maintenant...

Maintenant, elle se retrouvait ici, à se présenter pour un poste pour lequel elle n'était absolument pas qualifiée. Mais, avec un peu de chance, le Bennington était aussi dans une situation d'urgence.

— Prenez un siège, mademoiselle Holly. Le directeur ne va pas tarder, dit la réceptionniste en lui indiquant les canapés en velours disposés dans le hall sous un grand lustre en cristal.

— Merci.

Ça allait marcher. Le Bennington avait effectivement besoin d'un sommelier de toute urgence. Du moins, c'est ce que Colin, un de ses camarades du groupe d'étude des vins lui avait dit quand il l'avait appelée pour lui signaler qu'un emploi était à pourvoir ici.

Evangeline n'avait plus qu'à espérer que tous les meilleurs sommeliers de New York soient actuellement occupés. Si jamais elle était mise en concurrence avec un sommelier dûment diplômé, elle n'avait pas une chance.

— Bonjour, dit-elle aux trois femmes déjà assises sur les canapés. Ses concurrentes, sans doute.

Bizarre.

C'était un milieu très masculin, surtout à un niveau élevé. 85 % des maîtres sommeliers étaient des hommes.

Les trois femmes tournèrent les yeux vers elle, mais aucune ne la salua en retour. Celle qui était le plus près d'elle, une brune un peu voyante portant un chemisier au décolleté très peu professionnel, la détailla de bas en haut.

— Intéressant, mais je doute que vous soyez son genre, dit-elle d'un ton dédaigneux avant de croiser ses jambes bronzées.

— Pardon ? dit Evangeline.

Son genre ?

Le genre de qui ?

Que venaient faire ce type de considérations sur un lieu de travail ?

— Enfin, c'est juste mon impression, reprit la femme en haussant les épaules. On est nombreuses, alors il faudra plus qu'une jupe crayon de bon goût et un peu de rouge à lèvres pour faire la différence.

Evangeline résista à l'envie de s'enfuir en courant.

*Ne la laisse pas t'impressionner. Tu connais le vin. Elle cherche juste à te déstabiliser.*

Et cela marchait. Bien sûr, elle était aux abois, mais pas au point d'utiliser son décolleté pour se faire remarquer.

*Qu'est-ce que je fais ici ?*

Elle aurait dû se douter que tout c'était trop beau pour être vrai.

Elle se leva, prête à s'en aller, mais elle entendit qu'on l'appelait.

— Mademoiselle Holly ? dit un homme en costume foncé en lui tendant la main. Je suis Elliot Ross, le directeur de l'hôtel. Nous nous sommes parlé au téléphone ce matin.

Elle lui serra la main, soulagée de constater que son regard restait concentré sur ses yeux. Et pas sur sa jupe crayon.

— Enchantée de vous rencontrer.

Les autres femmes ne faisaient absolument plus attention à elle. C'était vraiment de plus en plus bizarre.

— Le P-DG et le directeur financier font passer les entretiens là-haut, dans le restaurant. Si vous voulez bien me suivre, dit Elliot Ross en lui indiquant les portes dorées de l'ascenseur.

Une fois dans l'ascenseur, il appuya sur le dernier bouton.

— Nous vous sommes reconnaissants de vous être déplacée si vite. Le P-DG désire pourvoir ce poste aussi rapidement que possible.

*Merci, mon Dieu.*

— Je suis disponible immédiatement.

— Excellent. Vous êtes la dernière candidate à être reçue cet après-midi, et j'ai malheureusement oublié de noter votre nom sur la liste. Avez-vous un curriculum vitæ ?

Elle qui avait espéré ne pas avoir à parler de ses diplômes... Un vœu pieux, de toute évidence. Pourquoi ne pourrait-elle pas se contenter de parler de vin ? Elle excellait dans cet exercice.

— Tenez, dit-elle en lui tendant une copie de son maigre CV.

*Ce n'est pas grave. Tu es faite pour ce boulot.*

Mais quand les portes de l'ascenseur s'ouvrirent, Evangeline comprit qu'il y avait un motif d'inquiétude plus grave que son absence de diplôme. Et ce motif, c'était *quelqu'un*.

Quelqu'un qui se trouvait nu dans son lit la dernière fois qu'elle l'avait vu – si on ne comptait pas les innombrables couvertures de magazine.

Quelqu'un qui s'appelait Ryan Wilde.

# 3

Mais que se passait-il ?

Que faisait Ryan Wilde, son aventure d'un soir, à l'entretien d'embauche le plus important qu'elle ait jamais passé ?

— Merci d'être venue, mademoiselle Holly, la salua un autre homme – le seul dans la pièce avec lequel elle n'avait pas passé la nuit.

Elle avait presque oublié sa présence, entièrement concentrée sur Ryan qu'elle était.

— Je suis Zander Wilde, le P-DG du Bennington.

— Très heureuse de vous rencontrer, dit-elle.

Du moins c'est ce qu'elle pensait avoir dit. Elle n'était pas très sûre des mots qui franchissaient ses lèvres.

Zander s'éclaircit la gorge, et Evangeline comprit qu'elle ne le regardait même pas. Que ses yeux étaient rivés sur Ryan.

Elle était incapable de les détourner de son visage aux traits parfaits. Il lui semblait encore plus séduisant que dans ses souvenirs. Comment était-ce possible ? Elle avala sa salive – difficilement – et tenta de comprendre ce qui avait changé chez lui.

Une coupe de cheveux un peu plus nette, d'abord. Et l'ombre d'une barbe naissante sur sa mâchoire qui avait disparu. Bien sûr. Il s'était sans doute réveillé dans son propre lit, dans son appartement où il avait pu utiliser son rasoir.

Et puis, il portait des lunettes. Qui ne masquaient malheureusement pas ses magnifiques yeux bleus. Pire, la structure noire carrée en soulignait la profondeur.

— Est-ce que vous vous connaissez ? demanda Zander en s'éclaircissant une nouvelle fois la gorge.

— Non, balbutia-t-elle, alors que Ryan répondait oui.

Le regard de Zander passa de l'un à l'autre.

— Comment ça ? C'est oui ou c'est non ?

Elle venait de proférer un énorme mensonge. L'entretien commençait on ne pouvait mieux.

— En fait..., commença-t-elle tout en réfléchissant au moyen de modifier sa réponse sans avoir l'air d'une folle.

— C'est moi qui me suis trompé, intervint Ryan. Nous ne nous sommes jamais vus. Je vous prie de m'excuser, mademoiselle... Holly, c'est bien ça ?

Il lui tendit la main, et elle fut bien obligée de la saisir.

— Oui, c'est exact.

Sa voix était un peu altérée, et elle ne parvenait pas à lâcher la main de Ryan.

Elle était chaude. Elle lui semblait si familière. Et la voir lui rappelait ses caresses, les douces pressions de son pouce sur le renflement de sa lèvre inférieure.

*Lâche-le ! Lâche sa main.*

Elle lâcha sa main comme si elle avait été une patate chaude et se tourna vers Zander.

— J'imagine que le responsable des vins dépend directement de vous, étant donné que vous êtes le P-DG.

Pas question que Ryan soit son patron.

Bien sûr, elle n'avait pas encore décroché le poste, et ses chances étaient minces. Colin lui avait dit que le Bennington avait déjà fait passer un entretien à un maître sommelier. Un titre que moins de deux cents personnes au monde pouvaient se targuer de posséder. Et il y avait fort à parier qu'aucune de ces personnes n'avait eu une aventure d'un soir avec Ryan Wilde.

— Techniquement, oui. Mais il ou elle travaillera en lien direct avec le directeur financier, notamment pour ce qui concerne le budget de la cave. Il faut donc que les deux puissent s'entendre.

Ryan lui lança un discret clin d'œil. Presque imperceptible. Seigneur, qu'il était craquant.

— Et si nous commencions ? proposa Zander.

— Bien sûr, dit-elle, les genoux flageolants tandis qu'elle allait prendre place devant la grande table où Zander l'avait précédée.

Alors, voilà où elle en était ?

Après avoir cherché un emploi pendant six semaines, elle en était réduite à travailler soit pour l'homme qui l'avait laissé tomber soit avec son plan d'un soir ?

Génial.

Cela dit, elle vendait la peau de l'ours avant de l'avoir tué. On ne lui avait pas encore proposé le poste au Bennington 8 et, étant donné la tournure que prenaient les choses, ça n'arriverait pas.

Relevant le menton, elle planta son regard dans celui de Zander et décida de faire comme si Ryan n'était pas là.

— Votre restaurant est vraiment magnifique.

— Merci, dit Zander, en admirant lui aussi le dôme de verre qui surplombait la salle.

La neige tombait silencieusement sur l'atrium, et les lumières scintillantes de Manhattan se détachaient sur le ciel qui s'obscurcissait rapidement. Au milieu des tables couvertes de nappes de lin blanc immaculé et des chaises tendues de velours bleu pâle, Evangeline avait l'impression de se trouver dans un monde idéal, évocation luxueuse de l'hiver. Une sorte de bulle protégée du chaos du monde extérieur.

Elle prit une profonde inspiration ; il allait lui falloir écorner cette image parfaite.

— Mais votre carte des vins ne convient pas du tout.

Ryan émit un léger rire, lui rappelant sa présence juste à côté d'elle. Elle lui lança un regard rapide tout en s'efforçant de garder un visage impassible.

— Intéressant, dit Zander, les autres candidats n'avaient pas l'air du même avis.

— Vous en êtes sûrs ? Peut-être qu'ils cherchaient uniquement à vous flatter, dit Evangeline avec un sourire. Moi, ce n'est pas mon objectif.

— De toute évidence, marmonna-t-il.

— Autrement dit, cela signifie que je vous dis ce que je pense vraiment. Et, à mon avis, votre carte actuelle laisse à désirer.

Elle avala sa salive. Peut-être n'obtiendrait-elle pas le poste mais, au moins, ils se souviendraient d'elle.

Et ça, c'était important. Le métier de sommelier ne se résumait pas à choisir des vins. Un bon sommelier devait être capable de faire de la dégustation d'un verre de vin une expérience mémorable. C'était tout un art que de savoir parler du vin, de présenter une bouteille, de l'ouvrir puis d'en verser le contenu dans les verres.

Les gens avaient tendance à négliger cette partie du travail, mais c'était le réel point fort d'Evangeline.

— Et que changeriez-vous à la carte ?

La question ne la déstabilisa pas. Elle avait consulté la carte des vins du Bennington 8 sur le site Internet et l'avait mémorisée.

— Pour commencer, j'éliminerais le *pinot grigio*. Il existe de bien meilleurs vins blancs légers, dit-elle en évitant soigneusement de croiser le regard de Ryan, puisque visiblement c'était son vin préféré.

Puis elle se dit qu'elle était ridicule. Il ne se rappelait probablement pas en avoir commandé plusieurs bouteilles ce soir-là. Cela faisait quand même six semaines.

Ryan rit – un peu trop fort, peut-être – et, quand elle se tourna vers lui, son petit sourire en coin ne lui laissa aucun doute ; il se souvenait aussi bien qu'elle de la nuit qu'ils avaient passée ensemble.

Le visage en feu, elle détourna le regard.

— Quoi d'autre ? demanda Zander. Éclairez notre lanterne.

— Je réduirais la proportion des vins californiens. Vous ne proposez que trois vins de l'Ancien Continent et c'est inacceptable.

— Comment ça ? demanda Ryan.

— On ne peut pas détacher le vin de l'histoire. Et ça remonte très loin. Les soldats de l'armée romaine, par exemple, buvaient du vin et non de l'eau. Avec un bon vin de l'Ancien Continent, c'est comme si vous viviez l'histoire. C'est un voyage à travers le temps. On sent tout dans un vin : la terre, les rivières, le soleil. Il n'y a rien de plus beau.

Ryan et Zander échangèrent un regard qu'Evangeline eut du mal à interpréter. Soit elle les avait cloués sur place soit ils la prenaient pour une folle. Mais, en tout cas, elle leur avait prouvé qu'elle était une connaisseuse de premier ordre.

— Je suis certaine que la plupart de vos clients commandent des vins de la Napa Valley ou de Sonoma ou encore des Finger Lakes. C'est normal, c'est à ça qu'ils sont habitués, poursuivit Evangelina. Ils ne savent pas ce qu'ils manquent. Et c'est pour cette raison qu'il vous faut un vrai expert des vins.

— Pourtant, je ne vois aucun diplôme de sommelier sur votre CV, remarqua Zander en parcourant rapidement son dossier.

*Et c'est parti.*

C'est à partir de ce moment-là que tous les autres entretiens d'embauche avaient commencé à dégénérer.

— Je suis une autodidacte. Ma famille possède un vignoble dans le Nord. *Il n'est plus à nous, je te rappelle.* Possédait, en fait.

Ryan l'observait avec une telle intensité qu'elle se sentait aussi à nu que la dernière fois qu'ils s'étaient trouvés ensemble dans une pièce.

— Je prépare l'examen de certification, et je devrais être prête pour la prochaine session en avril.

— C'est dans plusieurs mois, fit remarquer Zander en fronçant les sourcils.

— Je sais, oui.

Elle sourit, mais ne réussit pas à croiser leur regard. Pas même celui de Ryan. Il fallait qu'elle fasse quelque chose. Et vite.

— Permettez-moi d'ouvrir une bouteille pour vous, dit-elle

Zander jeta un œil à sa montre, signe universel que le temps qui lui était imparti était écoulé. L'entretien était terminé.

— Je ne crois pas que…

— Laissons-la faire, l'interrompit Ryan.

Evangeline l'aurait volontiers embrassé tout à coup. Non que l'idée ne lui eût pas déjà traversé l'esprit. Mais, cette fois, elle dut se faire violence pour ne pas bondir de sa chaise et lui coller un baiser sur les lèvres.

— Excellent, si vous voulez bien me montrer la cave, que je sélectionne une bouteille, dit-elle avant que Zander ait pu répondre.

Le regard du P-DG passa plusieurs fois d'elle à Ryan, comme un peu plus tôt, quand il leur avait demandé s'ils se connaissaient.

*Il sait*. Cela se voyait sans doute comme le nez au milieu de la figure. *Flash spécial : j'ai passé une nuit avec votre cousin.*

Mais combien de femmes à Manhattan n'avaient pas passé une nuit avec Ryan Wilde ? Là était la vraie question.

Zander agita la main, et le directeur de l'hôtel apparut comme par magie.

— Montrez à Mlle Holly où se trouve la cave, je vous prie. Et apportez-lui un tire-bouchon.

— Oh ! je n'en aurai pas besoin, dit-elle avec un sourire.

Ryan observait Evangeline tandis qu'elle passait en revue les bouteilles rangées à l'horizontal dans la cave située à l'autre bout du restaurant. Il n'aurait pas dû la fixer ainsi du regard, mais il ne pouvait pas s'en empêcher.

Depuis des semaines, il résistait à la tentation de la revoir, et voilà qu'elle lui tombait directement dans les bras. Métaphoriquement parlant, bien sûr. Il semblait évident qu'elle n'était absolument pas intéressée par ses bras – ni par aucune autre partie de son corps. La preuve, elle ne voulait même pas admettre qu'ils se connaissaient.

Peut-être parce que c'était effectivement le cas. Oui, ils avaient passé une nuit ensemble, mais que savait-il vraiment d'elle ? Rien. Il venait d'en apprendre davantage en une demi-heure que lorsqu'il l'avait raccompagnée chez elle après toute une soirée. Confère ce qu'elle avait dit au sujet du *pinot grigio*.

Zander l'arracha à la contemplation des courbes voluptueuses des hanches d'Evangeline, qui se penchait pour attraper une bouteille.

— Mais qu'est-ce qui se passe ? demanda-t-il à voix basse. Et ne fais pas semblant de ne pas comprendre, parce que je sais qu'il se passe quelque chose. C'est comme si c'était écrit sur ta figure.

Ryan aimait Zander comme son frère, mais il n'avait aucune intention de lui dire ce qu'il en était.

D'abord, parce qu'il était discret. Ce qui s'était passé entre Evangeline et lui faisait partie de leur vie personnelle. De plus, elle lui avait clairement fait comprendre qu'elle ne voulait pas que Zander sache qu'ils avaient passé une nuit ensemble, et Ryan n'allait pas la faire passer pour une menteuse au beau milieu d'un entretien d'embauche.

Parce que, même s'il risquait de s'avérer inconfortable de travailler avec elle, elle n'en était pas moins parfaite pour le poste.

— C'est elle qu'il nous faut, répondit-il. Ne me dis pas que tu ne t'en rends pas compte.

Zander plissa les yeux.

— Excuse-moi, mais non. On a reçu au moins une demi-douzaine de candidats plus qualifiés. Je ne suis pas sûr que Carlo Bocci serait très impressionné par une experte en vin autoproclamée qui prétend apprendre l'histoire au fond d'un verre de bourgogne.

— Reconnais qu'elle connaît son sujet.

Elle était intelligente. Ryan adorait ça chez elle. Il aurait pu rester assis là, à l'écouter parler du vin, jusqu'au bout de la nuit.

Après quoi, il rentrerait seul chez lui. Évidemment. Parce qu'il ne pourrait plus jamais passer une nuit avec elle si elle travaillait au Bennington.

Son cœur se serra à cette pensée.

— C'est une conteuse née. Les clients vont adorer l'écouter parler du vin, et Bocci aussi.

— Pourquoi ai-je l'impression que ce qui se joue ici va bien au-delà d'un entretien d'embauche ?

Ryan ne prit pas la peine de répondre, mais il était incapable de détacher son regard d'Evangeline alors même qu'il était conscient que Zander l'observait.

— J'en étais sûr, chuchota ce dernier. Tu es attiré par elle.

— Tais-toi, dit Ryan, les dents serrées.

Elle revenait vers eux, portant une bouteille de bordeaux avec autant de délicatesse que si elle avait été en train de bercer un bébé.

— Attends de voir ce qu'elle va faire avec cette bouteille.

En fait, Ryan ne savait pas exactement ce qui allait se passer. Mais, comme elle avait dit ne pas avoir besoin d'un tire-bouchon, il était prêt à parier que ça allait être intéressant et qu'un couteau de boucher ferait partie du spectacle. Ou un marteau. Il n'aurait même pas été surpris de la voir trancher net le col de la bouteille d'un coup de karaté. Tout était possible.

Elle leur sourit, posa le bordeaux sur la table, puis se tourna vers Elliot.

— Il me faudrait trois verres, une carafe à décanter et un petit seau à glace rempli d'eau froide.

— Bien sûr, dit Elliot en inclinant légèrement la tête avant de disparaître.

Elle ne travaillait pas encore au Bennington et l'équipe la traitait déjà comme si elle dirigeait l'endroit. Ryan ne put réprimer un sourire, et la curiosité de Zander sembla piquée.

Puis, Evangeline sortit un à un plusieurs objets de son grand sac. D'abord un blaireau – du genre de ceux qu'utilisaient les barbiers dans des établissements signalés par des poteaux à rayures. Ensuite un petit pot de cire rouge en cuivre.

Ryan était presque un peu déçu que rien ne ressemblant à une arme ne soit apparu quand, soudain, elle exhiba un étrange objet en métal, avec des poignées en bois et dont les deux bras métalliques formaient une sorte d'anneau.

Il ignorait absolument de quoi il pouvait s'agir, mais cela lui évoquait un engin de torture tout droit sorti du Moyen Âge – hypothèse qui n'était pas à exclure.

— Ce type de pince a été inventé au XVIIIe siècle, mais celle-ci est un peu plus récente, expliqua Evangeline.

Ryan réprima un sourire.

Mais c'était d'évidence le dernier objet qu'elle extirpa de son sac et posa sur la table qui était sa carte maîtresse.

Ce n'était pas un couteau de boucher.

C'était pire.

— C'est bien ce que je crois que c'est ? demanda Zander.

— C'est bien un chalumeau, confirma-t-elle.

Une expression paniquée s'afficha sur le visage de Zander mais, avant qu'il puisse dire quoi que ce soit, elle alluma l'outil. Il y eut un son chuintant, puis une flamme bleue d'environ vingt centimètres à l'apparence presque solide jaillit.

*Et c'est parti.*

Elliot revint avec le matériel qu'elle lui avait demandé et s'arrêta à une distance prudente de la table. Evangeline le remercia d'un sourire rayonnant.

*Elle s'amuse comme une folle*, se dit Ryan.

Lui aussi, il s'amusait. Probablement plus qu'il n'aurait dû.

Quand tout fut disposé selon ses instructions, elle leur présenta la bouteille de vin et la décrivit, précisant le millésime, le vignoble et la région de France d'où elle venait – le Médoc, situé sur la rive gauche de la Gironde. Elle leur dit qu'il leur fallait s'attendre à un vin d'un rouge foncé, aux accents de fruits avec des notes de cassis, de cerise et de réglisse.

Ryan avait toujours eu une préférence pour le vin blanc, mais il avait l'impression que c'était sur le point de changer.

Une fois sa courte présentation terminée, Evangeline reposa la bouteille et prit la pince, dont elle fit rougir les branches métalliques à la flamme du chalumeau. Ryan, conscient des battements de son propre cœur, fut envahi par un mélange d'appréhension et d'excitation.

Qu'est-ce qui lui arrivait ? Est-ce que Zander le ressentait aussi, cet étrange et sublime effet qu'elle produisait ?

Il n'en savait rien, et pour rien au monde il n'aurait détaché ses yeux d'elle pour regarder dans la direction de son cousin. Mais il en doutait, parce que ce qu'il éprouvait ressemblait à s'y méprendre à du désir.

Il avala sa salive.

Peut-être que Zander avait raison. Peut-être devraient-ils choisir un autre candidat. Parce que côtoyer Evangeline au quotidien serait certainement compliqué.

*Ridicule.*

Il était adulte. Capable de résister à la tentation.

La lumière se reflétait sur la bouteille posée au milieu de la table, révélant le sombre liquide rouge grenat. Une fois la pince chauffée, Evangeline glissa l'anneau autour du col de la bouteille, l'ajusta, puis le relâcha en pivotant légèrement avant de serrer à nouveau. Ensuite, elle déposa la pince et plongea le blaireau dans le seau à glace. La bouteille émit un craquement, comme de la glace qui se rompt, et Evangeline passa le blaireau sur la zone qu'elle avait chauffée avec la pince.

D'instinct, Ryan s'attendait à la suite, mais il n'en fut pas moins impressionné quand elle enroula une serviette autour de sa main pour saisir le haut du goulot de la bouteille et le rompre d'un coup sec.

— *Voilà*, dit-elle en français, se mordant la lèvre inférieure quand son regard croisa le sien.

La tentation à l'état pur.

— C'est impressionnant, dit Zander.

— Traditionnellement, on utilise cette méthode pour les vieux Porto, expliqua Evangeline tout en passant le petit pot de cire au-dessus de la flamme. Quand on conserve le vin trente ou même cinquante ans, le bouchon peut finir par s'émietter au moment de l'ouverture avec un tire-bouchon. Et personne n'a envie que des morceaux de bouchon viennent gâcher la dégustation d'un vin après avoir patienté un demi-siècle pour le boire. Cette technique de la pince permet d'éviter ce problème.

— Très ingénieux, commenta Zander en hochant la tête.

Evangeline plongea le goulot décalotté dans la cire chaude et, après avoir vidé le vin dans la carafe à décanter, elle fit de même avec le goulot de la bouteille avant de rassembler les deux morceaux.

La cire rouge coula le long de la bouteille devant les yeux émerveillés de Ryan : en plus du spectacle qu'elle leur avait offert, elle avait réussi à fabriquer un objet qui pourrait ensuite orner la table.

Elle remplit trois verres et en présenta un à chacun d'eux.

— Bien sûr, ici, il ne s'agit pas de Porto, mais on peut utiliser cette méthode avec n'importe quelle bouteille et c'est plutôt amusant, vous ne trouvez pas ?

Ryan prit une gorgée. Le vin était bon mais, il avait beau essayer, il ne sentait pas le goût du cassis, de la cerise et du réglisse. Ses sens étaient trop chavirés par le souvenir de leur nuit ensemble. C'était le goût des lèvres d'Evangeline qu'il retrouvait ; ses lèvres rafraîchies par l'air glacé de l'hiver. C'était la saveur vanillée de sa peau qu'il sentait à nouveau sous sa langue.

Tout cela était délicieux mais annonçait bien des ennuis.

Zander contempla le fond de son verre.

— Je crois que...

Pour la deuxième fois en moins d'une demi-heure, Ryan lui coupa la parole. Il savait qu'il allait se faire dûment sermonner, mais il fallait battre le fer tant qu'il était chaud.

— Evangeline Holly, vous êtes embauchée.

# 4

Elle avait réussi.

Cependant elle était embauchée à l'essai. Zander avait posé comme condition qu'elle continue à étudier pour obtenir sa certification de sommelier. Si elle ne réussissait pas l'examen du premier coup, elle pouvait dire adieu à son travail.

Mais elle n'était pas inquiète, même si l'examen avait la réputation d'être difficile et que la plupart des gens devaient le présenter plusieurs fois avant de l'obtenir. Evangeline s'en moquait. Elle ferait en sorte que ça marche. Elle travaillerait d'arrache-pied jusqu'à connaître tous les vins de la terre.

Elle était responsable des vins ! Elle avait décroché le poste et elle ne le devait qu'à elle-même.

Probablement.

Peut-être.

Elle voulait croire que la démonstration avec la pince avait fini par faire pencher la balance en sa faveur ou que ses connaissances et sa passion avaient compensé le fait qu'elle ne possédait aucune qualification officielle. Ni même aucune expérience en tant que sommelière, si on excluait le fait que, lorsqu'elle était petite, elle versait parfois le vin lors des dégustations dans le vignoble familial.

Mais il y avait tellement longtemps – presque dix-sept ans. Depuis, elle courait derrière son passé, elle faisait de son mieux pour reconstruire son monde après le départ de sa mère, qui l'avait complètement déstabilisée.

Qui les avait *tous* complètement déstabilisés.

Evangeline sentit son cœur s'alourdir dans sa poitrine comme à chaque fois qu'elle pensait à sa mère, mais elle chassa vite la sensation. Il ne fallait pas qu'elle pense à ce qu'elle avait perdu – pas maintenant, alors qu'elle avait toutes les raisons de se réjouir.

— Enfin, presque toutes les raisons, marmonna-t-elle.

Olive releva la tête vers Evangeline. Bee, elle, regardait droit devant. Les deux petites chiennes trottaient en agitant la queue en direction du parc à chiens du bout de la rue.

Leurs petits manteaux étaient constellés de flocons de neige et, à chaque respiration, des petits nuages se formaient devant leur gueule. Malgré leur âge, elles étaient toujours heureuses de partir en promenade. Malheureusement, comme elles n'étaient pas censées vivre dans l'appartement d'Evangeline, elles ne pouvaient sortir que tôt le matin et tard le soir. Loué soit l'inventeur des tapis d'apprentissage de la propreté pour chiots.

Mais, maintenant qu'elle avait un travail – un travail génial –, il fallait qu'elle trouve une solution pour les chiens.

Elle allait y arriver.

Tout allait bien. Sauf cette impression persistante que l'unique raison pour laquelle elle avait obtenu le poste, c'était grâce à l'intervention de Ryan Wilde.

C'était lui qui avait décidé de l'embaucher, pas Zander. Elle avait bien remarqué à quel point ce dernier avait été étonné quand Ryan avait annoncé que sa candidature était retenue. Elle s'était efforcée de ne pas y prêter attention. Elle méritait ce poste. Elle avait le vin dans le sang et elle allait faire du bon travail.

Il lui suffirait d'éviter autant que possible de croiser Ryan. Cela ne devrait pas être trop compliqué. Il travaillait aux heures de bureau alors que la journée d'Evangeline commençait à 16 heures. Ils ne seraient donc susceptibles de se voir qu'une ou deux heures par jour. Elle y survivrait bien, non ?

Peut-être même qu'elle réussirait à le regarder sans imaginer ses lèvres sur son cou et son corps allant et venant au-dessus du sien. Peut-être qu'elle pourrait prononcer son nom sans se rappeler qu'elle l'avait crié dans la pénombre de sa chambre.

*Ryan.*

*Ryan.*

*Ryan.*

— Ça va aller, s'encouragea-t-elle en avalant sa salive. Tout va bien se passer. Je n'ai pas le choix.

En entendant le son de sa voix, Olive remua la queue encore plus frénétiquement. Olive et Bee étaient les chiens les plus adorables du monde. Cela dit, si elles avaient été des monstres, elle s'en serait occupée malgré tout. Même si elle prenait le risque de se faire expulser de son appartement.

Les chiens n'étaient pas autorisés dans la nouvelle maison médicalisée où elle avait installé son grand-père mais, en gardant Olive et Bee, Evangeline pouvait au moins les emmener lui rendre visite de temps à autre. Elle devait bien ça à son grand-père. Robert Holly avait été la seule personne présente pour elle quand le vignoble et la vie qui allait avec avaient disparu. Il avait été le seul à prendre soin d'elle.

— Vous êtes les bestioles les plus mignonnes du monde, dit Evangeline tandis qu'elles attendaient pour traverser. Les taxis filaient, éclairs jaunes dans la lumière du matin adoucie par les flocons.

En regardant Olive, un souvenir remonta brusquement à sa conscience. Ryan torse nu debout à côté de son lit en train de caresser la petite chienne ; une image à la fois sexy et si attendrissante.

*Oh ! mon Dieu.*

Comment allait-elle pouvoir travailler tous les jours avec cet homme alors qu'elle n'arrêtait pas d'imaginer son corps sous son costume parfaitement taillé ?

Elle avait passé une nuit avec son patron. D'accord, à l'époque il ne l'était pas, mais quand même. Il ne fallait pas que ça se reproduise.

Hors de question.

Bien sûr, rien dans l'attitude de Ryan n'avait indiqué que c'était envisageable… À part un discret clin d'œil, il s'était comporté de manière strictement professionnelle pendant son entretien. Elle aurait sans doute dû se sentir soulagée.

Mais oui. Bien sûr qu'elle était soulagée, et ce poids désagréable dans la poitrine, ce n'était pas de la déception. Impossible.

— Il suffit de tuer le problème dans l'œuf, pas vrai ?

Elle referma le portillon du parc à chiens et lâcha Olive et Bee. Olive émit un aboiement tonitruant - le genre de bruit qui provoquerait à coup sûr leur expulsion si elle se l'autorisait dans l'appartement.

Evangeline hocha la tête.

— Je prends ça pour un oui.

— Encore ? constata Ryan du pas de la porte de son bureau en voyant Zander installé à sa place. Arriver aux aurores va finir par devenir une habitude.

— En effet. Et il va falloir que tu t'y fasses, répondit Zander avec un sourire crispé en lui faisant signe d'entrer.

Bien. Il n'allait pas y échapper.

La veille, Zander avait dû assister à une réunion tout de suite après l'entretien d'Evangeline, après quoi il était rentré chez lui. Depuis qu'il avait épousé Allegra, il ne travaillait plus aussi souvent tard le soir. Un an plus tôt, Ryan l'aurait sans doute envié.

Mais plus maintenant.

Ryan n'était pas fait pour le mariage… ni pour la vie de famille. Il avait essayé. Il avait tout fait pour que cela arrive, mais ce n'était tout simplement pas inscrit dans ses gènes.

En fait, il s'en doutait depuis longtemps. Après l'enfance qu'il avait vécue, il aurait fallu être idiot pour ne pas se demander si une relation normale et équilibrée était du domaine du possible. Pourtant, quand Natalie lui avait annoncé qu'elle était enceinte, il s'était autorisé à y croire.

Quelle monumentale erreur.

Une douleur sourde lui vrilla les entrailles. Natalie et son bébé étaient sortis de la vie de Ryan depuis plus d'un an. Il n'aurait pas dû être encore en train de penser à ce gâchis, mais cette stupide couverture de *Gotham* suspendue au-dessus de son bureau venait lui rappeler que célibataire il était et célibataire il resterait, condamné à vivre seul.

— Il y a une raison particulière pour que tu viennes lire le journal du matin dans mon bureau ? demanda Ryan en s'asseyant face à Zander.

— Tu es sûr de ne pas le savoir ?

Et voilà. Le moment était venu.

Ryan allait devoir se justifier d'avoir pris la décision unilatérale d'engager Evangeline Holly. Il aurait dû s'attendre à ce que Zander ne renonce pas à une explication de sa part.

— C'était celle qu'il fallait pour ce poste, point à la ligne, dit-il en haussant les épaules.

— C'est possible. Pourtant, en tant que P-DG, j'aurais aimé qu'on me laisse voix au chapitre, mais ce qui est fait est fait.

Zander referma son journal et posa les coudes sur le bureau.

— Je suis heureux que tu le prennes comme ça, dit Ryan.

— Tu seras peut-être moins heureux quand je t'aurai dit que tu seras personnellement responsable de t'assurer que ça tourne bien avec Mlle Holly, dit Zander en s'enfonçant dans son fauteuil.

*Personnellement responsable.*

Qu'est-ce que ça signifiait exactement ? Ryan était-il censé la tenir par la main alors qu'elle passerait de table en table pour conseiller les clients ?

Bah. Voilà qui ne serait pas si pénible.

*Non. C'est ton employée maintenant, rappelle-toi.*

— Bien, dit Ryan en s'éclaircissant la gorge. Elle arrive vers 16 heures. Je vais projeter de passer une heure chaque soir à vérifier comment ça se passe là-haut, au restaurant.

De toute façon, il avait déjà prévu de suivre le Bennington 8 de près. Le chef et toute l'équipe étaient bien sûr au courant que Carlo Bocci pouvait débarquer à tout moment, mais Ryan tenait à s'assurer qu'ils étaient vraiment prêts. Plus que prêts, même. Le classement au Michelin était trop important pour qu'il ne supervise pas personnellement les choses.

— Ça ne va pas suffire, dit Zander d'un ton un peu sec.

La douleur que Ryan ressentait au creux de l'estomac s'intensifia.

— Je t'écoute.

Zander haussa les épaules. Son irritation était tangible, mais Ryan percevait aussi une pointe d'amusement. Le sourire n'était pas loin, et il eut soudain clairement le sentiment que son cousin prenait un malin plaisir à jouer les P-DG.

— À partir de maintenant, tu vas assurer les soirées.

Ryan tressaillit légèrement.

— On va échanger nos horaires. Je travaillerai la journée et tu te chargeras de la soirée. De 16 heures à minuit, dit Zander.

— Mais pourquoi ?

— Pour que tu puisses garder un œil sur le Bennington 8, évidemment, dit Zander en se levant. Il faut bien que quelqu'un voie Mlle Holly à l'œuvre, histoire de s'assurer qu'elle fait l'affaire et, étant donné que c'est toi qui l'as embauchée, ce quelqu'un ce sera toi.

Prêt à rétorquer, Ryan ouvrit la bouche mais la referma aussitôt. Ce que proposait Zander était parfaitement logique. Outre le fait que Ryan avait pris sur lui d'engager Evangeline, il savait que, de toute façon, il allait devoir s'impliquer personnellement. Et il était prêt à le faire.

Zander s'adossa au chambranle de la porte, les bras croisés. C'était le moment de tout avouer, de tout raconter à son cousin.

*Vas-y, dis-le. Fais-le maintenant. Même si ça a été très bref, Evangeline et moi, nous avons eu une aventure.*

Il croisa le regard de Zander.

— Pendant combien de temps ?

— Je dirais un mois, dit Zander. Ou jusqu'à ce que Carlo Bocci nous rende visite. On avisera en fonction de ça.

Un mois. Peut-être moins. C'était tout à fait jouable.

— Parfait.

*C'est pour obtenir l'étoile du Michelin*, se dit-il. *Rien d'autre.*

Il s'agissait de travail et cela n'avait absolument rien à voir avec Evangeline Holly. Après tout, ils étaient tous les deux adultes et tout à fait capables de travailler ensemble sans forcément se retrouver au lit.

N'est-ce pas ?

Plus Evangeline se rapprochait de la porte à tambour dorée du Bennington Hotel, plus son cœur lui semblait cogner fort dans sa poitrine. Son visage était si brûlant qu'elle s'étonnait que les flocons de neige qui voletaient dans l'air ne fondent pas instantanément au contact de ses joues.

Est-ce qu'il en serait ainsi tous les jours ? Si c'était le cas, elle n'y survivrait pas. Elle allait être terrassée par une crise cardiaque et s'écrouler là, sur l'épaisse moquette rouge qui décorait le trottoir devant l'entrée de l'hôtel. Ce qui pourrait s'avérer pratique dans la mesure où cela lui éviterait d'affronter Ryan Wilde jour après jour. Elle n'aurait pas non plus à lui sourire poliment quand il tiendrait sa feuille de paie entre ses mains viriles qui avaient exploré tout son corps.

*Une heure*. Elle aspira une grande goulée d'air glacé. Le portier, vêtu d'une tenue d'un blanc immaculé lui sourit et la salua en portant la main à son chapeau haut-de-forme. *Tu peux facilement supporter de passer soixante minutes en présence de ton patron sans l'imaginer en train de te plaquer contre un mur pour t'embrasser.*

Elle avala sa salive.

Aucun homme ne l'avait jamais embrassée comme ça avant Ryan. Comme si elle était *sa chose*. Et, le plus étonnant, c'était à quel point elle avait aimé ça.

Mais le moment était particulièrement mal choisi pour nourrir ce genre de pensées. En plus, savoir que Ryan Wilde courait tout Manhattan dans son costume Armani et ses boutons de manchette Tiffany et qu'il rendait toutes les femmes folles avec ses baisers, c'était franchement humiliant. Rien que d'y penser, elle en avait la nausée.

Parcourant d'un regard rapide le luxueux hall de l'hôtel, elle s'encouragea en se disant qu'elle était en mode survie. Il lui suffisait de survivre à cette heure où leurs horaires se chevauchaient et, ensuite, elle pourrait se concentrer sur son travail. Elle pourrait oublier son erreur de jugement et se consacrer à son unique domaine d'excellence : le vin.

Pour elle, c'était une façon de s'évader. Goûter un vin, l'évaluer, c'était comme s'arrêter lors d'une promenade pour humer le parfum d'une rose. Dans ces moments-là, tout autour d'elle semblait disparaître et elle vivait pleinement le moment présent. Elle savourait cet instant suspendu dans le temps avec chacun de ses sens. Parce qu'un vin ne se résumait pas à son goût. Parfois, quand elle faisait tourner un vin particulièrement rare dans un verre, la beauté de la lumière traversant le liquide était si bouleversante que les larmes lui montaient aux yeux. Il y avait même un mot qui désignait la capacité d'un vin à refléter la lumière. On appelait ça la brillance.

*Une heure.*

Ensuite, elle serait libre d'agir.

Sauf qu'aujourd'hui ce serait deux heures, parce qu'elle tenait à mettre les choses au clair avec son nouveau patron et qu'elle ne pouvait décemment pas le faire pendant ses heures de travail. Il fallait que ses liens personnels avec Ryan demeurent totalement séparés de leur relation de travail – séparés au point de ne plus exister.

Elle sourit à Elliot, le directeur qui l'avait guidée jusqu'au restaurant pour son entretien la veille, et son cœur s'emballa quand elle lui demanda où se trouvait le bureau du directeur financier, mais Elliot ne sembla pas le remarquer.

Il lui indiqua un couloir richement décoré et lui dit de tourner à gauche après être passée sous l'horloge dorée suspendue au plafond du hall.

— Le bureau de M. Wilde est le deuxième en partant du fond, du côté droit du couloir. Mais vous êtes très en avance. Puis-je vous proposer quelque chose avant d'aller le trouver ? Un café ? Un expresso, peut-être ?

— Non, merci, répondit-elle.

Elle était déjà assez agitée comme ça. Inutile d'ajouter de la caféine.

Elle fourra ses mains tremblantes dans ses poches et traversa le vaste hall carrelé de marbre. En passant devant le canapé en velours où elle avait patienté vingt-quatre heures plus tôt en attendant son entretien, elle ne put s'empêcher de remarquer que tout un groupe de femmes très élégantes occupait toujours les lieux. Il lui sembla en reconnaître certaines, notamment la brune qui avait critiqué sa jupe crayon.

Mais que se passait-il ? Zander et Ryan continuaient-ils à

recevoir des candidats même après lui avoir proposé le poste ? Seigneur, elle espérait que non.

Elle éprouva donc un immense soulagement quand elle arriva devant le bureau de Ryan. La porte était ouverte, et elle put constater qu'il était assis dans son fauteuil. Seul. Aucun autre sommelier en vue.

Elle prit une profonde inspiration et toqua légèrement à la porte.

— Excusez-moi.

Ryan releva la tête, et ses yeux bleu cristal se posèrent sur elle. Franchement, pourquoi fallait-il qu'il soit si beau ? Ce n'était pas du jeu.

— Eve.

Encore ce prénom. Elle fut stoppée net dans son élan et vacilla légèrement sur ses hauts talons.

— Evangeline, corrigea-t-elle. Personne ne m'appelle Eve.

Il la regarda d'une façon si intense qu'elle eut l'impression de se retrouver dans son appartement quelques semaines plus tôt, elle, enveloppée dans un drap, et lui, couché nu dans son lit.

— Compris, dit-il avec un sourire un peu forcé. Je t'en prie, entre.

Elle referma la porte derrière elle et s'assit sur une des chaises, face à lui.

— Tu es en avance, dit-il avant même qu'elle ait pu commencer à parler.

— En effet. Elle redressa le menton. *Il faut y aller.* Je voulais te parler en dehors des horaires de travail.

Son regard s'échappa par une des fenêtres de son bureau d'angle. Dehors, sous la neige, le portier de l'hôtel faisait signe à des taxis pour les clients du Bennington.

— Veux-tu que nous allions ailleurs ?

— Oh.

Elle ne s'attendait pas à cette suggestion, mais l'idée lui plaisait. De toute façon, il était préférable de régler leurs affaires personnelles loin de leur lieu de travail. Elle hocha la tête mais, au moment où elle allait proposer une courte balade à Central Park, son regard se posa la photo qui était suspendue au-dessus du bureau de Ryan.

C'était une couverture de magazine.

La couverture de magazine – celle qui le proclamait célibataire le plus sexy de l'univers ou autre stupidité de ce genre.

Et il l'avait fait accrocher sur le mur de son bureau. Elle était incapable de détacher son regard de la photo de couverture du *Gotham*.

Ryan se leva. Pour une fois, il n'avait pas l'air complètement à l'aise.

— Oh. Ne fais pas attention à ça.

— Trop tard, dit-elle d'une voix un peu étranglée.

Qu'est-ce qui lui avait pris ? Elle ne pouvait pas aller à Central Park avec lui. Ni nulle part ailleurs, en fait.

— C'est une blague, expliqua Ryan en se passant une main dans les cheveux, l'air un peu embarrassé. Zander trouvait amusant de l'accrocher ici.

— Hilarant, je dois dire.

Ensuite, il se mit à lui parler du *New York Times* et des mariages et d'une malédiction... Mais Evangeline ne parvenait pas à suivre ses explications parce qu'elle était en train de comprendre. Peu à peu, la lumière se faisait.

— Oh ! mon Dieu, s'écria-t-elle tout à coup, ces femmes dans le hall – elles ne sont pas là pour un entretien d'embauche, c'est ça ?

— Non, mais..., soupira Ryan en contournant son bureau pour s'approcher d'elle.

Evangeline se leva d'un bond de sa chaise et le foudroya du regard.

— Mais quoi ? Est-ce que oui ou non ces femmes attendent dans le hall de l'hôtel dans l'espoir de t'apercevoir, toi, le roi des célibataires ?

— Ce n'est pas comme ça que je le dirais, dit-il, un pli d'amertume déformant légèrement sa bouche.

Non qu'Evangeline ait été en train de regarder ses lèvres. Mais il se trouvait que sa bouche était juste *là*, à hauteur de regard. Et, en dépit de son expression un peu sévère, elle la faisait littéralement fondre... Ce qui ajouta encore à son embarras.

— Elles ont cru que j'étais l'une d'elles.

La mâchoire virile de Ryan se crispa légèrement.

— Pardon ?

— Oui, confirma Evangeline. Hier, quand j'attendais avant mon entretien, ton fan-club m'a accueillie comme l'une des leurs. J'ai même eu droit à quelques conseils comme laisser tomber la jupe crayon. Et même de laisser tomber tout court parce que je n'étais pas ton genre.

— Je suis désolé. Vraiment.

À l'expression de son regard, elle vit qu'il était sincèrement peiné, et soudain la pièce lui sembla toute petite.

— Toi et moi, nous savons très bien qu'elles se trompent, non ?

Pourquoi était-il en train de lui faire du charme ? Et pourquoi était-elle sur le point d'y succomber ?

*Parce que c'est le célibataire le plus sexy de New York, espèce d'idiote.*

Elle recula d'un pas et se cogna contre la chaise où elle était assise un peu plus tôt.

— C'est précisément la raison pour laquelle je tenais à te parler. Il... Ça ne doit pas se reproduire.

Malgré elle, elle sentait son corps, tout près. Et sa chaleur la brûlait comme un jour d'été.

— Tu es mon patron, maintenant.

Le regard de Ryan descendit sur sa bouche.

— C'est vrai.

— Ça ne serait pas correct, ajouta-t-elle en s'humectant les lèvres.

— Pas du tout, confirma-t-il, son regard rivé au sien.

Elle comprit qu'ils n'étaient plus qu'à un murmure l'un de l'autre. L'arrière de ses genoux ne touchait plus la chaise. Insensiblement, elle s'était rapprochée de lui, attirée par son corps comme un papillon par une flamme.

Elle était si près maintenant qu'elle pouvait sentir toutes les nuances de son parfum très masculin. Des fragrances de cuir, de mousse, d'écorce de chêne avec une note de pin, de santal et de violette.

Evangeline inspira profondément, comme pour s'imprégner de son odeur. Elle se sentait un peu étourdie. Étourdie et comme un peu ivre, même si elle n'avait pas consommé une goutte d'alcool.

*Arrête.*

*Arrête ça tout de suite.*

Si elle ne se reprenait pas immédiatement, elle allait finir par l'embrasser. D'ailleurs, elle était déjà en train de se dresser sur la pointe de ses pieds et de lever son visage vers le sien.

*Si tu l'embrasses maintenant, tu vas le regretter amèrement et tu ne pourras t'en prendre qu'à toi-même.*

Ce n'était pas du tout comme ça qu'elle devait commencer sa nouvelle carrière. Il fallait absolument qu'elle dise ou qu'elle fasse quelque chose pour rompre le charme. Immédiatement.

Elle croisa les bras – une barrière – et proféra le plus gros mensonge de toute sa vie.

— Ce serait complètement idiot de recommencer de toute façon, étant donné que l'autre fois a été si désastreuse.

Ryan se figea une seconde, les sourcils froncés.

— Désastreuse ?

— Mais oui, dit-elle en haussant les épaules et en feignant l'indifférence.

Pas facile alors que chaque centimètre carré de son corps n'aspirait qu'à une chose ; être dans ses bras.

— Je suis sûre que tu es d'accord. C'était...

Il leva un sourcil d'un air interrogateur.

— Moyen, dit-elle, le visage en feu.

Le regard de Ryan se durcit et sa mâchoire se contracta. Même en colère, il restait un des hommes les plus beaux qu'Evangeline ait jamais vu.

— Moyen, répéta-t-il sans qu'aucune émotion transparaisse dans sa voix.

Incapable de le regarder dans les yeux, elle fixa un point par-dessus son épaule.

— Oui. Et encore. Donc, il vaut mieux que ça n'arrive plus.

— Ne t'inquiète pas, dit-il les dents serrées, ça ne risque pas.

— Parfait.

Il la fixa longuement du regard. Evangeline sentait les pulsations de son cœur jusque dans ses oreilles... *Menteuse. Espèce de menteuse.*

Cette nuit n'avait rien eu de moyen. Absolument rien. Si tel avait été le cas, elle aurait été capable de se trouver dans la même pièce que Ryan Wilde sans avoir envie de l'embrasser et de sentir ses mains sur elle. Sur tout son corps.

Pourtant, même si cette nuit avait eu beaucoup d'importance pour elle, elle savait bien que ce n'avait pas été la même chose pour Ryan. Impossible. Elle n'était pas douée dans ce domaine ; Jeremy le lui avait clairement dit. En plus, elle était sûre que Ryan sortait avec des mannequins. Apparemment, il sortait avec tout le monde.

Si d'aventure elle avait été tentée d'oublier ce fait important, il lui suffisait de regarder la couverture de magazine accrochée à son mur.

Ce qu'elle fit. Puis, elle redressa les épaules.

— Je suis heureuse que ça soit réglé. Je sais que tous les deux nous voulons ce qu'il y a de mieux pour le Bennington 8, donc c'est sans doute une bonne chose que nous ne travaillions pas directement ensemble.

Ryan eut un demi-sourire en regagnant sa place derrière son bureau, et Evangeline sentit une vague appréhension l'envahir. Mais pourquoi ? Elle avait fait ce qu'il fallait. À partir de maintenant, tout allait bien se passer.

Mais le regard amusé de Ryan annonçait tout autre chose.

— Je crois que j'aurais dû te dire qu'il y a eu un changement dans l'organisation.

Un changement dans l'organisation.

Bizarrement, elle sentit comme une menace.

Ryan croisa les mains sur son bureau.

Evangeline avala péniblement sa salive. Quand son regard croisa à nouveau celui de Ryan, elle n'y vit plus aucune trace d'amusement.

— Je suis de l'équipe du soir, maintenant, et tu vas travailler directement sous mes ordres.

# 5

— Bonjour, bel étranger. C'est un plaisir de vous voir, dit Emily Wilde en prenant Ryan dans ses bras au moment où il franchissait le seuil de la maison de ville de la famille Wilde.

Ryan rendit son étreinte à Emily tout en se laissant envahir par l'odeur réconfortante du déjeuner du dimanche – de la maison – et il se prépara aux réprimandes qui n'allaient pas manquer de suivre.

Emily se recula tout en le retenant fermement par le haut des bras et le regarda droit dans les yeux.

— Est-ce que tu sais depuis combien de temps tu n'es pas venu à notre déjeuner en famille du dimanche ?

*Et voilà.*

— Huit semaines, répondit-elle à sa place en lui pinçant les bras.

La tante de Ryan possédait toujours la silhouette gracile d'une danseuse, mais elle était plus forte qu'elle n'en avait l'air.

Il poussa un gémissement et fit un pas en arrière pour se dégager.

— Aïe.

— Tu mériterais bien pire, dit-elle en lui donnant un petit coup avec le torchon qu'elle avait à la main. Si Zander ne m'avait pas rassurée en me disant que tu étais encore vivant et assez en forme pour l'aider à diriger son hôtel, j'aurais pu croire que tu avais disparu de la surface de la terre.

— Je suis désolé. Je...

Il se cachait ?

Léchait ses plaies ?

Évitait les réunions de famille dans une famille qui n'était techniquement pas la sienne ?

Tout ça à la fois.

— J'étais occupé, dit-il en souriant et en tendant à Emily la bouteille de vin qu'il tenait sous le bras. En gage de paix.

Elle retourna la bouteille pour en déchiffrer l'étiquette.

— Qu'est-ce que c'est ?

— Un Douro, un vin rouge portugais, dit-il en indiquant la cuisine du menton. Ça devrait être parfait avec l'agneau.

— Tu n'es pas un invité ici. Tu es de la famille. Qu'est-ce qui te prend de venir avec un cadeau à un repas de famille ? le sermonna Emily. Qui êtes-vous ? Et qu'avez-vous fait de mon fils ?

*Mon fils.*

Ryan ressentit une sensation douce-amère au creux de la poitrine. Il n'était pas le fils d'Emily. Pas réellement. Mais elle avait toujours été une mère pour lui. Il gardait peu de souvenirs de ses parents naturels. Tout ça était si lointain et si flou. Ses souvenirs ne prenaient de sens que globalement, de loin en quelque sorte. Mais, s'il se concentrait trop intensément sur ses premières années, elles se résumaient à des formes et des couleurs – des bleus et des gris un peu tristes qui le faisaient se sentir vide à l'intérieur.

— Je suis là, dit-il d'une voix un peu rauque.

— Bien.

Emily Wilde était fine mouche, et Ryan se doutait qu'elle savait très bien pourquoi il s'était fait si rare aux déjeuners du dimanche ces six derniers mois.

Il n'avait pas eu l'intention de rompre les liens. Il devait tout à la famille qui vivait dans cette maison. Mais il lui était parfois difficile d'être le témoin de tant de proximité. Il en était presque arrivé à croire que lui aussi serait capable d'avoir une famille à lui un jour. Et c'est ce qui l'avait rendu si vulnérable aux mensonges de Natalie.

Heureusement, Emily eut la délicatesse de ne pas faire allusion à Natalie.

Ni à son bébé.

— Qu'est-ce que c'est que ça, maman ? s'enquit Zander en

voyant la bouteille que portait sa mère quand ils pénétrèrent dans la cuisine bondée. Je parie que c'est Ryan qui l'a apportée.

Toutes les têtes se tournèrent vers Ryan. Tout le clan des Wilde était présent – la plus jeune fille d'Emily, Tessa, avec son mari Julian. Zander et Allegra. Il y avait aussi Mister B, le chien d'assistance de Tessa. Même Chloe, dont la présence aux repas de famille était encore plus sporadique que celle de Ryan, était debout devant la cuisinière, une cuillère en bois à la main.

Ryan était tout particulièrement heureux de voir Chloe. Tous les autres enfants Wilde s'étant récemment mis en couple, cela lui rappelait sans arrêt sa situation de célibataire. Bien sûr, il n'avait pas l'intention d'en changer dans un avenir proche – ou même jamais –, mais il trouvait un peu pesant que son état se rappelle à son bon souvenir à chaque fois qu'il franchissait le seuil de cette maison.

Il les embrassa tous un par un, puis prit Mister B dans ses bras. Quand le petit chien lui lécha le visage, ses pensées s'envolèrent brièvement vers le dernier animal qu'il avait câliné.

L'adorable chien aux grands yeux d'Evangeline.

Ryan repoussa le souvenir dans les tréfonds de son esprit et lança un regard à Zander par-dessus la tête de Mister B.

— Eh oui, j'ai apporté du vin. Ça se fait, dit-il en haussant les épaules.

— Sans doute un vin dont tu ne connaissais même pas l'existence il y a une semaine, dit Zander.

*La barbe.*

Ryan poussa un soupir. Quelle idée avait-il eue de prendre du Douro ?

*C'est sans doute parce que tu as entendu Evangeline en vanter les qualités hier soir au Bennington 8.*

Elle avait recommandé le vin à tout un groupe qui occupait la table centrale du restaurant. Au départ sceptiques, tous s'étaient laissé convaincre par la verve d'Evangeline et l'histoire mouvementée du vin, où se mêlaient contrebande et naufrages. À la fin de la soirée, huit bouteilles avaient été consommées.

Ryan n'en revenait pas.

Cela lui arrivait souvent ces derniers temps. Tout comme

il restait dérouté depuis qu'Evangeline avait qualifié leur nuit ensemble de désastre.

— J'élargis mes horizons, répliqua Ryan d'un ton léger. C'est un des avantages à faire partie de l'équipe de nuit.

— L'équipe de nuit ? Qu'est-ce que c'est que ça ? demanda Allegra, son regard passant de Ryan à son mari.

Zander attrapa un tire-bouchon dans un des placards muraux.

— Ryan fait en sorte de mettre toutes les chances de notre côté pour que le Bennington 8 décroche une étoile au Michelin.

Allegra se tourna vers Ryan, l'air intrigué.

— Mais tu es directeur financier. C'est un peu...

— Bizarre, acheva Emily à sa place.

Les mains de Julian fendaient l'air dans tous les sens tandis qu'il résumait la conversation pour Tessa en langage des signes. Il y avait moins de cinq minutes que Ryan avait franchi la porte de la maison, et déjà toute la famille décortiquait et commentait sa vie personnelle. Merveilleux.

— Tout va bien. Ça me fait plaisir, coupa Ryan.

Il n'avait pas particulièrement envie que les raisons de son changement d'horaires fassent l'objet d'un grand débat familial.

Il prit donc soin d'éviter les regards curieux et fit de son mieux pour trouver un autre sujet de conversation, histoire de faire diversion.

— Le vin a besoin de respirer une heure avant qu'on le boive.

Mais sa famille ne s'en laissa pas conter, attendant qu'il donne plus de détails sur ses nouveaux horaires de travail et son intérêt soudain pour le raisin fermenté. Il prit donc la bouteille de rouge des mains de Zander et la porta dans la salle à manger. Petit moment de répit.

Une fois dans la salle à manger, il se détendit légèrement, surtout quand il entendit que la conversation avait dérivé sur les ballets.

C'était un sujet récurrent chez les Wilde. Tessa et Chloe étaient toutes les deux danseuses professionnelles, et Emily dirigeait une école de danse déjà avant la naissance de Ryan. Désormais, Allegra y travaillait avec elle et assurait la majorité des cours.

Même Zander avait eu son heure de gloire sur les pistes de danse et avait disputé quelques concours quand il était adolescent.

Ryan lui-même n'était pas Fred Astaire mais n'avait pas deux pieds gauches – enfin, pas tout à fait – et il pouvait se débrouiller tant qu'il ne s'agissait que d'une valse. Il se rappelait les heures passées dans la salle aux grands miroirs de la Wilde School of Dance après l'école, les bras levés et un manche à balai en équilibre entre ses épaules pour corriger sa posture. Il se rappelait aussi qu'Emily faisait la grimace à chaque fois que son balai tombait, interrompant la leçon. Il était si maladroit qu'un jour il avait trébuché et s'était étalé sur sa partenaire, une jolie fille qui avait par la suite remporté de nombreuses compétitions en duo avec un danseur plus doué que lui.

Il avait fini par supplier Emily de lui permettre d'arrêter la danse. Elle avait eu pitié de lui, et passer ses après-midi sur un terrain de base-ball plutôt que sur une piste de danse avait été un intense soulagement. Pourtant, être le seul membre de la famille à ne pas avoir contribué à la collection de trophées qui trônaient dans le hall de l'école de danse lui rappelait sans cesse qu'il n'était pas vraiment un des leurs.

Qu'il était différent.

— Je me suis dit qu'on pourrait avoir besoin de ça, dit Zander en faisant irruption dans la salle à manger, sept verres à vin à la main.

Sans un mot, Ryan le débarrassa de la moitié des verres et les disposa sur la table.

Mais Zander ne cherchait pas seulement à se rendre utile, Ryan le sentait bien. Il travaillait depuis assez longtemps avec son cousin pour savoir quand il avait envie d'aborder un sujet délicat. Cependant il allait falloir que Zander prenne les devants. Ryan n'avait aucune envie de lui faciliter la tâche. Et ce d'autant moins qu'il ne pouvait même pas prononcer le nom d'Evangeline sans immédiatement éveiller les soupçons.

— Tu as lu la presse, aujourd'hui ? finit par demander Zander.

Ryan secoua la tête.

— Non.

— Bocci a accordé une étoile Michelin à un des restaurants qu'il a inspectés cette semaine, soupira Zander.

— Bon sang, c'est vrai ?

— Oui, confirma Zander en croisant les bras. À un petit restaurant français près du Lincoln Center.

— Une seule étoile ?

— Une seule. Mais, pour l'instant, ça fait une de plus que le Bennington 8.

Il marquait un point.

Les voix du reste de la famille s'amplifièrent tandis que tout le monde passait de la cuisine à la salle à manger. Zander jeta un œil par-dessus son épaule, puis se tourna vers Ryan.

— On en rediscutera plus longuement, mais j'aimerais que tu ailles faire un tour là-bas pour voir de quoi il retourne. Demain soir, ça t'irait ?

— Pas de problème, dit Ryan en haussant les épaules. Le Bennington 8 est fermé demain soir, donc c'est parfait. Mais tu crois que je réussirai à avoir une table ?

— J'en ai déjà réservé une à ton nom. Ils sont complets pour des semaines, mais quand j'ai dit que c'était pour le Célibataire le plus sexy de New York, une table s'est libérée comme par magie, dit Zander en souriant. Tu vois ? Je t'avais bien dit que cette histoire pourrait finir par s'avérer utile.

Ryan leva les yeux au ciel.

— C'est ça. J'ai hâte de lire le compte rendu de mon dîner en solo en page 6 du journal de mardi. Ils me rebaptiseront sans doute Célibataire le plus seul de New York pour l'occasion.

— Tu ne dîneras pas seul, dit Zander en secouant la tête. La réservation est pour deux personnes à 21 heures.

— Je vois. On y va en tandem tous les deux, alors ? Tu as raison. Un seul convive, ça sent l'espion à plein nez.

— Heureux que tu approuves mon idée, dit Zander en croisant les bras et en adoptant ce qu'Allegra appelait en plaisantant son expression de P-DG.

Cela n'annonçait rien de bon. Ryan risquait fort de ne pas aimer ce qui allait suivre.

— C'est Evangeline qui dînera avec toi.

Gagné.

— Ce n'est vraiment pas une bonne idée, dit Ryan, la mâchoire crispée.

— Et pourquoi ? Tu as dit toi-même que dîner seul pourrait éveiller les soupçons. Ta photo est partout dans les journaux. Si je viens avec toi, on nous reconnaîtra sans doute tous les deux et il n'y aura plus aucun doute sur notre présence là-bas. Et puis, si tu y vas avec Evangeline, elle pourra étudier leur carte des vins et ça aura l'air d'un tête-à-tête amoureux.

— Précisément. Je suis son patron. Tu ne penses pas que sortir avec elle serait mal venu ?

Ryan concentra son regard sur la table où il remit en place un verre qui n'avait absolument pas besoin d'être déplacé.

Il s'en voulait d'être aussi hypocrite.

D'accord, il n'avait pas passé de nuit avec elle depuis qu'elle était employée au Bennington. On pouvait même dire qu'ils avaient à peine échangé un mot ou deux depuis leur conversation dans son bureau le premier jour où elle était venue travailler. Chaque soir, ils se tournaient autour sur la pointe des pieds, prenant bien soin d'éviter tout contact visuel.

Mais il l'avait surprise en train de le regarder à plusieurs reprises quand elle croyait qu'il ne la voyait pas. Et la façon dont ses joues avaient rosi quand elle avait été prise sur le fait lui avait confirmé qu'elle avait menti concernant la nuit qu'ils avaient passée ensemble.

Un désastre ?

Sûrement pas.

— Bien sûr que ce serait déplacé que tu sortes avec elle, dit Zander. Ce serait même pire que ça. Ça serait un désastre.

Encore ce mot – *désastre*.

— Le mot me paraît exagéré, dit Ryan en relevant vivement la tête.

— Oh ! non. On ne peut pas se permettre ce genre de fantaisie alors que Bocci est dans le coin. Et puis, je te rappelle une petite chose : demain, ce ne sera pas vraiment un rendez-vous amoureux.

Exact. Ryan avait effectivement oublié ce détail important.

— Je ne te demande pas de sortir avec elle, dit Zander en

fronçant les sourcils. Et même, je tiens à ce que tu ne le fasses pas. Je ne veux même pas que tu fasses semblant. Je dis seulement que si les gens tirent des conclusions en vous voyant dîner ensemble, tant pis. Pourquoi compliques-tu les choses ?

Parce que, que ce soit un rendez-vous amoureux ou pas, il ne pourrait pas être assis en face d'elle sans penser à la façon dont ses yeux bleus luisaient dans la pénombre de sa chambre, à ses petits gémissements si excitants quand il était entré en elle.

Quelque chose dans sa poitrine se referma comme un poing.

— D'accord. Je vais y aller, bien sûr.

Zander lança un dernier regard à Ryan tandis que le reste de la famille s'affairait à dresser le couvert.

— Parfait. C'est la réponse que j'attendais dès le départ.

— Parle-moi de ton nouveau boulot.

Robert Holly, le grand-père d'Evangeline, était assis dans son fauteuil en cuir beige, Olive et Bee sur les genoux.

En faisant un gros effort, Evangeline pouvait presque s'imaginer qu'ils se trouvaient dans son vieil appartement de la 42e rue et pas dans cette maison de retraite bien trop chère pour elle. Mais elle n'en avait pas moins la gorge nouée. Bien sûr, elle était reconnaissante à l'équipe qu'on l'ait autorisée à apporter quelques-uns des meubles de son grand-père et à amener les chiens en visite une fois par semaine, mais elle aurait quand même voulu que les choses soient différentes.

Son grand-père tentait de faire bonne figure, mais les infirmières avaient confié à Evangeline qu'il semblait déprimé depuis son arrivée. Et le fait qu'il cherche à la protéger lui rendait paradoxalement les choses plus difficiles encore.

Mais il en avait toujours été ainsi. Papy Bob n'était pas seulement son grand-père. Il était sa famille – du moins, ce qui en restait – et avait toujours été là pour elle, son seul soutien.

— Mon boulot ? Par où commencer ? *Par mon patron, le célèbre célibataire, avec qui j'ai eu une aventure ou par le fait que les horaires du soir me crèvent littéralement ?*

La veille au soir, elle s'était même endormie debout dans la cave à vins. En se réveillant, elle avait surpris Ryan qui la regardait de l'autre bout de la pièce. À moins qu'elle n'ait été en train de rêver de lui. Franchement, elle n'aurait pas pu dire laquelle des deux situations était la plus humiliante.

— Le boulot est sympa, dit-elle avec un sourire, s'efforçant de chasser de son esprit l'image de Ryan Wilde dans l'un de ses costumes de créateur. Peine perdue.

— Seulement sympa ? fit le vieil homme, étonné, tout en caressant Bee entre les deux oreilles. Tu pensais ne jamais obtenir un poste de sommelier avant d'avoir passé ton examen et tu rayonnes littéralement depuis que tu es entrée ici. Je croyais que c'était parce que tu avais décroché le boulot de tes rêves.

— Oui. C'est le cas. Mais je ne rayonne pas, dit-elle, les joues en feu.

— Mais si.

— Mais non. Et tu ne portes pas tes lunettes, c'est pour ça que tu me vois un peu floue.

C'était la seule explication possible parce qu'il n'y avait aucune raison qu'elle « rayonne » en pensant à Ryan Wilde. Il avait bien assez de tout son harem.

Son grand-père éclata de rire et son visage devint encore plus brûlant.

— C'est bien le job de mes rêves, dit-elle en s'éclaircissant la gorge. C'est juste un peu plus éprouvant que je n'imaginais.

Elle aurait bien aimé pouvoir en imputer la responsabilité à Ryan mais, quand bien même elle serait parvenue à se convaincre que sa seule présence la perturbait au point de l'épuiser, rien n'expliquait pourquoi elle n'avait été capable d'identifier aucun des vins blancs cet après-midi pendant sa séance de travail avec son groupe d'étude des vins.

Elle n'avait pas été au niveau et cela ne lui était jamais arrivé.

Evangeline était la meilleure testeuse de son groupe. Du moins, habituellement. Alors, quand elle avait annoncé, très sûre d'elle que le deuxième verre testé était un sauvignon blanc de la région de Bordeaux, les autres membres du groupe l'avaient tous regardée, complètement médusés.

Ce n'était vraiment pas le moment de commettre ce genre d'erreur. Juste au moment où il y avait une étoile Michelin en jeu.

— Mais je vais m'en sortir. Je suis née pour ce travail.

Elle s'était laissé distraire, voilà tout.

Est-ce qu'elle avait été ébranlée quand Ryan lui avait annoncé qu'il changeait ses horaires pour travailler le soir et qu'elle serait directement sous ses ordres ? Bien sûr. Mais elle avait réussi à survivre à la première semaine, non ?

*Survivre, si on veut. Tu as passé cinq jours à te cacher.*

— Bien sûr que tu es faite pour ce travail, confirma Papy Bob. Mais son sourire s'effaça rapidement pour laisser place à un air pensif qui vrilla le cœur d'Evangeline. Je suis tellement désolé de ne pas avoir réussi à sauver le vignoble. Je ne savais pas...

Evangeline secoua la tête dans l'espoir de le faire taire.

Elle n'arrivait pas à croire qu'il ait parlé du vignoble. Cela faisait presque vingt ans maintenant qu'ils évitaient soigneusement le sujet. C'était trop douloureux de penser à ce qu'ils avaient perdu et, en plus, il n'avait rien à se reprocher. Absolument rien.

C'était à cause de son père que le vignoble avait été perdu. Et d'une certaine façon, à cause de sa mère aussi.

— Tout va bien. Ce travail au Bennington, c'est la chance que j'attendais depuis toujours. C'est un nouveau départ.

Dans tous les sens du terme. Pour une fois, elle était bien contente que son grand-père n'ait pas l'air de se souvenir de l'existence de Jeremy. Au moins, elle n'aurait pas à lui raconter leur rupture. Et la perte consécutive de son emploi.

Elle ne lui mentait pas vraiment, elle se contentait de le protéger de la dure réalité. La vie de Papy Bob avait été complètement bouleversée dernièrement ; tout ce qu'il avait besoin de savoir c'est qu'elle était désormais sommelière dans un des plus grands palaces de New York.

Pour l'instant.

Elle se força à sourire et à ignorer la drôle de sensation qu'elle éprouvait au creux de l'estomac. Elle serait le meilleur sommelier dont le Bennington 8 pouvait rêver. Elle avait juste besoin d'un peu de repos, de se vider un peu la tête et, surtout, d'arrêter de penser à Ryan Wilde.

C'est à ça que servaient les jours de repos, non ?

À l'instant même, comme si le sort se jouait d'elle, son téléphone mobile tinta. Elle avait un message. Elle jeta un œil sur l'écran tandis que Papy Bob se mettait à parler de la soirée pizza qui devait avoir lieu dans la salle à manger de la maison de retraite.

Zander Wilde : Désolé de vous déranger pendant votre jour de repos, mais êtes-vous libre pour évaluer un restaurant ce soir ?

À peine avait-elle fini de lire ce premier texto et avant qu'elle ait eu le temps de répondre, le téléphone tinta à nouveau.

Zander Wilde : J'ai oublié de vous dire qu'il s'agissait d'un restaurant qui a obtenu une étoile Michelin. J'aimerais que vous me donniez votre avis sur les vins.

Et voilà... C'était l'occasion pour elle de se remettre sur les rails et de prouver ce qu'elle valait sans être distraite toutes les cinq minutes par le visage si viril de Ryan.

D'accord, il était beau à tomber par terre, mais il fallait vraiment qu'elle arrête de penser sans arrêt à lui.

Et elle allait le faire. À partir de maintenant.

— Désolée, Papy Bob, il faut que je réponde à ce texto. Et j'ai bien l'impression que je vais devoir travailler ce soir finalement.

— Vas-y, ma chérie. Fais ce que tu as à faire, même si j'aurais bien aimé que tu sois avec moi ce soir pour cette soirée pizza, dit-il en souriant.

Olive et Bee levèrent la tête vers elle en remuant la queue.

Une pizza party avec quelques personnes âgées et deux chiens adorables était une perspective agréable, mais un dîner dans un restaurant qui avait décroché l'étoile tant convoitée du Michelin ne l'était pas moins. Surtout si elle partageait ce repas avec le très professionnel et très marié Zander Wilde plutôt qu'avec son célibataire bien trop sexy de cousin.

Elle écrivit sa réponse.

Evangeline Holly : Pas de problème. Où et à quelle heure dois-je vous retrouver ?

Zander Wilde : La limousine du Bennington passera vous prendre à 20 heures.

Parfait.

# 6

— Nous y sommes, monsieur, dit Tony, le chauffeur du Bennington, en jetant un œil à Ryan dans le rétroviseur de la limousine. Voulez-vous que je monte chercher Mlle Holly ?

Ryan balaya du regard les marches qui menaient à l'immeuble d'Evangeline et la porte sculptée rouge qu'on lui avait si résolument fermée au nez sept semaines plus tôt.

— Merci, je vais y aller moi-même.

Il n'avait aucune idée de ce que Zander avait pu lui dire concernant leur étude sur le terrain surprise. Il avait proposé d'appeler Evangeline pour s'organiser avec elle, mais Zander lui avait assuré que tout était déjà réglé.

Il l'avait donc certainement avertie qu'elle serait en compagnie de Ryan pour le repas gastronomique qui les attendait chez Mon Ami Jules dans l'Upper West Side. Cela dit, Zander n'avait sans doute pas jugé utile de mentionner la présence de Ryan. Comme il l'avait répété à plusieurs reprises, ce n'était pas un rendez-vous amoureux. C'était le travail.

N'empêche, il doutait qu'elle serait ravie de le trouver en train de l'attendre dans la limousine si elle n'avait pas été prévenue de sa présence. Peut-être même trouverait-elle ça « désastreux ». Si elle devait lui jeter à nouveau ce mot à la figure, Ryan préférait que Tony n'en soit pas témoin.

— Bien, monsieur. Je vous attendrai au coin de la rue.

Ryan descendit de l'imposante voiture noire et grimpa l'escalier couvert de sel du perron de l'immeuble, envahi par une sensation qui ressemblait un peu trop à du désir.

*Ce n'est pas un rendez-vous amoureux, mets-toi bien ça dans le crâne.*

Il se répéta ce mantra jusqu'à ce qu'il se retrouve sur le seuil d'Evangeline. Serrant les dents, il toqua à la porte.

Ce qui déclencha une explosion d'aboiements venus de l'intérieur de l'appartement. La porte s'ouvrit à la volée sur une Evangeline paniquée qui tentait de faire taire les deux petits Cavaliers King Charles que Ryan avait vus lors de sa précédente visite.

— Olive et Bee, dit-il. Les deux chiens agitèrent frénétiquement la queue en entendant leur nom. Content de vous revoir.

Le visage parfait d'Evangeline pâlit d'un seul coup, et ses lèvres exquises s'entrouvrirent sous l'effet de la surprise.

Mille idées tout à fait déplacées lui vinrent instantanément à l'esprit.

Dans chacun des scénarios, il se voyait prendre son visage entre ses mains puis l'embrasser. Lentement... Profondément.

— Toi, finit-elle par dire dans un souffle.

Donc, il ne s'était pas trompé. Il était évident que Zander ne s'était pas montré précis sur les détails.

— Tu attendais quelqu'un d'autre ? demanda Ryan en levant un sourcil.

Elle secoua la tête. Trop fort. Trop vite.

— Mais non.

Ryan afficha une expression franchement dubitative.

— D'accord, si, soupira-t-elle. Il se peut que j'aie cru que c'était avec Zander que je dînais.

Il avança la main pour gratter Olive derrière une de ses oreilles couleur de cuivre, prenant bien soin de l'approcher par la gauche ; il se rappelait qu'elle était aveugle de l'œil droit.

— Désolé de te décevoir, dit-il l'air détaché.

— Je ne suis pas déçue, répondit-elle en évitant de croiser son regard. Juste...

— Troublée ?

La dernière fois qu'ils s'étaient retrouvés seuls dans une pièce, ils avaient été à deux doigts de s'embrasser alors qu'ils juraient tous les deux leurs grands dieux que ce serait une très mauvaise idée. Il savait qu'elle était troublée. Et, bon sang, il l'était aussi.

— Non. Juste surprise, dit-elle, les joues écarlates.

— Tant mieux, parce qu'il n'y a aucune raison de te sentir nerveuse en ma présence, Evangeline. Vraiment. Je n'ai aucune intention de t'imposer quoi que ce soit – son regard s'attarda à nouveau sur ses lèvres – ni de t'embrasser.

Elle avala sa salive, et il ne put s'empêcher de suivre la ligne de son cou délicat jusqu'à sa gorge. Il s'obligea à abandonner ce délicieux spectacle et à la regarder dans les yeux.

— Tu as ma parole. C'est un dîner de travail. Point.

Pendant ce qui sembla une éternité, ils ne dirent plus rien ni l'un ni l'autre. Les yeux d'Evangeline luisaient comme deux diamants bleus, mais Ryan aurait pu jurer que, tout au fond, il avait aperçu une pointe de déception. Ou alors, c'est ce qu'il aurait voulu y lire.

— Un dîner de travail, dit Evangeline en hochant la tête. Bien sûr. Je ne vois pas ce que ça pourrait être d'autre.

Elle lui adressa un sourire si éclatant qu'il sut immédiatement qu'il n'était pas sincère.

Mais qu'est-ce qu'ils fabriquaient ? C'était ridicule. Il était évident qu'ils étaient attirés l'un par l'autre. En quoi serait-il si terrible de céder à cette attirance… une fois de plus ?

— Eve…

Il savait qu'il n'était pas censé l'appeler ainsi, mais il le faisait en toute connaissance de cause. Au Bennington, il était plus facile de faire semblant, de nier son désir pour elle. Le besoin qu'il avait d'elle.

Mais, ici, ils n'étaient pas au Bennington. Ici, ils s'étaient touchés, ils s'étaient embrassés. Et il était impossible de faire comme si ça n'était jamais arrivé.

Elle prit une profonde inspiration, et il lut dans son regard qu'elle luttait pour résister. Il le sentait aussi à la façon dont son corps se tendait vers lui contre sa volonté.

Soudain, un des deux chiens émit un petit bruit, entre le jappement et l'aboiement, qui rompit le charme. Ryan entendit des bruits de pas derrière lui et, avant qu'il ait pu réaliser ce qui se passait, Evangeline lui avait fourré Olive dans les bras, l'avait pris par le poignet et tiré vivement à l'intérieur de son appartement.

La porte se referma en claquant.

— Mais qu'est-ce qui... ?

Olive l'interrompit d'un coup de langue. D'instinct, il ferma les yeux. Quand il les rouvrit, Evangeline était en train de regarder par le judas, enserrant doucement la gueule de Bee dans sa main.

Apparemment, ils se cachaient. Ryan ne comprenait pas pourquoi. Ni de qui.

Il la regarda faire, attendant qu'elle se retourne.

— Bravo, ma fille, chuchota-t-elle en déposant Bee sur le sol.

Le petit chien se mit immédiatement à faire la fête à Ryan. Il jeta un œil à Bee puis interrogea Evangeline du regard. Elle devint rouge comme une pivoine.

— Tu peux me dire ce qui se passe ici ?

Elle croisa les bras, puis les décroisa. Maintenant qu'il se trouvait dans son appartement éclairé, il voyait mieux ce qu'elle portait sous son manteau rose poudré – une robe à la jupe couverte de plumes et au corsage parsemé de discrets brillants. Il ne l'avait jamais vue aussi élégante. Élégante mais très embarrassée.

Elle se mordit la lèvre, et Ryan dut prendre sur lui pour que son regard ne s'attarde pas trop sur sa bouche.

— En fait, techniquement, Olive et Bee n'ont pas le droit de vivre ici.

Il regarda Olive, blottie dans ses bras et Bee, couchée sur le dos à ses pieds, réclamant qu'on lui caresse le ventre. Des chiens adorables, il n'y avait pas de doute. Mais qui exigeaient beaucoup de soins et d'attention. Pas le genre d'animaux qui pouvaient passer inaperçus. On était loin de quelques poissons rouges dans un bocal.

Il posa Olive par terre à côté de Bee et, immédiatement, les deux chiens se lancèrent dans une folle course-poursuite autour du canapé à fleurs hippie chic d'Evangeline. C'était bien ce qu'il pensait, difficile de faire dans la discrétion avec elles.

— Et j'imagine que c'était un de tes voisins qui était là dehors à l'instant ?

Elle hocha la tête.

— Bonne chance pour que leur présence reste clandestine, dit-il en éclatant de rire. Tu vas en avoir besoin.

— Ce n'est pas drôle, soupira-t-elle.

— En fait, si, ça l'est. Un peu quand même.

Un des chiens aboya et Ryan haussa les épaules.

— C.Q.F.D.

— Bee est sourde. Elle aboie fort parce qu'elle essaie de s'entendre.

C'était compréhensible, mais Ryan doutait que le propriétaire d'Evangeline serait sensible à ce petit détail un peu triste.

— Tu as un chien qui n'y voit pas bien et un autre qui n'entend rien ?

— Oui, répondit-elle, comme si c'était la chose la plus naturelle du monde. Bee est les yeux d'Olive et Olive est ses oreilles. Elles s'entraident.

C'était digne d'un scénario de film.

Evangeline le frôla pour se rendre dans la cuisine, ravivant le souvenir d'un langoureux baiser ; Evangeline assise sur le comptoir, les bras enroulés autour de son cou. Il souffla longuement pour calmer ses esprits et tenta de concentrer son attention sur le petit bar à alcool qui se trouvait dans le salon. Il était vide à part une seule bouteille de vin rouge.

Evangeline revint avec deux os à mastiquer, et les deux chiens s'installèrent chacun à un bout du canapé avec leur trésor.

Puis elle se tourna vers lui, un sourire malicieux aux lèvres.

— Tu vois ? Ni vu ni connu. Personne ne saura qu'elles sont là.

— Pendant les cinq prochaines minutes, peut-être. Mais je dois dire que j'admire ta capacité à te convaincre du contraire. Même si je trouve un peu particulier de s'évertuer ainsi à nier la réalité, dit-il en lui décochant un regard entendu.

Ils n'étaient plus en train de parler des chiens et ils le savaient tous les deux.

Ce mot ridicule – « désastre » – flottait entre eux. C'était un mensonge si évident.

Evangeline balayait la pièce du regard, évitant clairement de le regarder, lui.

— C'était vrai tout à l'heure, quand tu as promis que tu ne m'embrasserais pas ?

— Oui.

Une petite voix dans sa tête lui conseilla de ne pas faire de promesse qu'il ne pourrait pas tenir, alors il ajouta :

— À une exception près.

Elle se passa la langue sur les lèvres, un geste inconscient qui l'aurait profondément gênée si elle avait réalisé ce qu'elle était en train de faire.

— Et quelle exception ?

Il attendit qu'elle le regarde avant de répondre.

— Il faudrait que ce soit toi qui me le demandes. Gentiment, bien sûr.

C'était la seule option possible.

Il était son employeur et ne voulait pas profiter de sa position. Mais si elle avait assez envie de lui pour lui demander de l'embrasser, de la toucher, il ne serait pas capable de lui résister. Et rien au monde ne pourrait alors l'arrêter.

Ses yeux bleus s'enflammèrent.

— Non mais tu rêves ? Tu crois que je vais te supplier de m'embrasser ?

— C'est toi qui dis « supplier ». Moi, je n'ai pas employé ce mot, dit-il avec un sourire éclatant. Mais je dois dire que c'est une perspective séduisante.

— Si tu as envie qu'on te supplie, je suis sûre qu'il y a au moins une dizaine de femmes dans le hall du Bennington en ce moment même qui ne demanderaient pas mieux que de satisfaire ton fantasme, répliqua-t-elle sèchement.

Touché.

Il s'approcha d'un pas, assez près pour voir le creux de sa gorge palpiter.

— Si tu veux que je t'embrasse, il va falloir me le demander.

— J'avais compris. Et, pour ta gouverne, ça n'arrivera jamais, dit-elle.

Sa voix n'était qu'un chuchotement, et il y perçut une vulnérabilité qui remua quelque chose de profondément enfoui en lui.

Il lui fallut un instant pour se reprendre.

— D'accord. De toute façon, il faut qu'on y aille. La voiture nous attend en bas et la table a été retenue pour dans quinze minutes, dit-il en s'affairant sur les boutons de son manteau pour masquer le tremblement de ses mains. Mais tu sais ce qu'on dit...

— Non. Quoi ?

— Qu'il ne faut jamais dire jamais.

Le trajet le long des rues enneigées jusqu'à l'Upper West Side fut une véritable torture. Comment pouvait-on se sentir si triste, assise à l'arrière d'une limousine aussi luxueuse ?

Et si... agitée.

Evangeline faisait l'impossible pour ignorer la présence de Ryan à côté d'elle, mais elle avait beau s'efforcer d'admirer les délicats flocons de neige qui venaient fondre sur les vitres, elle ne pouvait s'empêcher de sentir la chaleur de son corps, si près du sien. Elle tressaillit quand sa cuisse frôla sa jambe.

« Si tu veux que je t'embrasse, il va falloir me le demander. »

Elle ne parvenait pas à sortir ces mots de sa tête. Elle l'entendait encore les prononcer. C'était si doux, si tentant.

Et elle était parfaitement consciente qu'il savait qu'elle ne pouvait pas s'arrêter d'y penser. À chaque fois qu'elle risquait un regard de son côté, le coin de sa bouche se soulevait en un sourire espiègle. C'était atrocement gênant.

Elle ne lui demanderait pas de l'embrasser, c'était évident. À cause de son séduisant petit ultimatum, elle n'arrêtait plus d'y penser, certes, mais jamais elle ne passerait à l'acte. Il fallait qu'il soit fou pour espérer le contraire. Ce genre de stratégie de psychologie inversée marchait peut-être sur la horde de groupies qui se jetaient régulièrement à sa tête, mais pas avec elle.

*Ah, oui ? Alors, pourquoi y penses-tu encore ?*

Elle lança un regard furieux à Ryan.

Et lui, il la fixa tranquillement de ses yeux bleus qui semblaient toujours deviner tant de choses.

— Quelque chose vous tracasse, mademoiselle Holly ?

Cet homme était insupportable.

— Oui, dit-elle d'un ton pincé. Où allons-nous ? Zander ne m'a pas dit de quel restaurant il s'agissait.

*Entre autres choses.*

La prochaine fois que Zander lui demanderait d'être présente quelque part, elle veillerait à connaître les détails.

— Dans un petit restaurant français près du Lincoln Center. Mon Ami je ne sais plus quoi.

L'accent français de Ryan était parfait. Comme tout le reste. Mais Evangeline se moquait bien de ses talents pour les langues. Une peur horrible venait de la saisir et elle réussit avec peine à prononcer les mots.

— Mon Ami Jules ?

*Non. C'est impossible. Non. Pitié, pas ça.*

— Oui, c'est ça, dit-il en tournant la tête vers elle. Tu connais ?

Ah ça, oui, elle connaissait. Mon Ami Jules était le restaurant où elle aurait dû travailler – le restaurant de Jeremy.

Elle ne pouvait pas dîner là-bas. C'était hors de question. Plutôt faire elle-même la cuisine pour Ryan.

Sauf que cela ne présenterait aucun intérêt concernant le Bennington et Carlo Bocci.

Elle était en train de perdre la tête.

— J'en ai entendu parler, et honnêtement...

*Honnêtement* ? Elle n'avait aucune intention d'être honnête ; son objectif était juste de se tirer de cette situation épineuse en prétendant savoir tout ce qu'il y avait à savoir au sujet de Mon Ami Jules. Mais avant qu'elle ait pu prononcer un mot de plus, la limousine se gara devant le restaurant de Jeremy.

Sa bouche s'assécha à la seconde où elle aperçut l'étoile Michelin qui s'affichait sur la vitre de la porte principale. Elle n'arrivait pas à y croire. Jeremy n'avait même pas cherché à obtenir cette étoile. Avant leur rupture, son unique préoccupation consistait à faire fonctionner sa cuisine correctement – oh, et à coucher avec sa sous-cheffe à ses heures perdues.

Et voilà que l'étoile lui tombait toute crue dans le bec. C'était tellement injuste qu'Evangeline en avait l'estomac complètement retourné.

Elle, elle s'était donné du mal. Elle, elle avait joué selon les règles. Toujours.

Enfin, presque... Elle avait commis une erreur notable, qui se trouvait à côté d'elle en ce moment même et qui ne comprenait pas pourquoi elle n'arrivait pas à se décider à descendre de la limousine, malgré la porte que le chauffeur tenait ouverte.

— Allons-y, dit Ryan en désignant du menton l'enseigne vert foncé où le nom « Mon Ami Jules » s'étalait en élégantes cursives.

Son estomac se crispa, et Evangeline sentit un reflux acide remonter jusqu'à sa gorge.

*Oh ! mon Dieu.*

Il allait falloir qu'elle entre là-dedans et qu'elle fasse semblant de passer la meilleure soirée de sa vie en partageant un dîner gastronomique avec Ryan Wilde dans le restaurant de son ex.

— Evangeline, la pressa Ryan, l'air sérieux. Inquiet, même, qu'elle fasse quelque chose de fou, comme refuser de se lever de cette banquette.

Oh ! mais non. Elle n'allait pas lui donner la satisfaction d'imaginer qu'il l'avait troublée au point qu'elle n'était plus capable de s'asseoir à une table avec lui pour déguster un bœuf bourguignon. Pas plus qu'elle n'avait l'intention de mettre son emploi en danger pour ne pas croiser Jeremy alors qu'elle n'avait rien fait de mal. C'était lui le tricheur. Elle n'avait aucune raison d'avoir honte.

Elle n'en avait pas moins les jambes en coton et elle fut reconnaissante à Ryan de poser la main au creux de son dos pour l'aider à sortir. On aurait dit que sa main s'imprimait sur sa peau à travers la fine étoffe de sa robe.

— Une table pour deux au nom de Wilde, dit-il à l'hôtesse.

— Bien sûr, répondit cette dernière, en battant des cils, mais sans accorder ne serait-ce qu'un regard à Evangeline.

*Alors, c'est à ça que ça ressemble de sortir avec le célibataire le plus convoité de la ville.*

Très agréable.

On les installa rapidement à une table dans un coin de la salle de restaurant bondée. On avait rajouté au moins une demi-douzaine de tables depuis la dernière fois où Evangeline s'était trouvée dans cette salle très cosy, décorée de lambris. Et toutes étaient occupées.

— Une étoile Michelin se traduit immédiatement en termes de réservations, on dirait, chuchota-t-elle aussitôt que Ryan et elle furent seuls, leur menu à la main.

— Oui, dit-il en faisant glisser vers elle la carte des vins. Dis-moi ce que tu en penses.

Elle parcourut la carte. Six rouges, sept blancs, plus toute une série de champagnes allant de l'extra brut au doux. Tous français.

— C'est une carte équilibrée et parfaitement appropriée au menu.

— Comment le sais-tu ? dit Ryan en fronçant les sourcils. Tu n'as pas encore ouvert ton menu.

Zut.

— C'est un bistrot français. Avec un nom bien français. J'imagine que la cuisine est à l'avenant.

Elle n'avait aucune envie de se lancer dans le triste et sordide récit de sa vie amoureuse. Pas ici. Et surtout pas avec Ryan.

Il ne restait plus qu'à espérer que Jeremy resterait en cuisine toute la soirée et qu'elle n'aurait pas à l'affronter et surtout pas à le présenter à son patron, le célèbre célibataire.

— Eh bien, j'espère que tu aimes le foie gras, parce que ça m'a l'air d'être la spécialité de la maison.

— Non, je n'aime pas ça, dit-elle en faisant la grimace. Tu sais comment on le fabrique ? C'est totalement inhumain.

— Je comprends tes réticences. Logique de la part d'une femme qui est prête à risquer l'expulsion pour deux petits chiens handicapés, dit-il en refermant son menu. Tu me racontes ?

Qu'est-ce que ça pouvait bien lui faire ?

— On n'avait pas dit que c'était un dîner de travail ?

— C'est le cas, mais ça n'empêche pas de parler d'autre chose que du Bennington. La soirée va être longue si on reste à se regarder en chiens de faïence, tu ne crois pas ?

Il n'avait pas tort.

Elle prit une profonde inspiration. *Ce n'est pas un rendez-vous amoureux.*

— Je t'ai dit, je crois, que jusqu'à récemment Olive et Bee appartenaient à mon grand-père. Comme il n'a pas le droit d'avoir des animaux là où il se trouve actuellement, j'ai pris les chiennes chez moi.

Ryan la regarda à sa façon si particulière, qui lui faisait toujours battre le cœur trop fort. Trop vite.

— Alors que tu vis dans un immeuble où les animaux ne sont pas autorisés ?

— Je n'avais pas le choix.

— Si, tu l'avais. Mais peu de gens auraient fait le même que toi.

Elle leva les yeux au ciel.

— Tu me trouves idiote, c'est ça ?

— Au contraire. Ça prouve que tu es capable d'aimer. Passionnée, dit-il en lui lançant un regard lourd de sens qui la mit un peu mal à l'aise.

Heureusement, le sommelier vint interrompre leur conversation pour prendre leur commande. Evangeline arracha son regard à celui de Ryan et leva les yeux vers l'homme qui se tenait près de leur table, un tire-bouchon à la main. Son remplaçant, sans doute, se dit-elle, blêmissant légèrement en voyant l'insigne épinglé au revers de sa veste : lui, il avait son diplôme de sommelier.

Ryan déclina l'offre du sommelier de choisir un vin et lui demanda ce qu'il leur recommandait. Un test. L'homme suggéra un côtes-du-rhône, un choix pas très inspiré selon Evangeline. Mais qui était-elle pour avoir un avis ?

Elle avait l'impression de perdre pied ; elle était sur le territoire de Jeremy et, apparemment, il l'avait remplacée. Dans tous les domaines.

— Alors ? demanda Ryan une fois le sommelier reparti. Qu'en penses-tu ?

— Je pense que tu te trompes. Je ne suis pas du tout quelqu'un de passionné. Du moins, c'est ce que tout le monde semble penser.

Les mots s'étaient comme échappés de ses lèvres. Qu'est-ce qu'il y avait chez Ryan qui la poussait à dire des choses qu'elle prenait grand soin de taire habituellement ?

— Je parlais du choix du vin, répliqua tranquillement Ryan.

— Oui. Bien sûr. Heu... Ça me semble correct, dit-elle.

*Stop. Tais-toi. Sinon, tu vas encore plus t'humilier.*

Quoiqu'elle voyait mal ce qu'elle aurait pu trouver de plus humiliant à avouer que ses déficiences dans le domaine amoureux.

— Correct ? Et c'est tout ? Ça m'étonne de toi, dit Ryan en fronçant les sourcils d'une manière terriblement charmante.

Elle ne se sentait vraiment pas l'énergie de discuter. Elle aurait déjà besoin de toutes ses forces pour survivre à cette atroce soirée.

— Avec un côtes-du-rhône, on ne risque pas vraiment de se tromper.

— Je ne t'ai jamais entendue employer aussi peu de mots pour parler d'un vin, insista-t-il, apparemment bien décidé à la pousser dans ses retranchements. La Evangeline que je connais m'a plutôt habitué aux envolées lyriques en la matière.

Elle s'appliqua à déplier et replier sa serviette sur ses genoux pour ne pas avoir à le regarder dans les yeux... Jusqu'à ce qu'il prononce des mots qui la saisirent littéralement au cœur.

— C'est d'ailleurs une des raisons pour lesquelles je sais qu'elle vibre de passion.

Elle leva les yeux vers lui et, à sa façon de la regarder, elle sut qu'il était sincère.

— Dois-je faire la liste des autres raisons ou serait-ce déplacé à l'occasion d'un dîner de travail ? À toi de me dire, dit-il d'une voix chaude et caressante.

Elle resta figée. N'osant pas respirer et encore moins parler.

Tout ce qu'il lui disait, elle avait rêvé de l'entendre jadis de la bouche de Jeremy. Et, aussi étrange que cela puisse paraître, ces mots prenaient encore plus de sens maintenant que c'était Ryan qui les prononçait. Désormais, c'était son opinion qui comptait. Elle ignorait depuis quand, mais c'était ainsi.

— Franchement, Evangeline. Je ne sais pas qui t'a mis dans le crâne que tu n'étais pas quelqu'un de passionné, mais c'était un crétin.

Il se pencha, le regard brillant à la lueur de la bougie qui décorait la table.

— Elle est bien là, cette passion. Je l'ai vue. Sentie. Goûtée. Si tu te demandes si c'est à la nuit qu'on a passée ensemble que je fais allusion, la réponse est oui. Mais il n'y a pas que ça. Il y a plus. Tellement plus. C'est ta façon de sabrer le champagne et ce que tu transmets aux gens sur l'histoire d'un vin avant de les laisser le savourer. C'est la façon dont ton regard s'adoucit quand tu parles de ton grand-père, la façon dont ton souffle se bloque dans ta gorge quand nous sommes dans la même pièce. La façon dont tu me regardes maintenant. Toutes les nuits dans mon lit – où je suis seul, contrairement à ce que tu pourrais croire –, je rêve de ce regard.

Le sommelier refit son apparition, et Ryan s'interrompit en soupirant.

Ni l'un ni l'autre n'ouvrirent la bouche pendant qu'il présentait le vin à Ryan et qu'il débouchait la bouteille. Un nœud douloureux s'était formé dans la gorge d'Evangeline, et elle avait envie de pleurer, sans trop savoir pourquoi.

Elle fit de son mieux pour se concentrer sur le vin que le sommelier versait dans son verre, mais son regard était attiré par celui de Ryan comme par un aimant. Et, quand leurs regards finirent par se croiser, elle y lut tout son désir.

Le sommelier s'attarda, attendant leur avis, mais Evangeline n'avait aucune envie de vin. Elle allait prendre son verre mais interrompit son geste et reposa sa main tremblante sur la table.

— Très bon, merci, dit Ryan après avoir goûté le vin.

Enfin, le sommelier s'en alla.

Evangeline prit une profonde inspiration. Les mots se bousculaient pour sortir de sa bouche, des mots qu'elle avait tout fait pour ne pas prononcer depuis le moment où elle s'était réveillée à côté de Ryan Wilde. Maintenant, elle n'avait plus de raison de se taire. Pas après ce qu'il venait de lui dire.

— Ryan, je...

Une voix venue de derrière elle l'interrompit.

— Evangeline ?

Elle en fut glacée sur place. Elle ne se retourna pas. Ça n'était pas la peine.

*Jeremy.*

# 7

Encore dérangés.

La mâchoire de Ryan se crispa douloureusement. Cette fois, si on en jugeait à la toque qu'il portait, c'était le chef.

Mais pas seulement le chef comprit Ryan quand il vit Evangeline devenir soudain pâle comme un linge.

— Bonsoir, Jeremy, dit-elle d'une voix un peu faible.

Le chef – Jeremy, donc – lança un regard curieux à Ryan puis se tourna à nouveau vers Evangeline.

— Je ne savais pas que tu dînais ici. Tu es venue pour me voir ?

Tout à coup, Ryan ressentit l'envie irrépressible de taper sur quelque chose. Ou quelqu'un. En l'occurrence, le chef lui semblait la cible parfaite. Mais qui était ce type ?

*Jaloux, on dirait.*

Il se força à respirer calmement. Il n'avait aucun droit sur Evangeline, donc aucune raison de se mettre dans cet état.

— Je suis ici pour dîner seulement, dit Evangeline en levant les yeux vers Jeremy, qui était sans doute le crétin qui l'avait dévalorisée à ses propres yeux.

Son langage corporel la trahissait – les bras croisés, le regard fixe, le menton relevé d'un air de défi. Et ses yeux couleur saphir qui s'étaient assombris.

Ce Jeremy lui avait fait du mal. La blessure était réelle. Profonde. Récente.

— Parfait. Passez une bonne soirée, dit Jeremy en lançant un regard à Ryan.

— Ryan, je te présente Jeremy, le chef de Mon Ami Jules. Jeremy, voici…

Il y eut un silence gêné, comme si elle ne savait pas comment le présenter. Ryan imagina les différentes options. Son patron ? L'aventure d'un soir qu'elle regrettait probablement ?

Il se leva et tendit la main à Jeremy.

— Ryan Wilde.

— Jeremy Peters, dit le chef en la serrant.

Ryan le complimenta sur le menu et ils échangèrent quelques mots à propos de la cuisine française, mais Ryan était incapable de se concentrer sur la conversation ; il lui était presque insupportable d'être dans le restaurant de cet homme, de manger sa cuisine et de lui serrer la main alors que le fragile lien qu'il venait d'établir avec Evangeline était en train de se briser. Leur moment magique allait être gâché.

Il se rassit, espérant que Jeremy Peters comprendrait le message et s'en irait. Mais, au contraire, il poursuivit son monologue, sans même s'apercevoir qu'Evangeline était devenue livide dès sa première gorgée de vin. Elle était si visiblement dégoûtée que Ryan ne put s'empêcher de sourire. Elle attendit avec un air complice qu'il boive à son tour. Il trouva le vin bon. Excellent, même. Mais, après tout, ce n'était pas lui le connaisseur.

Il reprit une gorgée, puis d'autres encore, et les yeux d'Evangeline s'écarquillèrent d'horreur amusée. Jeremy ne s'apercevait toujours de rien, trop occupé à décrire par le menu sa recette du coq au vin.

Ils partageaient un secret sous son nez. Le lien était rétabli et Ryan en était transporté de joie. Les souvenirs qu'il avait tout fait pour occulter ces dernières semaines lui revenaient en mémoire. Il s'était obligé trop longtemps à ne pas laisser son esprit vagabonder sur ce terrain dangereux, mais ça ne servait à rien de lutter… Il ne parvenait pas à oublier. Ses souvenirs n'envahissaient pas seulement son esprit, ils vivaient dans son corps, dans sa bouche, sur ses lèvres, jusqu'au bout de ses doigts. Il se rappelait chaque caresse, chaque soupir, chacun des délicieux détails de cette nuit-là.

Il la regarda, assise en face de lui dans sa robe si élégante.

Malgré la situation très embarrassante à laquelle elle se trouvait confrontée, elle était littéralement rayonnante. Comme elle était belle. Mais s'attarder sur ses yeux lumineux et sur ses lèvres pulpeuses était bien trop dangereux. Il préféra poser son regard sur sa main délicate posée sur la table, hors de portée.

Et pourtant si près… Tellement près…

Le désir monta en lui comme une déferlante et, les doigts tremblants, il approcha lentement sa main de la sienne. Il aurait pu s'arrêter. Simplement retirer sa main, la refermer et la mettre sous la table, mais il ne voulait pas. Pas après la façon qu'elle avait eue de le regarder tout à l'heure. Pas alors qu'un sourire espiègle flottait sur ses lèvres. Secret. Spécial. Destiné à lui seul.

Il continua donc à avancer la main jusqu'à ce que le bout de ses doigts entre en contact avec les siens. Ce n'était rien, c'est à peine s'ils se touchaient. Si Evangeline eut l'air un peu surprise, elle ne retira pas sa main. Il attendit un instant, puis prit sa main tout entière dans la sienne.

Il y avait si longtemps qu'il n'avait pas tenu la main d'une femme. Ça remontait à l'université. Peut-être même au lycée.

D'ordinaire, il n'aimait pas les démonstrations d'affection en public, mais avec Evangeline, c'était différent. S'ils avaient été amants – vraiment amants, pas seulement des gens qui avaient partagé leur intimité une fois –, il aurait eu envie de la toucher sans arrêt.

Mais ce n'était pas le cas. C'était peut-être pour cette raison qu'il y avait une forme de mélancolie dans leur geste, peut-être aussi pour cela que le simple fait de lui tenir la main prenait une telle importance. Et c'était aussi peut-être pour ça qu'il n'arrivait pas à la lâcher.

Jeremy baissa les yeux et, en voyant leurs doigts enlacés, se tut enfin.

Il s'éclaircit la gorge.

— Mais je vous ai accaparés assez longtemps. Profitez bien de votre dîner et inutile de passer commande, vous allez goûter au menu spécial dégustation du chef et c'est pour la maison.

Ryan et Evangeline le remercièrent, et il prit enfin congé.

Quand leurs regards se croisèrent, les joues d'Evangeline

s'empourprèrent et elle lui adressa un sourire si doux, si vulnérable qu'il en oublia toutes les raisons pour lesquelles il n'aurait pas dû être assis là, en face d'elle, à lui tenir la main.

— Merci, dit-elle.

— De quoi, exactement ?

Du regard, elle indiqua la direction qu'avait prise Jeremy. La cuisine, très probablement.

— De m'avoir sauvée d'une situation très gênante.

Evangeline n'en dit pas davantage, et Ryan fut obligé de lâcher sa main pour laisser le sommelier remplir son verre.

— Je me trompe ou Jeremy est un de tes ex ? lui demanda-t-il une fois qu'ils furent à nouveau tranquilles.

— Oui. Ça s'est mal terminé, confirma-t-elle, le regard douloureux.

Le ventre de Ryan se noua. Et ensuite, il posa une question dont il devinait déjà la réponse.

— Quand ?

Elle se raidit légèrement puis haussa une de ses fines épaules dénudées.

— Il y a quelque temps.

— Quelque temps, dit-il avant de prendre une gorgée de vin. C'est-à-dire environ six, sept semaines ?

— À peu près, oui, dit-elle en prenant son verre et en le portant à ses lèvres avant de grimacer légèrement et de le reposer sans y avoir touché.

— Ah.

Six ou sept semaines plus tôt, ça signifiait que la rupture avait eu lieu peu de temps avant leur rencontre, le soir où il était rentré avec elle.

Soudain, cette soirée prenait un sens différent, de même que la nervosité dont Evangeline avait fait preuve le lendemain matin. Il avait voulu la revoir, mais il avait été impossible de la convaincre. Maintenant, il comprenait pourquoi.

Le moment où ça s'était passé n'aurait pas dû compter, il le savait, mais il ignorait pourquoi, en fait, cela avait de l'importance.

*Mais si, tu sais très bien pourquoi.*

Le moment comptait comme tout ce qui concernait cette soirée avait de l'importance. En tout cas, pour lui. Et pour Evangeline aussi, il en était sûr et certain.

— *Œufs cocotte à la parisienne*. Avec les compliments du chef, annonça un serveur en déposant une cassolette bleue au centre de la table.

Ryan prit une bouchée pour goûter et fut quelque peu dépité de constater que le plat était délicieux.

— Pas mal.

Evangeline ne fit aucun commentaire, et les plats se succédèrent. Il n'y avait plus de place pour une conversation, plus l'occasion de retrouver la douce intimité du début de la soirée, et Ryan fut heureux quand le repas s'acheva enfin.

La limousine roula le long des rues enneigées, et Manhattan n'était qu'un tableau lumineux mouvant à travers les vitres couvertes de givre. Mais, à l'intérieur de la voiture, il faisait bon, et leurs mains reposaient sur le cuir moelleux de la banquette.

Si proches. Et pourtant si loin. Il y avait de quoi devenir fou.

Soudain, trop vite, la voix du chauffeur vibra dans l'interphone.

— Nous sommes devant l'immeuble de Mlle Holly.

Ryan poussa le bouton pour répondre.

— Merci, Tony. Je raccompagne Mlle Holly jusqu'à sa porte.

La veille encore, elle aurait certainement décliné l'offre et insisté pour que ce soit plutôt Tony qui monte avec elle les quelques marches du perron de l'immeuble. Mais quelque chose avait changé ce soir. Il avait l'impression de la connaître maintenant. De la connaître vraiment.

Et quant au fait que la nuit qu'ils avaient passée ensemble avait été un désastre ?

En fait, elle le pensait vraiment, mais pas dans le sens qu'il avait imaginé ; Evangeline était convaincue qu'elle avait été décevante, ce qui ne pouvait être plus éloigné de la vérité. Ça lui donnait envie d'étrangler ce chef pompeux qu'était son ex...

Juste après avoir à nouveau fait l'amour avec Evangeline et lui avoir montré tous les trésors de passion que son corps magnifique recelait. Malheureusement, ce rêve n'allait pas se réaliser. En tout cas, pas ce soir. Pour tout un tas de raisons, dont la plupart n'avaient rien à voir avec le Bennington 8.

Il sortit, contourna la voiture en baissant la tête sous l'assaut du vent glacé et ouvrit la portière d'Evangeline.

Elle sortit et laissa dans son sillage les effluves légers d'un parfum floral, à la fois très féminin et un peu sauvage.

Ryan la soutint légèrement tandis qu'ils remontaient le trottoir verglacé. Le quartier était tranquille. Silencieux. Le seul bruit perceptible était le ronronnement de la limousine garée au coin de la rue. Ryan n'avait pas besoin de regarder sa montre pour savoir qu'il n'était pas loin de minuit.

Minuit, cette heure mythique où s'achèvent les contes de fées et où Cendrillon doit rentrer chez elle en laissant son prince tout seul dans le noir.

Mais Evangeline n'avait pas du tout l'air de vouloir lui dire bonsoir. Quand elle se tourna pour le regarder à la lueur dorée des lampadaires du Village, il vit bien autre chose dans ses yeux. Un nouveau commencement.

— Ryan...

C'était la première fois depuis qu'elle avait franchi la grande porte du Bennington qu'elle ne prononçait pas son nom comme s'il s'agissait d'une malédiction. Au contraire, on aurait plutôt dit une prière.

Elle murmura à nouveau son prénom, de la même façon que la dernière fois où elle l'avait guidée en haut de ces marches.

— Eve, ne put-il s'empêcher de répondre en prenant son visage entre ses mains.

Il savait parfaitement qu'il aurait dû tourner les talons et s'en aller. Qu'il n'aurait pas dû la laisser enrouler langoureusement ses bras autour de son cou. Que ses mains à lui n'auraient pas dû glisser jusqu'à sa taille pour se loger juste au-dessus de ses hanches si délicieusement féminines.

Dans son bas-ventre, la réaction ne se fit pas attendre. Il était déjà fou de désir alors qu'il l'avait à peine touchée.

*Va-t'en. Maintenant. Avant qu'il soit trop tard.*

Il aurait donné tout ce qu'il avait – ses parts dans le Bennington, son penthouse avec vue sur Central Park et toutes les possessions matérielles qu'il avait inutilement accumulées – juste pour pouvoir lui faire l'amour encore une fois. Pour l'entendre murmurer son nom dans un soupir quand il entrait en elle.

Ce qu'on possédait était sans importance. Il avait passé toute sa vie à essayer de devenir quelqu'un, à tenter de prouver qu'il valait mieux que ses parents absents... Et où cela l'avait-il mené ?

À la solitude.

Mais il ne voulait pas seulement le corps d'Evangeline. Il voulait...

Plus.

Il voulait des choses qu'il ne s'autorisait plus à désirer depuis très longtemps. Et cela datait d'avant le fiasco de sa relation avec Natalie. Même si la fin entre eux avait été ignoble, il y avait dans leur séparation une forme de justice poétique qu'il aurait fallu être idiot pour ne pas voir. Ryan ne méritait pas les choses qu'il avait jadis voulues avec tant de force. Les aurait-il obtenues qu'il n'aurait pas su quoi en faire, de toute façon.

*Merci pour ce bel héritage, papa et maman.*

Evangeline se rapprocha de lui. Ses seins contre son torse, elle leva les yeux vers lui et ses lèvres s'entrouvrirent légèrement.

*Non. Ne me demande pas.*

C'était ce que son esprit hurlait, mais son corps était d'un tout autre avis. Il le sentait à son membre, raide et brûlant. Et de cette guerre, il ne savait lequel ressortirait vainqueur.

*Je t'en supplie, non.*

Evangeline se dressa sur la pointe des pieds et tous les muscles de son corps se tendirent tandis que sa bouche se rapprochait irrésistiblement de son oreille.

— Embrasse-moi, murmura-t-elle dans un léger souffle.

Comment pouvait-il refuser ?

Il la voulait, il ne pouvait pas le nier. Et elle le savait aussi bien que lui, sinon elle n'aurait jamais osé lui demander ce baiser.

*Elle va te détester après ça.* Et elle aurait raison.

Elle avait déjà fermé les yeux, le visage levé vers lui. Sa bouche était si près. Prête... Dans l'attente...

Il suffisait qu'il se penche et que leurs lèvres se touchent. S'il goûtait à sa bouche, il serait perdu. Il ne pourrait plus revenir en arrière.

Il lui caressa la joue, effleura du pouce la courbe de ses lèvres et lui prit doucement le menton.

Elle ouvrit les yeux.

— On ne peut pas, dit-il aussi calmement qu'il en était capable. Pas maintenant. Pas encore.

Elle écarquilla les yeux, l'air un peu perdu, comme s'il avait parlé une langue étrangère. Elle était si touchante que Ryan aurait voulu pouvoir ravaler ses paroles.

Les retirer et l'embrasser à pleine bouche. Sentir ses lèvres refroidies par le vent d'hiver, goûter à la chaleur interdite de sa langue dansant autour de la sienne.

Mais il était trop tard.

— Quoi ? dit-elle d'un ton incrédule en secouant la tête. On ne peut pas ? Après tout ce que tu m'as dit ce soir ?

— Laisse-moi t'expliquer, Eve.

— Ne m'appelle pas comme ça, lança-t-elle. Plus jamais.

— Je l'ai bien mérité.

N'empêche que ça faisait mal quand même.

— Tu mériterais bien pire. Tu me dis de te le demander quand je voudrais que tu m'embrasses et, ensuite, tu refuses ? s'écria-t-elle, les larmes aux yeux. À quoi joues-tu ?

— Ça n'est pas ce que tu penses.

Elle recula, se mettant hors de sa portée.

— C'est ce que tu fais avec toutes les autres ? Tu joues au play-boy inaccessible ?

Les mâchoires de Ryan se durcirent.

— Pour commencer, il n'y a aucune autre femme.

Elle leva les yeux au ciel.

Il soupira mais ne prit pas la peine de lui dire qu'il ne fallait pas croire tout ce qu'on lisait dans les journaux, étant donné que son avis sur la question semblait bien arrêté.

— Deuxièmement, je ne joue pas. Je suis un adulte, moi, contrairement à... lui.

Il ne pouvait même pas prononcer son prénom : Jeremy.

— Ne me dis pas que le célibataire le plus sexy de Manhattan est jaloux, dit-elle en levant un sourcil.

— Absolument pas.

Bien sûr que si.

Et bien plus qu'il n'était prêt à se l'avouer. Bon sang.

— Nous savons aussi bien l'un que l'autre que, si je t'embrasse, ça ne s'arrêtera pas là. Est-ce que tu es prête pour ça, Evangeline ?

Il se rapprocha d'elle, la bloquant contre le mur de brique, et posa les mains sur ses épaules ; il ne voulait pas qu'elle puisse se dérober.

Ses yeux lançaient des éclairs mais elle semblait incapable de répondre. Vraiment, il n'arrivait pas à comprendre comment cette femme pouvait croire qu'elle n'était pas passionnée. Elle avala sa salive, et il baissa les yeux sur sa gorge où son pouls battait si fort qu'il voyait palpiter la peau au creux de son cou. Comme un petit papillon.

Il sentit le désir le saisir à nouveau. Il fallait qu'il s'en aille avant de faire quelque chose qu'ils regretteraient tous les deux. Mais, avant ça, il fallait qu'elle sache pourquoi il renonçait à quelque chose qu'ils désiraient tous les deux.

— La dernière fois que nous avons passé la nuit ensemble, tu étais là parce qu'un autre homme t'avait dit des choses non seulement cruelles mais complètement fausses. Peut-être que ce n'était pas la seule raison, mais ça faisait partie de l'équation. Et ce n'était pas grave. À l'époque. Nous ne nous connaissions pas. Nous étions des étrangers l'un pour l'autre.

Elle croisa les bras, ne le lâchant pas du regard.

— Maintenant, je te connais, Evangeline. Je te connais et j'ai plus envie de toi que jamais. Écoute-moi bien... Je te veux, toi, si fort que, la prochaine fois que je te ferai l'amour, je veux qu'il n'y ait personne d'autre dans tes pensées. Ou dans ton cœur.

Il se tut. Tout à coup, il avait la gorge sèche.

Peut-être que, s'il avait refusé de l'embrasser, c'était moins à cause Jeremy que de Natalie. En tout cas, il avait eu raison. Ni l'un ni l'autre n'avait sa place ici.

— La prochaine fois que je t'embrasserai... La prochaine fois que nous ferons l'amour... il n'y aura que nous. Juste toi et moi, dit-il, la voix brisée de devoir la quitter. Je te le promets.

# 8

Dans un monde parfait, Evangeline se serait fait porter pâle le lendemain pour ne pas avoir à affronter son célibataire idéal de patron.

Sauf qu'elle ne vivait pas dans un monde parfait, mais dans un univers complètement fou où Jeremy était devenu une superstar de la gastronomie sans même s'en donner la peine, où elle était obligée de sortir ses chiens en douce au milieu de la nuit et où, pire encore, elle s'était humiliée en demandant à Ryan de l'embrasser et avait essuyé un refus.

Non.

Il avait dit non.

Elle n'arrivait pas à y croire. C'était lui qui lui avait soufflé l'idée de cette demande. Lui qui avait pris sa main au restaurant, lui qui lui avait fait ce vibrant discours sur la femme passionnée qu'elle était. Et ensuite, il avait refusé ses avances.

C'était vexant. Pire que vexant. Elle n'avait jamais été aussi humiliée de sa vie. Même le jour où Jeremy lui avait dit qu'il la trompait.

Mais, ça, jamais elle ne l'avouerait à qui que ce soit, et surtout pas à Ryan Wilde. Elle le connaissait depuis moins de deux mois ; elle n'aurait pas dû être plus blessée par son refus que par sa rupture avec un homme avec qui elle était sortie pendant deux ans.

Et pourtant, c'était le cas.

Parce qu'il avait raison. Elle ne voulait pas juste un baiser. Elle voulait plus. Elle le voulait, lui. Et il avait très bien compris quelles étaient ses réelles intentions. Il était là, debout face à elle, la regardant dans les yeux alors qu'elle brûlait de désir.

Et il avait refusé ses avances.

Bien sûr, il avait essayé de masquer son refus avec une promesse, mais Evangeline n'était pas dupe. Il l'avait rejetée.

Cependant, maintenant, à la froide lueur du jour, elle lui en était presque reconnaissante. Passer une fois encore la nuit avec lui aurait été une erreur colossale. Parce que rien ne pouvait changer le fait qu'il était son employeur. Et parce qu'il était passé tellement maître dans l'art de la séduction qu'il réussissait à pousser toutes les femmes à se jeter à sa tête, y compris elle.

C'était vraiment écœurant, et elle ressentit un élan de sympathie pour le fan-club de Ryan Wilde qui se réunissait chaque matin dans le hall de l'hôtel. Elle en avait tellement la nausée qu'elle eut envie de vomir au moment où elle passait l'angle de la gare Grand Central et qu'elle arrivait en vue du Bennington.

Quelle ironie. Elle se sentait réellement mal physiquement, mais elle était obligée d'aller travailler. Sinon, Ryan risquerait de penser qu'elle n'avait pas le courage de le revoir. Si seulement il avait pu cesser de penser à elle tout court.

Et réciproquement.

*C'est noté. Maintenant, fais-le.*

— Bonjour, mademoiselle Holly, la salua le directeur tandis qu'elle traversait le hall de marbre, perchée sur ses plus hauts talons.

Des chaussures qui lui donnaient une impression de pouvoir.

— Bonjour, Elliot.

Elle avait le cœur aux bords des lèvres mais s'efforça de lui adresser son sourire le plus éclatant.

*Peut-être que j'ai supplié mon patron de m'embrasser hier soir, mais je n'en suis pas moins une professionnelle, bon sang.*

Le regard d'Elliot se tourna vers le couloir au-delà de l'ascenseur.

— Monsieur Wilde désire que vous le retrouviez dans la salle de conférences qui se trouve à côté de son bureau.

Son sourire se figea. *Tu m'étonnes.*

— Impossible, dit-elle en secouant la tête. J'ai rendez-vous avec un fournisseur dans une demi-heure. Pouvez-vous l'en informer, s'il vous plaît ?

Elliot fronça les sourcils.

— Je crains qu'il n'ait modifié son agenda et ne soit resté plus tard spécialement pour vous voir avec l'autre Monsieur Wilde.

Il parlait de Zander, pas de Ryan. Si seulement l'un d'eux pouvait changer de nom pour qu'elle arrête de les confondre.

— Oh. Je vois. Je vais me libérer, bien sûr.

Son estomac se noua, empirant sa nausée. Zander avait réorganisé sa journée afin de la voir en présence de Ryan dès l'instant où elle franchirait la porte ?

*Il sait.*

Son humiliation se retrouvait multipliée par cent. Est-ce qu'on allait l'interroger sur sa vie privée ? Est-ce que Zander allait l'obliger à parler de la scène si embarrassante de la veille ?

Est-ce qu'elle allait se faire renvoyer ?

Elle ne pouvait pas perdre ce travail. Elle avait un vieux monsieur et deux chiens à charge.

*Du calme. Tu n'as rien fait de mal.*

Exact, grâce au brusque sursaut de vertu de Ryan.

Malgré tout, sa foi dans le pouvoir que lui donnaient ses chaussures commençait sérieusement à vaciller. Plus elle approchait de la salle de conférences, plus elle se sentait mal.

Elle passa la tête par la porte. Zander la salua et lui fit signe d'entrer et de s'asseoir sur une chaise, juste à côté de Ryan.

Elle aurait préféré s'asseoir ailleurs. N'importe où ailleurs. Mais, au moins, elle ne serait pas obligée de le regarder.

Zander avait l'air trop détendu pour un P-DG sur le point de renvoyer quelqu'un.

— Alors ? demanda-t-il. Comment s'est passée la soirée ? Faites-moi un petit bilan.

Evangeline poussa un soupir de soulagement. C'était juste une conversation à propos de Mon Ami Jules, pas un entretien de licenciement. Elle allait y arriver. Aucun problème.

*Par où commencer ? Par le fait que le chef était mon ex ou par le moment où le simple contact du pouce de Ryan à l'intérieur de ma main m'a donné la chair de poule sur tout le corps ?*

— Le vin n'était pas à la hauteur.

— Je ne suis pas d'accord, intervint Ryan.

Évidemment. Mais ça ne l'aurait pas tué d'être un peu coopératif, sur une chose au moins. Surtout quand il s'agissait de son domaine de compétence.

Zander fronça les sourcils et parcourut les journaux étalés sur la table devant lui.

— J'ai une copie de la critique de Carlo Bocci pour le *Times* et il loue tout particulièrement l'excellence du conseil du sommelier.

— C'était un côtes-du-rhône, en l'occurrence, dit-il en vérifiant l'article.

Evangeline lui demanda le millésime et il se trouvait que c'était justement le vin que le sommelier leur avait servi à elle et Ryan.

— Intéressant, dit-elle avec une grimace. Je ne l'ai pas particulièrement apprécié.

— Mais toi, tu l'as aimé ? dit Zander en s'adressant à Ryan.

— Oui, répondit-il lentement. Mais ce n'est pas moi l'expert.

*Exact.*

En revanche, Carlo Bocci en était un, et lui non plus n'était pas d'accord avec elle.

Le sourire d'Evangeline se crispa légèrement. Elle aurait aimé qu'ils passent à la critique de la cuisine. Cela dit, maintenant qu'elle y repensait, elle avait à peine mangé. Elle n'avait pas beaucoup d'appétit ces derniers temps.

— Est-ce que nous avons ce vin chez nous ? demanda Zander.

— Oui, confirma Evangeline. Voudriez-vous que je vous le fasse goûter ?

— Faites-nous servir un verre à chacun. Je pense que ça s'impose.

— Très bien. Je reviens tout de suite.

Bien. Elle était totalement confiante dans sa capacité à juger des vins. Elle avait grandi au milieu d'un vignoble. Elle connaissait le vin par cœur. Sans doute mieux que Carlo Bocci.

Elle revint dans la salle de conférences, avec une carafe à décanter, trois verres ballon et une bouteille du vin en question. Après avoir disposé le tout sur la table, elle donna à Zander et Ryan une rapide explication sur l'appellation Côtes-du-Rhône.

Si elle devait leur présenter un vin pour le tester, elle tenait à le faire correctement. En véritable sommelier. Parce qu'elle l'était.

En tout cas, pour l'instant.

— Un bon côtes-du-rhône ne doit jamais éclipser un plat. C'est au contraire un vin qui a été créé pour le mettre en valeur. C'est un vin plutôt fruité, avec un peu de corps – mais pas trop – et un arôme de terroir marqué.

En commençant à déboucher la bouteille, elle constata avec horreur que ses mains tremblaient. C'était à cause de Ryan. Il l'avait regardée avec une telle intensité pendant qu'elle parlait qu'elle en perdait ses moyens. Elle se sentait mise à nue... Vulnérable.

— Est-ce que tout va bien, Evangeline ? demanda Zander. Vous êtes toute pâle.

Elle leva les yeux de la bouteille, fusillant Ryan du regard. Il avait l'air inquiet aussi.

— Ça va, merci. *Je suis en train de tout gâcher.*

À l'origine, elle avait eu l'intention de tenir ses positions et de les convaincre qu'elle avait raison. Ce vin était mauvais, sans qualité. Pourtant, habituellement, elle appréciait toujours un bon verre de côtes-du-rhône. Et le vignoble où il avait été produit avait excellente réputation.

Mais elle allait devoir changer son fusil d'épaule. Bocci était un des critiques Michelin les plus en vue. Le critique que le Bennington 8 espérait accueillir en ses murs dans les prochaines semaines.

Donc, elle allait devoir faire semblant. Elle allait boire une gorgée du vin et prétendre que c'était le meilleur côtes-du-rhône qu'elle ait jamais bu. Elle n'avait pas le choix.

Mais c'était plus facile à dire qu'à faire.

Quand elle versa le vin dans la carafe à décanter pour le faire respirer, elle fut frappée par la violence de l'arôme qui s'en dégageait. Raisin fermenté, prune, cerise – elle sentait tout et tout lui semblait... trop fort. Les notes fruitées étaient si puissantes qu'elles sentaient presque le pourri. Et quand elle avala sa salive, un goût de vinaigre lui remonta dans la gorge.

Elle eut un haut-le-cœur et se couvrit la bouche. Quelque chose clochait. Un côtes-du-rhône n'aurait jamais dû avoir un bouquet aussi puissant. Ce n'était pas un vin capiteux. De nombreux experts le qualifiaient même de cabernet léger.

— Evangeline, dit Ryan en s'éclaircissant la gorge, brisant le silence qui régnait dans la salle de conférences. Puis-je vous voir en privé quelques instants ?

Elle le regarda et secoua la tête le plus discrètement qu'elle put. *Non. Pas question.*

Le regard de Zander passait de l'un à l'autre.

— Que se passe-t-il, Ryan ?

— C'est personnel, répondit Ryan en ne quittant pas un instant Evangeline des yeux.

Elle allait le tuer. Elle allait l'étrangler ici et maintenant avec sa si chic cravate Hermès.

— Désolée, Zander. Je ne vois pas du tout de quoi il parle, dit-elle en réprimant un rire hystérique.

*Reprends-toi.* Et s'adressant à Ryan sans même prendre la peine de le regarder :

— Je suis certaine que ce dont vous voulez discuter avec moi peut attendre la fin de la dégustation.

— Non.

Elle fit comme si elle ne l'avait pas entendu, remplit trois verres et en fit glisser deux sur la table pour les hommes.

Zander semblait terriblement gêné, même s'il n'en était pas moins beau. La famille Wilde avait clairement eu de la chance à la loterie de la génétique.

— Evangeline, dit simplement Ryan.

— Ryan, dit-elle sur le même ton en soutenant son regard. *Si tu pouvais te taire, maintenant...*

Zander leva son verre et proposa un toast... Sans grande conviction.

Evangeline tendit la main vers son verre ; elle avait hâte d'en finir avec tout ça et n'avait aucune intention de parler en tête à tête avec Ryan ensuite. S'il s'imaginait qu'elle allait aborder un sujet ne serait-ce qu'un peu personnel avec lui sur son lieu de travail, il se trompait lourdement. Quelle arrogance.

D'ailleurs, plus jamais elle ne parlerait seule à seul avec lui, et surtout pas pour lui demander de l'embrasser. Il fallait qu'elle oublie ce qui s'était passé la veille, et un verre de vin lui sembla soudain être une excellente idée, même si l'odeur lui retournait l'estomac.

Mais au moment où ses doigts allaient saisir le pied du verre en cristal, Ryan bouscula sa main. On aurait presque dit qu'il l'avait fait exprès.

Elle était complètement éclaboussée. Couverte de vin rouge de son pull en angora blanc aux pointes de ces fameux escarpins qui ne lui donnaient plus du tout une impression de pouvoir. Elle fut prise d'une nausée épouvantable... Il fallait qu'elle aille aux toilettes.

Et vite.

Elle s'occuperait de régler son compte à Ryan plus tard.

Ryan ferma les yeux. Prit une profonde inspiration. Quand il les rouvrit, du vin rouge gouttait sur la moquette, Zander le regardait comme s'il avait été un extraterrestre et Evangeline avait disparu.

— Désolé. On a voulu prendre le même verre, et...

Il ne prit même pas la peine de terminer. Jamais Zander ne croirait à une explication aussi nulle.

Il avait paniqué. Il n'avait pas cherché à provoquer une telle catastrophe. Il voulait juste empêcher Evangeline de boire.

*Mission accomplie, crétin.*

— Je vais voir comment va Mlle Holly, dit-il en se dirigeant vers la porte.

Il n'avait aucune envie de discuter de ça avec Zander maintenant. Il n'avait pas les idées assez claires et ne voyait pas comment justifier son comportement.

Il lui expliquerait tout plus tard. De toute façon, si ses soupçons se confirmaient, il n'aurait pas le choix.

— Envoie quelqu'un pour nettoyer tant que tu y es, dit Zander calmement.

Trop calmement.

— D'accord.

Dans le hall, Ryan fit signe à une femme de ménage, puis se dirigea vers les toilettes des femmes. Et n'hésita pas une seconde avant de pousser la porte.

Heureusement, une seule des cabines était occupée, la porte fermée. Il s'adossa au bloc lavabos en marbre, croisa les bras et attendit.

Et bien sûr, Evangeline sortit quelques secondes plus tard, blanche comme un linge. Le cœur de Ryan fit un bond. On aurait dit le charmant petit fantôme d'elle-même. Pâle, fragile, délicat. Autant d'adjectifs qu'il n'aurait habituellement jamais associés à Evangeline.

Mais, dès qu'elle le vit, la colère se peignit sur son visage.

— Sors d'ici, cria-t-elle, la voix cassée.

— Non. Il faut qu'on parle. Maintenant.

— Tu sais que tu te comportes comme un dingue ? Tu viens de me lancer un verre de vin à la figure et maintenant tu me traques jusque dans les toilettes des femmes. Est-ce que ta présence ici ne va pas à l'encontre de la loi, d'ailleurs ?

Il n'en savait rien et s'en moquait bien.

— Désolé pour tes vêtements. Je les remplacerai par ce qui te plaira. Prends ma carte Bloomingdale's, dit-il en cherchant dans la poche de sa veste.

Il s'arrêta net. Mais qu'est-ce qu'il fabriquait ? S'il était entré ici, c'était parce qu'il avait quelque chose d'important à dire à Evangeline. Quelque chose qui allait bouleverser sa vie. Et la sienne aussi, peut-être.

Si son intuition ne le trompait pas.

Comment cela pouvait-il recommencer ?

En observant Evangeline en train de verser le vin, luttant contre la nausée, Ryan avait eu un net sentiment de déjà-vu. Son désir le plus profond et son pire cauchemar s'étaient à nouveau retrouvés mêlés. Alors, bien sûr, il avait paniqué.

— Je ne veux pas de ton argent. Je veux juste que tu me laisses faire mon travail.

Evangeline releva le menton en signe de défi, mais il sentait que ce n'était pas seulement ça qu'elle voulait. Comme lui, elle avait envie de plus. Mais elle n'arrivait pas à se l'avouer.

Il avait tellement envie de la prendre dans ses bras. Là. Maintenant.

Mais la porte s'ouvrit sur une femme qui tenait une petite fille par la main.

— Maman, pourquoi le monsieur est là ?

La gorge de Ryan se noua. *Maman*.

Il soupira et fit de son mieux pour ne pas avoir l'air d'un pervers habitué à poursuivre les femmes dans les toilettes.

— Excusez-moi. Pouvez-vous nous accorder un instant seuls ? S'il vous plaît ?

Après avoir interrogé Evangeline du regard pour s'assurer qu'il ne se passait rien de grave, la femme hocha la tête.

— D'accord. Une minute. Et je reste juste derrière la porte.

— Merci.

Une fois qu'ils furent à nouveau seuls, Evangeline humidifia une serviette en papier et se l'appliqua sur le front. Elle ferma les yeux et sa main glissa jusqu'à son estomac.

— Je vais peut-être devoir rentrer chez moi. Je crois que je couve quelque chose, dit-elle d'une voix faible.

Elle devait bien savoir.

Il ne pouvait pas être le seul. Les signes étaient évidents : nausée, fatigue. Et il l'avait aperçue qui s'endormait dans la cave à vin quelques jours plus tôt.

Mais, surtout, il y avait cette soudaine aversion pour l'alcool. Personne n'appréciait plus le vin qu'Evangeline.

Et pourtant, ces derniers temps, à chaque fois qu'elle se trouvait devant un verre, elle semblait prise de dégoût. Il avait même reçu un e-mail d'un fournisseur très en colère parce qu'elle avait refusé une caisse de bordeaux venue de France sous prétexte que le vin avait tourné. Il aurait dû deviner plus tôt.

Mais il ne s'était douté de rien avant qu'elle ouvre ce côtes-du-rhône dans la salle de conférences. On aurait dit qu'elle allait s'évanouir.

Elle aussi devait bien se douter de quelque chose maintenant. Il ne restait qu'à mettre des mots dessus.

Il prit une grande inspiration.

— Tu n'es pas malade, Evangeline. Tu es enceinte.

# 9

*Enceinte !*

Comment avait-elle pu laisser ça arriver ?

Tout ça à cause d'une malheureuse aventure d'un soir ? Un seul petit dérapage, et sa vie entière allait être bouleversée.

— Non, dit-elle en secouant la tête. C'est impossible.

D'accord, ses dernières règles avaient été particulièrement peu abondantes. D'accord, elle était très fatiguée. Et il y avait cette soirée étrange avec son groupe de goûteurs, où elle n'avait pas été capable de reconnaître un seul vin.

— Eve, dit Ryan d'un ton si doux et si sérieux qu'elle n'eut pas le courage de le reprendre parce qu'il l'appelait par ce prénom qu'elle associait désormais à son autre moi… Celle qui avait des aventures d'un soir. Cette idiote.

Et puis, il avait raison, non ? La vérité l'avait frappée de plein fouet au moment où elle était tombée à genoux devant les toilettes – elle était enceinte. Mais elle avait refusé d'y croire.

Pourtant, elle avait tous les symptômes. Pas un ne manquait.

— Tout va bien se passer, dit Ryan avec un léger sourire. Je te le promets.

Il souriait ? Dans un moment pareil ?

Elle avait les jambes en coton et elle s'agrippa au lavabo pour ne pas tomber, mais quelque chose dans son sourire fit un peu retomber sa panique.

Et puis, enfin, elle comprit ce que signifiait ce sourire – le bébé qui grandissait en elle n'était pas seulement le sien. C'était son bébé à lui aussi. Elle portait l'enfant de Ryan Wilde.

Un bébé.

Le bébé de Ryan.

Dans son esprit, cela ne faisait aucun doute. Elle n'avait jamais été aussi passionnée avec Jeremy qu'elle l'avait été avec Ryan cette nuit-là. Elle ne se rappelait même plus la dernière fois où Jeremy et elle avaient fait l'amour, d'ailleurs. Ce qui aurait probablement dû l'alerter au sujet de la détérioration de leur relation.

Mais voilà qu'elle se retrouvait enceinte d'un homme avec qui elle n'avait même pas de vraie relation.

Elle admirait le calme imperturbable dont Ryan faisait preuve… Si on exceptait le moment où il l'avait aspergée avec du côtes-du-rhône.

*Le vin.*

Quand il avait renversé le vin, elle avait vu à son regard que c'était intentionnel. Il l'avait empêchée de boire parce qu'il se doutait qu'elle était enceinte et qu'il s'inquiétait pour le bébé.

C'était adorable, malgré sa volonté évidente de tout contrôler, mais cela ne signifiait pas pour autant qu'elle était vraiment enceinte ni qu'elle était prête à fonder une famille avec lui. Ni avec personne d'autre.

— Je doute que ce soit la grippe, mais tu devrais voir un médecin quand même. J'appelle le chauffeur.

Il attrapa son téléphone et allait composer le numéro quand Evangeline l'attrapa par le poignet.

— Une minute. Comment se fait-il que tu t'y connaisses aussi bien en premiers symptômes d'une grossesse ?

Son expression se figea.

*Oh ! Seigneur.*

— Je vois, dit-elle en avalant sa salive, à nouveau prise de nausée. Tu as déjà connu cette situation.

Évidemment. Quelle naïveté. Cet homme possédait un véritable harem. Il y avait sans doute des mini Ryan Wilde partout dans Manhattan.

Elle lâcha son poignet et essuya une larme qui perlait à sa paupière. Elle ne s'était même pas rendu compte qu'elle avait commencé à pleurer. Et ses mains ? Pourquoi tremblaient-elles aussi fort ?

— Est-ce que j'ai déjà connu cette situation ? Oui et non, dit-il après un long silence.

La porte s'ouvrit sur la femme et sa petite fille.

— Ça fait trois minutes. Maintenant, nous entrons.

— Je suis désolé, dit Ryan en levant les mains pour s'excuser. Allez-y, je vous en prie.

Il lui demanda si elle était cliente de l'hôtel et promit de faire monter toute une farandole de desserts dans leur chambre pour les remercier de leur patience.

Evangeline n'écoutait qu'à moitié. Toute son attention était accaparée par la petite fille – le bandeau rouge vif dans ses cheveux, ses jolies petites chaussures et ses socquettes blanches à dentelle. Mais, surtout, elle s'émerveillait de voir que pas un instant elle n'avait lâché la main de sa mère.

Le destin avait fait une épouvantable erreur. Evangeline ne saurait jamais être une mère. Le mot même lui était presque étranger.

Ryan passa son bras autour de sa taille et la guida délicatement vers le hall de l'hôtel.

Elle aurait voulu lui dire de ne pas la toucher. Non seulement elle n'avait pas encore digéré l'humiliation de la veille, mais ils étaient au Bennington. Zander était sans doute encore dans la salle de conférences à éponger le vin renversé et à rédiger sa lettre de licenciement. Sans compter la horde de groupies de Ryan rassemblées dans les canapés de velours sous la grande horloge.

Mais Evangeline ne dit rien. Il y avait tellement longtemps qu'elle n'avait pu se reposer sur personne. Si longtemps qu'elle se sentait seule. Alors, même si elle savait pertinemment qu'ils n'étaient pas et ne seraient jamais un vrai couple, elle posa sa tête sur l'épaule de Ryan et lui abandonna la charge de son cœur trop lourd.

Juste pour cette fois.

Comme il était hautement improbable d'obtenir immédiatement un rendez-vous avec un médecin de ville, Ryan avait demandé à Tony de les conduire aux urgences les plus proches. Assise à côté de lui, Evangeline regardait fixement par la fenêtre de la limousine, de plus en plus pâle.

*Un bébé.*

Ryan prit une grande inspiration ; il manquait d'air tout à coup.

Serait-il capable de recommencer ? De tenir la main d'Evangeline tout au long de sa grossesse, d'assister aux cours d'accouchement et de satisfaire toutes ses envies de femme enceinte ?

Serait-il capable d'ouvrir sa maison et son cœur à un enfant ?

*Ça ne se passera pas comme la dernière fois. C'est impossible.*

Il ne pouvait pas être aussi malchanceux une deuxième fois. D'ailleurs, la nuit qu'il avait passée avec Evangeline ne devait rien au hasard. Il l'avait choisie. Bien que ne la connaissant pas, il avait enfreint toutes les règles qu'il s'était fixées depuis le fiasco Natalie. Il n'était même plus sûr d'avoir utilisé un préservatif. C'était une première.

Un psy lui aurait probablement dit que c'était dû au fait qu'une part de lui désirait toujours la famille dont il avait été privé étant enfant. Une vraie famille. Un papa et une maman, pas un oncle et une tante qui l'avaient recueilli quand il n'avait nulle part où aller. Et Zander serait sans doute du même avis.

Mais il aurait tort.

Ryan n'était pas assez naïf pour vouloir une chose qu'il n'aurait jamais. Il avait désiré Evangeline. Et c'était toujours le cas. Mais la vouloir... avoir besoin d'elle... ne signifiait pas que cela ne pourrait pas durer pour la vie. Il acceptait sa destinée. Quand on vous arrache votre famille non pas une mais deux fois, on en tire les leçons qui s'imposent.

Non loin de Madison Avenue, la voiture s'arrêta devant un petit bâtiment surmonté d'une croix rouge. Un panneau indiquait qu'on pouvait se présenter sans rendez-vous.

Tony croisa le regard de Ryan dans le rétroviseur.

— Voulez-vous que j'attende ici, monsieur ?

— Inutile. Je vais me débrouiller, maintenant, dit Evangeline en se saisissant de la poignée de la portière.

C'était absolument hors de question.

— Non, dit Ryan. Je vais accompagner Mlle Holly, Tony. Allez vous garer. Je vous appelle quand on a terminé.

Evangeline soupira mais ne répliqua pas. Elle était sans doute trop préoccupée pour ça.

Evangeline expliqua à l'hôtesse qu'elle avait besoin d'un test de grossesse. D'une prise de sang, précisa-t-elle. La femme lui tendit un dossier qu'Evangeline remplit à toute allure malgré ses mains qui tremblaient.

Une infirmière l'appela presque immédiatement. Quand il entendit le nom d'Evangeline, Ryan se leva.

— Non. S'il te plaît. Je préfère que tu restes ici, dit-elle en lui pressant la main.

La porte se referma sur elle, et il se retrouva seul dans la salle d'attente au milieu des odeurs d'antiseptique et des bips monotones des appareils médicaux. De quoi faire remonter de tristes souvenirs...

C'était dans une salle étrangement semblable qu'il avait appris la vérité. Natalie avait accouché cinq heures plus tôt et, au début, tout paraissait aller bien. C'était merveilleux. Ryan n'avait jamais imaginé pouvoir être aussi heureux.

Natalie et lui ne se voyaient que depuis quatre mois quand elle lui avait annoncé qu'elle était enceinte. Il était sous le choc. Il avait été très prudent, pourtant. Mais aucun moyen contraceptif au monde n'était infaillible et, même s'il aurait été exagéré de dire qu'ils s'aimaient, Natalie et lui allaient devenir parents. Ensemble.

Pas une seconde il n'avait envisagé de la laisser élever le bébé seule. Ryan voulait faire partie du quotidien de son enfant. Il avait immédiatement emménagé avec Natalie et avait été présent à chaque instant de la grossesse.

Puis, le jour de la naissance était arrivé, et Ryan avait été là aussi, tenant la main de Natalie et l'encourageant dans ses efforts. Au moment où le bébé avait poussé son premier cri, quelque chose s'était dénoué à l'intérieur de Ryan. Quelque chose qui l'avait empêché de respirer pleinement depuis que ses parents l'avaient laissé livré à lui-même quand il avait six ans.

Enfin, l'avenir lui semblait s'éclaircir. Enfin, il avait une famille. Et il se rappelait aujourd'hui l'intense soulagement qu'il avait alors ressenti. Dès qu'il l'avait vu, dès qu'il l'avait entendu pleurer, Ryan avait aimé cet enfant. Les doutes qu'il avait au sujet de Natalie ne comptaient plus. Ils allaient former une famille et l'amour finirait par naître aussi.

Et puis, il avait senti une main se poser sur son épaule. Le médecin semblait inquiet, et Ryan avait immédiatement compris qu'il y avait un problème.

Juste après que Ryan était sorti de la salle d'accouchement pour appeler Zander et le reste des Wilde, le bébé avait fait une hémorragie interne.

— Est-ce que je peux faire quelque chose ? Avait demandé Ryan dès qu'il avait été capable de parler. Lui donner mon sang, par exemple ?

— Oui. Dans le cas de transfusions à des nouveau-nés, il est préférable d'utiliser le sang d'un membre de la famille.

Ryan s'était précipité dans la salle de prélèvements de l'hôpital, et c'est là qu'il avait appris que le bébé de Natalie – ce petit garçon qu'il avait aimé à la seconde où il l'avait vu, la famille qu'il n'avait jamais eue – n'était en fait pas de lui.

Natalie et son fils étaient O négatif, et Ryan était AB positif. Il était impossible qu'il soit le père.

Natalie l'avait toujours su. Une fois le bébé hors de danger et confrontée à cette preuve irréfutable, elle avait fini par l'avouer.

Elle ne s'était pas excusée. N'avait pas versé une larme.

— Je voulais que tu sois son père. Ça ne compte pas ?

Avec ces mots, le plus beau jour de la vie de Ryan était devenu son pire cauchemar.

Le plus fou, c'est qu'il serait peut-être resté. Il avait tant attendu ce bébé. Mais Natalie ne lui avait pas laissé le choix. Quand il était revenu à l'hôpital le lendemain matin pour discuter avec elle, elle était partie avec son enfant.

— Voulez-vous boire quelque chose ? Vous aviez l'air si inquiet.

Ryan releva la tête. C'était l'infirmière de tout à l'heure, une bouteille d'eau dans une main et un gobelet fumant dans l'autre.

Il choisit le café.

— Merci, dit-il, reconnaissant même si le breuvage était infâme.

— Je vous en prie. Et ne vous inquiétez pas. Votre femme va revenir dans quelques minutes.

*Votre femme.*

Les mots résonnèrent dans l'esprit de Ryan, et il attendit le serrement de cœur qui se produisait invariablement quand quelqu'un accolait son nom au mot mariage.

En général, il évacuait cette sensation d'un rire, faisait une plaisanterie. Ce qui expliquait sans doute pourquoi Zander avait trouvé si drôle d'accrocher dans son bureau son fameux portrait de Célibataire le plus sexy de Manhattan.

Mais, cette fois, il n'avait pas envie de rire et il ne sentit pas sa poitrine se contracter. Pour des raisons sur lesquelles il n'avait pas vraiment envie de se pencher, il se sentait bien. Heureux, presque.

Ce qui défiait toute logique.

Il était vraiment en train de perdre la tête.

Quelques instants plus tard, Evangeline refit son apparition. Leurs regards se croisèrent et il se leva.

— Tu avais raison, dit-elle en posant sur son ventre une main protectrice qui rendait la suite superflue. Le test est positif. Je suis enceinte.

# 10

Elle allait devoir démissionner.

C'était évident.

Comment faire son travail de sommelière si elle ne pouvait plus boire de vin ? Bien sûr, sa grossesse n'allait pas durer éternellement et, bien sûr, elle pouvait recracher le vin ; les sommeliers le faisaient couramment. Mais quelque chose lui disait que Zander Wilde n'apprécierait que moyennement de voir sa responsable des vins recracher chaque gorgée dans un verre. Même dans du Baccarat.

De toute façon, en ce moment, Evangeline ne supportait même pas l'odeur de l'alcool, sans parler du goût. Donc, le lendemain de la visite à la clinique, elle rédigea sa lettre de démission puis la rangea précieusement dans son sac.

En arrivant au Bennington, elle eut la surprise de constater que le petit salon où se tenait généralement le fan-club de Ryan était vide. Elle en fut curieusement soulagée. Autrement dit, sa démission était moins liée à son incapacité à travailler qu'à l'identité du père de son bébé.

Jamais elle ne pourrait côtoyer Ryan au travail alors que son enfant grandissait en elle. Non seulement ce n'était pas professionnel, mais c'était dangereux.

Elle s'était pratiquement jetée à sa tête avant de se savoir enceinte. Comment marquer la distance entre eux maintenant ? Sa rebuffade l'avait humiliée, mais il y avait plus en jeu maintenant que sa fierté. Maintenant, elle avait tout à perdre.

Un avenir.
Une famille.
Son cœur.
Le retour de la clinique avait été un calvaire. Ils n'avaient pas échangé un mot. Evangeline savait donc que Ryan ne protesterait pas quand elle lui remettrait la lettre et lui dirait qu'il valait mieux que leurs chemins se séparent. Il serait sans doute soulagé.
Ni l'un ni l'autre n'avait prévu ni voulu cette grossesse. Mais, maintenant qu'il était dans son ventre, Evangeline voulait ce bébé – son bébé, le bébé de Ryan. Elle ne se rappelait pas avoir jamais voulu quelque chose aussi fort.
Elle ne savait rien de la maternité. Sa propre mère n'avait vraiment pas été un exemple en la matière mais, si elle avait appris une chose de son enfance, c'était que son bébé était désormais sa priorité. Seule comptait sa grossesse. Et le risque d'avoir le cœur brisé par le célibataire de l'année ne faisait pas partie de l'équation.
Plus que quelques pas avant d'entrer dans le bureau de Ryan. Elle n'y avait pas remis les pieds depuis son premier jour au Bennington, quand elle était venue lui dire que leurs rapports devaient rester purement professionnels.
C'était réussi.
— Ryan, je...
Le bureau était vide.
Parfait. Il n'était pas là. Il lui avait fallu la journée pour se préparer à affronter le père de son futur bébé, à dire ce qu'il fallait... et il n'était même pas là.
Mais peut-être que ça valait mieux. Elle n'était pas sûre de pouvoir le regarder dans les yeux en affirmant qu'elle voulait avoir ce bébé toute seule.
Ce n'était pas ce qu'elle voulait.
Mais elle ne voulait pas non plus finir comme son père après le départ de sa mère.
Il avait été brisé. Evangeline ne voulait pas que cela lui arrive. Depuis des années, elle se protégeait de ce genre de chagrins. C'était pour cette raison qu'elle était restée si longtemps avec

Jeremy alors qu'elle savait au fond d'elle qu'elle méritait autre chose. Quelque chose de mieux. De vrai.

C'était aussi pour cette raison qu'elle avait été si pressée de chasser Ryan de chez elle quand elle s'était réveillée, la tête reposant sur son torse. Elle ne voulait pas être détruite par une chose qu'elle n'aurait jamais vraiment eue.

La lettre dans son sac lui semblait être une créature vivante. Elle avait hâte de s'en débarrasser avant de changer d'avis. Elle prit l'enveloppe et la posa sur le fauteuil de Ryan. Il ne pourrait pas passer à côté.

Elle se remémora alors les mots que Ryan avait dits le soir où il l'avait raccompagnée.

« Je te veux, toi, si fort que, la prochaine fois que je te ferai l'amour, je veux qu'il n'y ait personne d'autre dans tes pensées. Ou dans ton cœur.

Juste toi et moi. »

Mais il n'y aurait plus jamais uniquement lui et elle. Ils étaient trois maintenant. Tout avait changé.

*Je ne peux pas faire ça.*

Elle ne pouvait pas s'en aller en lui laissant cette lettre de démission pour seul au revoir. Elle ne vaudrait pas mieux que sa mère sinon.

Elle se retourna pour aller récupérer l'enveloppe mais fut stoppée net dans son élan.

— Toc, toc !

Une voix de femme.

Evangeline en eut l'estomac retourné. Il fallait qu'elle soit vraiment intime avec Ryan pour se présenter dans son bureau aussi familièrement en plein milieu de journée. Et, en plus, elle était magnifique – très mince et gracieuse, avec un cou de cygne et des cheveux bruns remontés en un de ces élégants chignons décoiffés qu'Evangeline n'avait jamais réussi à maîtriser.

— Oh ! désolée. Ryan n'est pas là ?

Donc cette beauté et Ryan s'appelaient par leurs prénoms. Curieusement, Evangeline n'était pas du tout surprise.

— Non.

Un nœud se forma dans sa gorge, et elle détesta entendre sa voix trembler quand elle ajouta :

— Désirez-vous lui laisser un message ?

Décidément, elle avait raison de démissionner. Elle ne pouvait pas rester ici à jouer les figurantes.

— Oh ! mon Dieu. Vous me prenez pour l'une de ces filles qui courent après Ryan ? dit la ravissante créature en éclatant de rire.

— Ce n'est pas le cas ?

— Oh ! non. Ces pauvres filles sont folles. Même si j'admire leur constance. Et leur optimisme. Mais, pour autant que je sache, Ryan n'est pas sorti avec une seule femme depuis presque un an.

*Quoi ?*

— Mais c'est pourtant le Célibataire le plus sexy de New York, dit Evangeline en rougissant. Enfin, d'après la couverture de ce magazine.

Elle fit un geste vers la photo encadrée de *Gotham* au-dessus du bureau… mais elle n'y était plus. Le mur était vide.

— Il y a un bon moment qu'il l'a retirée. C'est mon mari qui l'avait fait encadrer, mais Ryan n'a jamais trouvé ça aussi amusant que Zander.

Les pièces du puzzle se mettaient en place. Evangeline se rappelait avoir entendu dire que la femme de Zander était professeur de danse.

— Vous êtes Allegra ?

— Allegra Wilde, dit la danseuse en lui tendant la main.

— Enchantée. Evangeline Holly.

Allegra sourit.

— Ah, la fameuse responsable des vins dont j'entends si souvent parler. Je passais juste dire un petit bonjour à Ryan et voir s'il venait déjeuner dimanche. C'était sympa de le voir la semaine dernière. Il vit en ermite depuis trop longtemps.

En ermite ? C'était une blague ?

Jamais Evangeline n'aurait dû se prêter à cette conversation. Elle avait l'impression d'espionner. Mais elle avait tellement envie d'en savoir plus sur la vie amoureuse de Ryan. C'était pathétique.

— Cette histoire de Célibataire de l'année a été montée de toutes pièces par une journaliste du Times qui cherchait un sujet. Ryan n'a rien d'un play-boy, vous le savez bien, non ? dit Allegra d'une voix douce, avec dans le regard quelque chose qui fit chavirer le cœur d'Evangeline.

Elle, elle avait cru à cette histoire. Il était si beau, si charmant et si gentil. Des semaines après leur rencontre, il s'était souvenu de quel œil Olive n'y voyait pas. Chez Mon Ami Jules, il avait tout fait pour qu'elle se sente à l'aise. Sans lui, elle se serait enfuie en courant. Et il l'avait empêchée de boire ce côtes-du-rhône dans la salle de conférences – pour protéger son bébé. Leur bébé.

Même ses mains étaient magnifiques. Fortes. Viriles… Sûrement capables de monter des meubles compliqués. Comme un berceau.

Quelle femme n'aurait pas désiré l'épouser ?

*Non.*

*Non, non, non.*

Il ne fallait pas qu'elle se mette à croire qu'elle avait des sentiments pour lui. C'était faux. Elle ne pouvait pas.

— Pourquoi me dites-vous tout ça ? demanda-t-elle dans un murmure.

— Parce que c'est la vérité, répondit Allegra en souriant. Et parce que je crois que vous aviez besoin de l'entendre.

Allegra regarda l'enveloppe dans le fauteuil, puis son regard se posa sur Evangeline qui, inconsciemment, gardait la main sur son ventre, là où l'enfant de Ryan grandissait en elle.

En revenant de sa réunion, Ryan trouva Evangeline debout près de son bureau. Elle avait les bras croisés et affichait la même expression déterminée que la dernière fois qu'elle était entrée dans son sanctuaire.

Il sentit l'inquiétude l'envahir.

— Evangeline. Que me vaut le plaisir ?

Il s'assit sur le coin de son bureau, faisant de son mieux pour ignorer le sentiment que la conversation s'annonçait déplaisante.

Sur le trajet du retour de la clinique, elle était restée murée dans le silence. Il avait jugé préférable de ne pas la brusquer – de lui laisser le temps de digérer le fait qu'elle allait devenir mère. Bien sûr, il leur faudrait discuter de la suite des événements, mais rien ne pressait. Après tout, il leur restait plusieurs mois pour s'organiser.

En la regardant maintenant, il comprenait qu'il avait eu tort de se taire.

Elle leva les yeux vers lui.

— Pourquoi ne m'as-tu rien dit ?

Seigneur, qu'elle était belle. Même en colère. Si belle qu'il lui fallut un temps pour répondre.

— De quoi parles-tu, ma chérie ?

En l'entendant l'appeler ainsi, le rose lui monta aux joues. C'était charmant.

Elle fit un pas vers lui. Elle était si près qu'il sentait la chaleur de son indignation… et de cette passion qu'elle pensait ne pas posséder. Une vague de désir le submergea.

— Tu m'as laissée croire que tu étais un coureur de jupons, alors que tu ne l'étais pas.

— Et tu es en colère ?

— Bien sûr que je le suis, dit-elle sèchement.

— Parce que je suis un type bien, dit Ryan en levant un sourcil.

Même furieuse, elle était adorable, pleine de fougue, lumineuse… Il n'avait qu'une envie : la prendre dans ses bras et chasser sa mauvaise humeur d'un baiser.

— Oui… Enfin, non, dit-elle en secouant la tête. Pas parce que tu es un type bien, non. C'est juste que…

C'est juste qu'elle était enceinte. Ils allaient avoir un bébé ensemble, et après le choc de la nouvelle venait la panique.

*Elle a peur.*

*Elle est morte de peur et elle cherche à te repousser.*

Il avala sa salive. Soudain, il était beaucoup moins amusé qu'inquiet.

*Ne la laisse pas faire.*

Il se leva et prit son visage entre ses mains. Elle jeta un regard vers la porte. N'importe qui pouvait entrer à n'importe quel moment, mais Ryan s'en moquait. De toute façon, ils n'allaient pas continuer à se cacher longtemps. Tout le monde saurait bientôt la vérité.

Mais, cette vérité, quelle était-elle ? Ils allaient devenir parents ensemble, mais est-ce que ça s'arrêtait là ?

Non. Pas s'il pouvait l'empêcher.

— Qu'est-ce que tu essaies de me dire, Evangeline ? Parle-moi.

Elle le regarda longuement, tentant visiblement de mettre de l'ordre dans ses idées. Puis, elle parla enfin. Sa voix n'était qu'un fragile filet. Si fragile que quelque chose se brisa en Ryan.

— Je ne sais presque rien de toi alors que je porte ton enfant.

Son enfant...

Le sien.

Une douce chaleur se répandit dans tout le corps de Ryan.

*Mon enfant.*

Il posa son front contre celui d'Evangeline et lui caressa doucement la joue. Il aurait pu rester comme ça, à la respirer, pour toute l'éternité. La mère de son enfant.

— S'il y a quelque chose que tu veux savoir, Eve, demande-le-moi. Je suis là.

Evangeline se mordit la lèvre.

— Quand est-ce que tu as décroché la couverture de *Gotham* ?

— Le jour où tu as commencé à travailler ici. Juste après que tu es passée dans mon bureau.

— Pourquoi ?

— Parce que j'ai vu que ça te contrariait et que je l'ai toujours trouvée ridicule moi-même.

Un sourire se forma sur ses lèvres.

— Ah, enfin un sourire. Quoi d'autre ? Je sais que cette jolie tête bouillonne de questions, dit-il en jouant avec une boucle de ses cheveux, heureux de cette intimité qui s'installait entre eux.

Elle se lança.

— Hier, en allant à la clinique, je t'ai demandé si tu avais déjà vécu cette situation et tu m'as répondu « oui et non ». Je ne comprends pas.

Ryan se raidit. Jamais il ne parlait de Natalie et de son bébé. Avec personne. Les Wilde savaient bien sûr ce qui s'était passé, mais il voulait oublier, il ne voulait pas en parler. D'où le fait qu'il était resté si longtemps sans aller aux déjeuners du dimanche.

Mais, à Evangeline, il devait tout dire. Pour qu'elle ne se fasse pas de fausses idées.

— L'année dernière, une femme que je fréquentais est tombée enceinte. Elle m'a dit que l'enfant était de moi mais, le jour où le bébé est né, j'ai découvert qu'elle m'avait menti. Je n'étais pas le père. Nous nous sommes séparés.

Il détourna son regard de celui d'Evangeline. Il ne voulait pas y lire de la pitié. Ce n'était pas ce qu'il attendait d'elle.

— Oh ! mon Dieu. C'est affreux.

— C'est du passé, dit-il, cherchant son regard et n'y trouvant aucune pitié mais, au contraire, une promesse.

Elle lui prit les mains et les posa sur son ventre, là où leur enfant à naître grandissait en elle.

— Ce bébé est le tien, Ryan. Je tiens à ce que tu le saches. Sans l'ombre d'un doute.

Cette vie, ils l'avaient fabriquée ensemble. Même s'ils ne l'avaient pas fait exprès, ce n'était pas une erreur. C'était le destin. Et il avait le sentiment que c'était une seconde chance. Pour tous les deux.

— Je sais. J'ai confiance en toi.

C'était sincère.

Peut-être était-ce de la bêtise, mais il préférait y voir de l'optimisme. Ce bébé ne pouvait pas être de Jeremy. Sinon, elle n'aurait pas été là, à chercher à mieux le connaître. Elle ne se serait pas accrochée à sa main comme elle l'avait fait la veille, dans le silence du retour de la clinique.

Et elle n'aurait pas été en train de le regarder avec un mélange de désir et de peur dans les yeux.

L'attirance entre eux était indéniable ; il la sentit frémir quand ses mains glissèrent de son ventre sur ses hanches. Il l'attira plus près. Ses doigts ne firent qu'effleurer sa jambe, mais il n'en fallut pas plus. Il voulait leur bébé mais il la voulait *elle* aussi. Il la voulait depuis des semaines. Et rien ne pourrait changer ça.

*Embrasse-moi.*

Les mots semblaient flotter au-dessus d'eux, aussi doux et légers que la neige sur les arbres de Central Park.

— Eve, souffla-t-il en se pressant encore plus fort contre elle, tu n'as rien d'autre à me demander ?

Il lui avait promis que ses lèvres ne toucheraient pas les siennes tant qu'elle ne le lui aurait pas demandé. Il voulait qu'elle le désire aussi intensément que lui la désirait. Il voulait qu'elle soit à lui.

— Ryan, murmura-t-elle, en regardant sa bouche.

Son érection se fit plus puissante encore, mais il fallait qu'il se contrôle. Alors, pour ne pas être tenté de précipiter les choses, il détourna le regard... et c'est là qu'il la vit – une enveloppe blanche posée sur son fauteuil.

Il savait qui l'avait posée là et il devinait son contenu. Ses mains s'immobilisèrent sur les hanches d'Evangeline au moment où elle entrouvrait les lèvres pour prononcer les mots qu'il avait tant attendus.

— Evangeline, dit-il. Qu'est-ce que c'est que ça ?

Elle se figea, l'air intriguée... et peinée aussi.

Malgré son irritation, il vit son désarroi. Il lut la détresse dans ses yeux. Et il se détesta d'en être la cause.

Mais il avait déjà tant souffert. Il avait besoin de savoir avant d'aller plus loin qu'elle en avait vraiment envie. Qu'elle était avec lui.

Elle tourna lentement la tête. Une seconde passa, peut-être deux. Les plus longues de la vie de Ryan. Quand leurs regards se retrouvèrent, le désir qu'il y lisait un instant plus tôt s'était transformé en regret. En regret mêlé d'appréhension.

— Ne me dis pas que tu es venue ici en mon absence déposer une lettre de démission.

— Mais non, dit Evangeline en secouant la tête. Enfin, si, mais non. Je...

Ryan savait qu'il aurait dû la laisser s'expliquer. Il se rendait compte qu'elle avait peur. Mais, bon sang, lui aussi. Depuis le moment où il s'était réveillé dans son lit, elle le repoussait. Et elle continuait. Sauf que les choses avaient changé. Maintenant, si elle s'en allait, elle emmènerait leur bébé.

— Est-ce que tu imagines ce que j'aurais ressenti en la trouvant ?

— Je ne voulais pas la laisser. C'est pour ça... C'est pour ça que je suis restée. Je...

— Excusez-moi, dit quelqu'un qui se racla ostensiblement la gorge.

Evangeline s'écarta précipitamment de Ryan.

— Excusez-moi d'interrompre votre… heu… réunion, monsieur Wilde, dit Elliot, qui semblait vouloir disparaître sous la moquette. Mais il y a un appel urgent pour Mlle Holly.

— Qui est-ce ? s'écria Evangeline. Ça concerne mon grand-père ?

*Oh ! non. Pitié. Pas ça.*

Elliot secoua la tête.

— C'est votre propriétaire.

# 11

Comme si sa vie n'avait pas déjà été un désastre complet, voilà qu'Evangeline était officiellement sans domicile fixe. En tout cas, si on en croyait la signification d'expulsion accrochée sur sa porte.

Son propriétaire n'avait pas mâché ses mots quand elle l'avait pris au téléphone au Bennington. « Pas de chiens. » Après quoi, il lui avait raccroché au nez.

Immédiatement, elle avait pensé non pas à l'endroit où elle dormirait le soir, mais à Olive et Bee. Et si son propriétaire avait appelé la fourrière et que les deux petits chiens avaient été emmenés et séparés ?

Paniquée, elle n'avait pas réagi quand Ryan lui avait proposé de l'accompagner. Grâce à la limousine, elle avait pu regagner son appartement rapidement. Et elle devait bien s'avouer que la présence de Ryan la rassurait. Même s'il n'était probablement là que pour la garder à l'œil, histoire qu'elle ne s'échappe pas.

Elle aurait dû reprendre cette lettre de démission à la seconde où elle avait compris son erreur. Elle aurait dû la mettre dans son sac ou la déchirer. Ou mieux encore ne jamais l'écrire.

Mais, pour l'instant, ce n'était pas sa priorité. En arrivant, elle avait trouvé les chiens douillettement installés dans leur panier, cependant il restait cette notice d'expulsion, visible de tous... Comme si Evangeline n'avait pas subi assez d'humiliations ces derniers temps.

Une fois rassurée sur le sort des chiens, elle ressortit pour s'expliquer avec son propriétaire qui faisait les cent pas sur le trottoir devant l'immeuble.

— Je vous en prie, monsieur Burton. J'ai juste besoin de quelques jours pour me retourner et trouver un autre appartement. Une semaine, peut-être ?

Qu'est-ce qu'elle racontait ? Jamais elle ne trouverait un appartement abordable acceptant les chiens en moins d'une semaine. Elle consultait les annonces depuis que Bee et Olive étaient chez elle. En vain. Sinon, elle n'aurait pas été là en train de discuter sur ce trottoir couvert de neige, sous les yeux de son patron/aventure d'un soir et de son chauffeur.

Elle avait demandé à Ryan de s'en aller, mais il était toujours là. Aux premières loges pour cette nouvelle humiliation.

— Les animaux sont interdits ici. Vous le saviez en signant le bail, rétorqua M. Burton, encore plus odieux que d'habitude.

— Je sais. Mais ce sont les chiens de mon grand-père. Ils n'avaient nulle part ailleurs où aller. Ils sont sages. Juste une semaine ? Ou deux ?

— Vous pouvez rester, mais pas les chiens, dit-il en secouant la tête. Je veux que ces sales bêtes dégagent. On n'est pas dans un refuge ici.

Ryan vint la rejoindre et lança un regard assassin à l'homme.

— Inutile d'être aussi désagréable. Je suis sûr qu'on peut trouver une solution.

Son propriétaire détailla Ryan de la tête aux pieds, puis la limousine.

— Inutile de chercher à m'acheter, dit-il en levant les yeux au ciel. Elle a enfreint le règlement.

Ryan saisit la main d'Evangeline et la serra dans la sienne.

— Viens, chérie. On va aller chercher Olive et Bee. De toute façon, tu n'as sûrement pas envie de rester ici un jour de plus.

Exact. Mais où pouvait-elle aller avec deux vieux chiens handicapés ?

— Vous n'avez pas le droit de m'expulser sans préavis.

M. Burton haussa les épaules.

— Ce n'est pas vous que je mets dehors, ce sont les chiens.

Vous n'avez qu'à les confier à vos parents, à votre sœur ou à qui vous voulez.

Elle eut l'impression d'avoir été giflée.

— Il se trouve que je n'ai plus mes parents. Et pas de sœur.

— Ça suffit, intervint Ryan.

Il la prit par le coude et l'entraîna vers la voiture.

— Assieds-toi, dit-il en lui ouvrant la portière.

Elle obtempéra. La discussion avec son propriétaire l'avait vidée de ses forces. Et sa suggestion de confier Olive et Bee à ses parents avait achevé de lui saper le moral.

Elle oubliait parfois à quel point elle était seule. Parce qu'elle était trop occupée à se débattre avec le quotidien, à préparer son diplôme de sommelier, à imaginer quel vin elle servirait à Carlo Bocci si d'aventure elle en avait l'occasion un jour. Mais aussi parce qu'elle s'efforçait de ne pas imaginer l'avenir une fois que son grand-père serait mort.

Et parfois, elle devait bien se l'avouer, c'était la présence de cet homme scandaleusement beau qui lui faisait oublier sa solitude. Même si les perspectives d'avenir avec lui étaient des plus floues.

Elle n'avait plus de maison. Sans doute plus de travail non plus. Et elle avait de gros doutes concernant ses capacités à prendre soin d'un bébé. Et pourtant, bizarrement, elle ne se sentait plus aussi seule.

— Donne-moi tes clés et attends-moi ici. Je vais chercher les chiens.

Il se tourna ensuite vers Tony, son magnifique visage durci par la colère.

— Veillez à ce que ce taré lui fiche la paix. Compris ?

Une poussée d'adrénaline parcourut son corps.

Non. Ce n'était pas ça. C'était quelque chose de plus… agréable. Elle n'en revenait pas. Elle ressentait du désir dans un moment pareil ?

*Impossible.*

— Ryan ? appela-t-elle.

Quand il se retourna, son regard la fit frémir tout entière.

*En fait, non. Pas si impossible que ça.*

— Est-ce que tu peux prendre la bouteille de vin aussi ? Celle qui est dans la vitrine du salon.

Elle ne pouvait pas laisser cette bouteille. Elle était spéciale. Unique. Elle aurait pu aller la chercher elle-même, mais elle n'osait pas bouger. Pas alors que Ryan était soudain passé en mode mâle alpha hyper protecteur.

Pendant qu'il était dans l'appartement, elle s'efforça de calmer le rythme fou de son cœur et de se convaincre qu'elle était une femme indépendante qui n'avait pas besoin d'un sauveur. Mais quel soulagement de laisser les commandes à quelqu'un d'autre pour une fois… Elle était seule depuis si longtemps qu'elle avait oublié ce qu'on ressentait quand quelqu'un prenait soin de vous. Vous protégeait. Jeremy ne l'avait jamais épaulée comme Ryan était en train de le faire. Mais, pour être honnête, elle ne lui en avait jamais laissé l'occasion. Elle n'en avait jamais eu envie.

Ryan réapparut bientôt, la bouteille dans une main et les laisses des chiens dans l'autre. Olive et Bee trottaient joyeusement devant lui, tentant de l'attirer dans la direction du parc à chiens. Mais il suffit qu'il émette quelques adorables petits sons et les deux chiens le suivirent vers la voiture.

Le cœur d'Evangeline fit un bond dans sa poitrine et ses yeux se mouillèrent.

C'était sûrement à cause des hormones de grossesse. Et de l'air glacé.

Une larme coula le long de sa joue.

*Bravo.*

Il échangea quelques mots avec Tony, qui l'aida à faire grimper les chiens dans la voiture, puis se glissa à côté d'elle. Bee sauta immédiatement sur les genoux d'Evangeline tandis qu'Olive s'installait entre eux sur la banquette.

— Merci.

— Je t'en prie, dit-il doucement.

Il disait et faisait exactement ce qu'il fallait mais, maintenant qu'ils étaient à nouveau seuls, il semblait éviter son regard. Et cette attitude la blessait. Plus qu'elle ne voulait se l'avouer.

Ce qu'il lui avait dit dans le bureau se répétait en boucle dans sa tête.

« Est-ce que tu imagines ce que j'aurais ressenti en la trouvant ? »

Jamais elle n'aurait dû écrire cette lettre. Maintenant, il devait avoir hâte de rentrer au Bennington, de la faire installer dans une chambre avec ses deux chiens et de se laver les mains du problème.

— Quand nous serons rentrés à l'hôtel, je trouverai une solution, dit-elle.

Mais la limousine tourna à droite alors qu'elle aurait dû prendre à gauche. Ils se dirigeaient vers Central Park et ses arbres couverts de neige au lieu d'aller vers la gare Grand Central.

— Mais... Ce n'est pas la direction du Bennington.

— Non, dit-il d'un ton neutre en lissant sa cravate en soie maculée de bave de chien.

Ce dont il n'eut pas l'air de s'apercevoir. Ou bien il s'en moquait.

*Non, ne pleure pas. Il a sans doute un dressing plein de cravates Hermès. Qu'il laisse ton chien à moitié aveugle baver sur une malheureuse cravate, ça ne veut rien dire.*

Elle s'éclaircit la gorge.

— On prend un itinéraire secret pour aller à l'hôtel ?

C'était possible. Visiblement, Tony connaissait Manhattan comme sa poche.

Mais elle en doutait. Ryan était trop silencieux, son regard trop dur, ses mâchoires trop crispées.

— Non, Evangeline. Je t'amène à la maison.

— Franchement, ce n'est pas nécessaire, dit Evangeline, les bras croisés au milieu du salon de Ryan. Je te suis très reconnaissante, vraiment. Mais c'est trop de dérangement.

Bee apparut dans le couloir menant à la chambre de Ryan, suivie d'Olive. Chacune avec une chaussure dans la gueule. Des chaussures de deux paires différentes, pour couronner le tout.

— Mais pas du tout, dit-il en gardant l'expression la plus neutre possible.

Qu'était-il censé faire ? Rester les bras croisés pendant qu'on jetait la mère de son enfant à la rue ? Hors de question.

— Je suis sûre que si j'appelais Elliot et que je lui expliquais la situation, il nous trouverait une chambre au Bennington pour un jour ou deux.

Il savait qu'elle n'appellerait Elliot qu'en tout dernier ressort. Evangeline n'aimait pas mêler travail et vie privée, il était bien placé pour le savoir.

— Ça m'étonnerait. Il est hyper allergique à tous les animaux.

Elle plissa les yeux.

— Et comment le sais-tu ?

— Un de nos ex-présidents a passé deux nuits dans le penthouse du Bennington avec ses deux chiens d'eau portugais l'an dernier, et Elliot a éternué pendant trois semaines ensuite.

— Je suis sûr que tu inventes, rétorqua-t-elle en pouffant.

Ryan sentit ses muscles se détendre légèrement. Pour la première fois depuis qu'ils avaient failli s'embrasser dans son bureau, leurs regards se croisèrent.

— Non. Je te jure.

Le sourire qu'elle lui adressa l'illumina tout entière. Il n'avait jamais cru à ces histoires de femmes enceintes qui rayonnaient littéralement… jusqu'à maintenant.

Est-ce qu'ils allaient continuer longtemps à discuter des allergies de leur collègue au lieu de parler de ce qui se passait – ou ne se passait pas – entre eux ?

— Tu n'es pas prisonnière ici, Evangeline. Tu es libre de t'en aller, dit-il en soupirant.

Comme pour appuyer ce qu'il venait de dire, les deux chiens délaissèrent leur proie et allèrent se coucher devant la cheminée avec des soupirs de contentement.

— Bon. Mais c'est juste en attendant que je trouve autre chose, dit-elle d'un ton résolu.

— Bien sûr.

C'était ridicule.

Ils allaient avoir un enfant ensemble et ils étaient incapables de se parler honnêtement de leurs sentiments. Dans les yeux saphir d'Evangeline, il lisait les mêmes doutes que ceux qui le dévoraient. Ils se noyaient tous les deux dans tous les mots qu'ils ne pouvaient se dire… dans des désirs qu'ils avaient peine à contenir.

Et, comme la plupart des gens qui se noient, ils se débattaient alors que chacun était sans doute la planche de salut de l'autre.

— Je veux que tu saches que jamais je n'aurais laissé cette lettre, comme ça, sur ton fauteuil, dit-elle, un sourire triste aux lèvres.

En d'autres temps, d'autres lieux, il aurait embrassé ces lèvres, les aurait goûtées, s'en serait régalé. Et un jour viendrait où il le ferait.

— Tu veux vraiment démissionner ?

Il aurait voulu la soutenir, lui dire que cela importait peu si elle voulait partir. Mais c'était faux. Le Bennington avait besoin d'elle.

Il avait besoin d'elle.

Le regard d'Evangeline dériva jusqu'à sa chambre puis revint vers lui.

— Je ne veux pas démissionner, non, souffla-t-elle.

Il se contenterait de ça. Pour l'instant.

— Promets-moi de rester jusqu'à ce que Bocci soit venu.

Elle hocha la tête puis fronça les sourcils.

— Et si jamais il ne vient pas ?

— Mais si. Il est à New York jusqu'à la fin du mois. Reste au moins jusque-là.

Et ensuite ?

Il ne savait pas. Il essayait juste de gagner du temps pour pouvoir la convaincre de rester pour de bon.

— D'accord. C'est promis.

— Je peux te poser une question ?

— Bien sûr.

Lui, il avait répondu à ses questions, ce n'était qu'un juste retour des choses.

— Qu'est-ce qui est arrivé à tes parents ?

Elle garda le silence un moment puis prit une grande inspiration.

— En fait, je n'en sais rien. Il y a des années que je ne les ai pas vus. Ma mère est partie quand j'avais neuf ans. Mon père ne s'en est pas remis. Il a arrêté de recevoir des touristes sur notre vignoble, il ne faisait plus les vendanges. Tout s'est écroulé autour de nous.

Et elle ? Est-ce que son père avait aussi cessé de s'occuper d'Evangeline ?

Inutile de poser la question. La réponse était dans ses yeux. Elle était dans la porte qu'elle lui avait claquée au visage. Elle était dans sa réticence à le laisser l'aider, alors qu'elle en avait tellement besoin.

— Mon grand-père n'a pris la mesure des choses que quand mon père a perdu le vignoble. Il m'a sauvée mais il était trop tard pour la propriété. Je suis allée vivre avec lui. Ça devait être temporaire, mais mon père est parti à la dérive et n'est jamais venu me chercher.

— C'est pour ça que vous êtes si proches, ton grand-père et toi. Je comprends. J'ai vécu un peu la même chose.

— Comment ça ?

— Mes parents étaient des drogués. Ils étaient incapables d'assumer un enfant, alors ma tante et mon oncle se sont occupés de moi.

— Les parents de Zander ?

Une mèche s'échappa du chignon un peu lâche d'Evangeline et il la replaça derrière son oreille, résistant à la tentation de caresser au passage son cou si gracieux.

— Oui. Mon oncle est mort il y a quelques années, mais il a été comme un père pour moi. Et Emily me traite toujours comme un de ses enfants.

— Alors, tu dois me comprendre, oui.

Chacun d'eux s'était construit une muraille. Mais de temps à autre, quand ils levaient les yeux vers le ciel en même temps, ils apercevaient un coin de ciel bleu. Grâce à l'autre. En l'autre.

Il se demandait à quoi ressemblerait leur vie une fois que ces murailles seraient définitivement tombées.

— Et ce vin que tu m'as demandé de récupérer quand je suis monté chercher Bee et Olive ?

— Il vient du vignoble familial. La dernière bouteille. À ma connaissance, en tout cas, dit-elle en s'illuminant de l'intérieur, comme à chaque fois qu'elle parlait de vins. C'est un cabernet franc. Un vin charnu, très onctueux aux arômes de framboise avec une touche de feuille de cassis froissée, de pain chaud et de cèdre. Il est parfait avec n'importe quel plat. Je te mets au défi d'en trouver un avec lequel il ne s'accorde pas.

Voilà la femme qui l'avait tant charmé le premier soir, celle qui l'avait fait quitter l'exil qu'il s'était imposé.

Intelligente, audacieuse... Si pleine de vie.

Totalement captivante.

Cette facette d'elle, elle ne pouvait pas la dissimuler. Parce qu'elle était vraie... aussi authentique que cette petite fille que son père avait oubliée. Mais elle ne le savait pas. Elle avait une image faussée d'elle-même.

— Je ne me risquerai même pas à essayer, dit-il en souriant.

Il laissa son regard vagabonder de ses yeux bleus si profonds à ses joues, douces et roses comme des pétales de fleur, puis à sa bouche aux lèvres pleines qui l'attirait tel un aimant.

Elle était belle. Elle l'avait toujours été mais, maintenant, elle était tout simplement radieuse.

Il lui souhaita bonne nuit et alla se coucher.

Seul.

# 12

Plusieurs heures plus tard, dans la vaste chambre d'amis de Ryan, Evangeline ne dormait toujours pas.

Son appartement ne ressemblait pas du tout à ce qu'elle s'était imaginé. Bien sûr, il vivait dans un penthouse, au dernier étage d'un immeuble en pierres de taille de la Cinquième Avenue. À tout seigneur tout honneur. Mais ce n'était pas du tout l'appartement de célibataire un peu froid auquel elle s'était attendue. Au lieu du chrome et du cuir noir, Ryan avait privilégié le velours et les belles patines qui procuraient une douce sensation de confort.

Les portes-fenêtres du salon donnaient sur une terrasse avec vue sur le Boathouse de Central Park. Avant d'aller se coucher, elle était restée quelques instants à regarder les patineurs évoluer sur le lac gelé. Au printemps, quand la glace aurait fondu, les gens y feraient voguer des voiliers miniatures. C'était un des endroits préférés des enfants. Des familles.

Sous ses couvertures, Evangeline caressait son ventre. Elle n'en était qu'au premier trimestre, mais elle sentait déjà son corps changer – s'arrondir, s'adoucir. C'était le signe incontestable que la vie créée par elle et Ryan était bien réelle. Qu'ils formeraient une famille un jour. Bientôt.

Quoi qu'il arrive, quoi qu'il se passe entre eux, ils étaient liés à jamais.

Elle avait été tellement injuste avec Ryan, alors qu'au fond d'elle-même elle savait que c'était un homme bien. Elle l'avait deviné dès le premier matin quand il avait cherché à la convaincre de le revoir, indifférent aux poils que ses chiens avaient laissés sur sa très chic veste Armani.

Et c'était justement ce comportement qui lui avait fait si peur.

Ryan était tout ce qu'elle avait toujours désiré, ce dont elle avait besoin. Tout à fait le genre d'homme susceptible de lui briser le cœur.

Et pourtant, maintenant qu'elle était allongée là dans le noir, la tête reposant sur ses oreillers et avec son enfant qui grandissait dans son ventre, elle se sentait invincible. Elle n'avait plus peur. Ryan était juste à côté et ils étaient seuls – chez lui. Il aurait pu l'emmener n'importe où, mais il l'avait amenée chez lui.

Que se passerait-il si elle allait le retrouver ? Si elle allait jusqu'à sa chambre sur la pointe des pieds et se glissait dans son lit ?

*Qu'est-ce que tu veux, Evangeline ?*

Il lui avait donné une chance et elle l'avait gâchée.

*Toi. Je te veux, toi.*

Elle avait été tout près de les prononcer, ces mots, mais elle n'en avait pas été capable. Elle n'avait pas eu le courage d'exprimer son désir. Parce que, cette fois, c'était différent. Cette fois, ce ne serait pas seulement physique. Elle avait beau essayer de se mentir, être dans le déni, elle avait des sentiments pour Ryan. Des sentiments qu'elle ne parvenait pas tout à fait à identifier.

*C'est le père de ton enfant.*

Peut-être que ce besoin de le toucher – de sentir sa peau sous ses doigts et ses lèvres, chaudes et avides, contre les siennes – n'était que biologique. Peut-être que, son corps qui réclamait le sien, ce n'était que de l'instinct.

En tout cas, elle n'avait plus envie de lutter. Elle se glissa hors de son lit aussi doucement que possible pour ne pas déranger Olive et Bee. Puis, elle se dirigea jusqu'à la chambre de Ryan. La porte était fermée. Elle eut envie de toquer, mais elle ne voulait pas prendre le risque qu'il la repousse. Pas cette fois.

Quand elle tourna la poignée, sa main était ferme. Elle comprit qu'elle était sûre de ce qu'elle faisait. Qu'il n'y avait de place ni pour les doutes ni pour les regrets.

Sous les rayons de la lune, le grand lit était baigné d'une lueur bleutée un peu fantastique, et Evangeline eut l'impression de pénétrer dans une sorte de royaume magique.

Mais le corps de l'homme, tout en muscles, qui était allongé sur ce lit était bien réel. Il la regarda, ses yeux luisant dans la pénombre. S'il était surpris de la voir apparaître dans sa chambre au milieu de la nuit, il le cachait bien. Il avait plutôt l'air de l'attendre. Comme s'il l'avait fait venir jusqu'à lui par la seule force de son désir.

— Evangeline...

Au son de sa voix, son cœur se mit à battre la chamade. Elle se pencha, ses cheveux caressant la joue de Ryan et elle murmura :

— Appelle-moi Eve. S'il te plaît.

Il prit son visage entre ses mains, puis glissa les doigts dans ses cheveux. Elle sentait la tension dans son corps, répondant à la sienne. Des jours... des semaines... à vouloir l'autre, à nier leur désir.

Mais c'était fini. Plus question de se mentir. Plus question d'attendre.

— Je veux te voir, Eve, dit-il d'une voix rauque.

Prenant appui sur sa puissante poitrine, elle se redressa, heureuse de sentir son regard sur elle tandis qu'elle retirait lentement sa chemise de nuit. Il caressa du regard son corps nu. Elle le sentit descendre de son cou jusqu'à ses seins, et une chaleur délicieuse envahit le bas de son ventre. Elle s'était déjà dénudée devant lui, mais elle avait l'impression d'être vue, regardée pour la toute première fois. De se dévoiler corps et âme.

Son regard descendit jusqu'à son ventre un peu arrondi, et un sourire très doux illumina son visage.

— À moi.

*À lui.*

Il parlait du bébé, pas d'elle. Mais, l'espace d'un instant, elle s'autorisa à croire le contraire. Elle ferma les yeux et se laissa envahir par la lumière et l'amour.

Ryan prit ses mains entre les siennes et la guida. Assise sur lui, elle ouvrit les yeux ; il la regardait avec tant d'adoration qu'elle se dit que, peut-être, c'était d'elle qu'il parlait.

— Embrasse-moi, Ryan.

— Oh ! chérie, j'ai cru que tu ne me le demanderais jamais.

Le baiser fut lent et doux. Douloureusement tendre. Elle dut lutter pour ne pas pleurer quand sa langue enlaça délicatement la sienne.

Cette tendresse la surprenait. Leur désir était si fort qu'elle s'attendait à une étreinte passionnée. Mais ils ne cherchaient pas seulement à assouvir leur désir. Ils voulaient autre chose. Et ce que cela signifiait lui faisait peur.

*Ça n'est pas juste physique*, se dit-elle tandis que ses mains redécouvraient les épaules de Ryan, son torse, son ventre parfait. *Nous faisons l'amour.*

Son corps le réclamait. Elle brûlait de le prendre en elle. En sentant son érection, elle se pressa plus fort contre lui en gémissant.

— Je suis là, murmura-t-il. Je suis là.

Il prit un de ses mamelons dans sa bouche, et le gémissement se transforma en une plainte voluptueuse venue du fond de sa gorge. C'était à la fois étrange et merveilleux. À l'image de son corps qui se transformait chaque jour, de ses seins plus pleins, et sensibles au moindre contact. Il prit l'autre mamelon entre ses lèvres et le suça jusqu'à la faire presque défaillir.

Elle le voulait en elle. Maintenant. Elle voulait sentir son sexe la pénétrer et qu'ils ne forment plus qu'un. Mais elle voulait davantage encore. Elle voulait tout entier cet homme à la fois magnifique et blessé qui lui faisait espérer une vie dont elle n'avait jamais osé rêver.

Un avenir.

Une famille.

Elle le prit dans sa main et le guida en elle. Il se redressa et l'embrassa tandis que leurs corps s'unissaient, et enfin elle ressentit un exquis soulagement. Comme si elle pouvait respirer à l'air libre après avoir été confinée si longtemps dans la solitude.

Puis, il la saisit par les hanches et s'enfonça en elle. Profondément. Encore et encore, allant et venant en elle jusqu'à ce qu'elle parvienne au paroxysme du plaisir.

Il avait l'impression de rêver. C'était trop fort, trop puissant pour être vrai. Et pourtant, Ryan savait que tout ça n'était pas le fruit de son imagination. Parce que faire l'amour à Evangeline dépassait en intensité tous les fantasmes de ces dernières semaines.

Elle était si belle, les cheveux répandus sur ses seins nus. Il se rappelait chaque instant de la première nuit qu'ils avaient passée ensemble, chaque courbe de son corps. Mais elle avait changé. Il y avait quelque chose d'adouci en elle – et ce n'était pas seulement dû à la grossesse, ce n'était pas seulement physique.

Elle était plus ouverte, plus vulnérable.

Il roula au-dessus d'elle, prit ses poignets dans une de ses mains et les leva au-dessus de sa tête. Elle se mit à ronronner comme un chaton. Ce son l'excitait tant qu'il aurait pu jouir immédiatement. Là, maintenant. Mais il serra les mâchoires pour se maîtriser. Il attendait ce moment depuis des semaines. Il voulait le faire durer.

Pour elle.

Pour eux.

Il se souleva et descendit lentement le long de son corps vibrant. Elle se cambrait vers lui et cria son nom quand sa main passa entre ses cuisses et les écarta.

Sa bouche descendit plus bas encore et elle ouvrit les yeux, surprise.

— Laisse-moi faire, murmura-t-il en souriant. Il savait que c'était nouveau pour elle et qu'il allait l'initier à une forme de plaisir qu'elle n'avait jamais connue.

De la langue, il la caressa, lui donnant le baiser le plus intime. Ses hanches se soulevèrent, venant à sa rencontre. Il sentait qu'elle approchait de la jouissance.

Il remonta le long de son corps et prit appui sur ses mains, des deux côtés de son visage rosi par le plaisir, les lèvres gonflées de ses baisers. Ryan n'avait jamais vu une femme aussi rayonnante. Éperdue de plaisir, éperdue d'amour.

*D'amour ?*

Est-ce que c'était de l'amour ? Comment l'aurait-il su ? Il ne connaissait rien à l'amour, à l'engagement, à ce qu'il fallait pour bâtir un foyer – un vrai foyer rempli de rires ou chacun prenait soin des autres. Et qu'on ne quittait pas.

— Rien que toi et moi, dit-il en entrant en elle.

Il lui avait fait une promesse et l'avait honorée. Il n'y avait qu'eux. Mais ils n'étaient plus seulement un couple. Ils formaient presque déjà une famille...

Une deuxième fois, il l'amena à la jouissance et, dans un gémissement qui semblait venir du plus profond de son âme, il s'autorisa enfin à la rejoindre.

Pendant un long moment, ils restèrent immobiles. Les yeux fermés, il écoutait leurs respirations mêlées. Dehors, la neige tombait doucement sur la ville. New York... Le Bennington... L'étoile du Michelin... Tout ça lui semblait si loin.

— Ryan.

Il ouvrit les yeux. Evangeline semblait au bord des larmes.

— Et si je suis comme elle ? murmura-t-elle. Et si je suis comme ma mère ?

— Aucun risque, ma chérie dit-il en l'enveloppant entre ses bras.

Elle s'était mise à nu pour lui, pas seulement physiquement. Elle lui avait dévoilé son âme, et il savait d'instinct qu'elle était en train de partager avec lui sa peur la plus profonde - ce qui menaçait de les séparer.

— Comment le sais-tu ?

Il se demanda si elle pouvait entendre son cœur se briser dans sa poitrine - pour elle. Elle qui s'inquiétait plus pour deux petits chiens que pour elle-même et avait quand même peur d'être comme sa mère et d'abandonner son enfant.

— Je le sais. Regarde-moi, Eve. Je n'ai pas connu ta mère mais, toi, je te connais. Il y a plus d'amour et de dévouement en toi que chez n'importe qui. Je le vois. Je *te* vois. Même quand tu essaies de me repousser, je te vois. Notre bébé ne pourrait avoir une meilleure mère.

— Notre bébé, répéta-t-elle en souriant.

— Oui. Notre bébé. À toi et à moi.

Elle ferma les yeux, se blottit contre sa poitrine et sombra dans un profond sommeil.

Il écoutait sa respiration régulière, lui caressant doucement les cheveux, lui murmurant qu'elle n'était pas seule. Qu'il serait là, lui aussi. Qu'ils n'avaient pas eu une enfance de rêve, mais que cela n'avait pas d'importance. Qu'aussi longtemps qu'ils se soutiendraient mutuellement tout irait bien.

Mieux que ça. Tout serait parfait…

Il fallait seulement qu'elle y croie.

# 13

Le soir suivant, Ryan ne savait pas si Evangeline viendrait le rejoindre ou si elle considérerait leur dernière nuit ensemble comme un épisode isolé. Un moment de faiblesse. Le soulagement qu'il avait ressenti en la voyant entrer dans sa chambre, nue, les cheveux défaits, avait été d'une intensité effrayante.

Après cinq soirs de suite où elle s'était glissée dans sa chambre, il avait commencé à s'autoriser à attendre sa venue. Le sixième soir, ils n'avaient même pas songé à aller se coucher séparément. Olive et Bee avaient pris possession du lit de la chambre d'amis, et Ryan avait attrapé Evangeline par la main pour l'emmener directement dans sa chambre.

Tout recommençait chaque soir mais s'arrêtait aux premières lueurs de l'aube. Jamais ils ne parlaient de l'évolution de leur relation et, au Bennington, rien n'avait changé.

C'était parfait.

Pour l'instant.

Evangeline avait promis de rester jusqu'à la visite de Carlo Bocci au Bennington 8 et, d'ici là, Ryan n'était sûr que deux choses : il ne pourrait pas renoncer à Evangeline et il ne pouvait pas mentir plus longtemps à Zander.

Les événements de ces derniers jours ne pouvaient pas être passés inaperçus. Ryan et Evangeline avaient quitté le Bennington sur les chapeaux de roue sans aucune explication. Deux fois. Et il y avait eu cette scène du baiser manqué à laquelle Elliot avait assisté.

Comment avait-il pu laisser les choses aller aussi loin sans en parler à son cousin ? Zander aurait été parfaitement en droit de lui en vouloir, et le triple expresso qui l'attendait sur son bureau en guise d'offrande de paix risquait de ne pas suffire.

En entrant dans la pièce, Zander se figea. Il regarda d'abord le café, puis Ryan, assis dans un des fauteuils face à son bureau.

— Un triple, dit-il en levant un sourcil. La situation doit être désespérée.

— Pas désespérée, mais j'avoue avoir songé à y ajouter une dose de whisky.

— À 7 heures du matin ? Sans façon.

Zander posa son attaché-case, s'assit confortablement dans son fauteuil et but la moitié du café en une seule gorgée.

— Je suppose que tu viens me dire que tu fréquentes notre responsable des vins en dehors des heures de bureau.

*Si seulement c'était si simple.*

— Depuis combien de temps tu sais ?

— Je m'en suis douté dès le jour de son entretien. À ta façon de la regarder. Je ne t'ai pas vu comme ça depuis... En fait, je ne t'avais jamais vu comme ça.

— Evangeline et moi nous sommes connus avant l'entretien, admit Ryan.

— Quand ?

— Quelques semaines plus tôt. Je ne m'attendais pas à la revoir.

Il n'avait pas envie d'entrer dans les détails mais il devait la vérité à Zander. Il s'éclaircit la gorge et reprit :

— Et elle est enceinte.

Zander sourit mais n'eut pas l'air surpris du tout.

— Je me demandais quand tu finirais par me le dire. J'ai compris quand tu as renversé le côtes-du-rhône. Pas très subtil.

— Entre Evangeline et moi, c'est un peu... compliqué. Nous ne nous attendions pas à ça.

— Mais est-ce que c'est ce que vous voulez ? C'est ça, la vraie question. Quand Allegra est revenue dans ma vie, je ne m'y attendais pas. Je n'étais pas prêt et elle non plus. Mais, au fond, c'est ce qu'on voulait. Prêts ou pas prêts.

À entendre Zander, on aurait pu croire que tout avait été

simple, mais Ryan l'avait vu se battre pour Allegra. Et maintenant, quelques mois plus tard, ils étaient… mariés et heureux.

En relevant les yeux, il vit que Zander l'observait. En grand frère.

— Écoute, ça n'est pas facile, mais je vais te le dire quand même, dit Zander en prenant une profonde inspiration. Evangeline est géniale et, si vous finissez ensemble, je serai le plus heureux des hommes. Mais je m'inquiète pour toi… depuis un certain temps.

L'estomac de Ryan se tordit. Zander allait lui parler de Natalie.

— Inutile de t'inquiéter pour moi, je vais bien, dit-il, les dents serrées.

— Je sais. Mais après ce qui s'est passé avec Natalie, je sais aussi que tu as besoin de certitudes, dit Zander en prenant une boîte blanche dans un tiroir et en la posant sur le bureau. Il y avait un symbole de laboratoire médical dessus.

— Qu'est-ce que c'est que ça ? demanda Ryan en foudroyant Zander du regard.

— Un test de paternité. Tu as dit toi-même que ta relation avec Evangeline était compliquée. Vous vous connaissez à peine.

— Ce que je sais d'elle me suffit, dit Ryan d'un ton sans appel.

— Comme tu veux, dit Zander. À toi de voir. Mais prends quand même ce kit au cas où tu changerais d'avis.

Ryan prit la boîte et la glissa dans sa poche. Hors de vue.

Regarder cette chose le rendait malade.

— D'accord, mais sache qu'Evangeline n'a rien à voir avec Natalie. Elle est…

Comment expliquer tout ce qu'il ressentait pour elle ?

— Elle est merveilleuse, finit-il par dire.

Zander hocha la tête.

— Et elle est également importante pour le Bennington 8.

— Je sais. Elle peut continuer à travailler, si c'est ça qui t'inquiète.

Elle s'y connaissait assez en vins pour donner des conseils sans avoir à goûter elle-même. Elle était prête pour la visite de Bocci. Ils l'étaient tous.

— On a besoin de pouvoir compter sur elle.

— On en a discuté et elle restera jusqu'à la visite de Bocci. Elle sait combien c'est important. Elle m'a donné sa parole. Elle ne nous lâchera pas.

Concernant le Bennington 8, cela ne faisait aucun doute. Pour le reste, c'était moins sûr.

En entrant dans la maison de retraite à la suite de Bee et Olive qui tiraient joyeusement sur leur laisse, Evangeline se sentait prête à défaillir. Les hormones. Ou plutôt l'appréhension. Aujourd'hui, c'était sa soirée pizza hebdomadaire avec Papy Bob et elle avait décidé de lui parler du bébé.

Elle savait qu'il serait heureux pour elle, mais elle se doutait aussi qu'il allait lui poser des questions sur le père.

*Au fait, je ne t'ai pas dit ? J'ai rompu avec le type que tu détestais et maintenant, j'ai une relation avec mon patron.*

*Une relation ? Quel genre de relation ?*

Elle n'en avait aucune idée. Elle avait déjà du mal à se faire à l'idée qu'elle allait devenir mère. Elle n'était pas prête à s'imaginer devenir la femme de quelqu'un.

*Hé. Pas si vite. Qui a parlé de mariage ?*

Personne. Et surtout pas elle.

Quand elle entra dans la chambre de Papy Bob, il regardait la télévision, le dos à la porte. Même avec ses prothèses auditives, il n'entendait plus bien et il ne remarqua pas sa présence. Elle resta un moment sur le pas de la porte, la gorge nouée.

Il avait l'air si fragile. Lui qui lui avait toujours paru si fort. Lui qui avait toujours été son roc au milieu des eaux tumultueuses de sa vie. Lui sur qui elle avait toujours pu compter. Maintenant, les rôles étaient inversés, et elle avait peur de ne pas être à la hauteur.

Elle détacha Olive et Bee, et les deux chiens se précipitèrent sur les genoux de son grand-père.

— Tu leur manques, dit Evangeline.

— Elles me manquent aussi, mais elles ont l'air très heureuses, dit le vieil homme avec un large sourire. Et bien nourries.

Evangeline s'éclaircit la gorge. Ryan leur rapportait chaque soir des restes du Bennington 8. La veille, elles avaient eu droit à du gigot d'agneau.

— Il vaudrait mieux éviter la pizza pour elles, oui.

— Plus facile à dire qu'à faire, dit Papy Bob en jetant un œil à l'horloge de la télévision. À ce propos, on devrait descendre.

— Est-ce qu'on peut discuter une minute avant ? J'ai quelque chose à te dire.

— Est-ce que tout va bien ? dit-il, l'air inquiet.

— Oui. C'est une bonne nouvelle. Enfin, j'espère. Je suis enceinte.

Elle guetta sa réaction, et il lui sembla que son cœur s'arrêtait de battre.

— Bien sûr que c'est une bonne nouvelle. La meilleure des nouvelles, s'exclama-t-il, rayonnant de bonheur.

Il y avait des mois, des années peut-être, qu'elle ne l'avait pas vu aussi heureux.

— Je vais être arrière-grand-père.

— Et moi, je vais être maman.

— Tu seras une mère merveilleuse, ma chérie. Ton bébé a de la chance.

— C'est ce que dit Ryan aussi.

Les mots lui avaient échappé de la bouche, et elle ne réalisa son erreur qu'en voyant le sourire de son grand-père s'effacer.

— Ryan ?

Elle avala sa salive.

— Ryan Wilde. C'est le père du bébé.

— Alors, plus de… Comment, déjà ?

Elle n'allait pas le gronder d'avoir encore oublié le nom de Jeremy. Il était probablement temps qu'elle l'oublie aussi.

— Non.

— Tant mieux. Je n'aimais pas ce type.

Elle le savait bien. Mais pourquoi n'avait-elle pas écouté son grand-père quand il lui disait qu'elle méritait mieux ?

*Parce que tu ne l'as jamais cru. Pourtant, c'est vrai, tu mérites mieux.*

— Parle-moi de lui. Est-ce que je vais l'aimer ?

— Il est extraordinaire. Olive et Bee sont folles de lui. Et moi aussi.

Même si elle avait peur de le dire tout haut. Peur parce qu'elle risquait plus que jamais d'avoir le cœur brisé.

— Alors, je ne suis pas inquiet. Elles sont très psychologues, dit Papy Bob avec un clin d'œil. Quand est prévu le mariage ?

— Il n'y aura pas de mariage, dit-elle avec un peu trop de véhémence.

— Si ce Ryan est si formidable, pourquoi dis-tu ça ?

*Ne te mets pas à pleurer.*

Elle ne voulait pas que son grand-père s'inquiète pour elle. Elle allait très bien.

— Parce qu'à notre époque on n'est plus obligée de se marier juste parce qu'on est enceinte.

— C'est vrai, concéda-t-il. Mais quelque chose me dit que ça n'a rien à voir avec ta peur de t'engager.

Le nœud qu'elle avait dans la gorge tripla de volume.

— Je ne sais pas, dit-elle en se levant et en rapprochant le déambulateur, mais on va être en retard pour la pizza. On en parlera une autre fois.

— Ne laisse pas les choix de tes parents te priver de ton bonheur, Evangeline. Ton père et ta mère ont fait des erreurs terribles. Dont tu as énormément souffert, je le sais mieux que personne.

*Non. Pitié, non.*

Elle ne voulait pas remuer ses souvenirs d'enfance.

Mais Papy Bob continuait à parler. Et, pour couronner le tout, Olive et Bee la regardaient avec un air de victimes, comme si elle venait de briser leur rêve d'être un jour demoiselles d'honneur.

— Laisse le passé où il est. Tu vas avoir un enfant. C'est une nouvelle vie qui commence. Pas seulement pour le bébé mais pour toi aussi.

— Je sais, murmura-t-elle.

— Je n'en suis pas si sûr. Fais-toi confiance. Quand tu trouveras l'amour, tu le sauras, dit-il en se levant enfin. Ça ne ressemblera à rien de ce que tu as connu. Et le véritable amour peut guérir toutes les vieilles blessures. Tu dois y croire.

*Tu dois y croire.*

Elle avait l'impression d'entendre la voix de Ryan murmurer à son oreille.

# 14

Evangeline avait aligné devant elle six bouteilles de vin – trois rouges et trois blancs. Elle regarda les huit serveurs attablés qui devaient travailler au Bennington 8 ce soir-là. Le restaurant ouvrait un quart d'heure plus tard.

— Bon, récapitulons. Ce soir, les vins dont nous parlons sont tous français. Gia, dit-elle en désignant un des serveurs, pouvez-vous me citer les régions présentées dans cette sélection ?

— Le chenin blanc et le muscadet sont des vins de la Loire. On a un sauvignon blanc et un rouge du Bordelais, plus deux rouges de Bourgogne – un léger et un plus riche.

— Excellent. Je crois qu'on est prêts. De toute façon, je serai là toute la soirée si vous avez des questions. Comme toujours, je passerai à chaque table mais il est important que tout le monde comprenne bien les vins que nous servons.

Les serveurs la remercièrent, et ceux à qui il restait du vin après la dégustation finirent leur verre. Celui d'Evangeline était toujours plein, bien sûr, mais elle l'avait discrètement placé derrière les bouteilles et personne ne semblait avoir remarqué qu'elle ne buvait pas.

Tout allait bien. D'autant que, d'après le maître d'hôtel, le Bennington 8 serait complet ce soir. Toutes les tables étaient réservées.

Debout depuis plus de quatre heures, elle espérait pouvoir se reposer quelques minutes dans le bureau de Ryan en attendant l'ouverture. Elle réalisa alors qu'il n'était pas passé à la dégustation, comme il le faisait habituellement.

D'ailleurs, elle et Ryan s'étaient à peine vus ces dernières vingt-quatre heures. Il lui avait laissé un message pendant qu'elle était avec son grand-père la veille, lui annonçant qu'il serait absent jusqu'au lendemain pour le travail. Une histoire d'hôtel à vendre à Chicago qui les intéressait, lui et Zander.

Au début, elle s'était sentie plutôt soulagée. Elle aurait ainsi le temps de réfléchir à sa conversation avec Papy Bob et de se sortir de la tête cette ridicule idée de mariage.

Un peu de temps à elle, cela ne lui ferait pas de mal.

Mais, quand elle était rentrée à l'appartement, il lui avait semblé terriblement vide sans Ryan. Même Olive et Bee n'avaient pas cessé de monter et de descendre du canapé pour explorer le penthouse à sa recherche.

*Il y a quelque chose qui cloche*, pensa-t-elle.

Il aurait déjà dû être de retour. Ou au moins lui avoir donné des nouvelles, non ?

Cela dit, pourquoi aurait-il dû la tenir au courant de ses moindres faits et gestes ? Après tout, ils n'étaient pas mariés. Elle n'était même pas sa petite amie officielle. Elle était juste enceinte de lui.

*C'est bien autre chose que ça, et tu le sais.*

Mais bref. Ce n'était pas le moment de réfléchir à sa relation avec Ryan. Il lui restait moins de dix minutes avant de commencer à recommander des vins au gratin de Manhattan.

Son bureau était vide. Pourtant, il lui avait assuré qu'il serait de retour avant l'ouverture du Bennington 8. Tout le monde était en état d'alerte maximum au cas où Carlo Bocci se montrerait.

Evangeline, elle, doutait qu'il vienne un vendredi soir. Il aurait jusque-là toujours visité les restaurants de New York les soirs de semaine, et Mon Ami Jules était pour l'instant le seul à avoir reçu une étoile.

Malgré tout, elle commençait à s'inquiéter.

Elle enleva ses chaussures, s'allongea sur le grand canapé de cuir et frissonna. Il neigeait depuis des jours et toute la ville était recouverte d'un épais manteau de neige.

Elle repéra une veste de Ryan, suspendue à un cintre derrière la porte. Une couverture aurait été l'idéal, mais une veste Armani ferait également l'affaire.

Elle se coucha en position fœtale, la précieuse étoffe contre sa joue. Puis elle ferma les yeux et respira profondément le parfum de Ryan. Chêne et pin, avec une pointe de santal et de violette.

Quelques secondes passèrent. Elle devait faire attention à ne pas s'endormir.

Elle ne savait pas quand elle avait cédé au sommeil ni combien de temps elle s'était assoupie quand une voix basse et familière la tira du sommeil.

— Hello, ma belle au bois dormant.

C'était Ryan. Il était penché sur elle. Il y avait des flocons de neige dans ses cheveux, et elle fut tellement surprise... et soulagée... de le voir que les larmes lui montèrent aux yeux.

Il ne fallait pas.

*Ne tombe pas amoureuse de lui.*

— Tu es rentré, dit-elle en refoulant ses larmes.

— Oui.

Il se pencha et déposa un doux baiser sur ses lèvres. Sa bouche était froide et avait un goût de neige et de marrons grillés.

Jamais ils ne s'étaient embrassés au bureau. Ni même tenu la main. C'était une première et cela aurait dû lui faire peur, mais non. C'était bon.

— Alors, ce voyage ?

— Très fructueux. Mais c'est toi qui m'inquiètes. Est-ce que ça va, chérie ?

— Très bien. Et il faut que je file au restaurant. Je suis sûrement déjà en retard, dit-elle en se levant d'un bond.

La veste Armani glissa sur le sol, et Ryan se baissa pour la ramasser. Quand il se redressa, quelque chose tomba d'une des poches. Le visage de Ryan se figea.

— Qu'est-ce que c'est, Ryan ?

— Rien. C'est Zander qui...

Elle n'entendit pas la suite. Parce qu'en voyant la boîte blanche elle n'entendit plus que son propre cœur qui battait à toute allure. Si fort qu'elle avait l'impression qu'il allait exploser.

Elle ramassa la boîte.

Un test de paternité.

*Ça n'est pas possible.*

Chaque minute où il avait été absent, Ryan avait pensé à ce qu'il voulait dire à Evangeline en rentrant – aux promesses qu'il lui ferait, à la question qu'il voulait lui poser. Il avait élaboré des dizaines de scénarios, mais dans aucun cette maudite boîte n'était censée apparaître.

*Je te déteste, Zander.*

Non. Il ne pouvait pas en vouloir à son cousin. Zander ne voulait que son bien. Si quelqu'un était à blâmer pour la douleur qu'il venait de lire dans les yeux d'Evangeline, c'était lui. Il aurait dû se débarrasser de cette boîte. Il savait que c'était une bombe à retardement, et elle venait d'exploser à la tête de la femme qu'il aimait.

— Tiens, tu as laissé tomber ça, dit-elle en lui lançant la boîte.

— Ce n'est pas ce que tu crois...

— Tu n'as pas besoin de t'expliquer, Ryan. Je t'assure que je comprends.

Mais il voyait à son regard qu'elle pensait qu'il ne ressentait rien de différent pour elle que pour Natalie. Elle pensait qu'il ne lui faisait pas confiance. Et sans doute, pensait-elle aussi qu'il les jetterait à la rue, ses petits chiens et elle, s'il découvrait que le bébé n'était pas de lui.

Mais c'était tout le contraire.

— Je suis amoureux de toi, Eve.

— Non, dit-elle en secouant la tête. C'est faux.

Ils étaient revenus à la case départ. À ce matin où il s'était réveillé chez elle dans le Village et où elle avait refusé qu'ils se revoient.

Une fois de plus, il la perdait.

— C'est un terrible malentendu. Je vais t'expliquer...

— Je dois y aller, dit-elle, glaciale.

Elle traversa le bureau et ouvrit la porte. Elliot se trouvait de l'autre côté, la main sur la poignée.

Le regard du directeur passa de l'un à l'autre, puis il poussa un grand soupir de soulagement.

— Dieu merci, vous êtes là tous les deux. Carlo Bocci est arrivé. Il... Il est... Il est...

— On va tous se calmer, dit Ryan. On est prêts. Ça fait des semaines qu'on se prépare.

— Oui. Vous... Vous avez raison, dit Elliot, littéralement en nage et apparemment tout sauf prêt.

Pourquoi fallait-il que cela arrive maintenant ? Ryan n'arrivait pas à aligner deux idées. Tout ce qui comptait pour lui, c'était Evangeline. C'était réparer l'énorme erreur qu'il venait de commettre. Au moins l'arrivée de Bocci l'avait-elle empêchée de partir. Pour le moment, du moins.

— Depuis combien de temps est-il arrivé ? Et où est-il en ce moment ?

Elliot prit une grande inspiration et résuma la situation :

— Il vient d'arriver. En avance. Il avait une réservation pour 21 heures sous un faux nom – Mark Spencer, mais le maître d'hôtel l'a reconnu et pense l'installer à la table 25.

Située dans une alcôve à droite de l'entrée, la table 25 était la meilleure du restaurant. Elle offrait en outre une vue magnifique sur la ville. Depuis des semaines, ils limitaient les réservations dans cette zone en prévision de ce scénario.

— Bien, approuva Ryan. Pourquoi n'est-il pas encore installé ?

— Il a demandé à boire un cocktail au bar avant, dit Elliot d'un air catastrophé.

— Bien, marmonna Ryan. Au moins, ça nous donne un peu de temps.

— J'y vais. Je dois choisir son vin, dit Evangeline.

Bien sûr. Elle avait raison. Elle devait monter. Mais Ryan n'avait aucune envie de la quitter des yeux. L'idée de la voir sortir de cette pièce lui arrachait le cœur.

Pourtant, il devait lui faire confiance. Ils reprendraient cette discussion une fois Bocci parti. Et tout s'arrangerait. Il le fallait. Elle sortit sans un regard pour lui.

— Monsieur Wilde, dit Elliot.

— Oui ?

— Dois-je appeler l'autre M. Wilde pour l'avertir de la présence de Bocci ?

— Je m'en charge, merci.

Zander voudrait avoir des détails, et c'était à Ryan de les lui donner. Et puis, passer cet appel l'occuperait. Il n'allait pas monter au restaurant observer chaque bouchée qu'avalerait le critique. Pas plus qu'il ne pouvait rester dans son bureau à faire les cent pas en attendant Evangeline. Il deviendrait fou.

Le directeur prit congé, et Ryan se retrouva seul.

Il se passa la main dans les cheveux, soudain épuisé. Il avait l'impression qu'une tornade venait de dévaster sa vie et il était presque étonné que les murs de l'hôtel ne soient pas en train de s'écrouler autour de lui.

Il jeta le test de paternité dans la poubelle et ramassa sa veste avant de la suspendre au cintre derrière la porte. Des petites choses qui lui donnaient l'impression de maîtriser encore un minimum sa vie.

Mais sa vie ne tournait plus autour du Bennington. Plus comme avant. Son monde, maintenant, c'était Evangeline. Il ne savait pas quand ça avait changé, mais c'était comme ça. À un moment donné durant ces deux mois, tout s'était mis parfaitement en place.

Pour la première fois de sa vie, il était heureux.

Il était fou amoureux et il allait être père. Il n'avait pas besoin d'un test de paternité pour savoir ce qu'il savait déjà. De toute façon, il aurait aimé Evangeline et son bébé même s'il n'avait pas été le père. Ils étaient faits l'un pour l'autre.

Restait à espérer qu'après cette folle soirée Evangeline l'écouterait.

Il prit son téléphone dans sa poche et composa le numéro de Zander.

— Carlo Bocci est là. Il a une réservation pour 21 heures, dit-il sans se perdre dans les détails.

— J'arrive. Je te rejoins directement là-haut.

Ryan rajusta ses boutons de manchette, lissa sa cravate et sortit. En passant dans le hall, il jeta un œil au petit salon. Il était vide. Et cela faisait bientôt une semaine. Dès qu'Evangeline s'était installée chez lui, il avait fait passer un mémo. Ce salon était désormais strictement réservé à la clientèle.

Fini les groupies du Célibataire de l'année.

Le bar de l'hôtel leur restait accessible mais, au bout de quelques jours, elles s'étaient lassées. Un bon point pour lui.

Il s'accrocha à ce menu succès le temps de monter jusqu'au

restaurant. Cette soirée finirait bien par se terminer. Mais, quand les portes de l'ascenseur s'ouvrirent sur l'atrium couvert de neige, il fut saisi d'un grand frisson. Il n'avait besoin de personne pour lui dire ce qui s'était passé ; il sentait son absence. Il savait déjà.

Evangeline n'était plus là.

# 15

— Tu m’avais dit qu’elle ne nous laisserait pas tomber, dit Zander en balayant d’un regard paniqué la salle de restaurant.

Il pouvait chercher, Evangeline n’était pas là. Ryan avait déjà vérifié.

Oui, elle avait promis de rester. Il l’avait blessée, il le savait, mais il n’arrivait pas à croire qu’elle était partie. À peine quelques minutes plus tôt, elle avait dit qu’elle allait choisir une bouteille pour Bocci. Que s’était-il passé ?

Au restaurant, personne ne l’avait vue. Donc, elle n’était jamais montée. En quittant son bureau, elle était tout simplement partie.

— Où est-elle ? insista Zander. Carlo Bocci est en train de terminer son cocktail. Dans moins de dix minutes, il sera installé à notre meilleure table, et notre sommelière est aux abonnés absents ?

— Elle l’a trouvé, répondit Ryan en s’efforçant de garder son calme.

— De quoi est-ce que tu parles ?

Ryan préféra ne pas répondre. Il avait peur de dire quelque chose qu’il regretterait. Zander était son cousin, mais aussi son meilleur ami, le frère qu’il n’avait jamais eu. Avec ce test de paternité, il n’avait cherché qu’à le protéger.

Au bout de quelques secondes, le visage de Zander blêmit.

— Quoi ? Le test que je t’ai donné l’autre jour ? Quand ?

— À peu près une minute avant l’arrivée de Bocci. Il est tombé de la poche de ma veste.

Zander soupira.

— Je suis désolé. Je lui parlerai. Je lui expliquerai que c'était moi.

— Ça ne va pas être évident, étant donné qu'on ne sait pas où elle est.

Il ne voulait même pas imaginer qu'elle était retournée à son appartement récupérer ses affaires et les chiens. Il avait presque peur de rentrer et de trouver la maison désertée.

C'était ce qu'il avait redouté dès le début. Elle avait tellement peur de reproduire le schéma de ses parents qu'elle avait saisi la première occasion pour s'enfuir.

— Je comptais lui demander de m'épouser ce soir.

Zander s'éclaircit la gorge, mais Ryan ne pouvait pas le regarder. Il s'était déjà assez mis à nu comme ça.

— Peut-être que c'est encore possible… La future mariée vient d'arriver.

Oui, elle était là, traversant la pièce, une bouteille de vin à la main. Peut-être qu'il s'était trompé, après tout, et qu'elle n'avait jamais quitté le Bennington. Puis, il regarda la bouteille de plus près et il comprit.

*Surtout, ne la laisse pas tomber.*

Evangeline serrait la bouteille de toutes ses forces. Si elle la laissait tomber maintenant, la folie de ces vingt dernières minutes n'aurait servi à rien.

Tony l'avait emmenée jusque chez Ryan en un temps record. En redescendant après avoir récupéré la bouteille, elle s'était engouffrée dans la voiture qui l'attendait, et le retour au Bennington avait été encore plus rapide que l'aller.

Tony était la perle des chauffeurs. Il allait lui manquer. Comme tant de choses ici.

Mais il ne fallait pas qu'elle pense à ça, sinon elle allait craquer.

Et la présence de Ryan n'arrangeait rien. Dès qu'elle avait franchi le seuil du restaurant, elle avait senti son regard sur elle. Elle y avait lu tant d'espoir qu'elle avait dû détourner les yeux.

Il croyait peut-être qu'elle faisait ça pour lui, mais ce n'était qu'en partie vrai. Elle le faisait aussi pour elle. Et pour son bébé. Il était temps de dire adieu au passé, une fois pour toutes.

En se dirigeant vers la table où était assis Bocci, elle ne pouvait détacher son regard de Ryan. C'était la dernière fois qu'elle le verrait comme ça.

Bien sûr, elle ne le priverait pas de son enfant. S'il voulait le voir ou s'impliquer dans son éducation, ils s'organiseraient, et elle le croiserait un week-end sur deux au moment où ils échangeraient paquets de couches et poussette, et elle ferait semblant de n'avoir jamais cru qu'ils pourraient vivre ensemble tous les trois.

Jamais elle ne l'avait vu la regarder comme ça – comme si elle était la belle femme du monde – et elle dut se mordre l'intérieur des joues pour ne pas pleurer. Peu importait qu'il la trouve belle ou même qu'il pense l'aimer. Elle savait la vérité. Il ne lui faisait pas confiance. Pour elle, amour et confiance allaient forcément de pair. L'un ne pouvait exister sans l'autre.

— Bienvenue au Bennington 8, monsieur Spencer.

— Merci, dit Carlo Bocci, en levant les yeux de son menu.

En voyant la bouteille, son expression se fit un peu sévère. Tout ça était sans doute de la folie.

*Trop tard.*

— Je m'appelle Evangeline Holly et je suis la sommelière du Bennington 8, dit-elle en lui présentant la bouteille par la droite, comme il se devait. J'aimerais vous recommander quelque chose de très spécial ce soir, l'opportunité de goûter un vin unique.

— Unique ? dit-il en levant un sourcil. Comment ça ?

— Il s'agit d'un cabernet franc Château Holly de la région des Fingers Lakes. Le vignoble n'existe plus depuis plus de vingt ans et c'est la toute dernière bouteille qu'il reste. C'est un vin riche avec des notes de cerise, de cèdre et de pain grillé, dit-elle avec un sourire plein de fierté.

Cette bouteille représentait son héritage. Le seul cadeau que ses parents lui avaient fait avait été de lui transmettre la passion du vin et de son histoire. Et, un jour, elle la transmettrait à son propre enfant. Il ne saurait jamais ce que c'était que grandir au milieu des vignes mais elle lui enseignerait d'autres choses

– reconnaître un bon bordeaux, savourer une gorgée de bon vin en appréciant totalement le moment qui passe.

— Je vois, dit Bocci en examinant l'étiquette. C'est assez inhabituel.

— Comme je vous le disais, c'est une chance unique, mais si vous préférez autre chose, je serai heureuse de vous présenter notre carte des vins.

Elle retint sa respiration.

— En général, je préfère les vins de l'Ancien Continent, mais vous m'avez convaincu. Je vais essayer celui-ci.

Elle crut lire l'ébauche d'un sourire dans les yeux du critique.

— Excellent choix, dit-elle en sortant son couteau de sommelier pour découper la coiffe en prenant bien soin que la bouteille ne touche pas la table.

Après quoi, elle prit son tire-bouchon et en planta la pointe dans le bouchon.

*Faites qu'il ne soit pas moisi.*

Le vin était vieux. Elle avait fait de son mieux pour le conserver, mais la bouteille n'avait bien sûr pas passé les vingt dernières années à température constante dans une cave. Si le bouchon avait séché et se désagrégeait dans la bouteille avant qu'elle ait pu le retirer, le Bennington 8 pouvait dire adieu à son étoile.

Mais le bouchon glissa en douceur, et elle le tendit à Bocci pour qu'il l'inspecte. Le dessous était humide, ce qui était parfait.

Par miracle, sa main ne trembla pas en versant un peu de vin dans un verre. Pas plus qu'elle ne fut écœurée par son bouquet. Elle en perçut les notes de cerise et de framboise, mais aussi celles plus fumées du cèdre.

Elle n'avait même pas besoin de le goûter pour savoir que ce vin serait bon.

Non, pas bon, parfait.

Bocci goûta, et elle devina à son regard agrandi par la surprise à quel moment précis le vin touchait sa langue. Il leva les yeux vers elle.

— Mademoiselle Holly, à ma grande surprise, c'est le meilleur vin que j'aie jamais goûté.

Trois étoiles.

À la fin du repas, Carlo Bocci était allé trouver Ryan et Zander, leur avait révélé être le critique du Michelin et annoncé qu'il accordait trois étoiles au Bennington – soit le meilleur classement possible.

Ils étaient aux anges. Et tout cela, grâce à Evangeline.

Ryan aurait voulu la prendre dans ses bras et l'embrasser à pleine bouche devant tous les participants à la petite fête impromptue qui se tenait au bar du Bennington. Et, ensuite, la ramener à la maison et lui faire l'amour jusqu'au matin.

Mais elle était en train de rassembler ses affaires – son sabre à champagne, ses pinces, la bouteille de Château Holly maintenant vide. Le message était clair.

Elle ne reviendrait pas.

Elle avait tenu parole. Elle était restée jusqu'à la visite de Bocci. Elle avait réussi à l'impressionner et, maintenant, sa part du contrat était remplie. C'était fini pour elle.

Fini pour eux.

— Tu ne comptes pas rester planté là et la laisser partir sans lui dire ce que tu ressens, j'espère, dit Zander à voix basse.

— Oh ! non.

Et il n'allait pas seulement le lui dire… Il allait le lui prouver de la meilleure manière possible selon lui.

Ryan posa sa coupe de Dom Pérignon sur le bar et s'avança vers Evangeline qui était en train de ranger une dernière chose dans son sac. Un bouchon.

— C'est celui de la bouteille de ce soir ?

— Oui, dit-elle en levant les yeux vers lui, une lueur douce-amère dans le regard.

— Pourquoi as-tu fait ça ? Cette bouteille représentait tellement de choses pour toi.

— Il était temps de laisser le passé s'en aller. Pas seulement le vin, mes peurs aussi. Je ne veux pas mettre au monde un enfant que j'aurais peur d'aimer. Je veux être la meilleure mère possible, dit-elle d'une voix émue. L'autre soir, mon grand-père m'a dit qu'il fallait être prêt à sacrifier pour ceux qu'on aime. Je l'ai fait pour toi et pour notre bébé.

Elle l'aimait.

Même si elle ne l'avait pas explicitement dit, elle l'aimait. Il aurait dû exulter de joie, mais l'expression de son regard avait changé quand elle avait prononcé les deux derniers mots.

« Notre bébé. »

— Ce bébé est le tien, Ryan. J'aimerais que tu me croies mais je comprends pourquoi tu doutes, et si tu veux que je fasse ce test, je le ferai. De toute façon, c'est fini entre nous. Je sais que tu crois m'aimer, mais ce n'est pas de l'amour.

— Bien sûr que si, Eve. Je t'ai aimée dès la minute où je t'ai connue. Tu m'as arraché à mon passé. Tu m'as sauvé. Je n'avais pas ne serait-ce que regardé une femme depuis plus d'un an quand je t'ai vue, dans ce bar, manier ce couteau telle une déesse du vin. Je t'ai voulue à l'instant même, mais je te veux encore plus maintenant. Et je te veux pour toujours. Quant au test, je n'ai rien à voir avec ça. Zander me l'a donné parce qu'il croyait que j'avais besoin d'une confirmation. Mais je n'en ai pas besoin. Je suis prêt à laisser le passé derrière moi et à commencer une nouvelle vie avec toi et notre bébé. Notre enfant. J'ai dit à Zander que je n'avais pas besoin d'une preuve. Il est là-bas si tu veux le lui demander.

Une larme coula sur la joue d'Evangeline, et le bouchon lui échappa des mains. Ni l'un ni l'autre ne se baissa pour le ramasser.

— C'est vrai ?

— Oui, mais je n'ai pas fini. Je n'étais pas à Chicago hier. Je suis allé ailleurs.

— Je ne comprends pas. Où étais-tu ?

Il glissa la main dans la poche de sa veste et en sortit une enveloppe.

— Je suis allé dans la région des Finger Lakes, près du lac Cayuga. Là où le sol est parfait pour faire pousser de la vigne. Le domaine n'a pas été exploité depuis des années, mais ça me semble l'endroit parfait pour commencer une nouvelle vie… et fonder une famille.

Il lui saisit doucement le poignet, retourna sa main et y déposa l'enveloppe.

— Ouvre-la.

Elle prit une profonde inspiration et décacheta l'enveloppe. À mesure qu'elle lisait le document qu'elle contenait, son sourire s'élargissait.

— C'est un acte de propriété. Tu as acheté un vignoble ?

— Pas juste un vignoble, mon amour. Ton vignoble. La parcelle du Château Holly. J'ai pu retrouver le propriétaire grâce aux informations sur l'étiquette de ta bouteille.

Acheter la terre ne lui avait pas posé de problème. Mais pour la transformer en un vignoble rentable, ils allaient devoir beaucoup travailler. Cela dit, si Evangeline préférait garder le vignoble tel quel, il était d'accord. Il avait juste voulu lui rendre une partie de son enfance. Celle qu'elle aimait le plus.

— Je n'arrive pas à croire que tu aies fait ça.

Quand elle détacha enfin les yeux du document, Ryan n'était plus debout à côté d'elle. Il était devant elle, un genou à terre. Le papier lui échappa des mains et alla se poser doucement au milieu des confettis de la fête.

Et là, à genoux au milieu de centaines de petites étoiles dorées, Ryan Wilde demanda à Evangeline Holly de devenir sa femme.

# Épilogue

*Un an plus tard*

Evangeline prit place au bout de la table de ferme qui avait été disposée entre deux rangs de vignes à l'endroit le plus spectaculaire du vignoble. Cette table était une idée de son mari ; fabriquée en bois de récupération, elle était parfaite pour fêter les vendanges. Pour fêter aussi la résurrection du domaine, dont ils avaient réussi à refaire un endroit magnifique.

La table était dressée pour dix personnes. Toute la famille était présente – Tessa et Julian, Allegra et Zander, Chloe, Emily, Papy Bob. Même Olive et Bee étaient là, ronflant paisiblement dans un tonneau de vin coupé et généreusement garni de coussins. Bien sûr, Ryan était là aussi. Debout aux côtés d'Evangeline. Leur fille dans les bras, il levait un verre pour porter un toast.

— Eve et moi tenons à vous remercier d'être tous là aujourd'hui pour fêter le premier millésime du domaine Wilde Hearts, dit-il en souriant.

Une fois le mariage organisé et les nausées du matin oubliées, ils s'étaient longuement interrogés sur le nom à donner au vignoble. Ryan trouvait le nom de Château Holly était parfait, mais Evangeline n'était pas d'accord. Le domaine symbolisait un nouveau départ, il lui fallait donc un nouveau nom.

Choisir le prénom de leur fille avait été bien plus consensuel. Holly Wilde était le choix évident et ils l'adoraient tous les deux.

— Jamais nous n'aurions pu faire renaître ce vignoble de ses cendres sans votre aide à tous, poursuivit Ryan.

— Buvons donc à ça, dit Zander, d'une voix où perçait l'impatience.

— Laisse-le terminer, dit Allegra en lui donnant une légère bourrade. Même si j'ai hâte de goûter ce vin.

C'était la première bouteille tirée de leur tout premier fût – un cabernet franc, le même vin que celui qu'Evangeline avait servi à Carlo Bocci un an plus tôt. Ryan avait suggéré de faire plutôt du *pinot grigrio*. Il plaisantait, bien sûr.

Du moins, c'est ce qu'espérait Evangeline.

— Je tiens aussi à féliciter ma magnifique épouse qui vient de réussir son examen de sommelier, dit Ryan en levant un peu plus haut son verre et en lui adressant un clin d'œil.

— Bravo, bravo ! s'écria Papy Bob. Il passait désormais tous ses week-ends au vignoble, loin de sa maison de retraite, et son moral semblait au beau fixe.

Holly poussa un petit cri joyeux.

Evangeline se leva, tendit à sa petite fille son doudou préféré et enlaça la taille de Ryan.

— Désolée de devoir te dire ça, mais j'ai l'impression que même ta fille a envie que tu conclues.

— Ses désirs sont des ordres, dit Ryan en déposant un léger baiser sur la tête de Holly. À votre santé à tous ! Aux vendanges !

— Aux vendanges ! s'écrièrent les convives en chœur.

Les verres tintèrent et les feuilles de la vigne bruissèrent dans la brise venue de la vallée. L'air était saturé des senteurs du bon vin et du raisin mûr. Du plaisir d'être tous réunis. En famille.

Ivre de bonheur, Evangeline se dressa sur la pointe des pieds pour chuchoter à l'oreille de Ryan.

TERI WILSON

# Coup de foudre pour un inconnu

IDYLLES À NEW YORK
VOLUME 2

*Traduction française de*
MURIEL LEVET

SAGAS
HARLEQUIN

*Titre original :*
A DADDY BY CHRISTMAS

*Ce roman a déjà été publié en 2019.*

# 1

Avec ce chien, la coupe était pleine, vraiment.

La poisse, cela faisait plus d'une semaine que Chloe la traînait. Depuis Thanksgiving, en fait, où elle avait gâché la légendaire *Parade des soldats de bois* de la célèbre troupe des Rockettes, dont elle était alors un membre à part entière, en s'étalant lamentablement par terre. Dès lors, la situation était allée de mal en pis, et à présent, à vingt-quatre jours de Noël, voilà, c'était fait : elle avait touché le fond !

— Je ne comprends pas, dit-elle.

L'un des bois de renne clignotant qui ornait son chapeau bascula dans son champ de vision. Tout en le repoussant rageusement, elle fusilla du regard la femme qui venait de lui annoncer la mauvaise nouvelle. Fusiller du regard une personne n'était pas chose facile quand on portait un costume de renne à paillettes. Mais après tout ce qu'elle avait enduré ces temps derniers, elle n'était plus à ce genre de détail près !

— Je suis venue voir ce chiot tous les jours pendant douze jours, reprit-elle. J'ai rempli le formulaire d'adoption la semaine dernière. Et c'est vous-même qui m'avez appelée hier soir pour me dire que ma demande avait été acceptée.

Ce coup de téléphone était d'ailleurs la seule chose bien qui lui était arrivée depuis des jours. Des semaines, même. La joie qu'il lui avait procurée lui avait fait oublier tous ses malheurs. Elle n'aurait pas à passer le pire Noël de sa vie seule. Parce qu'elle aurait un adorable petit chiot tout doux avec elle.

Ou du moins c'était ce qu'elle croyait...

— Elle m'a appelé hier après-midi pour me dire exactement la même chose, intervint l'homme qui se trouvait à côté d'elle.

— Ce n'est pas parce qu'elle vous a appelé en premier que ce chiot est à vous, répliqua-t-elle.

Elle avait jusqu'ici réussi tant bien que mal à ignorer royalement la présence de cet homme, mais, sous le coup de la colère, elle ne put se retenir de se tourner brièvement vers lui pour le fusiller du regard, lui aussi.

Grave erreur, car il était... beau. Très beau. Ses yeux bleus perçants étaient difficiles à ignorer, de même que sa parfaite mâchoire carrée et volontaire. Ses vêtements étaient impeccables, très élégants, très Wall Street. Et pour quelque raison inconnue, elle trouvait que les flocons de neige qui parsemaient son manteau de laine noir lui donnaient un air incroyablement viril. En d'autres circonstances, elle l'aurait facilement imaginé présenter une petite boîte bleu Tiffany à une jeune femme en robe de cocktail dans une publicité de Noël.

Mais les circonstances étant ce qu'elles étaient, il ne tenait pas de petite boîte bleue mais un chiot. *Son* chiot.

— Bien sûr que si, répondit-il. Elle m'a appelé en premier, et un accord verbal a été conclu pour m'attribuer la propriété de ce chiot. Ce chiot est donc à moi.

Curieuse façon de s'exprimer.

Folle de rage, elle lui tourna le dos pour se reconcentrer sur l'hôtesse d'accueil du refuge, qui n'avait pas été d'une grande utilité jusqu'ici. Mais comme elle n'était pas du genre à se laisser facilement décourager...

— Vous comptez vraiment le laisser repartir avec mon chiot ? demanda-t-elle. Écoutez-le. Il dit qu'il veut adopter un animal de compagnie, et il parle comme s'il évoquait l'achat d'un stock de marchandises !

L'air totalement absent, l'hôtesse faisait passer son regard de l'un à l'autre, comme si elle regardait une bataille de boules de neige.

— Ce n'est pas *votre* chiot, rétorqua l'homme. Je l'ai adopté légalement. J'ai les papiers avec moi.

De sa main libre, il sortit une enveloppe de sa poche intérieure et la posa sur le comptoir.

Chloe sortit une enveloppe identique de son sac de sport, et la posa brutalement à côté de la sienne.

— Moi aussi, j'ai les papiers, affirma-t-elle en le défiant du regard.

Et elle croisa les bras, faisant ainsi tinter les clochettes qui ornaient l'ourlet des longues manches en velours marron de son costume de renne.

L'homme esquissa un léger sourire. Ce qui ne fit, hélas, que le rendre plus séduisant.

— Joli costume, soit dit en passant, fit-il remarquer.

Courroucée, elle posa ses mains sur ses hanches, ignorant les clochettes qui carillonnaient à chacun de ses mouvements.

— Je vous ferai savoir qu'il s'agit d'un costume de renne *officiel* de la troupe de Rockettes, confectionné dans le respect d'une tradition remontant aux années 1930, expliqua-t-elle. En d'autres termes, je suis une icône de New York. Si j'étais un voleur de chiots, je ne me moquerais pas.

Comme elle l'avait espéré, il cessa subitement de sourire.

— Je ne suis pas un voleur de chiots.

— Dit l'homme qui refuse de me rendre *mon* chiot. Vous savez qui vous êtes ? Vous êtes Cruella d'Enfer en costume à rayures tennis !

— Les rayures tennis ne sont plus à la mode depuis des années.

— J'en prends note, Cruella.

— Vous savez quoi ? intervint enfin l'hôtesse. Je pense que je devrais aller chercher ma responsable.

— Excellente idée. Merci, dit Chloe.

Son ennemi se tourna alors vers elle. Elle n'était toujours pas sûre de pouvoir le regarder sans s'extasier intérieurement sur son physique, mais elle ne pouvait plus faire comme s'il était invisible à présent qu'ils étaient seuls dans la pièce.

— Vous êtes vraiment une Rockette ? demanda-t-il.

— Oui, répondit-elle en hochant la tête.

*Diling diling diling.*

— C'est admirable.

— Merci.

Embarrassée, elle s'éclaircit la gorge. Ce n'était pas un mensonge. Enfin, pas vraiment.

Officiellement, elle était toujours une Rockette. Sauf qu'après sa chute catastrophique elle n'était plus autorisée à se produire sur scène. À sa grande humiliation, on lui avait attribué la tâche ingrate d'arpenter Times Square dans son costume de renne clignotant et tintinnabulant pour distribuer aux touristes les flyers du spectacle que la troupe donnait à Noël au Radio City Music Hall.

Autant dire qu'elle était tombée bien bas.

Ces quatre dernières années, elle avait vécu son rêve. La semaine de Noël était toujours agitée : trois spectacles par jour cinq jours d'affilée. Et aujourd'hui, elle était reléguée à Times Square à la distribution de prospectus. Autant revêtir un costume de lutin du Père Noël et se faire photographier avec des enfants.

Le pire, dans cette régression spectaculaire, n'était ni l'humiliation ni l'importante diminution de son cachet. Même si, concernant ce dernier aspect, il faudrait tôt ou tard qu'elle trouve une solution.

Le plus angoissant, au-delà de cette baisse de revenus et des quelque cinquante mille vues sur YouTube de sa chute lors de la parade de Thanksgiving, c'était la perspective d'expliquer à sa famille qu'elle ne dansait plus. Rien que d'y penser lui donnait des sueurs froides.

Les Wilde n'étaient pas des gens intimidants. C'était même plutôt l'inverse. Ils étaient tendres et encourageants, surtout sa mère, Emily, qui avait monté la Wilde School of Dance près de quarante ans plus tôt et continuait d'enseigner la danse presque tous les jours.

Chloe n'avait pas très envie de l'admettre, mais elle avait quelque peu profité de l'admiration que lui portait sa famille. Au cours des années passées, elle s'était servie de son planning de répétitions chargé comme d'une excuse pour manquer presque tous les dîners de famille. À chaque Thanksgiving, chaque Noël, elle était trop occupée à participer aux parades ou se produire sur la scène du Radio City pour assister aux rassemblements familiaux. Elle ne se souvenait même plus de la dernière fois où elle avait mis les pieds au studio de danse de sa mère !

Son frère et sa sœur la taquinaient souvent à ce sujet, en l'appelant « le fantôme du Noël passé ». Sa mère ne s'était jamais plainte. Personne ne s'était jamais plaint de ses absences, d'ailleurs, mais un petit sentiment de culpabilité la tenaillait – elle aurait pu faire davantage d'efforts pour partager ces moments avec les siens. Qu'est-ce qui lui avait pris ? Elle était mieux placée que quiconque pour ne pas considérer la famille comme quantité négligeable. N'avait-elle pas tiré les leçons de cette crise cardiaque qui lui avait brutalement arraché son père ?

Non, la vérité, c'était qu'elle n'était pas quelqu'un de bien. Elle n'arrivait même pas à se résoudre à dire la vérité à sa famille, au sujet de cette exclusion de la troupe des Rockettes !

Alors, rien d'étonnant à ce que le destin ait mis un voleur de chiots en travers de son chemin. Elle le méritait bien.

Elle regarda la petite boule de poils aux grands yeux noirs dont la douceur semblait magnifiée par les bras puissants et musclés de son rival.

Émue, elle sentit ses yeux se brouiller de larmes.

*Reste forte.*

Cet épisode était déjà suffisamment bouleversant comme ça sans qu'elle se mette tout à coup à pleurer.

— C'est vrai, ce que vous venez de dire ? demanda subitement l'homme, coupant court à ses pensées. Vous êtes allée voir ce chien tous les jours pendant douze jours ?

— Oui. Vous pensez que je mens ?

Elle n'aurait jamais menti aussi ouvertement. Manifestement, elle était plus encline à mentir par omission.

Se bornant à pousser un lourd soupir, il ne répondit pas à sa question.

Une petite étincelle d'espoir s'alluma alors en elle. Commençait-il à craquer ?

— Je lui ai déjà acheté un panier, précisa-t-elle. Rouge et blanc rayé, comme un sucre d'orge.

— Ça ne m'étonne pas, venant d'une femme déguisée en Rudolph.

Il arborait toujours un air déterminé, mais il y avait désormais dans ses beaux yeux froids une lueur chaleureuse qu'elle n'avait pas l'impression d'avoir vue auparavant.

Soit il était à deux doigts de céder, soit il essayait de la faire céder, elle, en utilisant l'arme de la séduction. Laquelle de ces deux possibilités préférait-elle ? Elle n'arrivait pas à se décider.

Sur cette pensée déstabilisante, elle cligna des yeux et se reprit. Avait-elle perdu l'esprit ? Elle n'allait tout de même pas se laisser avoir par quelques badinages et un regard aguicheur, aussi bleu soit-il.

Ce chiot était à elle. Et elle repartirait du refuge avec.

— Bien essayé, dit-elle. Mais je ne suis pas là pour plaisanter.

— Oh. On ne plaisante pas avec les rennes, répliqua-t-il en hochant gravement la tête. Compris.

— Tant mieux, répondit-elle d'un air tout aussi sérieux.

Il détourna son regard d'elle et, malgré ses efforts manifestes, ne put s'empêcher de sourire.

Un silence pesant tomba sur eux, ponctué de temps à autre par le tintement des clochettes de son costume. À cran, elle essaya de se concentrer sur les papiers d'adoption posés sur le comptoir, qu'elle avait soigneusement remplis la veille au soir et qu'elle connaissait par cœur. Mais le chiot se mit soudain à pousser d'adorables petits gémissements. Et bien sûr, elle se tourna vers lui.

Il s'était mis à mordiller le pouce de l'homme, ce qui aurait certainement composé un tableau des plus touchants, si ce dernier avait prêté une attention quelconque à l'animal. Ce qui n'était pas le cas. Le regard perdu dans le vide, les sourcils froncés, il semblait totalement absent.

Ulcérée, elle leva les yeux au ciel. Il devait songer à ses dividendes, ses stock-options ou quelque chose dans ce goût-là.

— Pourquoi voulez-vous ce chien ? demanda-t-elle soudain. Je ne vous vois pas du tout avec un croisé de Yorkshire.

L'air surpris, il baissa les yeux vers la petite bête avant de les relever vers elle.

— Avec quel genre de chien me voyez-vous ?

Un golden retriever, peut-être. Ou un setter irlandais. Un

chien classique, qui s'intégrerait aussi bien dans un décor urbain luxueux que dans une maison de campagne shabby chic.

— Je n'en sais rien, répondit-elle, ne souhaitant pas entrer dans une conversation à ce sujet.

Après l'avoir regardée un long moment, intensément, comme s'il essayait de lire dans ses pensées, il finit par soupirer.

— Je comptais offrir ce chiot à quelqu'un, pour Noël.

— Comme un cadeau de Noël ? s'exclama-t-elle, indignée. Les employés du refuge sont-ils au courant ? Les animaux sont des êtres vivants. On ne peut pas en offrir en cadeau. C'est totalement irresponsable !

— Pas de panique. Le personnel est au courant. J'assume la pleine responsabilité de ce chien.

— Comment ça ? Vous comptez l'offrir à votre femme ? demanda-t-elle en jetant un coup d'œil discret à sa main gauche.

Pas d'alliance.

— Je ne suis pas marié, répondit-il.

Et il fronça les sourcils. Comme si son statut de célibataire était pour lui une surprise. Ou un problème qui devait être réglé.

Pour des raisons auxquelles elle n'eut pas le courage de songer, elle sentit ses joues s'empourprer.

Mais il était temps de réagir. Si elle n'arrêtait pas de penser à la situation amoureuse de cet homme, si elle ne faisait pas quelque chose, maintenant, elle rentrerait ce soir dans un appartement vide, décoré d'un panier pour chien rayé rouge et blanc. Vide lui aussi.

Son lit aussi serait vide, mais ce point-là ne posait pas vraiment de problème. C'était même mieux ainsi. Même si les raisons pour lesquelles elle s'était tout à coup mise à penser à cette moitié inoccupée de son lit demeuraient un mystère total.

Sur lequel elle n'allait pas s'attarder.

Machinalement, elle jeta un nouveau coup d'œil en direction du voleur de chiots et du petit croisé de Yorkshire. On aurait dit une photo tout droit sortie d'un compte Instagram que ses amies danseuses consultaient régulièrement : Petits Chiens et Beaux Garçons.

— Écoutez, reprit-elle après avoir ravalé sa salive avec peine, ne pourrait-on pas régler ce problème entre nous avant l'arrivée de la responsable ? Si vous comptiez offrir ce chiot, pourquoi ne pas en choisir un autre ? Personnellement, je suis attachée à celui-ci. Pas vous. Alors, y a-t-il quelque chose que je puisse faire pour vous faire changer d'avis ? N'importe quoi, dites-moi.

De crainte que ses propos soient mal interprétés, elle le regarda dans les yeux avec son air le plus sérieux.

Comme il ne disait toujours rien, elle pencha la tête sur le côté pour l'encourager.

Il plissa les yeux, et son regard devint plus intense. L'espace de quelques secondes, il le concentra si fort sur elle qu'elle en oublia de respirer.

Il y avait donc bien quelque chose qu'elle pourrait faire pour lui, songea-t-elle, soudain de meilleure humeur. Et le chiot rentrerait avec elle, ce soir.

— Voulez-vous m'épouser ?

À la seconde même où les mots sortirent de sa bouche, Anders Kent eut envie de se gifler.

« Voulez-vous m'épouser ? »

Mais qu'est-ce qui lui avait pris ? Il venait de demander en mariage une parfaite inconnue dans une salle qui sentait le savon et le pipi de chien. Une parfaite inconnue déguisée en renne. Qui le regardait désormais comme si c'était lui qui était fou.

Ce qui pouvait bien être le cas, tout compte fait.

Non, il n'était pas fou. Ni même impulsif – c'était plutôt le contraire. Il était juste désespéré. Ce qui était un comble dans la mesure où son nom était régulièrement cité dans les listes des célibataires les plus convoités de New York. Les fenêtres de son bureau donnaient sur Wall Street, son appartement sur Central Park. Quand il voulait quelque chose, il trouvait généralement un moyen de l'obtenir. Y compris pour tout ce qui concernait les relations sentimentales.

Mais la proposition qu'il venait de faire à cette femme n'avait rien à voir avec les sentiments. Absolument rien à voir. Il n'y avait rien de sentimental à s'entendre dire par son avocat que l'on avait jusqu'à Noël pour se marier.

Cet ultimatum, on le lui avait lancé ce matin, à 9 heures. Il n'avait pas arrêté d'y penser depuis.

Le mariage ?

Non.

C'était impossible.

Il ne voulait pas se marier. Avec qui que ce soit. Et certainement pas avec cette femme-renne agressive qui semblait à deux doigts de lui arracher des bras le petit chien de Lolly.

— Qu'est-ce que vous avez dit ? demanda-t-elle.

Les clochettes qui pendaient autour de son cou dansèrent un peu.

— Rien, marmonna-t-il en secouant la tête.

Hors de question qu'il le répète. Il regrettait déjà assez de l'avoir dit une fois.

Il ne savait même pas comment cette femme s'appelait !

Une étrange sensation s'empara de lui. Depuis qu'il avait quitté le bureau de son avocat, il se comportait de façon bizarre. Il considérait toutes les femmes qu'il croisait comme des épouses potentielles. Comme s'il avait vraiment l'intention de se plier à cet absurde diktat.

Sauf qu'il ne le ferait pas. Il ne pouvait pas. Il se battrait. S'il le fallait, il dépenserait tout l'argent qu'il avait pour lutter, mais il gagnerait.

Le problème était que les batailles juridiques prenaient du temps. Des années, souvent. Or il n'avait pas des années devant lui. Il avait à peine trois semaines.

— Cela n'avait pas l'air de rien, je peux vous l'assurer. Je dirais même que ça avait l'air de *quelque chose*, répliqua la jeune femme en insistant sur les deux derniers mots.

Elle le fixait, les yeux grands ouverts, visiblement paniquée.

Bon sang ! Elle avait très bien entendu sa proposition et l'avait parfaitement comprise.

Il aurait dû formuler les choses différemment. Il s'agissait d'une transaction contractuelle, pas d'un véritable mariage.

Certes, il avait besoin d'une femme. Mais pas d'une vraie,

juste d'une femme de paille. Temporairement. Quand il aurait officiellement obtenu le droit de garder Lolly, tout pourrait revenir à la normale.

À cette pensée, il sentit son cœur se serrer. « Normal » était un bien grand mot. Un mot qui appartenait désormais au passé. Sa vie ne serait plus jamais normale…

Tout en prenant une grande bouffée d'air, il se détourna de la femme-renne.

— Oubliez ça, dit-il.

— Oublier ?

Elle leva les bras au ciel. *Diling diling diling.*

— Vous ne pouvez pas demander une femme en mariage et vous rétracter comme ça ! Où vous croyez-vous ? Dans *Le Bachelor* ?

— Je n'ai jamais vu cette émission.

Il ne pouvait pas épouser cette femme. Elle regardait des programmes télé idiots. Elle était extravagante, impétueuse et beaucoup trop émotive. Une ultrasensible qui passait sans doute son temps libre à visiter des refuges pour animaux. En outre, il était évident qu'elle le méprisait.

Cela ne marcherait jamais.

Sauf si…

Sauf s'il considérait le fait qu'ils soient si mal assortis comme un avantage… Il ne pouvait pas épouser une femme qu'il trouvait vraiment attirante, ce serait le meilleur moyen de déclencher une catastrophe. Or, il n'était absolument pas attiré par ce renne qui parlait.

Ou en tout cas, il n'aurait absolument pas dû l'être.

Une douce sensation, qui ressemblait à s'y méprendre à du désir, lui parcourut les veines. Mais qu'est-ce qui n'allait pas chez lui ?

— Je ne vais pas vous épouser pour un chien ! s'exclama-t-elle en le regardant de haut en bas. Même si je reconnais que vous êtes… très beaux, tous les deux ensemble.

L'air embarrassé, elle se détourna de lui, lui offrant une vue imprenable sur la gracieuse courbe de son cou.

Ce devait être une danseuse. Sa posture et ses mouvements avaient quelque chose de léger, gracieux, aérien. Et elle était très belle, elle aussi, en dépit de ce ridicule costume.

— Je croyais que vous ne me voyiez pas du tout avec un croisé de Yorkshire, lui fit-il remarquer, moqueur.

Elle piqua un fard, et au même moment, une porte s'ouvrit sur une femme à l'allure sérieuse qui avança vers eux.

— Bonjour. Je suis la directrice du refuge. J'ai cru comprendre qu'il y avait eu une erreur.

Tout en acquiesçant, il jeta un coup d'œil à Rudolph afin de se préparer à la tirade qui allait immanquablement suivre. Il ne voyait pas comment il pourrait en être autrement, vu qu'elle n'avait pas laissé l'employée placer un mot.

Mais à sa grande surprise, elle se tut. Les bras croisés sous la poitrine, elle se contenta de le foudroyer du regard tandis que la directrice examinait avec soin les papiers.

Il avait perdu l'esprit. Il y avait des milliers de femmes célibataires à New York. Que lui avait-il pris de demander celle-ci en mariage ?

Peut-être parce qu'il y avait dans ses yeux une tristesse qui le poussait à croire que son cœur avait été brisé plus d'une fois ? Et de la tristesse, il en avait vu suffisamment comme ça, ces derniers jours. Son instinct, soudain, lui dictait de faire quelque chose pour effacer cet air mélancolique de son regard. Quelque chose qui la ferait à coup sûr sourire.

Il avait suffisamment de problèmes à régler pour ne pas avoir à ajouter à la liste une accusation de vol présumé de chiot. Il lui suffirait de trouver un autre petit chien pour Lolly. Ce qui serait certainement plus facile que de trouver une femme.

— Tenez, dit-il en lui tendant le petit chien. Il est à vous.

# 2

Le petit chien blotti dans ses bras, Chloe regarda cet homme étrange qui venait de la demander en mariage tourner les talons et partir.

Que venait-il de se passer ?

Stupéfaite, elle continua de fixer la porte qu'il avait refermée derrière lui jusqu'à ce que la directrice du refuge se racle la gorge pour attirer son attention.

— Eh bien, j'imagine que cela règle notre problème, dit-elle. Le chiot est à vous, si vous le voulez toujours.

Brusquement ramenée à la réalité de la situation, Chloe sursauta légèrement.

— Oui. Absolument.

Naturellement qu'elle le voulait toujours. Mais passer de cette proposition de mariage qui venait de lui être faite par un inconnu aux démarches administratives de l'adoption d'un chien lui semblait être un exercice difficile.

Instinctivement, elle serra plus fort le chiot contre elle. Il sentait bon le shampoing, une odeur qui lui parut réconfortante après celles, bien moins agréables, de Times Square.

— Mais c'était bizarre, tout de même, vous ne trouvez pas ? murmura-t-elle.

— Je ne vois pas ce que vous voulez dire.

— Oh. C'est vrai. Vous avez manqué la meilleure partie. Il m'a demandée en mariage.

— Ah, fit la directrice avec un bref hochement de tête. Je n'avais pas compris que vous et M. Kent vous connaissiez.

Kent.

C'était donc son nom. Il tournoya dans ses pensées comme un flocon de neige jusqu'à ce qu'elle se surprenne à l'associer au sien.

Chloe Kent.

Mme Chloe Kent.

Elle sentit le rouge lui monter aux joues.

— Vous faites erreur ! s'exclama-t-elle. Je ne l'avais jamais vu de ma vie !

— Ah.

Instinctivement, Chloe jeta un coup d'œil aux dossiers d'adoption qui étaient restés sur le comptoir. Les mots « Anders Kent » étaient écrits sur l'un d'entre eux.

— Tout à coup, comme ça, il m'a proposé de l'épouser, et ensuite, il s'est rétracté, expliqua-t-elle, même si la directrice du refuge ne semblait pas faire grand cas de l'aventure qu'elle venait de vivre.

Il fallait, bien sûr, que cela lui arrive à elle ! Le sort s'acharnait. Au lieu d'obtenir d'un homme normal – comme son ex, Steven, par exemple –, une proposition de mariage normale, il avait fallu qu'elle en reçoive une d'un détraqué qui avait immédiatement changé d'avis après.

Sauf qu'il n'avait pas l'air d'un détraqué. Il lui avait même semblé charmant, surtout quand il tenait le chiot dans ses bras musclés... Mais d'un autre côté, quel homme au physique avantageux n'aurait pas eu l'air charmant avec un chiot dans les bras ?

— Bien sûr je n'ai pas envisagé une seule seconde de dire oui, poursuivit-elle. Même si c'est très délicat de refuser ce genre de proposition.

Comme le chiot commençait à s'agiter, elle se mit à le bercer.

*Diling diling diling.*

— Enfin, vous voyez ce que je veux dire, conclut-elle.

Toujours aussi peu intéressée par son histoire, la directrice soupira d'un air las.

— Vous savez, à partir du moment où ce chiot trouve une famille sérieuse, le reste m'importe peu, répondit-elle.

— Évidemment. Bien sûr.

Pourquoi parlait-elle à cette femme de ses quasi-fiançailles avec un parfait inconnu ?

Et surtout, pourquoi son esprit restait-il fixé sur ce curieux événement ? C'était, plus exactement, un non-événement, à en juger par le rétropédalage rapide du mystérieux Anders Kent et la sortie tout aussi rapide qui avait suivi. Donc, elle devait chasser cette curieuse rencontre de son esprit.

— Voulez-vous ce chien ou pas ? demanda la directrice d'un air exaspéré en lui tendant un papier.

— Bien sûr !

Et elle signa.

Après tout, elle était venue là pour adopter un chiot, pas pour se fiancer.

— Monsieur Kent ? s'exclama Edith Summers, en s'arrêtant sur le seuil de son bureau. Nous ne pensions pas vous voir, aujourd'hui.

Ému, il se contenta de hocher la tête. Il était d'ordinaire assez distant avec ses employés, mais il n'avait pas vu Mme Summers depuis les funérailles, et sa présence à ce funeste événement avait été bien plus réconfortante qu'il ne l'aurait imaginé. Enterrer son frère et sa belle-sœur avait été horriblement difficile, mais en voyant son assistante assise au second rang, avec son expression maternelle et rassurante, il s'était senti un peu moins seul. Un peu moins déboussolé.

— J'ai changé d'avis, répondit-il en souriant.

Il aurait dû poursuivre. La remercier, ou au minimum évoquer sa présence aux funérailles. Mais juste derrière elle, il venait soudain de voir le nom de son frère, gravé sur la plaque du bureau qui faisait face au sien, et le monde s'était mis à trembler sur ses bases.

Ayant apparemment remarqué son trouble, Mme Summers se retourna brièvement pour suivre son regard. Puis, lui faisant face de nouveau, elle se redressa en s'éclaircissant la gorge.

Elle était son assistante depuis suffisamment longtemps pour comprendre que ce dont il avait besoin à présent était de normalité. C'est-à-dire de travail. Des chiffres, des graphiques, des casse-tête financiers à résoudre, des réunions avec des investisseurs. Rester à son bureau de l'aube au crépuscule.

Sauf que tout cela allait devoir changer, désormais.

— Très bien, dit-elle. Je vais vous préparer un café et nous pourrons ensuite passer en revue votre planning.

— Merci.

Comme il ne parvenait toujours pas à s'exprimer, il essaya de lui communiquer par son regard toutes les choses qu'il aurait aimé lui dire.

*Merci d'être là, merci de ne pas essayer de me faire parler de mes sentiments, merci de ne pas m'encourager à rentrer chez moi...*

La liste était longue.

— Je vous en prie, répondit-elle.

Son regard était plein de compassion, et il sentit son cœur se serrer douloureusement tandis qu'il s'effaçait pour la laisser sortir.

Combien de temps encore cela durerait-il ?

Combien de temps lui faudrait-il pour pouvoir revenir dans cette pièce, où il se sentait jadis si confiant, sans avoir l'impression que son cœur venait d'être passé dans un hachoir à viande ?

Des mois. Des années, peut-être.

Soudain, le joli visage poupin et innocent de Lolly se dessina dans son esprit, et au même instant il eut une révélation : le passage du temps n'y ferait rien. Il se sentirait ainsi toute sa vie. Il emporterait son chagrin dans la tombe.

Mais il ne devait pas s'éterniser là-dessus. Sa nièce dépendait de lui, à présent. Elle n'avait que cinq ans, elle était trop jeune pour percevoir le caractère définitif de ce qui lui était arrivé. De ce qui leur était arrivé à tous les deux. Lui, en revanche, n'en était que trop conscient.

Tout comme il n'était que trop conscient de ne pas être à la hauteur de sa nouvelle responsabilité : élever un enfant. Il n'avait aucune idée de ce que c'était, d'être père. Il n'avait jamais imaginé qu'il remplacerait un jour Grant et Olivia dans la vie de Lolly.

Ayant lui-même perdu ses parents très jeune, il savait que les enfants de l'âge de sa nièce ne comprenaient pas le sens des mots comme « tuteur » et « droit de garde ». Même si elle continuait de l'appeler « tonton », il allait devenir bien plus que cela pour elle. Ce serait lui qui lui apprendrait à faire du vélo, qui l'aiderait pour ses devoirs. Qui l'applaudirait à sa remise de diplôme, qui s'assiérait à côté d'elle pour lui apprendre à conduire. Qui la mènerait à l'autel le jour de son mariage.

Concrètement, il serait son père. Il passerait le reste de sa vie dans la peau de son frère cadet.

S'il avait de la chance...

— Dois-je planifier un entretien entre vous et l'avocat spécialiste en droit de la famille ? demanda Mme Summers, coupant court à ses pensées.

Il ne l'avait même pas entendue entrer.

Tout en posant sur le bureau une tasse de cappuccino bien mousseuse, elle prit place en face de lui, le regard rivé sur la tablette qu'elle tenait à la main.

— Inutile, répondit-il. Je l'ai vu ce matin.

Il contempla un instant son cappuccino. La dose de caféine qu'il contenait ne serait certainement pas suffisante pour lui permettre de tenir la journée.

— Ah, dit son assistante en relevant les yeux vers lui. Tout s'est bien passé ?

Devait-il tout lui raconter ? D'un côté, elle était son employée. Mais de l'autre, elle était sans doute la personne la plus proche de lui, maintenant que son frère était mort.

— Pas vraiment, non, marmonna-t-il.

Le téléphone du bureau de Mme Summers retentit. Elle se leva, mais il lui fit signe de se rasseoir.

— Laissez. Si c'est important, ils laisseront un message.

L'air inquiet, elle fronça les sourcils.

— Vous commencez à me faire peur, monsieur Kent. Il y a un problème ?

Oh oui ! Un problème que seule une femme pourrait régler.

Bouleversé, il ferma les yeux et revit le visage décontenancé de la jeune femme du refuge : ses grands yeux bruns, ses lèvres pleines et sensuelles qu'elle avait entrouvertes sous le coup de la surprise.

« Voulez-vous m'épouser ? »

Avait-il vraiment dit ça ? Maintenant qu'il était revenu dans son univers familier, il lui semblait que c'était un autre homme qui avait fait cette proposition ridicule.

Il passa une main lasse sur son front.

La semaine passée avait été difficile, c'était certain. Étonnant comme un simple coup de téléphone pouvait changer les choses, déchirer votre vie avec autant de précision qu'une lame de couteau. Une lame s'enfonçant en plein cœur.

Mais jusqu'à ce matin, il avait tenu le coup. Il le fallait, pour le bien de Lolly et celui de son entreprise. Le chagrin était un luxe qu'il ne pouvait s'offrir. Plus tard, peut-être. Car s'il se laissait aller à ployer sous son poids, il ne parviendrait pas à se redresser. Pas après ce qu'il avait dit à Grant le soir de l'accident…

À cette pensée son cœur se contracta douloureusement.

Son frère et lui se disputaient rarement, et quand c'était le cas, c'était généralement pour des raisons professionnelles. En qualité d'associés fondateurs de l'une des banques d'investissement les plus prospères de Wall Street, chacun était toujours prêt à apporter son soutien à l'autre, mais ce soutien n'était jamais aveugle. Comme deux concurrents d'une même équipe, ils se lançaient des défis, cherchaient mutuellement à s'améliorer.

Leur dernière dispute, cependant, avait été différente. Il était allé trop loin. Il avait rendu les choses personnelles. Le ton était monté, des portes avaient claqué puis rien d'autre qu'un silence pesant quand Grant avait quitté le bâtiment. Cela avait été l'échange le plus violent qu'ils aient eu à cette date, mais il n'avait pas perçu ça comme un problème. Grant et lui étaient frères. Ils s'en remettraient.

Sauf qu'ils n'avaient pas eu l'occasion de s'en remettre, parce que Grant était mort. Et depuis, Anders ne pouvait se résoudre à mettre les pieds dans le bureau vide de son frère.

Il avait réussi à refouler leur dernière confrontation dans les recoins les plus reculés de sa conscience et, au départ, cela s'était avéré étonnamment facile. Il avait des funérailles à organiser, la belle-famille de Grant à informer, et cette toute petite fille qui dormait à présent chez lui.

Mais il se sentait désormais sur le point de s'effondrer. De petites fissures étaient en train de se former dans les murs défensifs qu'il avait méticuleusement construits autour des souvenirs de sa dernière conversation avec Grant. D'une minute à l'autre, tout risquait de dégringoler. Ses efforts de replâtrage étaient vains, comme le prouvait la demande en mariage spontanée qu'il avait faite à cette femme déguisée en renne.

— J'ai quelques problèmes avec la garde de Lolly, avoua-t-il.

Il ravala sa salive avec peine. Le nœud qui s'était formé dans sa gorge pendant l'enterrement était toujours là, bien présent.

Mme Summers secoua la tête.

— Je ne comprends pas. Vous êtes son parrain.

— C'est vrai.

Il avait consciencieusement assisté à la cérémonie à la cathédrale St. Patrick, versé de l'eau sur le front fragile de Lolly, encore bébé. L'affaire était conclue.

Ou du moins, c'était ce qu'il avait pensé. Seulement aujourd'hui, l'affaire se compliquait.

À bout de nerfs, il prit une gorgée de cappuccino et reposa violemment la tasse sur la soucoupe en porcelaine, dans laquelle se renversa un peu de café.

— Il semblerait que les modalités juridiques de cette affaire soient un peu plus compliquées que ça, expliqua-t-il.

— Comment ça ?

— Quand Grant et Olivia ont rédigé leur testament, ils ont posé certaines conditions au droit de garde. Pour devenir officiellement le tuteur de Lolly, je dois être marié.

Mme Summers en laissa échapper sa tablette, qui tomba sur le sol avec fracas. Elle ne se donna pas la peine de la ramasser.

— *Marié ?*

— Marié, confirma-t-il.

S'ils répétaient tous deux le mot, son esprit finirait peut-être par s'imprimer de sa réalité.

— Mais...

Mme Summers s'interrompit, ce qui valait sans doute mieux. Il n'avait de toute façon aucun problème à imaginer le cheminement qu'avaient suivi ses pensées.

« Mais vous avez toujours multiplié les conquêtes et n'êtes jamais resté avec une femme plus de trois jours d'affilée. »

« Mais vous êtes accro au travail. »

Et, pour reprendre les mots de son frère :

« Mais vous n'avez pas de cœur. »

— Exactement, affirma-t-il.

Il comprit, au regard que lui jeta son assistante, qu'il avait parfaitement interprété ses pensées.

— Alors que va-t-il advenir de Lolly ? s'enquit-elle.

— Lolly restera avec moi.

Pour la lui prendre, il faudrait lui passer sur le corps. Il avait fait une promesse à son frère en ce jour pluvieux où la fillette avait été baptisée, et il était déterminé à la tenir. Il devait bien ça à Grant. C'était le moins qu'il pouvait faire.

— Il faut juste que je trouve une femme, précisa-t-il, comme s'il s'agissait d'un bien matériel dont il avait besoin.

Sur le visage de Mme Summers, la surprise laissa place à une perplexité amusée.

— Trouver une femme ? Vous pensez que c'est aussi simple que ça ?

— Oui, répondit-il dans un bref hochement de tête.

La simplicité était une nécessité absolue, actuellement.

D'ailleurs, plus il y songeait, plus il trouvait qu'un mariage arrangé était une bonne idée. Un mariage temporaire, c'était exactement ce dont il avait besoin. Il gérerait cela comme une fusion d'entreprises. C'était sa spécialité après tout. Pas d'émotions déroutantes, pas d'attentes. Rien qu'une transaction contractuelle entre deux adultes consentants. Un contrat en bonne et due forme. Un partenariat professionnel, en quelque sorte. Ça, c'était dans sa partie ; il maîtrisait.

Deux adultes consentants qui ne coucheraient pas ensemble et n'éprouveraient pas de sentiments forts l'un pour l'autre.

Grant avait raison : il n'avait pas de cœur.

Son frère avait peut-être vu juste en lui jetant cette accusation au visage juste avant de quitter les bureaux, cinq jours plus tôt. Mais il s'inquiéterait de ce problème plus tard. Pour l'heure, il préférait rester dans son état actuel d'engourdissement mental.

La voix de son assistante le ramena doucement à la réalité.

— Mon mari et moi nous connaissions depuis à peine six mois quand nous nous sommes mariés, et ça a été l'amour de ma vie, dit-elle avec un sourire attendri. Vous avez tout à fait raison. Ce n'est pas nécessairement compliqué.

— Je n'ai pas six mois. J'ai jusqu'à Noël.

L'air éberlué, Mme Summers ouvrit de grands yeux, et il tira parti de son silence pour lui expliquer sommairement le reste de l'histoire. Et cette conversation se révéla plus humiliante qu'il ne l'avait cru.

— Si je ne suis pas marié à Noël, Lolly sera confiée à la sœur et au beau-frère d'Olivia. Pour moi, c'est impensable. Ils habitent dans le Kansas, Lolly perdrait tous ses repères. En plus, ils ont déjà cinq enfants, et si je suis certain qu'ils s'occuperaient bien de leur nièce, ils n'étaient pas le premier choix de mon frère.

Lui non plus, tout bien considéré. Grant et Olivia avaient clairement stipulé qu'en cas de décès ils souhaitaient que Lolly soit élevée par lui plus quelqu'un d'autre. Comme s'ils avaient voulu assortir son rôle de tuteur d'une invitation au mariage.

Était-ce seulement légal ? Peut-être pas, d'après son avocat. Seulement ils n'avaient pas le temps de mener une bataille juridique.

Et quand bien même ils l'auraient eu, il lui aurait fallu expliquer devant un juge et un jury pourquoi son propre frère avait ressenti le besoin de poser une telle condition. Il aurait alors été forcé d'admettre que cette clause l'avait surpris, mais qu'il savait parfaitement pourquoi elle avait été apposée.

Grant et Olivia souhaitaient que Lolly grandisse dans une famille normale, avec une maman et un papa. Toutefois ce n'était pas la seule raison. Son frère et sa belle-sœur savaient qu'il adorait sa nièce, mais ils savaient aussi que l'on ne pouvait pas lui faire confiance pour quitter Wall Street à des horaires raisonnables. Le travail était son premier amour, son seul amour. Et ils ne voulaient pas ça pour Lolly.

D'ailleurs, même lui l'avait compris.

Il allait changer. Avaient-ils vraiment pensé qu'il ne le ferait pas ? Il était prêt à chambouler toute sa vie pour cette petite fille.

Et pourtant, il était là, assis à son bureau...

Soudain, il eut l'impression que les panneaux de bois qui ornaient les murs se refermaient sur lui. Fixant l'écran noir de son ordinateur, il essaya de contrôler sa respiration jusqu'à ce que ce sentiment disparaisse.

Et quand il finit par relever les yeux, il constata que Mme Summers le regardait fixement, visiblement inquiète.

— Si je peux faire quelque chose pour vous aider...

Ces mots provoquèrent en lui un certain soulagement. De l'aide. C'était précisément ce dont il avait besoin. Et Mme Summers était d'une efficacité redoutable. Ça n'allait pas être facile, mais il fallait qu'il accepte cette proposition.

— Retrouvez-moi les noms et les coordonnées de toutes les femmes avec qui je suis sorti au cours des douze derniers mois.

— Oui, monsieur, répondit-elle en griffonnant quelque chose avec son stylet.

— Non. Des dix-huit derniers mois. C'est plus prudent.

Apaisé, il prit une profonde inspiration. C'était bon d'avoir un plan, même si ce plan en question demeurait assez flou. Recontacter d'anciennes conquêtes, en tout cas, semblait plus logique que demander en mariage des inconnues.

— Si je peux me permettre, monsieur, vous pourriez peut-être envisager...

Sans terminer sa phrase, elle tourna la tête en direction du bureau voisin, celui d'une autre associée de la banque, Penelope Reed.

Surpris, il s'immobilisa. Il ignorait totalement que quelqu'un, au bureau, était au courant de l'arrangement qu'il avait avec Penelope. Ce n'était pourtant pas faute de s'être montrés discrets.

— Non, répondit-il en secouant fermement la tête.

Ce n'était pas totalement exclu, mais Penelope serait son dernier recours. Certes, il leur arrivait parfois de coucher ensemble. Et leur relation était sans attaches, régie par des règles qui évoquaient beaucoup les affaires. Mais épouser quelqu'un au sein de l'entreprise lui semblait être une très mauvaise idée. Leurs aventures d'un soir étaient plus ou moins faciles à cacher. Un mariage serait une tout autre histoire.

— Très bien, répondit Mme Summers en hochant la tête. C'était juste une idée.

— Je la garde en tête, répondit-il en gigotant nerveusement sur sa chaise.

Comment se faisait-il qu'il se sente plus à l'aise pour faire une proposition à une inconnue plutôt qu'à une femme avec qui il couchait de temps en temps ? Il y avait quelque chose qui n'allait pas chez lui, c'était certain.

— Entre-temps, il faudrait également que je trouve un autre chien à adopter, ajouta-t-il.

— Avez-vous manqué votre rendez-vous au refuge ? Je croyais l'avoir programmé sur votre BlackBerry.

— Non, j'y suis allé. Mais le refuge a apparemment commis une erreur. Ils avaient promis le chien à quelqu'un d'autre.

L'espace d'un bref et merveilleux instant, il oublia le chaos de sa vie pour ne plus penser qu'à la gracieuse jeune femme en costume de renne... Son regard pénétrant, ses lèvres rouges et pleines, sa bouche impertinente, parfaite... Il pouvait même entendre les grelots tinter !

— Quel dommage ! Lolly aurait adoré ce petit chien, fit remarquer son assistante, le ramenant à l'instant présent.

Il avait raté beaucoup de choses, ces derniers temps. Sa liste d'erreurs était aussi longue que la file d'attente pour se faire photographier avec le Père Noël chez Macy's, mais il avait le sentiment qu'il avait bien fait de quitter le refuge les mains vides. Peut-être n'était-il pas le Scrooge que tout le monde semblait voir en lui.

« Tu n'as pas de cœur. »

Sa tête commençait à devenir douloureuse.

— Ce ne sont pas les chiens à adopter qui manquent, dit-il. Je suis sûr que cette histoire finira par s'arranger.

Plissant les yeux, Mme Summers l'observa quelques secondes avant d'acquiescer.

— C'est généralement le cas.

Vraiment ?

En tout cas, il l'espérait.

— Tout bien considéré, je vais prendre le reste de mon après-midi, dit-il en se levant.

Mais une fois son manteau enfilé, hésitant, il se mit à se balancer d'un pied sur l'autre.

Ce bureau était son sanctuaire. Il s'était toujours senti chez lui ici, collé à son écran d'ordinateur, plus que dans son luxueux et vaste appartement avec sa vue époustouflante sur Central Park. Or ce jour-là était différent, étrange... Finirait-il par s'y sentir chez lui de nouveau ? Et si ce n'était pas le cas, où trouverait-il la paix ?

— Madame Summers, appelez la nourrice et dites-lui que je vais aller chercher Lolly.

Il pourrait peut-être l'emmener voir le sapin du Rockefeller Center ou faire une promenade en calèche dans le parc. Une sortie dans l'esprit de Noël.

Comme le spectacle des Rockettes au Radio City Music Hall ?

Embarrassé par cette pensée, il serra les dents.

— D'accord, monsieur. Et je vais me repencher sur le problème du chiot pour vous envoyer une liste de tous ceux qui sont disponibles et qui pourraient convenir. Voulez-vous toujours que j'en recherche un du type yorkshire ?

« Je ne vous vois pas du tout avec un croisé de Yorkshire. »

Il pouvait encore entendre la voix de la jeune femme ! Tellement sûre d'elle. Tellement cynique dans son jugement sur sa personnalité.

Qu'est-ce que cela signifiait exactement ?

Qu'elle l'imaginait avec un chien moins mignon et moins poilu, comme un bouledogue ? Ou un serpent ? Et surtout, pourquoi ce commentaire l'avait-il touché et affecté à ce point ?

— Peu importe, je suis ouvert à toutes les suggestions, marmonna-t-il.

Mais après une seconde de réflexion, il se ravisa.

— Oubliez ce que je viens de dire. Je veux un petit chien de canapé. Mignon et affectueux. Un doudou.

— Très bien, répondit son assistante avec un grand sourire.

— Le plus adorable possible.

# 3

Le lendemain après-midi, Chloe traversa le West Village sous la neige pour se rendre à la Wilde School of Dance.

Il était temps d'affronter la réalité.

Elle ne pouvait pas continuer de mentir à sa famille concernant son emploi actuel.

Ce matin, elle avait cru apercevoir son cousin Ryan à Times Square pendant qu'elle distribuait les flyers. Elle avait essayé de se cacher derrière l'une des nombreuses autres personnes costumées qui peuplaient les lieux, en l'occurrence un lutin coiffé d'un immense bonnet. Mais impossible de dissimuler ses bois de renne clignotant.

Heureusement, elle s'était trompée ! Ce jeune homme élégant n'était pas son cousin. Ni son frère, Zander. Et à son immense soulagement, elle avait aussi éliminé la possibilité qu'il s'agisse de l'homme qui l'avait demandée en mariage la veille, Anders Kent. Les épaules du passant n'étaient pas aussi larges que les siennes, et la courbe de son menton complètement différente. Quant à sa posture, elle était beaucoup trop décontractée. Il avait l'air d'une personne ordinaire sortant de son bureau pour sa pause déjeuner, tandis qu'Anders Kent dégageait quelque chose d'intense, un peu comme la ville elle-même : audace et glamour.

Non qu'elle ait pensé à lui pendant ses deux heures de service. Elle avait délibérément évité de le faire. Mais distribuer des flyers n'était pas une tâche très prenante, et durant tout le temps où elle avait souri aux touristes et frissonné dans le vent, Anders Kent était régulièrement venu s'immiscer dans ses pensées. Plus elle essayait de ne pas songer à lui, plus les souvenirs de leur échange au refuge devenaient clairs, jusqu'à ce qu'ils se rejouent en boucle dans son esprit, à l'image d'un film de Noël. *Love Actually* ou *It's a wonderful life*.

Le cœur lourd, elle soupira.

Si sa vie était un tant soit peu belle, elle n'aurait pas été si affectée par cette rencontre avec un étranger. Et c'était précisément pour cela qu'elle devait cesser de prétendre que tout allait bien et de faire l'autruche. Elle n'était plus une danseuse professionnelle. Peut-être ne participerait-elle plus jamais à cette célèbre *Parade des soldats de bois*, et si elle ne se montrait pas humble et honnête avec elle-même et le reste des Wilde, ils finiraient tôt ou tard par le découvrir autrement, et son embarras serait multiplié par dix. Sa mère, Emily, était pratiquement omnisciente. C'était un vrai miracle qu'elle ne l'ait pas déjà coincée à ce sujet !

D'ailleurs, à la seconde même où elle poussa la porte de la Wilde School of Dance, sa mère se tourna vers elle. Elle était en pleine conversation avec une jeune fille mince vêtue d'un justaucorps noir, mais elle l'avait vue entrer – l'instinct maternel, sans doute.

— Nous y voilà, murmura Chloe.

Tout en souriant, elle lui fit un petit signe de la main, comme si c'était un jour comme les autres, comme s'il lui arrivait fréquemment de passer à l'improviste au studio. Ce qui n'était pas le cas, naturellement, raison pour laquelle la situation lui paraissait désormais plus embarrassante et humiliante encore qu'elle ne l'avait craint.

À quand remontait la dernière fois qu'elle avait mis les pieds ici ? Bien longtemps. Plus qu'elle ne l'avait imaginé, même ! Elle ne reconnaissait pas la moitié des personnes figurant sur les photos de spectacles affichées au mur du hall, et le plancher d'érable en avait pris un sacré coup depuis l'époque où elle venait régulièrement l'arpenter en chaussons de danse. Quant au canapé de la salle d'attente, un affaissement, en son centre, formait un creux qui n'existait pas à l'époque où elle s'y installait pour faire ses devoirs après l'école.

Sa mère utilisait-elle toujours le vieux tourne-disque bleu pour passer ses vinyles ? Apparemment, oui. L'appareil se trouvait encore sur l'étagère, au coin de la salle de danse principale, exactement à la même place que dans ses souvenirs les plus lointains.

Sa mère, en revanche, n'enchaînait plus les cours tous les jours. Allegra, la femme de Zander, avait pris le relais pour la plupart d'entre eux. Et apparemment, cette dernière venait d'en terminer un. Derrière la cloison vitrée qui donnait sur la grande salle, elle fit un signe à Chloe tandis que des petites filles de dix ou onze ans vêtues de tutus roses s'éloignaient gracieusement d'elle pour se diriger vers les vestiaires.

Emportée par la nostalgie, Chloe sentit sa gorge se nouer. Tout était si différent, et pourtant si semblable à ses souvenirs...

C'était là qu'elle avait grandi. À bien y réfléchir, elle avait dû passer plus de temps entre ces murs bleus que dans la grande maison familiale de Riverside Drive. Elle avait fait ses premiers pas dans le bureau de sa mère, entre des cartons de chaussures de claquettes et des costumes de ballet.

Quelques mois plus tard, à peine, elle apprenait le plié à la barre sur la musique d'un disque tournant sur la vieille platine bleue.

Son premier baiser avait eu lieu ici, avec un garçon de la School of American Ballet Theatre, durant les répétitions de *Roméo et Juliette*. Cela n'avait été qu'un baiser de scène, mais son cœur avait battu aussi vite que les ailes d'un oiseau-mouche, et quand le garçon avait joint ses lèvres aux siennes, elle n'avait plus senti ses pointes de pieds, sur lesquelles elle était pourtant hissée.

Ce baiser était peut-être faux, mais la chaleur des lèvres du garçon était bien réelle, de même que le sentiment que cette école, ce lieu qu'elle connaissait si bien, était ancrée en elle pour l'éternité. Elle y revenait toujours. C'était sa maison.

Sauf qu'elle aurait dû y revenir plus tôt...

Elle en avait eu l'intention. Mais sans qu'elle s'en aperçoive, les jours s'étaient changés en semaines, les semaines en mois, et son père était mort. Après sa disparition, ce retour dans ses souvenirs d'enfance aurait été trop douloureux, et c'était pour ça que, lâchement, elle s'était tenue à l'écart. Elle s'était totalement immergée dans les Rockettes et, comme tous les autres aspects de sa vie, le studio de danse familial avait été relégué loin derrière sa carrière.

Et elle en était là, désormais. Sans emploi, sans amis, sans liens forts avec les membres de sa famille et sans vie amoureuse depuis que Steven l'avait laissée tomber comme une vieille chaussette après sa chute à la parade de Thanksgiving.

Parfait ! Elle était en quelque sorte devenue le personnage horrible des films de Noël qui a besoin d'une intervention divine pour redevenir quelqu'un de bien. Seulement... Elle ne voyait aucun ange autour d'elle !

Une fois encore, les traits ciselés et virils d'Anders Kent se dessinèrent dans son esprit. Elle cligna des yeux. Fort.

— Chloe ! s'exclama Allegra en refermant la porte de la salle de classe derrière elle pour la serrer dans ses bras. Quelle merveilleuse surprise ! Qu'est-ce que tu fais là ? En pleine saison ? Je pensais que tu te produisais dix fois par jour, ou je ne sais quoi !

Chloe n'eut pas le temps de répondre. La petite ballerine venait de libérer sa mère en lui disant au revoir. Elle retint son souffle en regardant sa mère approcher.

— Bonjour, ma chérie. Quelle merveilleuse surprise, vraiment ! s'exclama cette dernière avant de l'embrasser tendrement sur la joue.

Et cet accueil chaleureux ne fit rien pour atténuer la honte de Chloe... Il eut même l'effet inverse ! Le sentiment était désormais beaucoup plus fort et perturbant.

— Coucou, maman. Coucou, Allegra. Contente de vous revoir.

Elle se força à sourire, mais sentit ses lèvres trembler.

*Ne pleure pas.* La seule chose qui aurait pu rendre sa confession plus douloureuse qu'elle ne l'était déjà aurait été qu'elle s'effondre avant d'avoir pu s'exprimer.

— Tu vas bien, ma chérie ? demanda sa mère avant de jeter un œil à la montre qui avait toujours orné son poignet. Il est midi. Tu ne devrais pas être au théâtre ?

Bien. C'était le moment de tout déballer et d'admettre qu'elle était la Rockette qui était devenue la star de YouTube en gâchant la parade de Thanksgiving.

Elle prit une profonde inspiration avant de se lancer.

— Non. Je ne danse plus. Pour le moment, en tout cas.

— Comment ça ? demanda sa mère, dont le visage s'était brusquement décomposé.

La déception qu'elle crut lire dans les yeux maternels lui fit l'effet d'un couteau planté en plein cœur. Malgré toutes les erreurs qu'elle avait pu commettre, sa mère avait toujours été son plus grand soutien. Elle avait manqué des dizaines de dîners et de réunions de famille, mais pour tout ce qui avait trait à la danse, elle n'avait jamais manqué de rendre sa mère fière.

Jusqu'au jour de la catastrophe.

— J'ai été suspendue pour un moment, expliqua-t-elle.

Ravalant sa salive avec peine, elle se détourna de sa mère pour ne plus voir la déception sur son visage, et son regard tomba sur une affiche encadrée de l'un de ses spectacles de Noël.

Le poster était entouré de photos d'elle dans différents costumes de Rockette. On aurait presque dit un autel érigé à sa gloire.

— Oh ! ma chérie ! Tu n'es pas blessée, au moins ?

— Ne t'inquiète pas, maman. Ça va.

Elle était juste très lâche. Elle n'y arrivait pas. Elle ne pouvait pas avouer qu'elle avait été renvoyée à cause d'une chute ridicule de débutante alors qu'elle se trouvait face à son mur de gloire.

En outre, sa mère venait de lui donner une excellente idée. Une blessure, même mineure, lui fournirait du temps pour se rattraper. Elle pourrait donner un coup de main au studio, par exemple. Répondre au téléphone, s'occuper des tâches administratives, ce genre de choses. Et une fois qu'elle aurait prouvé sa dévotion à sa famille, elle pourrait tout leur raconter.

Voilà ! Idée géniale.

Elle ne se défilait pas, non. Elle allait leur dire la vérité, toute la vérité. Mais elle avait juste besoin de reporter un peu ce moment.

— C'est juste une entorse, expliqua-t-elle.

Et elle eut envie de disparaître sous terre.

— Oh non ! s'exclama Allegra, l'air catastrophé. Ne me dis pas que c'est ta cheville.

Chloe baissa la tête vers ses pieds. Elle portait des Ugg, parce qu'il faisait un froid glacial, mais si elle avait été blessée à la cheville, elle aurait eu un bandage, voire des béquilles.

— Non. Le mollet.

— Le mollet ? répéta sa mère en fronçant les sourcils.

— Oui. Une déchirure.

Elle ne voyait pas comment elle aurait pu trouver une excuse plus ridicule. Ni sa mère ni sa belle-sœur n'allaient la croire...

— Je vois, dit sa mère à voix basse.

Si basse que Chloe eut la nette impression que ce que sa mère voyait, c'était qu'elle avait menti, mais qu'elle ne voulait pas le dire à voix haute, parce qu'elle ne savait pas comment réagir à la situation.

— C'est très ennuyeux, ma chérie. Mais quelles que soient les circonstances qui te ramènent à nous, je suis ravie de te voir ici. Vraiment ravie ! insista-t-elle en souriant.

Chloe inspira profondément avant de répondre :

— Moi aussi. J'ai pensé que vous auriez peut-être un peu de travail à me confier.

— Ici, au studio ? demanda Allegra.

— Oui. J'ai très envie de vous aider. Je ferai ce que vous me demanderez.

— Mais, ton mollet ? s'enquit sa belle-sœur.

— Elle a raison, renchérit sa mère. Si tu es blessée, tu ne peux pas nous aider à enseigner. Par ailleurs, je crains que nous ne puissions pas nous permettre de te payer.

L'école rencontrait-elle des problèmes financiers ? Cela expliquerait pourquoi rien n'avait changé...

— Je pense avoir une idée, mais ça ne serait qu'à mi-temps, reprit sa mère.

— Ce serait parfait ! s'exclama Chloe. Je ferai tout ce que vous me direz.

Elle avait de toute façon besoin de garder quelques heures par jour pour distribuer les flyers.

— On va monter *Mini Casse-Noisette*, cette année, et je pense que tu ferais un parfait metteur en scène, ma chérie.

— *Mini Casse-Noisette* ? Ça a l'air sympa. J'en serais ravie.

Chloe n'avait aucune idée de ce que c'était, mais elle jugea préférable de ne pas le signaler. Le spectacle avait dû être ajouté au répertoire annuel du studio, et elle ne voulait pas attirer davantage l'attention sur son absence prolongée.

Sa mère et Allegra échangèrent un coup d'œil.

— Tu en es sûre ? demanda Allegra. Ça a beau être à mi-temps, ce n'est pas un travail facile.

— Et il faudra que tu restes jusqu'au 24 décembre, précisa sa mère.

— Pas de problème.

— Parfait ! Tu peux commencer dès maintenant, décréta sa mère.

Et elle alla ouvrir la porte d'entrée, révélant une foule de jeunes enfants accompagnés de leurs parents amassés sur le trottoir devant le studio. Des très jeunes enfants…

*Ah.*

— Euh… Maintenant ? demanda-t-elle d'une voix étranglée en se tournant vers sa mère.

— Maintenant.

— Ne t'inquiète pas, je vais t'aider, intervint Allegra. Tu n'as aucune idée de ce dans quoi tu viens de t'engager, je me trompe ?

— Aucune idée, en effet.

— *Mini Casse-Noisette* est un ballet de Noël pour les enfants âgés de trois à cinq ans, lui expliqua sa belle-sœur en lui faisant signe d'entrer dans la salle. C'est une version abrégée du véritable ballet. Même musique, mêmes personnages, mais en un peu plus court.

Des enfants de maternelle déguisés en souris, Casse-noisette et Fée dragée ? Bien sûr, bien sûr.

— Ça a l'air adorable, murmura-t-elle.

Allegra croisa les bras. On aurait dit qu'elle essayait de se retenir de sourire.

— Chloe, à quand remonte la dernière fois où tu as enseigné à de si jeunes enfants ? demanda-t-elle.

Était-ce une question piège ?

— En fait… Je n'ai jamais enseigné, avoua-t-elle. Il m'est bien arrivé de donner un coup de main à maman quand j'étais ado, mais mon expérience de l'enseignement se limite à ça.

Seulement comme elle avait promis…

Résignée, elle se débarrassa de son manteau. Elle portait heureusement un pantalon de yoga et un cache-cœur en maille fine. Des vêtements dans lesquels elle pouvait bouger.

— Tu peux prendre ça, lui dit Allegra en lui tendant une paire de chaussons de danse. Si tu penses que ton mollet tiendra le choc.

— Oh ! oui. Merci, répondit-elle, gênée. Je suis toute contente. Je crois que je vais bien m'amuser.

— Les petits sont mignons comme tout, et le spectacle est vraiment adorable. Mais ils sont nombreux, précisa sa belle-sœur en se tournant vers la cloison vitrée qui donnait sur le hall. Et ils sont tous là.

Très bien. Elle pouvait le faire. D'ordinaire, au mois de décembre, elle montait sur scène au minimum trois fois par jour. Organiser un ballet d'une demi-heure pour des enfants de maternelle serait une tâche facile, en comparaison.

Elle voulait s'impliquer ? Eh bien c'était le moment.

Après avoir pris une grande inspiration, elle se retourna pour suivre le regard de sa belle-sœur.

Le hall était désormais plein de petits corps vêtus de tenues de danse aux couleurs layette. D'autres se changeaient. On aurait dit que toutes les mamans de West Village avaient amené leurs enfants !

Comment l'école pouvait-elle avoir des problèmes financiers ? Le nombre d'inscriptions, en tout cas, ne semblait pas en diminution.

— Ces problèmes financiers, ils sont importants ?

— Assez, oui, répondit Allegra en soupirant. Nous avons organisé une grande soirée de collecte de fonds il y a quelque temps, ce qui nous a permis de sortir la tête de l'eau. Mais malgré ça, on arrive à peine à équilibrer les comptes. On a juste de quoi payer les factures tous les mois. L'école attire beaucoup d'enfants, mais pas suffisamment d'adultes et d'adolescents. J'ai le sentiment que si nous parvenions à rénover totalement les locaux, nous pourrions attirer davantage d'étudiants sérieux. On pourrait même peut-être organiser des cours d'été intensifs pour l'une des compagnies de danse.

— C'est une très bonne idée.

Mais qui n'avait aucune chance d'être appliquée dans l'état actuel de l'école.

En jetant un coup d'œil autour d'elle, Chloe essaya de repérer toutes les petites choses qui avaient besoin d'un coup de jeune : peintures écaillées, parquet rayé, mobilier désuet. Même la cloison vitrée qui séparait la salle du hall d'entrée présentait une fissure dans un coin.

Attristée, elle resta quelques instants à la contempler. Jusqu'à ce que son regard soit attiré par quelque chose qui se trouvait de l'autre côté de la glace.

Quelque chose, ou plutôt… quelqu'un.

Surplombant d'une tête toutes les mamans, Anders Kent arborait un air aussi grave et sérieux que lorsqu'elle l'avait rencontré au refuge. Elle n'avait jamais vu quelqu'un paraître si peu à sa place dans un studio de danse, entouré d'une marmaille multicolore ! Et elle aurait certainement trouvé cela comique… si elle n'avait pas été si surprise.

— Prépare-toi, ma belle. Je vais ouvrir et les laisser entrer, dit sa belle-sœur. Chloe, ça va ? On dirait que tu as vu un fantôme.

Pas un fantôme. Un voleur.

Un voleur de chiots.

Un homme qui proposait le mariage comme il proposait un bonbon.

De l'autre côté de la vitre, Anders Kent finit par se tourner dans sa direction. Et soudain, l'air tout aussi surpris qu'elle, il fixa son regard sur le sien.

L'espace de quelques secondes, elle en oublia de respirer. Elle avait passé toute la journée à imaginer le voir, et à présent il était là, en chair et en os, comme si elle l'avait fait venir par la force de sa volonté.

Anders Kent.

Son prétendu prétendant.

# 4

Quand Anders croisa le regard de la femme-renne qui se trouvait derrière la vitre, il s'immobilisa. Autour de lui, le chaos régnait. Des dizaines de mamans retiraient les bottes de neige de leur enfant pour leur mettre des chaussons de danse et des tutus rose bonbon. Le sol était recouvert de manteaux de toutes les couleurs, de moufles et de bien plus de poussettes que ne pouvait en contenir cette petite pièce. Mais il oublia tout cela au moment où il aperçut l'inconnue du refuge de l'autre côté de la glace.

Elle était habillée normalement, cette fois. Pas de bois de renne sur la tête. Mais il la reconnut immédiatement. Son cou gracieux, sa taille fine, ses lèvres rouges. Il en oublia brusquement qu'il se trouvait au milieu de cette marée bruissante de mamans et de tutus. Figé sur place, il ne pouvait détourner son regard d'elle et de son cou de cygne, s'empêcher d'imaginer les sensations que lui procurerait ce corps élancé sous ses doigts... Chaud et doux.

Enfin, elle lui adressa un petit signe de main, qui l'extirpa brusquement de son état de transe. En guise de réponse, il se contenta de hausser un sourcil.

C'était bien elle, aucun doute.

— On y va, tonton ? lui demanda Lolly en tirant sur son pantalon.

Baissant la tête, il observa la petite fille. Avait-il mis ses chaussons de danse dans le bon sens ? Il n'en était toujours pas certain. Mais elle semblait contente et, pour l'instant, c'était tout ce qui importait.

— Bien sûr, ma bichette.

La plupart des autres enfants de son âge s'étaient changés seuls, avait-il noté, mais Lolly avait réclamé son aide.

Le lendemain de l'accident, quand il lui avait dit que son papa et sa maman étaient au ciel et qu'ils ne rentreraient plus à la maison, elle l'avait serré dans ses bras et avait trempé sa chemise de larmes. Et quand ils étaient tous les deux, elle ne le quittait pas d'une semelle.

Depuis, elle semblait avoir retrouvé son habituelle joie de vivre, mais il y avait toujours des moments où elle voulait qu'il lui tienne la main ou qu'il la porte. Comme pour s'assurer qu'il n'allait pas disparaître à son tour.

Ce qu'il n'avait aucune intention de faire.

Il était avec elle, et il allait rester.

D'un pas mal assuré, elle le conduisit jusqu'à la salle, mais à l'instant où elle en passa le seuil, elle lâcha sa main pour rejoindre le vaporeux cercle de tulle rose de ses amies assises en tailleur.

L'espace de quelques secondes, il resta là, hésitant à la laisser. Ou peut-être à *les* laisser. Elle et Mlle Wilde.

Qu'est-ce qu'il lui prenait ? Il avait une montagne de tâches à accomplir, à commencer par trouver un moyen de convaincre Penelope Reed de l'épouser. Car après avoir longuement réfléchi au problème, il en était arrivé à la conclusion qu'elle était sa seule option.

Il s'apprêtait à s'en aller quand la fantasque Mlle Wilde lui tapa sur l'épaule.

— Vous partez ? demanda-t-elle.

Un sourire étira ses lèvres quand il se tourna vers elle. Il reconnut à peine cette sensation ; il avait l'impression de n'avoir pas souri depuis une éternité.

— Oui. Je retourne au bureau.

— Je m'appelle Chloe, soit dit en passant. Nous ne sommes pas allés jusqu'aux présentations, hier. Mais vous savez, les parents sont les bienvenus s'ils veulent rester regarder.

Il y avait dans ses grands yeux bruns quelque chose qui évoquait presque de l'espoir.

— Je... Je ne peux pas, balbutia-t-il en secouant la tête. Euh...

*Il faut que j'aille me fiancer.*

— Bonjour, monsieur Kent.

Allegra, la professeur de danse qu'il avait rencontrée au dernier spectacle de Lolly, venait de s'approcher.

— Vous vous connaissez ? demanda-t-elle en les regardant à tour de rôle.

— Non, répondit-il.

— Oui, répondit Chloe exactement au même moment.

Fronçant les sourcils, elle se tourna alors vers lui pour le foudroyer du regard, exactement comme elle l'avait fait la veille, quand elle l'avait accusé d'être un voleur de chiots.

— Vous êtes sérieux ? s'exclama-t-elle. Hier, vous me demandez en mariage, et aujourd'hui vous faites comme si on ne se connaissait pas ?

Allegra toussa. Fort. Mais il ne parvenait pas à détacher son regard de Chloe.

— Vous ne laisserez jamais passer ça, hein ? répliqua-t-il.

— Non, répondit-elle avec un grand sourire.

La courbe de ses lèvres était beaucoup trop douce. Des visions de bonbons dansèrent devant ses yeux.

— Attendez, je ne comprends pas, intervint Allegra, qui semblait complètement perdue. Qu'est-il arrivé à Steven ?

— Qui est Steven ? ne put-il s'empêcher de demander.

Les joues de Chloe avaient pris une jolie nuance de rose.

— Personne, marmonna-t-elle.

Il se tourna vers Allegra pour en obtenir confirmation, même si la raison pour laquelle il se souciait d'un homme dont il n'avait jamais entendu parler lui échappait.

Ou pas.

L'air embarrassé, Allegra se mordit la lèvre.

— Ce n'est pas ce que j'aurais dit. Tu n'es pas sortie avec lui pendant près de trois ans, Chloe ?

À ces mots, il sentit quelque chose se crisper douloureusement au fond de lui, une sensation qui évoquait… de la jalousie ?

Non. C'était impossible. On était jaloux d'une femme dont on était amoureux, jusqu'à preuve du contraire. Or il ne connaissait même pas cette femme. Il avait posé les yeux deux fois sur elle, et aux deux occasions, il l'avait trouvée particulièrement irritante.

Séduisante, certes, il n'était tout de même pas aveugle. Mais très irritante. D'ailleurs il n'avait jamais été attiré par les excentriques. Et comparée à la plupart des femmes avec qui il était sorti, on pouvait dire que cette Chloe était vraiment dans cette veine-là.

Seulement, tout bien considéré, ce n'était pas comme si ces femmes semblaient disposées à l'épouser. Il avait passé sa soirée de la veille à recontacter ses conquêtes des mois passés, et au départ la plupart d'entre elles avaient semblé heureuses d'avoir de ses nouvelles. Seulement aussitôt qu'il avait soulevé le sujet du mariage arrangé, leur enthousiasme était retombé. Plusieurs lui avaient même raccroché au nez.

D'un air de défi, Chloe avait relevé le menton.

— Steven et moi avons rompu, expliqua-t-elle. Ça ne marchait pas bien entre nous, et nous nous sommes mis d'accord pour nous séparer. Il n'y a pas de quoi en faire tout un plat.

Si, apparemment. La douleur qu'il avait vue ternir ses beaux yeux indiquait clairement le contraire, mais il n'avait aucune intention de le faire remarquer. Il ne savait même pas pourquoi il se trouvait toujours là.

— Je suis désolée, je ne savais pas, murmura Allegra. Excuse-moi. Je ne sais pas quoi dire...

Allegra interrompit ses excuses pour jeter un coup d'œil suspicieux vers lui.

— Je n'ai rien à voir là-dedans ! s'exclama-t-il en levant la main.

Bon sang ! Que faisait-il encore ici ? Il aurait dû être en train de conseiller un client ou, mieux encore, de faire sa proposition à Penelope. Et il était là, dans une école de danse, à se demander pourquoi l'énigmatique Chloe Wilde était tout à coup devenue célibataire.

— Il faut que j'y aille, ajouta-t-il.

Penelope était la solution la plus logique, malgré leur relation professionnelle. Elle était fiable et discrète. Il saurait précisément à quoi s'attendre si elle acceptait ce mariage arrangé. Ce serait simple, propre et net. Exactement le type de relation dont il avait besoin à l'heure actuelle, même si ce n'était que temporaire.

Lolly se précipita soudain devant lui et s'accrocha à sa jambe.

Il sentit son cœur se serrer. Il n'aurait jamais dû l'amener ici.

C'était beaucoup trop tôt. Quand elle avait fini par retrouver sa joie de vivre, elle lui avait demandé de reprendre ses cours de danse. Pour une petite fille de cinq ans, elle était très indépendante et particulièrement sûre d'elle. Mais elle restait une petite fille. Une petite fille qui avait perdu son père et sa mère.

Il aurait dû attendre une ou deux semaines. Voire jeter l'agenda de sa belle-sœur à la poubelle et ne jamais venir ici.

S'accroupissant pour détacher ses petits bras de sa jambe, il la hissa dans ses bras et fit mine de partir. Mais au même moment, Lolly tourna son regard vers Chloe.

— Vous êtes qui ? demanda-t-elle. Je vous ai jamais vue.

— Je suis nouvelle, répondit Chloe avant de faire une petite grimace. Ou plus ou moins.

— C'est vous, sur la photo, là-bas ? demanda Lolly en indiquant le mur du hall.

Anders chercha la photo qu'indiquait sa nièce. Comment avait-il pu manquer cette affiche encadrée ? Immense, elle représentait Chloe, en costume sexy de Mère Noël et chaussures de claquettes argentées. Tout autour avaient été accrochées des photos plus petites tirées de différents spectacles.

Après avoir regardé l'affiche avec des étoiles plein les yeux, Lolly se retourna vers Chloe d'un air incrédule. Apparemment, elle avait du mal à croire que la belle danseuse des photos se trouvait là, devant elle, en chair et en os.

— C'est bien moi, répondit Chloe d'une voix radieuse.

— Vous ressemblez à une princesse de Noël, murmura Lolly en la regardant de haut en bas. Vous êtes une princesse de Noël ?

Et comme ça, brusquement, Anders sentit le découragement s'abattre sur lui. Il n'avait même pas encore prévu de plan pour le Père Noël, et encore moins pensé aux princesses et autres histoires et contes de fées. Comment avait-il pu imaginer qu'il était à même d'élever une petite fille ?

À bien y réfléchir, son frère avait certainement eu raison d'ajouter la clause du mariage à ses volontés concernant la garde de sa fille. Anders n'avait aucune idée de ce que c'était que d'être père.

— Pas vraiment, non, répondit Chloe. Mais Noël est une période magique. Comme un conte de fées dans la vie réelle. Et tu sais quoi ? Le ballet que nous allons monter ensemble pour Noël comporte toutes sortes de choses merveilleuses ! Des fées, des flocons de neige qui dansent, et même quelques reines des neiges !

Les yeux de Lolly étaient devenus aussi grands que des soucoupes et, quand un sourire radieux vint illuminer son visage, Anders sentit quelque chose se détendre au fond de lui. Après des jours et des jours de lutte pour maîtriser sa respiration, il lui semblait enfin pouvoir respirer normalement.

— Je pourrais être une reine ?

Le ton de Lolly était aussi respectueux que si elle s'adressait à Cendrillon en personne.

— On verra, répondit Chloe. Mais dans tous les cas, tu auras un joli costume et tu danseras sur scène devant le public.

Très vite, Chloe se tourna vers lui pour lui adresser un clin d'œil. Si bref qu'il se demanda s'il ne l'avait pas imaginé.

— Ton papa t'apportera même peut-être des fleurs, ajouta Chloe.

À ces mots, tout en lui redevint crispé. Ce fut le coup de grâce. Il ne pouvait plus respirer, ni parler, ni penser. La seule chose qu'il pouvait faire était de rester là, à serrer le petit corps frêle de Lolly, à essayer d'intégrer la vérité à travers le bourdonnement de ses oreilles.

« Ton papa. »

Naturellement, Chloe avait présumé qu'il était le père de Lolly. Logique. Il aurait dû préciser qu'il n'était que son oncle. Seulement… Il avait été distrait par Chloe, la princesse de Noël. Et l'arc de Cupidon de sa bouche parfaitement impertinente…

Il avait commis une erreur. Encore.

— Ce n'est pas mon papa, précisa Lolly d'un ton aussi détaché que si elle avait annoncé que le ciel était bleu.

L'air consterné, Chloe posa sa main sur son cœur, et pour des raisons qu'il n'avait aucune envie de considérer, il laissa son regard s'attarder sur son annulaire dépourvu d'alliance.

— Oh ! Je suis désolée. Je croyais que…

— C'est mon tonton, l'interrompit Lolly en haussant les épaules.

— Et si tu allais t'asseoir, ma bichette ? lui proposa-t-il en la reposant doucement sur le sol. Je pense que le cours ne va pas tarder à commencer.

— D'accord, répondit-elle en le serrant une dernière fois dans ses bras pour lui dire au revoir.

Il resta accroupi jusqu'à ce que Lolly ait rejoint les autres enfants. Mais quand il se redressa, il se retrouva face à toutes les interrogations qui brillaient désormais dans les yeux de Chloe. Des yeux de la couleur d'un chocolat chaud lors d'une soirée froide d'hiver. Des yeux qui semblaient pouvoir s'enrouler autour de lui comme une couverture, l'envelopper dans leur chaleur, lui donner le sentiment d'être chez lui.

S'il restait, elle allait l'interroger sur les parents de Lolly, et il serait forcé de tout lui raconter, chose qu'il n'avait absolument aucune envie de faire. Elle était la première personne depuis des jours qui ne le regardait pas avec plus ou moins de pitié. Et grâce à cela, il se sentait de nouveau humain. De nouveau homme. Il voulait que cela continue.

Il ne s'en était pas rendu compte jusqu'ici, mais il avait besoin qu'une femme le regarde comme un homme. Et curieusement, pas n'importe quelle femme. Celle-ci en particulier. S'il avait été du genre à croire aux contes de fées, il aurait pu penser qu'il avait toujours attendu que cette Chloe apparaisse dans sa vie, avec son costume de renne et toute sa magie de Noël.

Sauf qu'il n'était pas comme ça.

Les histoires qui finissaient bien étaient une aberration. Il avait appris la leçon des années plus tôt, et c'était désormais au tour de Lolly de l'apprendre, de la façon la plus douloureuse qui soit.

Une fois encore, donc, il tourna le dos à Chloe Wilde et la quitta sans même se donner la peine de lui dire au revoir.

Chloe avait beaucoup de mal à se concentrer pour diriger les enfants sur cette série de pliés à la barre suivie d'une tumultueuse ronde de pas chassés.

D'abord parce qu'elle n'arrivait pas à croire que le parquet soit dans un état si lamentable. Des traces d'usure s'étendaient d'un coin à l'autre de la pièce, marques ternes laissées par des décennies de lumineux chaussons de danse.

La plupart des studios de danse avaient abandonné le parquet des années plus tôt pour des revêtements de sol plus résistants et plus adaptés aux risques de chutes. Sa mère aurait dû en faire de même depuis longtemps.

Seulement tout cela coûtait cher, et apparemment l'argent était un problème plus important qu'elle l'avait imaginé.

Ensuite... Elle ne pouvait s'arrêter de penser au bel oncle de Lolly Kent. Elle l'avait trouvé particulièrement séduisant au refuge, avec ce minuscule et adorable chiot calé au creux de ses grands bras musclés. Mais quand elle l'avait vu porter cette jolie petite fille, elle avait quasiment pu sentir son cœur fondre. Quelqu'un aurait dû songer à interdire aux célibataires sexy de se promener avec d'adorables enfants ou de mignons chiots. C'était trop craquant, trop émouvant, trop beau. Trop... Trop, tout simplement.

La petite Lolly, par ailleurs, était une danseuse douée. Elle avait beaucoup de technique pour son âge, mais plus important encore, elle avait du charisme. Contrairement à la technique, la présence scénique était une chose qui ne pouvait être enseignée, et Lolly en avait une très forte. Chloe n'arrivait pas à détacher son regard d'elle, et cela n'avait rien à voir avec son oncle.

Ou un peu, seulement.

Il n'y avait rien de mal à se montrer curieux, non ? Car il ne s'agissait que de cela : de la simple curiosité. Certainement pas de l'attirance. Elle avait à l'heure actuelle des sujets d'inquiétude bien plus importants que sa vie amoureuse non existante.

À commencer par tous les mensonges qu'elle avait proférés ces derniers temps ! La situation était en train de lui échapper. Si elle ne se dépêchait pas de rétablir la vérité, il lui faudrait bientôt un carnet pour recenser toutes les choses fausses qui sortaient de sa bouche !

Elle avait déjà suffisamment de problèmes, entre l'effondrement de sa carrière et la culpabilité que lui inspirait son statut de fille prodigue. Et même si elle n'avait aucune envie de l'admettre, il fallait ajouter à cela sa rupture avec Steven, qui l'avait profondément affectée.

Ce qui, somme toute, était assez logique. À présent qu'elle ne se produisait plus sur scène, il ne la trouvait plus assez bien.

Et au fond d'elle, elle commençait à penser la même chose. Elle avait consacré toute sa vie à la danse ; sans elle, elle n'était plus vraiment sûre de savoir qui elle était.

Et c'était précisément pour ça qu'elle n'avait aucun intérêt à sortir avec Anders Kent. Ou à se marier avec lui. De toute façon, il ne lui avait rien demandé. En tout cas, pas cette fois ; ce qui était aussi bien.

Et pourtant, quand une nourrice se présenta pour récupérer Lolly après le cours, elle sentit son cœur se serrer. L'indéniable sentiment de déception qu'elle ressentit à l'idée de ne pas le revoir l'emmena à une conclusion évidente : elle devait se tenir à l'écart de cet homme.

Steven avait été quelqu'un de sûr. Ils étaient bien ensemble, mais pas trop bien. Elle aimait passer du temps avec lui, mais elle n'avait pas de frissons quand elle l'embrassait pour lui souhaiter bonne nuit. Pas de papillons dans le ventre quand elle reconnaissait sa silhouette au milieu d'une pièce bondée d'autres personnes.

Si la crise cardiaque de son père lui avait appris quelque chose, c'était bien que la vie avait ses moyens de vous faire chuter au moment où vous vous y attendiez le moins. Elle n'avait pas envie de tomber follement amoureuse de qui que ce soit. Bien s'entendre était une meilleure solution. Plus sûre. Raison pour laquelle sa relation avec Steven était parfaite. Jusqu'à ce qu'il y mette fin, naturellement.

Mais Anders Kent, lui, était loin d'être sûr. Il y avait quelque chose de dangereux dans ses yeux bleus froids et ses traits d'une virilité parfaite. Sans parler de son étrange tendance à dire ou faire quelque chose de gentil au moment où elle s'y attendait le moins. Quand, par exemple, il lui avait donné le chiot au refuge et était parti, elle avait eu des frissons, des papillons dans le ventre...

Mieux valait, donc, qu'elle n'ait plus jamais à reposer les yeux sur lui. Ce qui serait certainement le cas. Il n'était pas fréquent qu'une petite fille se fasse accompagner par son oncle à son cours de danse.

Mais elle pouvait peut-être interroger quelqu'un, histoire d'en être certaine. S'il venait régulièrement au studio, il valait mieux qu'elle soit préparée.

Pour pouvoir l'éviter.

Naturellement.

— Le cours s'est bien passé, tu ne trouves pas ? dit-elle à sa belle-sœur en commençant à asperger les miroirs du mur de produit à vitre.

Allegra lui passa un rouleau de papier absorbant.

— Oui. Je me doutais que tu serais super. Et puis, ça ne fait pas de mal de se faire un peu aider quand on se retrouve face à tant d'enfants.

— J'imagine ! répondit Chloe en riant. À un moment, j'ai vu un petit garçon suspendu à la barre par les genoux, la tête en bas, comme un singe.

— Peut-être un bon candidat pour le rôle du roi des souris ! On pourrait insérer ça dans la chorégraphie. Je suis sûre que ça plairait aux parents le soir du spectacle.

— Donc, ce sont principalement les familles qui assistent au spectacle ? Les papas et mamans, les frères et sœurs...

Elle se mit à frotter une tache invisible sur le miroir.

— ... les oncles ?

Croisant son regard dans le miroir, Allegra haussa un sourcil.

— Tu penses à un oncle en particulier ?

Était-ce si évident ?

Apparemment, oui.

— Non.

L'air dubitatif, Allegra haussa cette fois-ci les deux sourcils.

— Bon, peut-être, admit Chloe en lui donnant un petit coup sur la tête avec le rouleau de papier absorbant.

— C'est bien ce que je pensais, murmura sa belle-sœur en souriant. Dis-moi la vérité. Anders Kent t'a vraiment demandée en mariage ?

Pourquoi, mais pourquoi avait-elle ressenti le besoin d'évoquer ce moment d'embarras ?

— C'était juste une blague, répondit-elle.

Ou pas.

— C'est quelqu'un de très sérieux, dit Allegra d'un air intrigué.

Je l'imagine mal faire des blagues, mais je ne le connais pas très bien. Avant l'accident, on ne le voyait qu'aux spectacles.

Chloe se figea.

Avant l'accident ?

Elle avait envie de demander des précisions, mais d'un autre côté, elle avait peur de ce qu'elle pourrait apprendre.

Allegra prit un air profondément peiné, et la peur qui tenaillait l'estomac de Chloe atteignit de nouveaux paliers.

— C'est vraiment triste, ce qui s'est passé, tu ne trouves pas ? fit remarquer sa belle-sœur. Et dire qu'il y a encore une semaine, c'était la maman de Lolly qui l'accompagnait aux cours. Maintenant, cette pauvre gamine est orpheline.

Consternée, Chloe faillit laisser échapper la bouteille de nettoyant qu'elle tenait entre les mains.

— Orpheline, répéta-t-elle d'une voix morne.

— Tout ça à cause d'un accident de voiture. C'est horrible. Je suppose qu'Anders va devenir le tuteur de Lolly puisque Grant était son frère. Mais tu dois en savoir plus que moi, vu que tu sembles le connaître.

Allegra, qui ne s'était apparemment pas rendu compte que Chloe était désormais paralysée, lui prit la bouteille des mains pour la ranger dans le placard.

Un accident de voiture.

Cela expliquait beaucoup de choses. Peut-être même la demande en mariage. Non, pour ça, il devait y avoir d'autres raisons. En tout cas, cela expliquait certainement pourquoi il s'était rendu dans ce refuge pour adopter un adorable petit chiot.

Il voulait réconforter sa nièce. Il pensait sûrement offrir le chiot à Lolly pour Noël. C'était bien ce qu'il avait dit, non ? Mais elle était tellement absorbée par ses propres problèmes qu'elle lui avait fait une leçon de morale, l'avait accusé de se montrer irresponsable. Et il n'avait pas soufflé mot. Il lui avait simplement donné le chiot et était parti.

— C'est Anders qui va élever Lolly, à présent, hein ? lui demanda Allegra, coupant court à ses pensées.

— Oui, répondit Chloe, comme si elle était dans l'intimité de la situation.

Elle n'avait pas besoin que quelqu'un lui donne des explications. Tout au fond d'elle, elle savait. Anders avait perdu son frère et sa belle-sœur et était désormais père célibataire d'une pauvre petite fille de cinq ans. Une petite fille qui aurait pu avoir un chien pour Noël, si une femme égoïste n'avait pas été là...

Tout bien considéré, le voleur de chiot n'était pas celui qu'elle pensait.

# 5

— Tu as demandé à me voir ?

Refermant son ordinateur, Anders concentra toute son attention sur Penelope, qui venait d'apparaître sur le seuil de son bureau.

— Oui. Entre, je t'en prie. Assieds-toi.

En les regardant, jamais personne n'aurait pu soupçonner qu'ils couchaient parfois ensemble. Mais c'était intentionnel. Ils n'étaient pas un couple, juste deux personnes qui avaient passé un accord qui convenait à chacun. Ce qui ne faisait que renforcer sa conviction qu'il avait fait le bon choix.

Penelope serait la parfaite épouse, et plus il y pensait, plus il était persuadé que personne au bureau n'en saurait jamais rien. Ils garderaient ensemble ce secret, et le mariage ne serait qu'une extension de l'accord tacite qu'ils avaient déjà conclu. Un addendum avec des clauses sur lesquelles ils s'entendraient et, surtout, une date de fin.

Comme elle l'avait fait des centaines de fois pour discuter actions ou fusions, elle prit place en face de lui.

— Contente que tu sois de retour au bureau, dit-elle avant de baisser les yeux vers ses mains croisées sur ses genoux. Je regrette de ne pas avoir pu assister à l'enterrement. Comme tu le sais sans doute, il y avait l'introduction en Bourse de Remington. Je ne pouvais pas quitter le bureau.

— Je comprends, répondit-il en hochant la tête.

À dire vrai, il n'avait même pas remarqué son absence tant il était bouleversé. Mais il ne comptait de toute façon pas sur sa venue. Elle n'avait jamais été du genre démonstratif, et la compassion ne faisait pas vraiment partie de sa personnalité ; il ne voyait pas de raison à ce que cela change.

En se faisant cette réflexion, il se remémora le ton enthousiaste et chantant de la voix de Chloe Wilde quand elle avait parlé à Lolly la veille. L'émerveillement avec lequel la petite fille l'avait regardée, les yeux brillants.

« Vous êtes une princesse de Noël ? »

Comme pour réclamer son attention, Penelope s'éclaircit la gorge.

— Que puis-je faire pour toi ?

Serrant les dents, il se força à écarter ce souvenir de ses pensées. *Concentre-toi.*

Il avait besoin de quelqu'un de fiable à ses côtés, juste pour quelques semaines. Quelqu'un en qui il avait confiance. Et ce quelqu'un ne pouvait absolument pas être l'exubérante professeur de danse de sa nièce.

De toute façon, elle lui avait déjà dit « non ». Et il n'avait aucun problème avec son refus. C'était même un soulagement.

— J'ai une proposition à te faire, dit-il. D'ordre professionnel. Enfin, en quelque sorte.

Mieux valait aller directement au cœur du sujet. Il avait déjà perdu assez de temps comme ça.

— Je t'écoute, répondit-elle en inclinant la tête sur le côté.

Elle était très belle, c'était incontestable. Si ses souvenirs étaient bons, elle avait été mannequin quelques années avant d'intégrer une école de commerce. À Paris. Ou Tokyo, peut-être ?

Mais c'était une beauté lisse et froide, à l'image des blondes iconiques d'Alfred Hitchcock. Étrange qu'il ne le remarque que maintenant.

Luttant pour se reconcentrer, il ouvrit l'un des tiroirs de son bureau.

— Je t'ai préparé un contrat, annonça-t-il en désignant le volumineux document qui était resté toute la matinée dans le tiroir comme une grenade attendant d'être dégoupillée.

CONTRAT DE MARIAGE

Il fixa le titre imprimé en gros caractères sur la première page et resta silencieux.

Pourquoi était-ce si difficile ? Il avait fait sa proposition à Chloe quelques minutes à peine après l'avoir rencontrée. Penelope, il la connaissait depuis des années. La demander en mariage aurait dû lui sembler beaucoup plus facile.

Sauf qu'il était encore sous le choc de son entretien avec l'avocat spécialiste du droit de la famille quand il avait impulsivement demandé à Chloe de devenir sa femme. Il n'avait pas encore réfléchi au problème.

— Un contrat pour quoi ? demanda Penelope en se tournant vers l'horloge Tiffany ancienne qui ornait la crédence.

D'une main hésitante, il fit glisser le document vers elle sur la surface polie du bureau.

— Tout est là, dit-il. Et tout est négociable, naturellement, en dehors des conditions exposées dans la première section.

D'un geste nonchalant, elle tendit la main vers le dossier, mais quand son regard tomba sur le titre, elle se figea brusquement.

Évidemment, il aurait pu faire davantage d'efforts pour la préparer à ce qui allait suivre, mais il était fatigué de penser à cela, fatigué de ne pas dormir, fatigué de se demander si Lolly allait lui être arrachée à la fin de l'année.

Très, très fatigué.

— Je... ne comprends pas, balbutia-t-elle en secouant la tête. Qu'est-ce que c'est ? Tu veux m'épouser ?

Non ! Il ne voulait pas. Du tout.

— Il faut juste que je me marie, expliqua-t-il après avoir pris une longue inspiration. Pour Lolly.

« Il faut juste que je me marie. » Quel idiot ! Comme si le mariage était *juste* un petit détail qui se réglait en cinq minutes !

— Ah, murmura Penelope avec un sourire crispé. Tu recherches une figure maternelle pour ta nièce, c'est ça ?

— Non. Pas du tout.

Penelope le regarda comme s'il avait perdu la tête. Ce qui était peut-être le cas, d'ailleurs, ou n'allait pas tarder à l'être.

Il n'aurait jamais dû proposer cela à son associée. Et surtout, il avait fait suffisamment de demandes en mariage à ses ex au cours des deux jours passés pour comprendre que celle-ci avait une fois de plus peu de chances d'aboutir.

— Pour obtenir officiellement la garde définitive de Lolly, il faut que je sois marié avant la fin de l'année.

— Cette année, là ? demanda-t-elle, l'air sidéré.

— Oui.

Hochant la tête, il décida de tirer parti du silence consterné de son associée pour lui expliquer brièvement la situation et exposer chaque détail de sa proposition, de la durée à la compensation.

— Écoute Penelope, je sais que c'est beaucoup te demander mais le temps presse et j'ai confiance en toi, conclut-il. Nous menons une relation personnelle satisfaisante depuis un certain temps, et je pense que l'on pourrait gérer ce mariage temporaire de façon tout aussi efficace, en en tirant chacun des bénéfices.

S'adossant à sa chaise, il essaya de ne pas trop songer à ce que Grant aurait pensé de cette proposition. Beaucoup de choses, certainement. Mais il faisait ce qu'il avait à faire, de la seule façon qu'il connaissait.

À son grand soulagement, sans même chercher à négocier les termes du contrat, Penelope hocha la tête. Parfait ! Ne leur restait plus qu'à signer et à aller chercher le certificat à la mairie.

Mais quand il sortit son stylo de sa poche pour le lui tendre, elle refusa de le prendre.

— Non, murmura-t-elle en repoussant le dossier sur le côté.

— Comment ça, non ? demanda-t-il, étonné.

Elle se leva d'un bond.

— Je suis désolée, Anders, mais je ne peux pas faire ça.

— Puis-je te demander pourquoi ? demanda-t-il calmement.

Trop calmement.

Il aurait dû sérieusement paniquer. Noël était dans *trois semaines*, et il n'avait pas avancé d'un pouce dans ses démarches. Il en était toujours au point mort.

Alors pourquoi les émotions qu'il ressentait lui évoquaient-elles… du soulagement ?

Parce que ce n'était pas comme ça que cela devait se passer.

Même lui savait que ce n'était pas une façon de se choisir une épouse. Le mariage était une chose sacrée. On ne recherchait pas une épouse comme on faisait son marché.

— Je ne suis pas faite pour être maman, même temporairement, répondit-elle en haussant les épaules. Et prends-moi pour une folle si tu veux, mais si je me marie un jour, je veux le faire par amour.

Il hocha la tête, perplexe. Elle était peut-être plus romantique qu'il ne l'avait pensé.

Et lui aussi, d'ailleurs.

D'un geste nerveux il se frotta les yeux. Il avait mal à la tête. Le stress et la fatigue commençaient à jouer sur sa santé, sans parler du chagrin qu'il s'efforçait toujours de refouler. Il l'affronterait plus tard. Une fois qu'il serait sûr d'obtenir la garde de Lolly, il pourrait pleurer tant qu'il le voudrait.

Cela ne présageait rien de bien joyeux pour Noël.

Sauf que Noël était la dernière chose à laquelle il avait envie de penser. S'il en avait eu le pouvoir, il l'aurait effacé du calendrier ! Pas de sapins. Pas de cadeaux. Pas de Noël.

Tout en soupirant, il ouvrit les yeux. Et soudain...

Était-ce un pied de nez du destin ou bien avait-il réellement perdu la tête ?

Et si c'était une vision ?

Chloe Wilde.

Dans son bureau.

Vêtue de son costume de renne.

— Toc, toc ! lança Chloe, dont l'enthousiasme était un peu retombé sous le poids du regard d'Anders. J'espère que je ne dérange pas.

Elle dérangeait, c'était certain. La tension qu'elle lisait sur le visage d'Anders en était la preuve incontestable.

— Euh... Tant pis, balbutia-t-elle en serrant un peu plus fort le panier de Prancer contre elle. Je reviendrai plus tard.

Ou jamais.

Elle avait eu une très mauvaise idée – elle les collectionnait ces derniers temps, aucun doute là-dessus ! Elle aurait dû se rendre immédiatement à Times Square pour distribuer ses flyers et oublier totalement Anders Kent et sa triste histoire. Car il était évident que la voir semblait l'agacer prodigieusement.

— Attendez ! intervint la femme qui se trouvait dans le bureau. Ne partez pas. M. Kent et moi avions terminé.

Chloe ne savait pas qui était cette femme, mais elle était ravissante. Élégante et classique, elle semblait tout droit sortie d'une publicité pour un parfum. Avec son impeccable chignon et sa jupe crayon parfaitement coupée, elle ne faisait que renforcer l'incongruité de la tenue de scène de Chloe en fausse fourrure de Rudolph le renne.

En outre, quand la femme se retourna vers Anders pour lui jeter un dernier coup d'œil avant de partir, Chloe perçut dans son regard une discrète intimité qui lui fit mal à l'estomac.

Elle n'était pas jalouse. C'était impossible.

Cette visite impromptue n'avait rien à voir avec l'attirance. Hors de question qu'elle se remette à fréquenter des hommes après le désastre de Steven et, de toute façon, Anders n'était pas son type. Il était arrogant. Beaucoup trop riche et trop beau.

Triste, aussi. Même si c'était parfaitement compréhensible.

Quoi qu'il en soit, elle n'était là que pour une seule et unique raison : se rattraper.

— Mademoiselle Wilde, dit-il quand ils furent seuls. Quel bon vent vous amène ?

Elle perçut dans sa voix une lassitude qui lui serra le cœur.

Elle regrettait de ne pas pouvoir remonter le temps jusqu'à cet après-midi-là, au refuge, deux jours plus tôt. Si elle avait su ce qu'elle savait désormais, elle l'aurait laissé prendre le chiot. Elle ne pouvait tout de même pas arracher un petit chien à une fillette qui venait de perdre ses parents. Elle n'était pas un monstre.

Mais tout cela était impossible, naturellement. Elle n'était pas George Bailey. Elle ne pouvait pas remonter le temps pour faire les choses différemment. La seule chose qu'elle pouvait faire était laisser Prancer à Lolly.

— Voilà, dit-elle en s'approchant du bureau pour y déposer le panier du chien.

L'air surpris, Anders baissa les yeux vers Prancer qui se mit à remuer joyeusement la queue.

— Vous faites erreur, mademoiselle Wilde. Il s'agit d'une banque d'investissement pas d'un refuge pour chiens.

Fallait-il vraiment qu'il rende les choses si difficiles ?

— Très drôle. Écoutez, je suis désolée de débarquer comme ça à l'improviste, mais je me suis dit que, si je ne le faisais pas tout de suite, je finirais par me dégonfler et par changer d'avis.

Sans répondre, il la regarda longuement, et elle sentit peu à peu le rouge lui monter aux joues. Elle avait chaud, beaucoup trop chaud avec ce costume en fausse fourrure.

— Changer d'avis à quel sujet ? demanda-t-il.

Il ne comprenait vraiment pas ?

— Prancer, dit-elle en désignant le petit chien. Le chiot.

Au même moment, Prancer sortit de son panier et se mit à ramper en direction d'Anders, piétinant allègrement les papiers qui se trouvaient sur son bureau.

— Je veux que ce soit votre nièce qui l'ait.

Le regard d'Anders s'adoucit, et l'espace d'un bref et fragile instant, elle perçut de la tristesse dans les profondeurs bleues et froides de ses yeux, une émotion si profonde, si désespérée qu'elle en eut le souffle coupé.

Mais aussi rapidement qu'il était apparu, ce bouleversant aperçu de sa vulnérabilité disparut, et ses traits virils et ciselés redevinrent un masque impénétrable.

— Vous avez appelé le chien comme le renne du film ? dit-il d'une voix plate et factuelle. Pourquoi est-ce que cela ne me surprend pas ?

Sans y avoir été invitée, elle prit place sur l'un des confortables fauteuils qui se trouvaient devant son bureau.

— Oui, mais Lolly pourra le rebaptiser comme elle voudra.

Elle avait la gorge nouée, mais elle se força à sourire. Abandonner ce chien n'allait pas être facile. Elle s'était attachée à cette petite boule de poils qu'elle était allée nourrir au biberon au refuge quand il était encore trop petit pour être adopté.

Mais il n'était pas question de laisser voir à Anders Kent à quel point l'adorable petit chien allait lui manquer.

L'air résigné, il secoua la tête.

— Ce ne sera pas nécessaire, dit-il.

Sa voix était descendue d'une octave, si grave et profonde qu'elle sentit de délicieux frissons courir le long de son dos.

— Évidemment, elle peut aussi garder le nom, ce n'est...

— Non.

Encore une fois, il secoua la tête et, contre toute attente, un grand sourire se dessina sur son visage.

Le miracle de Noël ! songea-t-elle. C'était donc vrai, cette histoire de miracles...

— Ce que je voulais dire, mademoiselle Wilde, c'est que vous pouvez garder ce chien. J'en ai trouvé un autre pour Lolly. J'avais d'ailleurs prévu d'aller le chercher ce soir.

— Ah. Je vois. Eh bien, je... C'est merveilleux !

C'était en tout cas ce qu'elle aurait dû penser. C'était la meilleure solution possible, compte tenu des circonstances. Mais pour quelque raison inconnue, elle se sentait un peu déçue.

— Je vous remercie pour votre proposition, cependant, ajouta-t-il. C'était très généreux de votre part.

Et alors il la regarda. Il la regarda vraiment. Au point qu'elle en oublia son ridicule costume de renne et son chapeau orné de bois en velours. Elle avait désormais l'impression d'être nue devant lui. Comme un cadeau déballé.

Embarrassée, elle baissa les yeux.

Et ce fut à ce moment-là qu'elle vit le dossier.

CONTRAT DE MARIAGE

Comme hypnotisée, elle regarda ces mots sur le document qui trônait au centre du bureau jusqu'à ce qu'ils se brouillent et deviennent totalement flous.

— Qu'est-ce que c'est ? s'enquit-elle.

*Ce ne sont pas tes affaires, voilà ce que c'est.*

L'air gêné, il toussota.

— Ce n'est rien.

Elle le dévisagea jusqu'à ce qu'il détourne son regard du sien et, à ce moment-là, elle repensa à la belle jeune femme qui se trouvait devant son bureau à son arrivée. Leur union semblait tout à fait naturelle, ils étaient parfaitement assortis. Comme les deux doigts d'une main à sang bleu.

— Vous allez vous marier ?

Elle n'avait pu s'empêcher de poser la question, sur un ton qui, par ailleurs, évoquait… de la déception. Ce qui n'avait aucune raison d'être.

La honte, cuisante, refit son apparition.

Elle n'avait aucun droit de lui en vouloir. Néanmoins, son comportement était vraiment étrange. Demandait-il la main de toutes les femmes qu'il rencontrait ?

— Non, répondit-il en secouant la tête. Enfin, si, ajouta-t-il avec une petite grimace.

Il s'interrompit un instant.

— Je pense, conclut-il.

— Comment pouvez-vous ne pas en être sûr ? demanda-t-elle sans chercher à dissimuler sa perplexité.

— C'est… compliqué.

D'un geste maladroit, il fit mine de reprendre le document, mais il n'attrapa que la première page, révélant ainsi la suivante.

« Ce contrat a été passé entre, d'une part, Anders Kent, et d'autre part, Penelope Reed… », eut-elle le temps de lire.

Et un peu plus bas, en chiffres, une somme exorbitante.

Qu'est-ce que cela signifiait ? Il voulait *payer* quelqu'un pour l'épouser ? On voyait cela dans les films, pas dans la vraie vie.

Elle ne pouvait cependant pas l'interroger. Ce n'était pas ses affaires.

— Penelope Reed… Laissez-moi deviner. C'est la femme qui vient de sortir, je me trompe ?

C'était un nom qui lui allait bien. Sophistiqué, presque prétentieux.

D'un geste rageur, il prit le document qu'il rangea brutalement dans un tiroir.

— Je n'épouserai pas Penelope Reed.

— Mais c'est bien elle, n'est-ce pas ?

Qu'est-ce que ça pouvait lui faire ? Et surtout, que faisait-elle encore ici ? Il lui restait moins d'une heure pour atteindre Times Square, et le métro était bondé, à cette heure de la journée.

Anders poussa un lourd soupir avant de confirmer.

— Oui.

— Et elle vous a repoussé ?

Il se borna à la regarder d'un œil noir.

— Je prends ça pour un « oui ».

— Écoutez, mademoiselle Wilde, j'apprécie votre offre concernant le chien, mais à l'heure actuelle, j'ai beaucoup de choses à faire et…

— Comme trouver une femme ?

Elle n'avait pu s'en empêcher. Il se passait quelque chose d'étrange, et elle voulait comprendre quoi. Et puis, à bien y réfléchir, c'était tout de même un peu ses affaires puisque l'espace d'une brève seconde, elle avait figuré sur sa liste de potentielles fiancées.

— Pourquoi voulez-vous tant vous marier ? Et surtout, pourquoi proposer de l'argent à une femme en échange ?

— Vous posez toujours autant de questions ? demanda-t-il d'un air courroucé.

— Vous demandez toujours en mariage les femmes que vous rencontrez ?

Il croisa les bras, révélant l'impeccable ourlet de sa manche de chemise, un éclat de bouton de manchette en platine et ses poignets, si virils…

Sentant son cœur s'emballer, elle détourna le regard.

Comment pouvait-elle être aussi fascinée par les poignets d'un homme ?

— Ce que je vous demande à vous, c'est de quitter mon bureau. Maintenant. Avec Prancer. Et tout votre *attirail*, ajouta-t-il en jetant un regard amusé à son chapeau.

Elle haussa les épaules nonchalamment.

— Non, répondit-elle. Je n'en ai aucune envie.

Pourquoi ne pouvait-elle se résoudre à quitter ce lieu ? Sans compter que, si elle ne partait pas dans exactement dix minutes, elle allait être en retard à son travail.

Seulement, elle voulait savoir.

Heureusement pour elle, Anders, après un profond soupir, reprit :

— Je ne peux pas devenir le tuteur officiel de Lolly si je ne suis pas marié. J'ai jusqu'à Noël pour trouver une femme. Vous êtes contente ? D'autres questions ?

C'était donc pour Lolly…

À ces mots, elle sentit son indignation se dissiper, aussitôt remplacée par un sentiment beaucoup plus complexe. Elle ne savait pas vraiment ce que c'était, mais son cœur battait désormais à tout rompre dans sa poitrine. Et une idée venait de lui traverser l'esprit : elle avait peut-être le pouvoir de les aider, lui et son adorable nièce.

Sans parler bien sûr de la somme mentionnée dans le contrat, qui lui permettrait largement de financer les rénovations du studio de danse.

— Juste une, répondit-elle.

Elle ravala sa salive avec peine.

*Ne fais pas ça. C'est complètement fou. Lève-toi et pars. Pars pendant qu'il en est encore temps.*

Elle n'aurait pas pu. Même si elle avait essayé.

— Pourquoi pas moi ? lança-t-elle.

# 6

Il n'avait pas le choix.

Ce fut en tout cas ce que se dit Anders quand il accepta d'épouser Chloe Wilde. Et également quand elle lui laissa Prancer pour pouvoir aller travailler dans son costume de renne. Avec ce petit chien dans son bureau, l'après-midi promettait d'être intéressant...

Il lui fallut d'abord appeler le refuge pour annuler encore une fois une adoption. Après cela, il serait sans doute sur la liste noire de tous les établissements du pays jusqu'à la fin de sa vie ! Mais ajouter une femme et un chien à son foyer lui semblait une tâche suffisamment difficile pour ne pas avoir à rajouter un second chiot.

Donc, il allait épouser Chloe.

Au fond de lui, il était conscient qu'il aurait pu refuser la proposition de la jeune femme. Refuser de garder le chien, aussi. Limiter les dégâts, en quelque sorte. Mais pour une raison sur laquelle il n'avait aucune envie de se pencher, il ne l'avait pas fait. Il lui semblait plus facile de croire que tous les récents développements de sa vie échappaient totalement à son contrôle. Lolly avait besoin de lui, et par conséquent il avait besoin de Chloe. Encore une fois, il n'avait pas le choix.

Pourtant, il eut l'impression d'en faire un quand il se rendit à la mairie le lendemain pour aller chercher un certificat de mariage. Et plus encore quand Chloe le rejoignit devant les marches, vêtue d'un manteau en fausse fourrure blanche, ouvert sur une jolie robe plissée assortie, une petite fleur, blanche également, ornant ses cheveux relevés en chignon. C'était la première fois qu'il la voyait vêtue d'autre chose que de son costume de renne ou d'une tenue de danse. Et elle était plus jolie que jamais...

Elle avait l'air d'une mariée.

Sa future épouse.

— Salut, lui dit-elle avec un sourire timide qui ne lui ressemblait pas.

Il fut tout à coup conscient des battements de son propre cœur, qui résonnaient bruyamment dans ses oreilles.

— Salut. Tu es...

Voyant que ses mains tremblaient, il s'interrompit pour les glisser dans les poches de son manteau.

— ... très belle.

— Merci, répondit-elle en rougissant un peu. Je sais que ce n'est pas un vrai mariage, que nous venons juste chercher le certificat, mais je me suis dit que ce serait bien que je joue mon rôle. Juste un peu. Pour que ça ait l'air réel, tu comprends ?

Il hocha la tête. Comprenait-il ? Rien n'était moins sûr.

Une fois qu'ils auraient obtenu le certificat et attendu les vingt-quatre heures obligatoires, ils seraient mari et femme. Pas de cérémonie.

— Écoute, je sais que nous n'en avons pas discuté, mais je pense qu'il vaudrait mieux que les choses restent platoniques entre nous, dit-elle en évitant son regard. Tu es d'accord ?

— Absolument.

Dans les poches de son manteau, il serra les poings.

— Donc, pas de sexe, ajouta-t-elle.

Et enfin, elle releva les yeux vers lui.

Il soutint son regard jusqu'à ce que le rose de ses joues vire au pourpre.

— Je sais ce que le mot « platonique » signifie, répliqua-t-il.

— Très bien, répondit-elle en portant sa main à sa gorge gracieuse comme si elle avait du mal à déglutir. Je voulais juste que les choses soient claires.

— Elles le sont. Comme de l'eau de roche.

C'était une requête parfaitement raisonnable, et si elle ne l'avait pas mentionnée, il l'aurait sûrement fait lui-même. Coucher avec elle serait le meilleur moyen de faire capoter l'affaire. Mais sa façon si directe de la formuler lui avait semblé bien plus désagréable qu'il n'aurait voulu l'admettre.

— Enfin, j'imagine qu'on ne l'aurait pas fait, de toute façon, précisa-t-elle. Tu n'en as sûrement pas envie.

— Non, répondit-il sans regretter son mensonge.

Avec les petits flocons de neige qui commençaient à s'amasser sur ses cheveux, autour de la fleur blanche qui ornait son chignon de danseuse, on aurait dit qu'elle sortait d'un conte de fées. Une reine des neiges.

— Parfait, dit-elle en hochant la tête. Moi non plus.

Mentait-elle, elle aussi ? Peu importait, de toute façon, puisqu'ils ne coucheraient jamais ensemble.

— Marché conclu, alors, ajouta-t-il. Pas de sexe.

— Bien.

Son regard s'était fixé sur sa bouche, remarqua-t-il.

Alors elle mentait, elle aussi...

Malgré l'absurdité de la situation, il ne put s'empêcher de sourire.

— Bien, répéta-t-il.

D'un signe de tête, il lui indiqua les portes vitrées du bâtiment par lesquelles un couple de jeunes mariés venait de sortir, s'arrêtant sur le perron pour échanger un baiser passionné sous la neige qui tombait.

Chloe regarda le couple, comme hypnotisée, et soudain elle écarta légèrement ses lèvres pleines. L'excitation fut telle que, contre toute attente, il sentit son sexe durcir.

Qu'était-il en train de lui arriver ?

Chloe était très belle, c'était un fait établi – il avait été attiré par elle dès leur première rencontre, au refuge – et si sa vie n'avait pas été à l'heure actuelle un tel désastre, il aurait incontestablement réagi en l'embrassant.

Seulement sa vie était un désastre, et Chloe était la seule et unique personne disposée à l'aider à s'en sortir. Le moment aurait été mal choisi pour libérer sa libido après des jours et des jours d'engourdissement total. D'autant plus qu'elle venait de lui dire « Pas de sexe ».

— Allons-y, dit-elle.

Il prit une longue bouffée d'air frais.

Elle avait parlé de sexe, c'était pour ça qu'il y avait pensé. Rien d'autre. Les réactions instinctives qu'elle lui inspirait ne signifiaient rien du tout.

Vraiment ?

— Anders, tu viens ?

Elle s'était retournée pour le regarder par-dessus son épaule, et le bas plissé de sa robe virevoltait autour de ses longues jambes fuselées. Il ne manquait plus que ça...

Son excitation ne s'était pas le moins du monde atténuée. Bien au contraire ! Il réussit néanmoins à mettre un pied devant l'autre pour lui emboîter le pas.

Dans le hall, un panneau indiquait deux directions : les actes de naissance à gauche, les certificats de mariage à droite. Appuyant sa main sur sa chute de reins, il la dirigea vers la file appropriée.

Mais ce geste innocent, un simple effleurement, fit naître en lui une inexplicable sensation de chaleur. Comme si toutes les terminaisons nerveuses de son corps s'étaient tendues vers ce petit point de contact entre le bout de ses doigts et la délicate courbe du dos de la jeune femme.

Tout en prenant place au bout de la file, derrière les dizaines de couples de fiancés heureux, il se hâta de retirer sa main pour la remettre dans la poche de son manteau.

Très mauvaise idée, ce faux mariage avec Chloe. Très mauvaise.

Il aurait dû s'en tenir à son plan originel : trouver quelqu'un de sûr. Une femme qui ne l'attirait pas le moins du monde et, surtout, qui ne faisait pas déjà partie de la vie de Lolly. Car comment allaient-ils réussir à se séparer sans problème une fois que tout ce cirque serait terminé ?

Une chose à la fois. Tous les aspects pratiques avaient été énoncés dans le contrat de mariage. Ce document était déterminant. Il les protégeait tous deux de...

Bon sang ! Il l'avait oublié.

Fermant les yeux, il soupira. Comment avait-il pu oublier quelque chose d'aussi important ?

— Incroyable, marmonna-t-il.

— Tout va bien ? lui demanda Chloe en effleurant son bras du bout de ses doigts.

Non. Tout allait mal. Ils faisaient la queue pour obtenir un certificat de mariage, et il ne connaissait même pas son deuxième prénom.

— J'ai oublié le contrat.

— Quel contrat ? demanda-t-elle, l'air décontenancé.

— Le contrat de mariage.

Combien de couples dans cette file d'attente pouvaient avoir une discussion similaire ? Aucun, c'était certain.

— Ah. Je croyais que c'était juste quelque chose entre toi et…

— Penelope ? compléta-t-il comme elle n'avait pas terminé sa phrase.

— Oui, répondit-elle en se crispant. Elle.

Il l'observa attentivement. Était-elle… jalouse ? Non, c'était impossible.

— Quoi ? lança-t-elle en relevant le menton d'un air de défi.

— Rien. C'est juste que tu as l'air…

Il dut se retenir de sourire. Il savait reconnaître une femme jalouse quand il en voyait une, mais il ne voulait pas l'embarrasser. Et encore moins se lancer dans une discussion ayant plus ou moins trait à l'attirance sexuelle.

— Peu importe, dit-il.

L'air suspicieux, elle le regarda en plissant les yeux.

— D'accord, mais qu'est-ce que tu voulais dire au sujet du contrat ?

Le contrat. Oui. Eh bien il l'avait oublié !

— J'envisageais de le faire réviser et de l'apporter aujourd'hui pour que nous puissions le signer, expliqua-t-il. Je m'étais dit qu'il valait mieux prendre pour témoin un juriste d'ici plutôt que de ma société.

— Parce que tu ne veux pas que les gens de ton bureau sachent que tu t'es marié ?

— Quel intérêt aurais-je à le leur dire ? Le plan, c'est de se marier sur le papier sans provoquer de grands changements dans nos vies respectives. Je pense que c'est le mieux pour Lolly.

— Tu as sûrement raison.

Elle soutint son regard un long moment. Prenant une longue bouffée d'air, il finit par se détourner.

— Tout cela est mentionné dans le contrat, marmonna-t-il.

— Tu parles de celui que tu as oublié de rédiger ? demanda-t-elle, ironique.

— Oui.

Pendant qu'ils discutaient, la file d'attente avait avancé. Il ne restait plus qu'un couple entre eux et la petite feuille de papier qui leur donnerait l'autorisation légale de se marier.

Gracieusement, Chloe se tourna vers lui, et l'espace de quelques secondes il se demanda ce qu'il aurait ressenti s'ils avaient été un véritable couple. Se seraient-ils tenu la main dans cette file d'attente ? Se seraient-ils chuchoté des promesses, des projets pour l'avenir ? Aurait-il pris son visage entre ses mains pour l'embrasser quand ils auraient atteint le point où ils se trouvaient à cet instant, à deux doigts de jurer à un représentant de la loi qu'ils s'étaient choisis mutuellement et qu'ils allaient bientôt échanger leurs vœux ?

Il l'aurait fait, oui. Il n'avait aucun mal à imaginer le visage en forme de cœur de Chloe, relevé vers le sien, la douceur de ses yeux quand il se serait penché vers elle, la courte inspiration qu'elle aurait prise avant de joindre ses lèvres aux siennes. Il visualisait les choses si clairement que l'on aurait dit un souvenir plutôt qu'une version alternative de la réalité. Un fantasme qui ne se réaliserait jamais.

— Ne t'inquiète pas pour le contrat, dit-elle. Je te rends un service, et en retour, tu m'en rends un. L'école de danse de ma mère a bien besoin de cet argent.

Elle s'interrompit, sourit et ajouta :

— Je te fais confiance.

Le regard rivé sur le sien, il se demanda si elle avait la moindre idée de ce que ces mots signifiaient pour lui. Son propre frère ne lui avait pas fait suffisamment confiance pour lui accorder la garde inconditionnelle de sa fille, mais elle était disposée à échanger des vœux avec lui sans aucun document pour la protéger.

Il était un étranger pour elle, et elle était prête à l'épouser. Elle pouvait appeler ça un service si elle le voulait, mais ils savaient l'un comme l'autre que c'était plus que ça. Bien plus.

« Je te fais confiance. »

Instinctivement, il lui prit la main, entrelaça ses doigts aux siens. Quelque part au fond de lui, un mur venait de se fissurer, et il ne savait pas si c'était une bonne ou une mauvaise chose, mais il ne voulait pas affronter cela seul.

— Anders Astor Kent et Chloe Grace Wilde ? lança alors l'employé, de l'autre côté du comptoir.

Elle serra sa main dans la sienne tandis qu'ils approchaient.

Quant à lui, il souriait bêtement. Il venait d'apprendre quelque chose de nouveau, quelque chose de merveilleux.

Grace.

Le deuxième prénom de sa fiancée était « Grace ».

— Qu'est-ce que tu penses de Lolly Kent pour le rôle de Clara ? demanda Chloe après le cours, en s'efforçant de prendre un air détaché.

Tout ce temps qu'elle avait passé sur scène avait dû faire d'elle une bonne actrice, car Allegra ne sembla rien remarquer.

— Très bien, répondit-elle en retirant ses chaussons de danse. C'est toi le metteur en scène, je te rappelle. Je ne suis là que pour t'aider. C'est à toi de décider de la distribution.

Clara était le rôle principal, et si le personnage n'était pas vraiment une princesse, la danseuse qui l'incarnait serait la star du spectacle. Elle devait également porter un diadème durant la plus grande partie du ballet, ce qui satisferait certainement l'obsession que Lolly semblait entretenir à l'égard des princesses.

— C'est l'une des plus âgées du groupe, et je suis certaine qu'elle n'aura aucun problème avec la chorégraphie, précisa-t-elle, histoire de donner une raison valable à son choix.

Sa belle-sœur la regarda en plissant les yeux. Très légèrement. Et ne fit aucun commentaire.

— Et puis, j'ai beaucoup de peine pour elle, tu sais ? reprit-elle. Elle est encore toute petite, et elle a déjà connu un si grand malheur.

Sans parler du fait que, si elle se mariait avec Anders comme prévu, Lolly deviendrait sa belle-fille.

À cette pensée, elle sentit son cœur s'emballer. *Quand* elle se marierait avec lui, pas *si*. Ils avaient le certificat de mariage. Ne leur restait plus qu'à attendre les vingt-quatre heures obligatoires pour retourner à la mairie échanger leurs vœux.

Ça allait vraiment arriver...

Personne ne le saurait, naturellement. Anders et elle s'étaient mis d'accord là-dessus, pour le bien de Lolly. Seul l'avocat d'Anders serait informé. Ce serait un mariage blanc, une simple formalité administrative, dans le seul but de remplir les conditions légales de l'attribution du droit de garde de Lolly. Ils ne vivraient même pas ensemble.

Ce qui signifiait que l'annonce maladroite qu'elle avait faite, au sujet du sexe, avait été inutile. Et qu'à présent, il devait penser qu'elle avait envie de coucher avec lui. Ce qui n'était absolument pas le cas.

Même si elle avait du mal à s'en persuader.

— Pourquoi continuer d'essayer de me convaincre ? demanda Allegra, la ramenant ainsi à la conversation. Je t'ai déjà dit que je trouvais ça bien.

— Je ne sais pas, avoua-t-elle.

Gênée, elle baissa les yeux. Tout compte fait, elle n'était peut-être pas aussi bonne actrice qu'elle le pensait.

— Tu es sûre ? Tu te conduis de façon bizarre, tu sais Chloe. Et j'ai aussi remarqué que, quand l'oncle de Lolly est venu la chercher, tout à l'heure, vous ne vous êtes même pas regardés.

— Il y a beaucoup d'enfants, à ce cours. Je ne peux tout de même pas regarder tous les parents.

Sa belle-sœur eut un petit sourire en coin.

— Sûrement. Mais l'impression que j'ai eue, c'est que tu *évitais* soigneusement de regarder dans la direction d'Anders Kent.

Allegra n'avait pas tort. Elle avait tout fait pour éviter Anders. Car elle ne pensait pas être physiquement capable de se tenir près de lui, dans le studio, de soutenir son regard et de prétendre qu'il n'était qu'une simple connaissance, alors qu'il était sur le point de devenir son mari.

Pour de faux !

Pourquoi devait-elle sans cesse se rappeler à elle-même que cet engagement n'était pas le moins du monde réel ?

— Arrête de me regarder comme ça, dit-elle. Je le connais à peine.

— Il était le seul homme dans cette foule de mamans. Un homme très sexy et très remarquable. J'ai du mal à croire que tu ne l'aies pas vu.

— Eh bien non, je ne l'ai pas vu, répondit Chloe en relevant la tête de son carnet de notes pour adresser à Allegra son sourire le plus innocent. Mais je ne manquerai pas de dire à mon frère que tu trouves Anders sexy.

Comme si Zander s'inquiétait de ça. Tout petit déjà, il était fou amoureux d'Allegra. Et les liens qui les unissaient n'avaient fait que se renforcer avec leur mariage.

— Je suis mariée à ton frère, mais je ne suis pas aveugle, répondit sa belle-sœur en riant. Et je suis fidèle à mon mari, qui est l'amour de ma vie, tu le sais très bien.

Agacée, Chloe leva les yeux au ciel.

— Oui. Je sais. Votre bonheur a même quelque chose d'un peu irritant. Merci de me le rappeler.

— Et c'est précisément pour cela que je pense que M. Kent serait parfait pour toi, répondit Allegra d'une voix plus douce. À moins que tu ne te sentes pas encore prête à revoir quelqu'un après ta rupture avec Steven. Au fait, que s'est-il passé entre vous ?

Prise de court, Chloe s'immobilisa. Elle n'avait pas pensé à Steven depuis un moment. Des jours, peut-être. Accepter d'épouser un inconnu était tout bien considéré une stratégie étonnamment efficace pour se remettre d'une rupture ! Mais le choc qu'elle avait ressenti à l'évocation du nom de son ex avait tout de même quelque chose de légèrement douloureux.

— Notre relation n'allait nulle part, répondit-elle.

Et pourtant, elle avait longtemps pensé le contraire. Elle avait même imaginé que Steven la demanderait en mariage pendant les fêtes de fin d'année. Il lui avait laissé plusieurs fois entendre qu'il lui ferait une surprise lors du spectacle de Noël au Radio City. Et comme une idiote, elle l'avait imaginé agenouillé sur scène, après le tomber du rideau, glissant une bague à son doigt.

Elle s'était trompée, naturellement. Sur toute la ligne.

Il n'avait jamais envisagé de la demander en mariage. Il

voulait simplement faire venir l'un de ses importants associés au spectacle. Il voulait juste se servir d'elle pour impressionner ses relations professionnelles. Non, il n'avait aucune intention de l'épouser. Il le lui avait clairement expliqué quand elle lui avait annoncé qu'elle ne participerait pas au spectacle de Noël.

Et ensuite, il l'avait laissée tomber comme si elle figurait sur la liste des enfants méchants auxquels le Père Noël n'offrirait pas de cadeau.

La voix d'Allegra la tira doucement de sa stupeur.

— Si tu as besoin de parler à quelqu'un, je suis là, affirma-t-elle en passant son bras autour de ses épaules. Tu le sais, hein ?

Chloe sentit sa gorge se nouer. Steven avait raison : elle était sur la liste des méchants. Elle n'avait toujours rien dit à sa famille concernant son emploi et, à présent, elle ajoutait un mensonge à ses mensonges en gardant le secret de son mariage blanc.

Mais ce n'était pas si grave, n'est-ce pas ? Car bientôt, elle pourrait financer les rénovations du studio, et grâce à elle la Wilde School of Dance prendrait un nouvel essor.

Alors, elle pourrait oublier qu'elle avait déserté l'école familiale pendant près de quatre ans et sabordé sa carrière dans un spectacle retransmis en direct à la télévision. Elle pourrait réparer toutes ses erreurs. Effacer tous ses petits mensonges.

Il fallait juste qu'elle tienne bon jusqu'à l'audience pour la garde de Lolly.

— Merci, Allegra. Je suis contente de savoir que je peux te parler. Vraiment. Tout comme je suis contente que maman m'ait laissé la chance de vous aider.

— C'est nous qui avons de la chance de t'avoir. Tu es une superstar ! s'exclama sa belle-sœur en pointant du doigt l'affiche des Rockettes. Évidemment, j'espère que ta blessure guérira vite, mais en attendant je suis ravie de t'avoir avec moi. Et puis, ça permet à Emily de faire une petite pause.

Chloe ne put se résoudre à regarder l'affiche. Pour ne pas avoir à affronter ce symbole de sa chute si vertigineuse, elle garda son regard rivé sur son carnet.

— Au fait, où est maman ?

— Elle était censée prendre sa journée, mais vu que mon

téléphone n'arrête pas de vibrer, je pense pouvoir dire sans me tromper qu'elle ne supporte pas de s'éloigner du studio.

Fouillant son sac de danse, Allegra en sortit son téléphone.

— Tiens ! Elle m'a appelée quatre fois en une heure. Elle savait pourtant qu'il y avait cours.

— C'est bizarre. J'espère qu'il n'y a pas de problème.

Soudain prise de panique, Chloe alla chercher son propre téléphone, qu'elle avait laissé près de la platine.

Six appels manqués et trois textos. Tous de sa mère.

— Elle a essayé de me joindre, moi aussi.

Quelque chose n'allait pas, c'était certain.

— J'ai un message vocal, dit Allegra en portant son téléphone à son oreille.

Elle prit un air concentré et, quelques secondes plus tard, ouvrit grand les yeux, le regard fixé sur Chloe.

Qu'est-ce que cela signifiait ? Chloe mourait d'envie de le savoir, mais avait trop peur pour le demander. Baissant la tête, elle entreprit donc de lire les textos de sa mère.

Mais plutôt que de clarifier les choses dans son esprit, cela ne fit que les rendre plus confuses encore.

Tu as vu le journal d'aujourd'hui ?

Le journal ?

Le *New York Times*. Ils ont dû se tromper.

Allegra venait de dire quelque chose derrière elle, mais elle ne comprit pas. Sa mère était apparemment perturbée par un article qu'elle avait lu dans le *Times*, ce qui ne pouvait signifier qu'une chose : elle avait été identifiée comme la danseuse qui avait gâché le plus célèbre numéro des Rockettes lors du spectacle de Thanksgiving.

Mais pourquoi maintenant ? Cela faisait plus d'une semaine, à présent.

Elle essaya de réfléchir. Elle ne savait pas ce qui avait tant perturbé sa mère dans l'article qu'elle avait lu, mais ça ne pouvait pas être ça. Mais qu'est-ce qui pouvait être urgent au point qu'elle essaie inlassablement de les joindre, elle et Allegra, alors qu'elle savait très bien qu'elles étaient en plein cours ?

Espérant y trouver un indice, elle passa au message suivant. Et en resta littéralement pétrifiée.

Tu n'envisagerais tout de même pas de te marier sans en avoir parlé à ta famille ?

Son cœur battait désormais si vite et si fort qu'elle avait peine à respirer.

— Je savais bien qu'il y avait quelque chose entre toi et Anders Kent, dit Allegra.

Et elle se mit à rire. Mais à rire. Avant de reprendre :

— Mais *fiancés* ? Déjà ? L'autre jour, quand tu m'as dit qu'il t'avait demandée en mariage, j'ai cru que c'était une plaisanterie. Emily est toute retournée. Je n'ai rien compris de ce qu'elle disait dans son message, à part que tu allais te marier avec Anders Kent. Il me semble que quelques explications s'imposent.

— Eh bien...

Elle ouvrit la bouche, la referma. Que pouvait-elle bien dire ?

*Il m'a payée pour que j'accepte de l'épouser.*

En théorie, c'était la vérité. Sauf que, dit comme ça, cela paraissait horrible. Vraiment horrible.

— Je t'écoute, fit sa belle-sœur d'un air impatient.

Sans laisser le temps à Chloe de formuler une réponse, son téléphone se mit à vibrer pour signaler la réception d'un nouveau message.

De sa mère. Encore.

J'arrive. Je suis là dans moins de cinq minutes.

# 7

Sa mère avait dû se déplacer à la vitesse de la lumière, songea Chloe, car elle débarqua dans le studio moins d'une minute après qu'elle eut reçu son message.

La plus longue minute de sa vie, qu'elle avait passée dans la ligne de mire d'Allegra, laquelle attendait toujours de savoir pourquoi elle en était venue à se fiancer à un homme avec qui elle n'avait pas même échangé un mot ou un regard quand il était passé chercher sa nièce, quelques instants plus tôt. Un homme qu'elle avait affirmé ne connaître que vaguement.

— C'est une histoire... compliquée, avoua-t-elle enfin, la main appuyée sur sa poitrine.

Son cœur battait si vite qu'elle se sentait à deux doigts de faire une crise cardiaque. Et elle en était presque à espérer que cela se produirait. Au moins, si son cœur cessait de battre, sa mère oublierait ce qu'elle avait pu lire dans le journal et qui l'avait amenée à croire qu'Anders et elle allaient se marier.

Probablement.

Ou probablement pas.

Manifestement à bout de souffle, sa mère entra en tenant serré contre sa poitrine un exemplaire du *New York Times*. Son manteau n'était pas fermé. Comme si elle était partie en courant de la maison.

Chloe appuya plus fort sur sa poitrine. Elle n'aurait pas pensé ça possible, mais son cœur s'était mis à battre plus vite encore.

— Chloe, qu'est-ce qui se passe ? Cette chroniqueuse, Celestia

Lane, elle s'est trompée, c'est ça ? Ou bien elle a délibérément rapporté une information erronée ? Ce ne serait pas la journaliste qui avait rendu la vie si difficile à ton frère, l'année dernière ?

Comme si le journal était sale, sa mère le jeta sur le bureau de la réception, révélant la très populaire chronique des mariages, dont le gros titre était « Le milliardaire new-yorkais Anders Kent demande un certificat de mariage ».

Le *milliardaire* new-yorkais ?

Chloe ne savait même pas que les milliardaires existaient vraiment. Elle pensait que l'on n'en trouvait que dans les films de *Batman* et les sitcoms à l'eau de rose. Rien d'étonnant à ce qu'il ait semblé si attaché au contrat de mariage. Il devait avoir peur qu'elle cherche à lui extirper de l'argent.

Comme si elle était du genre à songer à des choses pareilles !

Mais pour l'instant, elle avait d'autres chats à fouetter. Son nom figurait dans la toute première phrase de l'article, n'importe qui pouvait le voir. La chronique était lue dans le monde entier, pas seulement à New York. Elle était célèbre pour ses révélations sur les couples de riches et puissants.

— C'est bien la même journaliste, répondit Allegra en levant les yeux au ciel. Celle qui a rédigé tous ces articles sur le Bennington et essayé de faire croire à tout le monde que c'était un hôtel maudit. C'est encore une intox, c'est sûr. Pourquoi est-ce que tu ne lui dis pas, Chloe ?

Comme pour réfléchir, elle s'interrompit quelques secondes avant de murmurer :

— C'est tout de même bizarre que, de toutes les femmes de New York, ce soit toi qu'elle ait citée.

Chloe prit une longue bouffée d'air avant de se lancer.

— Ce n'est pas une intox. Pas cette fois.

Celestia Lane avait en effet une certaine tendance à l'exagération. À cause des quelques articles qu'elle avait rédigés sur le nombre anormalement élevé d'annulations de mariage au Bennington, l'hôtel de son frère avait manqué de faire faillite.

Mais tout cela était du passé, désormais. Et si cette journaliste avait à l'évidence inventé cette histoire de malédiction, les informations qu'elle avait révélées dans son dernier article étaient parfaitement justes.

— Donc, tu vas vraiment épouser Anders Kent ? demanda Allegra, qui paraissait totalement décontenancée.

Chloe hocha la tête et jeta un coup d'œil vers sa mère qui n'avait pas dit le moindre mot. D'une certaine façon, son silence et sa posture rigide étaient bien pires encore que des pleurs ou des cris. Cela étant, Emily Wilde n'avait jamais été ce genre de mère. Il en fallait beaucoup pour la perturber, et quand elle atteignait le point de rupture, elle avait plutôt tendance à formuler ses réprimandes dans le calme.

Or, pour l'instant, elle semblait incapable de formuler la moindre pensée, dans le calme ou non. Ce qui était incontestablement un mauvais signe. Très mauvais.

— Je peux tout expliquer, maman...

Mais le pouvait-elle vraiment ?

Elle venait de prononcer cette phrase quand son téléphone se mit à vibrer entre ses mains. Surprise, elle faillit le laisser tomber.

Cette interruption eut apparemment pour effet de faire retrouver sa voix à sa mère.

— Qui est-ce ? Ton fiancé secret ?

Il faut qu'on parle. Retrouve-moi à la Soho House le plus vite possible. J'envoie quelqu'un te chercher.

C'était bien son fiancé, oui.

Même si ce n'était plus un secret pour personne.

Et dire qu'il avait fait tant d'efforts pour que les choses restent simples et secrètes ! songea Anders.

Cet article du *Times* changeait tout. Comme venait de le formuler crûment son avocat, tout dans sa relation avec Chloe devait à présent paraître réel. Non seulement leur mariage, mais aussi leur couple.

*Tout.*

À condition, bien sûr, que Chloe soit d'accord. Or il avait la sensation qu'elle ne le serait pas, surtout quand il la vit arriver à la Soho House, l'air aussi perdu que lui.

Tout bien réfléchi, la retrouver ici n'était pas une bonne idée. Si c'était la fin de leur brève et fausse relation, il aurait mieux valu qu'ils en parlent en privé, dans l'intimité de son bureau, plutôt que dans ce restaurant huppé. L'établissement avait beau être privé, il n'en était pas moins empli de regards inquisiteurs. Depuis son arrivée, dix minutes plus tôt, trois personnes l'avaient déjà félicité pour ses fiançailles.

— Bonjour, dit-il en se levant pour l'accueillir.

— Salut.

Comme si c'était tout naturel, elle le prit dans ses bras, l'enveloppant dans un parfum qui évoquait un gâteau à la vanille, avec juste une touche de résineux. Un matin de Noël sous la neige.

Des souvenirs d'enfance lui revinrent aussitôt à l'esprit. Le genre de matins de Noël qu'il n'avait pas vécus depuis longtemps, avec des cookies tout juste sortis du four, un feu de cheminée, du givre sur la fenêtre. Précisément le genre de souvenirs qu'il avait envie de forger pour Lolly. Et s'il n'en avait pas l'occasion ? Et si c'était le dernier Noël que Lolly allait passer à New York ?

*Ne pense pas à ça.*

Il eut tout le loisir d'oublier rapidement ses sombres pensées quand, de sa bouche si tendre, Chloe déposa un baiser sur sa joue, un geste d'affection simple et innocent qui, aussi incroyable que cela puisse paraître, réussit presque à lui faire croire que tout finirait forcément par s'arranger. Qu'il pourrait empêcher le monde de Lolly et le sien de s'effondrer.

Quand elle finit par s'écarter de lui, elle le regarda avec de grands yeux troublés.

— J'espère que cela ne te dérange pas, dit-elle d'une voix à peine audible. Je me suis dit que, comme on était en public et que, maintenant, tout le monde sait...

Ses joues étaient devenues légèrement roses et, pour la première fois depuis qu'il avait lu cet article dans le *Times*, il eut l'impression que la douloureuse tension qui était en lui se dissipait un peu. Le nœud dans sa gorge se desserra, et il lui sembla pouvoir respirer à nouveau. Pourquoi ? Il n'aurait su le dire. À en croire son avocat, l'affaire de la garde de Lolly était devenue encore plus compliquée. Car même si Chloe était toujours d'accord pour l'épouser, ils devraient apparaître aux yeux de tous comme un véritable couple jusqu'à Noël.

— Tu as eu raison, répondit-il en serrant sa main dans la sienne avant de lui tirer une chaise. Assieds-toi. Détends-toi.

Se détendre ? Plus facile à dire qu'à faire !

Mais en prenant place en face d'elle, il n'eut pourtant aucun mal à imaginer comme il devait être agréable de passer du temps avec elle dans des circonstances normales. Il ne la connaissait que depuis peu, mais il s'était déjà habitué à la façon dont elle se mouvait, cette grâce qui embellissait ses gestes les plus simples, et qui avait quelque chose d'apaisant.

Après avoir pris une profonde inspiration, il plongea son regard dans le sien.

— Je suis désolé.

Manifestement perplexe, elle fronça les sourcils.

— Tu t'excuses ?

Il n'avait pas prévu ça, mais cela lui apparaissait soudain comme une bonne idée. Quelque chose de nécessaire, même.

— Oui, pour l'article. J'ignorais totalement qu'il allait sortir, mais je pense que j'aurais dû l'anticiper.

— Oh. Ce n'est pas de ta faute, murmura-t-elle en fixant la table.

— Ce n'est pas la première fois que les tabloïds s'intéressent à moi. Mais je ne m'attendais pas à ça. Le *Times* ? La rubrique des mariages ?

— Tu n'as pas à t'en vouloir. C'est tout autant de ma faute.

Elle fixa son regard sur le sien et le soutint.

Il ne comprenait pas de quoi elle parlait, mais comme à leur première rencontre au refuge, il fut frappé par la tristesse qu'il lut dans ses yeux. Cette fois-ci, néanmoins, il lui sembla que c'était bien davantage que de la mélancolie. De nombreux secrets se cachaient dans les profondeurs de ces doux yeux bruns, ce qui ne manquait pas de lui rappeler qu'il ne savait absolument rien de cette femme.

En dehors du fait qu'elle était son seul espoir pour avoir la garde de Lolly.

— Pourquoi serait-ce de ta faute ? s'enquit-il.

Avait-elle contacté la presse ?

Impossible, non. Il se sentait coupable rien que de l'avoir soupçonné d'une telle chose.

— La journaliste qui a écrit cela a rédigé une série d'articles sur l'hôtel de mon frère l'année dernière, expliqua-t-elle. Zander est directeur du Bennington.

— La malédiction des annulations de mariage ? Elle en a parlé dans l'article.

— Oui. C'est pour ça que je pense que c'est ma faute. Ce que je ne comprends pas, en revanche, c'est comment elle a su que l'on était fiancés.

— Comme mon avocat me l'a fait à juste titre remarquer tout à l'heure, la publication des bans est obligatoire. N'importe qui peut avoir accès à ces informations.

— Ah.

Absorbée dans ses pensées, elle se mit à se mordiller la lèvre, et malgré tout, malgré le fait qu'il s'attendait toujours à ce qu'elle rompe leur accord une fois qu'elle aurait entendu l'avis de son avocat, malgré le véritable chaos qu'était devenue sa vie jadis si bien ordonnée, et malgré le fait qu'il s'était juré de ne pas la toucher, il sentit une douce chaleur se répandre en lui, réveillant son sexe au passage. Il n'aurait jamais dû éprouver de désir dans un moment tel que celui-ci, il le savait. Mais c'était tellement bon de ressentir cela à nouveau…

Il s'était habitué à l'engourdissement lié au deuil. Il s'y était pour ainsi dire attaché. Tant qu'il avait du travail et des problèmes à résoudre, tant qu'il était distrait, il était bien. Il tenait le coup et réussissait à écarter de ses pensées les choses qu'il avait dites à son frère et la façon dont celui-ci l'avait regardé juste avant de quitter les bureaux le soir du drame.

Seulement cet engourdissement avait un prix. Certaines choses s'étaient également perdues dans le brouillard dénué de sentiments qu'était devenue son existence. Comme la joie. Le rire.

Le désir.

Il n'aurait pas dû éprouver du désir pour Chloe Wilde. Il ne pouvait pas, s'il voulait conserver une petite chance de préserver la famille qu'il formait désormais avec Lolly. Mais à certains moments, quand il la regardait, il avait l'impression de revivre. De sortir la tête de l'eau, l'eau d'une mare sombre et boueuse, et de respirer à nouveau. C'était douloureux, mais en même temps, cela lui permettait de tenir. De garder espoir.

— Alors, qu'est-ce qui s'est passé exactement ? demanda-t-elle.

Il dut se forcer à relever les yeux de sa bouche pulpeuse vers ses beaux yeux bruns.

— Tu crois qu'il y a des gens qui sont payés pour éplucher les nouveaux contrats tous les jours et relever ceux qui sont dignes d'intérêt ?

— Oui, répondit-il avec un sourire triste, mais tu n'as pas à t'en vouloir. J'ai le sentiment que Celestia Lane s'intéresse bien plus à mon récent drame familial qu'à tes liens avec le Bennington. En lisant cet article, j'ai eu l'impression qu'elle cherchait à me décrire comme une sorte de figure romantique. Un homme endeuillé sauvé par l'amour.

Il fut ravi de l'interruption provoquée par l'arrivée du serveur. Après tout, il n'était pas venu là pour exposer ses sentiments à Chloe. Mais aussitôt que le jeune homme eut pris leur commande et leur eut servi leur vin, ils se retrouvèrent seuls à nouveau. Avec ces mots qui étaient restés en suspens.

Un homme endeuillé.

— Tu as envie d'en parler ? demanda-t-elle en se penchant vers lui.

La sincérité qu'il lut dans son regard le dissuada totalement de la repousser.

Les autres femmes de sa vie ne perdaient pas leur temps à le regarder comme ça. Il était impénétrable, il l'avait toujours été. Et c'était exactement pour cela que son arrangement quasi professionnel avec Penelope fonctionnait si bien. Ou avait si bien fonctionné.

— Non, je n'en ai pas envie. Je...

Sa voix se brisa, et il eut l'horrible sensation que quelque chose s'était également brisé en lui.

Embarrassé, il prit une gorgée de vin. Mais quand il reposa

son verre, il vit que Chloe le regardait toujours avec ses grands yeux tendres, comme si elle attendait qu'il termine.

— Grant et moi nous sommes disputés, lâcha-t-il malgré lui.

Et à présent qu'il avait commencé, il ne pouvait plus s'arrêter, c'était comme si la vérité voulait absolument sortir.

— Le soir de l'accident, juste avant qu'il quitte les bureaux, nous avons eu un échange houleux. Horrible, dirais-je même.

— Anders, ta relation avec ton frère est constituée de toute une vie d'instants, pas seulement des derniers. Quoi qu'il ait pu se passer, dans la globalité, ce n'est pas si important.

D'un geste tendre, elle posa sa main sur la sienne. Instinctivement, il entrelaça ses doigts aux siens. Il ne voulait pas qu'elle les retire, il ne voulait pas se sentir seul après cette horrible confession.

De toutes les personnes qu'il connaissait, pourquoi elle ? Il aurait pu se confier à n'importe qui, mais il avait fallu qu'il avoue son plus terrible secret à sa fausse fiancée, qui était une étrangère. Pourquoi ? Il avait envie de croire qu'il l'avait fait pour l'émouvoir, pour qu'elle ne le laisse pas, qu'elle accepte tout de même de l'épouser malgré les enjeux qui avaient considérablement monté.

Mais au fond de lui, il savait que ce n'était pas ça. Elle allait devenir sa femme. Pour le meilleur et pour le pire, elle devait savoir dans quoi elle s'engageait, même temporairement.

— Je lui ai dit qu'il s'occupait trop de sa famille et qu'il fallait qu'il consacre davantage de temps et d'énergie au travail, reprit-il. Je me rappelle clairement lui avoir dit : « Tu as toute la vie devant toi. Ta famille peut attendre. »

Libérant sa main de la sienne, il prit une nouvelle gorgée de vin et ajouta :

— Juste avant de partir, il m'a dit que je n'avais pas de cœur.

Elle le regarda sans répondre.

Il devait lui reconnaître ce mérite : elle ne semblait pas le juger. L'expression de son visage était restée aussi calme et pure qu'elle l'avait toujours été. On aurait dit un ange de Noël.

Au bout d'un certain temps, cependant, elle inspira longuement.

— Je me suis fait renvoyer de mon travail le jour de Thanksgiving et je mens à ma famille depuis, dit-elle d'un trait.

Il fut si choqué qu'il faillit s'en étouffer avec son bordeaux.

— J'ai saccagé la légendaire *Parade des soldats de bois*, précisa-t-elle. Tu as peut-être vu la vidéo. Il paraît qu'elle fait le buzz sur Internet.

Son visage était devenu aussi rouge qu'un poinsettia.

— Je crois savoir de quoi tu parles, répondit-il en hochant la tête.

Et il voyait aussi ce qu'elle essayait de faire : atténuer sa culpabilité en lui avouant à son tour son plus terrible secret. Leurs situations étant très différentes, cela n'aurait pas dû fonctionner. Et pourtant, cela eut un effet sur lui. Faible, mais bel et bien présent.

Force lui était de reconnaître que cette confession pour le moins inattendue l'avait légèrement apaisé.

— Donc, je ne suis plus une Rockette. Maman et Allegra pensent que je travaille au studio parce que je me suis blessée au mollet. Je leur ai menti à toutes les deux. Tu es la seule personne qui connaisse la vérité.

Elle baissa les yeux vers son verre de vin.

— En plus de Steven, ajouta-t-elle, mais ça ne compte plus.

Encore ce nom. Steven. L'ex.

Était-il vrai que ce mystérieux Steven ne comptait plus ? Il l'espérait, en tout cas. Pour le bien de leur accord, naturellement.

— Puis-je te poser une question ? demanda-t-il.

— Je t'écoute.

— Et ton costume de renne ? Cela fait partie de ta couverture, ou tu le mets simplement parce que tu aimes le porter ?

Il y eut un long silence, et tout à coup son joli rire argentin vint égayer la lourde ambiance qui s'était installée.

— La vérité est bien plus pathétique encore que tu ne l'imagines, répondit-elle en souriant. Je distribue des flyers à Times Square pour le spectacle de Noël des Rockettes.

— Aïe, fit-il avec une petite grimace.

— Et crois-moi, c'est aussi horrible que tu peux l'imaginer. Mais c'est payé, et j'aime à penser que l'on me redonnera ma place au sein de la troupe si je montre à quel point je suis dévouée.

Au moment où le serveur revint avec leur commande, Anders essaya de s'imaginer passer un après-midi à distribuer des flyers à Times Square. Il ne tiendrait pas une demi-heure !

— Si on te le proposait, donc, tu remonterais sur scène ? demanda-t-il quand ils furent de nouveau seuls.

— Évidemment. Pourquoi ne le ferais-je pas ?

— Je ne sais pas, répondit-il en haussant les épaules. Tu as l'air super avec les enfants de l'école. Lolly t'adore.

Une fois encore, elle s'enferma dans le silence, et l'ambiance redevint lourde de tension.

L'évocation de Lolly les avait ramenés à la réalité. Pendant quelques instants, ils avaient été comme un vrai couple déjeunant ensemble au restaurant. Sauf qu'ils n'étaient pas un vrai couple...

Les yeux de Chloe brillaient dans la lumière tamisée du restaurant. Derrière elle, au-delà de la vitrine, des flocons de neige tombaient dans la rue et des passants se pressaient sur le trottoir, traînant des sacs et des cabas rouge et doré.

— Elle t'adore, toi aussi, reprit-elle d'une voix douce. Tu le sais, j'espère ? La famille est une chose compliquée. Je n'ai jamais rencontré ton frère, mais je suis sûre qu'il t'aimait. Si ce n'était pas le cas, il ne t'aurait jamais confié la garde de Lolly. Même sous condition.

Mais cette condition était terrible, et le temps était venu de lui expliquer l'ampleur qu'allait devoir prendre son engagement. Si elle acceptait toujours de s'engager.

Pour se donner du courage, il prit une longue bouffée d'air avant de se lancer.

— Cet article de presse a changé la donne. J'ai parlé avec mon avocat, et il m'a dit que la couverture médiatique de nos fiançailles pourrait être considérée comme un signal d'alarme par le juge chargé de l'affaire. Si nous nous marions, cela devra sembler réel. Il faudra organiser une véritable cérémonie. Et ce le plus rapidement possible. Demain, ce serait le mieux. Après cela, il faudrait que tu t'installes chez moi. Vus de l'extérieur, nous devrons jouer notre rôle de jeunes mariés sans une seule fausse note. Au moins jusqu'à l'audience.

Elle ne lui posa qu'une question :

— Pourrais-je dire la vérité à ma famille ?

— Absolument pas, répondit-il sans hésiter. Si l'audience ne se passe pas bien, on pourrait éventuellement leur demander de témoigner.

— D'accord, murmura-t-elle en hochant la tête.

— D'accord pour ce que je viens de dire sur ta famille, ou d'accord pour tout ?

Avant de répondre, elle inspira longuement.

— D'accord pour tout.

— Tu es sûre de toi ?

Encore une fois, elle hocha la tête.

Il soupira. C'était de loin les négociations les plus faciles auxquelles il ait jamais participé !

— Pourquoi fais-tu ça ? demanda-t-il en l'observant attentivement. Tu ne me connais même pas.

— Pour être franche, j'ai besoin de cet argent. Comme je viens de te le dire, j'ai perdu mon emploi, répondit-elle en baissant les yeux. Par ailleurs, tu m'as l'air d'être quelqu'un de bien, et Lolly est adorable. Je sais ce que c'est que de perdre son père. Quand ça m'est arrivé, je n'étais pas aussi jeune que Lolly, mais je veux l'aider. Je veux vous aider tous les deux.

— Merci.

Cette réponse lui parut totalement inappropriée, mais c'était tout ce qu'il avait à proposer.

Ou plutôt non. Il y avait autre chose.

Glissant sa main dans sa poche, il en sortit une petite boîte bleue qu'il posa devant Chloe sur la table.

Elle le regarda en souriant, mais ne bougea pas.

C'était la première fois qu'il voyait une femme paraître intimidée par une boîte Tiffany.

— Ouvre, dit-il. C'est pour toi.

D'une main hésitante, elle finit par prendre la boîte.

— Anders, puis-je te demander quelque chose, d'abord ?

— Je t'écoute.

Elle baissa les yeux vers l'écrin, les releva vers lui.

— Ceci fait-il partie du contrat ?

Non, absolument pas.

— Tu parles du contrat qui n'existe toujours pas ? demanda-t-il en haussant les sourcils.

— Oui.

Après quelques secondes de réflexion, il choisit de lui mentir.

— Bien sûr. Ça fait partie du lot.

Comment aurait-il pu lui dire la vérité ? Admettre qu'il lui avait acheté une bague de fiançailles juste parce qu'il en avait envie ? Il avait réussi à se convaincre que c'était un geste anodin. Elle allait, après tout, devenir sa femme. Mais ses efforts pour faire passer cela pour une clause du contrat l'amenaient à se demander si ce n'était pas beaucoup plus important qu'il ne voulait l'admettre.

— D'accord, dit-elle. C'est bien ce que je pensais.

Un nouveau sourire vint étirer ses lèvres sensuelles, mais il ne parvint pas à illuminer son regard.

Et quand, d'une main tremblante, elle tira sur le petit nœud en satin blanc pour ouvrir la boîte, il crut voir une lueur de déception dans ses yeux.

# 8

— Zander, j'ai besoin d'un service ! lança Chloe, lorsqu'elle arriva dans le grand et luxueux hall de son hôtel.

Debout sous la grande horloge dorée suspendue au plafond, son frère la regarda d'un air amusé.

— Dois-je y voir un lien quelconque avec tes fiançailles subites ?

Il était évidemment au courant pour Anders. Toute la ville l'était.

— Il y en a bien un, oui.

— C'est donc vrai ? demanda-t-il en fronçant les sourcils. Quand j'ai lu le nom de Celestia Lane, je me suis dit que c'était à prendre avec des pincettes. Alors comme ça, tu vas vraiment te marier...

Il baissa les yeux vers sa main. Le solitaire de chez Tiffany était aussi étincelant que le sapin de Noël du Rockefeller Center.

En sortant de la Soho House, elle s'était rendue directement au Bennington. Elle devait donc le porter depuis moins d'une heure. Sur le trajet, elle n'avait cessé d'y jeter des coups d'œil un peu timides, ma foi. Ses fiançailles avaient beau être fausses, cette bague était le plus beau bijou qu'elle ait jamais vu de sa vie. De temps à autre, elle se surprenait à la caresser machinalement du bout de son pouce, exactement comme le faisaient les futures mariées.

Tant mieux. Il fallait que ça ait l'air vrai.

Mission accomplie. Mais fallait-il aussi qu'elle ait le sentiment que c'était vrai ?

— Oui, répondit-elle après s'être éclairci la gorge. Nous allons nous marier, Anders et moi.

— Très bien. Qu'est-ce que tu préfères ? Que je joue mon rôle de grand frère en te demandant si tu es sûre de toi, ou que je me taise et me contente de te soutenir ?

Pleine d'espoir, elle lui sourit.

— La seconde possibilité, si cela ne te dérange pas.

— Bon, fit-il en hochant la tête.

— Et si tu pouvais aussi convaincre maman de faire de même, je t'en serais vraiment très reconnaissante.

— Si on allait prendre un verre pour discuter des *multiples* services que je dois te rendre ? proposa-t-il après avoir poussé un long soupir.

Elle ne buvait jamais l'après-midi et venait de prendre un verre de vin avec Anders. D'ordinaire, au mois de décembre, elle passait ses après-midi en tenues d'entraînement et ne subsistait que grâce aux barres de protéines et à l'adrénaline. Mais la cave du Bennington, supervisée par leur cousine Evangeline Wilde, étant légendaire…

— Pourquoi pas ?

Une demi-heure et un verre de gevrey-chambertin grand cru plus tard, elle relisait avec son frère la liste qu'ils venaient de dresser ensemble.

— Il te faut donc un gâteau, une caisse ou deux de Dom Pérignon, de la musique, un pasteur… J'oublie quelque chose ?

— Oh ! Des fleurs ! Lolly fera une parfaite porteuse de fleurs.

— Des fleurs, c'est noté, dit-il en griffonnant quelque chose sur son carnet.

Le Bennington était un lieu de mariage très prisé. Quand Anders avait évoqué une véritable cérémonie, elle avait aussitôt espéré que Zander pourrait l'organiser. Pour sa plus grande joie, il venait de promettre de le faire. Sans poser la moindre question. Si le titre de meilleur frère de l'année avait existé, il l'aurait remporté haut la main !

— Je veillerai à ce qu'il y ait un panier de pétales pour la gamine et un bouquet pour toi, précisa-t-il. Les deux salles de bal sont déjà décorées pour Noël, je ne pense donc pas que l'on aura besoin d'autre chose, concernant les fleurs. Nous n'avons pas encore parlé de la date, mais quelque chose me dit que cela ne devrait pas tarder.

Il releva les yeux vers elle, et elle offrit son plus beau sourire.

— Bien vu. Le plus tôt sera le mieux. Pourquoi pas demain ?

— *Demain ?* répéta-t-il, l'air médusé. Bien. Je crois qu'il va me falloir un autre verre de vin…

Ils repassèrent commande et, tout en sirotant le doux nectar, il lui assura qu'il réussirait sans peine à organiser quelque chose d'à la fois intime et festif. Pour le lendemain. Il allait même envoyer par mail des invitations aux associés d'Anders.

— Un mariage dans l'esprit de Noël, donc, conclut-il pensivement.

Elle lui répondit par un discret sourire.

Dit comme cela, cela semblait tellement merveilleux…

Noël avait toujours été sa fête préférée, et elle ne voyait pas ce qu'il pouvait y avoir de plus beau et de plus émouvant que d'échanger des vœux sous une branche de gui et des lumières clignotantes lors d'une soirée neigeuse de décembre. Elle porterait une couronne de fleurs blanches dans ses cheveux lâchés, et un quatuor jouerait un doux chant de Noël tandis qu'elle avancerait dans l'allée vers son beau fiancé.

Sauf qu'Anders n'était pas vraiment son fiancé. Tout serait « pour de faux ». Comme dans un spectacle de Noël.

Pour quelque raison inconnue, elle sentit sa gorge se serrer. Agacée, elle enfonça ses ongles dans ses paumes.

Il fallait qu'elle se reprenne. C'était elle qui avait choisi cette situation.

Oui. Et elle n'avait aucun regret. Elle faisait ce qu'il y avait de mieux. Quelque chose de bien. C'était cette somptueuse bague de fiançailles qui lui faisait tourner la tête. Rien de plus.

— Un mariage dans l'esprit de Noël, oui, n'est-ce pas merveilleux ? lança-t-elle joyeusement. Un vrai rêve de petite fille.

— Alors trinquons, répliqua Zander en lui adressant un large sourire. À la santé des futurs mariés !

— Santé !

Mais en faisant tinter son verre contre celui de son frère, à la santé d'Anders et de la réalisation de ses rêves d'enfant, elle ne put s'empêcher de songer aux souhaits accordés par les génies des contes.

Toujours se méfier de ce que l'on souhaitait.

— Tu n'étais pas obligé de retenir une chambre pour moi, dit-elle à son frère, qui venait de la conduire dans une somptueuse suite. J'avais juste besoin d'un endroit pour m'habiller. Je ne m'attendais pas à...

Elle regarda l'immense lit, le grand lustre à pampilles, le papier peint damassé beige doré.

— À ça.

Elle avait l'impression d'être dans la chambre de Marie-Antoinette ! Il y avait même un plateau de macarons aux couleurs pastel et une bouteille de champagne dans un grand seau en argent gravé du monogramme du Bennington !

Elle observa Prancer, qui venait de sortir la tête du panier à chien qu'elle portait sur l'épaule. Elle ne pensait pas que les animaux soient admis dans ce type de chambre. Mais tant pis, elle avait besoin de lui comme d'un soutien moral. En dehors d'Anders, le petit chien était le seul être vivant qui connaissait la vérité sur ce qu'elle s'apprêtait à faire.

— Je n'étais pas obligé, mais cela me fait plaisir, répondit-il en passant son bras autour de ses épaules. Tu es ma petite sœur, et tu vas te marier. C'est tout de même un jour spécial.

*Pas aussi spécial que tu le penses, mon frère.*

— Merci, mais je ne suis plus vraiment un bébé.

— Mais tu seras toujours ma petite sœur. Et j'espère que ton futur mari le sait.

Embarrassée, elle baissa les yeux. S'il savait la vérité, il donnerait certainement une bonne correction à Anders. Avant de l'enfermer, elle, à double tour dans cette chambre pour l'empêcher de l'épouser.

— C'est quelqu'un de bien, Zander, tu sais.

— Je te crois. Puisque tu l'as choisi, répondit-il avant de jeter un regard distrait à sa montre. Il doit être arrivé, à l'heure qu'il est.

Machinalement, elle posa son sac de sport et le panier à chien sur le lit, libérant Prancer, qui se mit aussitôt à griffer l'édredon satiné. Mais Zander ne cilla pas. Décidément, plus la journée passait, plus il semblait mériter son titre de frère de l'année.

— Oui, répondit-elle. Je vais descendre pour vous présenter.

— Non, non, non. Je lui ai réservé une chambre, à lui aussi. Il faut faire les choses bien. Le marié ne peut pas voir la mariée avant la cérémonie.

— Tu plaisantes ? C'est une superstition complètement idiote. Comment peux-tu croire à des choses pareilles ?

— Comme je te l'ai dit, tu es ma petite sœur, répondit-il en haussant les épaules. C'est une tradition, et je ne voudrais pas prendre le risque de t'attirer la guigne. Anders et toi voulez vivre longtemps heureux, non ?

Pourquoi pas... jusqu'à Noël ?

— Oui, bien sûr, murmura-t-elle en se forçant à sourire.

— Alors tu restes ici. Je m'occupe d'Anders. Je ne l'ai même pas encore rencontré. Ça sera sympa. Cela me donnera l'occasion d'apprendre à connaître l'homme qui a volé ton cœur.

Il sourit, et quelque chose dans la façon dont il la regarda la mit mal à l'aise. Elle sentit son cœur se serrer.

C'était tellement plus dur qu'elle ne l'avait imaginé. Non pas de se marier, mais de devoir mentir aux gens qu'elle aimait. Elle pensait qu'elle finirait par s'y habituer, mais c'était tout le contraire qui se produisait. Ils pensaient que c'était réel. Qu'elle allait passer le reste de sa vie avec Anders. Qu'il serait avec elle le matin de Noël, dans la grande maison familiale des Wilde, à déballer des cadeaux et siroter du chocolat chaud. Pendant toutes les années à venir...

Baissant les yeux, elle fit de son mieux pour ne pas imaginer à quoi ces Noëls à venir auraient pu ressembler. Mais des images dansaient devant ses yeux comme des flocons de neige. Lolly disposant des cookies dans une assiette pour le Père Noël, Prancer empêtré dans une guirlande du sapin, Anders l'embrassant sous une branche de gui.

Mais qu'est-ce qui n'allait pas chez elle ?

Rien de tout cela n'arriverait jamais. Anders et elle faisaient semblant. Si elle était tentée de croire à ce mensonge, c'était juste parce que sa famille se comportait comme si elle vivait une merveilleuse histoire d'amour tout droit tirée d'un conte de Noël.

Elle ravala sa salive avec peine. La seule chose qui aurait été pire que de mentir à sa famille aurait été de leur demander de mentir pour elle. Elle ne pouvait pas exiger d'eux qu'ils fassent un faux témoignage à l'audience pour la garde de Lolly. C'était impossible.

— Bon, je descends ! lança Zander, coupant court à ses pensées. On se voit dans une heure, quand tu seras prête à remonter l'allée. N'hésite pas à m'appeler si tu as besoin de quoi que ce soit. Mais ne t'inquiète pas. Maman arrive, et elle a une surprise pour toi.

Un sentiment de panique s'empara alors d'elle. Elle n'avait pas revu sa mère depuis que cette dernière était revenue à l'école en panique avec cet exemplaire du *Times*, et elle était tout simplement terrifiée à l'idée d'avoir à parler avec elle de son mariage soudain. Zander l'avait assurée de l'avoir apaisée, mais tout de même. Et la dernière chose dont elle avait besoin était d'une surprise.

— Attends. De quoi est-ce que tu parles ?

Le sourire de son frère se fit plus large encore, mais sans répondre, il referma la porte derrière lui, la laissant seule dans cette jolie cage dorée. Totalement paniquée.

— Bon, soupira-t-elle en observant Prancer, qui s'était couché en rond sur l'un des oreillers, manifestement inconscient de la crise existentielle qu'elle traversait. Tu ne m'aides pas beaucoup, marmonna-t-elle en sortant la bouteille de champagne du seau à glace.

*Un peu de courage liquide*, songea-t-elle en la débouchant. Ça ne pouvait pas lui faire de mal, non ?

Trois secondes plus tard, on frappait à la porte.

— Chloe, c'est moi.

Sa mère...

Résignée, elle reposa sa flûte. Mieux valait peut-être garder l'esprit clair.

Ne sachant pas trop à quoi s'attendre, elle ouvrit la porte. Pourvu qu'elle ne paraisse pas déçue. Pourvu qu'elle ne pleure pas. Pitié, non. Tout sauf ça.

À son grand soulagement, elle n'eut à affronter aucun de ces deux scénarios de cauchemar.

Sur le seuil, sa mère arborait un grand sourire, ainsi qu'une élégante robe fluide, ses cheveux relevés en un parfait chignon de danseuse. Le bras en l'air, elle portait une grande housse à vêtements.

— Tu es superbe, maman.

Chloe n'avait pas envie de regarder la housse qu'elle tenait, mais elle n'arrivait pas à en détacher ses yeux. La curiosité et la terreur quant à ce qui se trouvait à l'intérieur se disputaient la suprématie en elle. La housse étant très longue et très grosse, et sa mère étant à l'évidence déjà habillée pour le mariage, cela ne pouvait signifier qu'une seule chose...

Le bras toujours en l'air, sa mère entra, et Prancer se mit à japper joyeusement sur le lit.

— Tu as emmené le chien ? s'exclama sa mère en riant.

— Oui. Je me suis dit que Lolly serait contente qu'il assiste au mariage.

— C'est adorable. On dirait que tu penses déjà à elle comme une mère pense à sa fille...

À ces mots, Chloe eut l'étrange impression qu'elle allait brusquement s'effondrer. Elle passa ses bras autour de sa taille pour se reprendre. Anders et elle avaient-ils fait le bon choix ? Lolly était la seule et unique raison de ce mariage, et à présent ils étaient forcés de l'entraîner là-dedans. Et s'ils lui faisaient plus de mal que de bien ? Elle n'avait que cinq ans.

— C'est une adorable petite fille, dit-elle. Anders l'aime beaucoup.

— Je sais. Ils ont tous les deux traversé une épreuve terrible. Mais ne t'inquiète pas, ma chérie. Je ne compte pas essayer de te dissuader de faire ça ou même te demander si tu es sûre de ton choix. Si épouser Anders est vraiment ce que tu veux, alors je suis avec toi. Nous sommes tous avec toi. C'est ton mariage, et ce sera une journée de joie, d'amour et de bonheur !

Pour Chloe, le soulagement fut intense, mais il ne fut malheureusement que de courte durée, car sa mère finit par lui tendre la housse...

— Je t'ai apporté quelque chose, lui dit-elle, les yeux brillants de larmes.

— C'est une robe de mariée ? demanda Chloe d'une voix tremblante. Tu n'aurais pas dû. On peut peut-être la retourner. C'est une cérémonie toute simple, et j'ai déjà une robe blanche. Elle conviendra très bien.

Elle avait prévu de porter la robe plissée blanche qu'elle avait revêtue pour se rendre avec Anders à la mairie. Elle la trouvait parfaite, notamment pour un mariage qui n'en était pas vraiment un. Et puis, elle avait bien aimé la façon dont Anders l'avait regardée quand il l'avait vue arriver avec, même si, naturellement, cet aspect n'aurait pas dû compter.

— Ne t'inquiète pas, répondit sa mère en levant les yeux au ciel. Je n'ai pas dépensé d'argent.

Quand elle ouvrit la fermeture de la housse, un torrent de tulle en jaillit.

La robe était magnifique. Et Chloe la connaissait. Elle l'avait vue à maintes occasions, dans des albums ou des cadres photos ornant les murs de la maison familiale. Quand elle était petite, elle rêvait de la porter le jour de son mariage. Sa mère l'avait même laissée l'essayer un jour où elle devait avoir environ dix ans. Elle était alors bien trop grande pour elle, mais dans cette cascade de tulle et de dentelle, elle avait vraiment eu l'impression d'être une princesse.

Bouleversée, elle serra fort les paupières.

« Tu es une princesse de Noël ? », lui avait demandé Lolly, la première fois qu'elle l'avait vue.

Elle n'était pas une princesse, non. Elle n'était même pas une mariée. Pas vraiment.

Se forçant à ouvrir les yeux, elle adressa à sa mère un sourire tremblant.

— Tu veux que je porte ta robe de mariée ?

— Bien sûr, ma chérie. Tu l'as toujours adorée, répondit sa mère en prenant tendrement son visage entre ses mains. Si tu as vraiment envie d'épouser Anders, alors tu dois le faire. Tu vas la porter, hein ?

Elle ne pouvait pas dire non. Elle se serait trahie en le faisant.

Et sa mère avait raison. Elle s'était toujours imaginé remonter l'allée dans cette robe, mais à présent elle s'apercevait qu'elle n'avait jamais une seule fois songé que l'homme qui l'attendrait devant l'autel serait Steven. Ni que ce serait un inconnu qu'elle épousait « pour de faux ».

Machinalement, elle caressa du bout de son pouce la bague qui ornait son annulaire.

— Avec plaisir, maman.

Si Anders l'avait trouvée jolie dans sa petite robe blanche, il allait sûrement avoir les yeux qui lui sortiraient de la tête quand il la verrait arriver dans celle-ci.

Non que cela importât vraiment, bien entendu. Mais il serait bon de le voir avec cette radieuse expression d'adoration que les futurs mariés arborent toujours quand ils voient leur fiancée arriver dans une lumineuse robe blanche. Pour que ça air l'air plus vrai, naturellement.

*Menteuse.*

D'un coup, elle sentit ses yeux s'emplir de larmes. Elle était douloureusement consciente de tous les mensonges qu'elle avait dits à sa famille, mais à quel moment avait-elle commencé à se mentir à elle-même ?

— Tu penses qu'elle m'ira ? balbutia-t-elle.

Peut-être pas. C'était peut-être comme la pantoufle de vair de Cendrillon : elle ne lui irait que si le destin en avait décidé ainsi.

Sans répondre, sa mère la retira entièrement de la housse. Les années passées n'avaient nullement terni le blanc éclatant des riches et différentes étoffes dont elle était confectionnée. Ou l'éclat de centaines de petits strass qui y étaient brodés, et qui scintillaient à la lumière du lustre.

— Ne t'inquiète pas, ma chérie, lui assura sa mère. Quelque chose me dit que oui.

# 9

Les Wilde étaient si gentils qu'Anders commençait à se demander s'il n'avait pas commis une erreur. La plus grande de sa vie.

À son arrivée, le frère de Chloe l'avait accueilli avec un grand sourire sincère.

— Je suis Zander. Bienvenu dans la famille, lui avait-il dit en lui tapant dans le dos.

Il avait alors eu l'impression d'être le plus grand et le plus horrible imposteur du monde. Et il avait vite compris que les choses ne faisaient que commencer. Il allait s'enfoncer davantage à mesure que la journée allait s'écouler. Ce fut en effet cette sensation qu'il eut, notamment quand Allegra apporta une robe en tulle rose pour Lolly ou quand Emily, la mère de Chloe, accrocha une fleur à la boutonnière de son smoking, les yeux rêveurs.

Il ne s'était pas trompé : il était un monstre sans cœur. Il n'avait même pas songé une seule seconde aux effets que cette mascarade aurait sur la famille de Chloe. Ils imaginaient qu'elle l'épousait par amour et qu'ils resteraient mariés pour le reste de leur vie, une vie de bonheur, bien sûr.

Ils imaginaient aussi… qu'il était amoureux d'elle.

Ce qui n'était pas le cas, naturellement. La douce sensation de chaleur qu'il éprouvait à chaque fois qu'il pensait à elle et le sentiment de sérénité qui lui emplissait le cœur à chaque fois qu'il était en sa présence ne pouvaient en aucun cas s'apparenter à de l'amour. On ne tombait pas amoureux en quelques jours. C'était tout simplement impossible.

Ce qu'il ressentait pour Chloe était seulement de la gratitude. Sans elle, il lui aurait été impossible d'obtenir la garde de Lolly. Elle s'apprêtait à sauver sa famille. À le sauver, lui.

Et comment lui retournait-il la faveur ? En faisant du mal aux gens qui l'aimaient.

Embarrassé, il observa la salle de bal du Bennington, où ses collègues et amis s'étaient installés sur des chaises blanches décorées de branches de sapin et de houx. Au premier rang se trouvaient Tessa, la sœur de Chloe, sa belle-sœur Allegra, ainsi que son cousin Ryan, sa femme, Evangeline, et leur bébé. Emily, sa mère, se trouvait au fond de la pièce avec Lolly, qu'elle entraînait à tenir la laisse de Prancer tout en lançant les pétales de rose du panier qui lui avait été confié. Quelqu'un avait même fixé un petit écrin au dos du chien pour qu'il porte les alliances.

Tout était si merveilleux et si émouvant que l'on aurait dit une scène tirée d'une comédie romantique. Qui se terminerait en tragédie quand, dans quelques semaines à peine, tous ces gens le mépriseraient.

Et il n'aurait aucun mal à les comprendre. Lui-même commençait déjà à se détester.

Il fallait qu'il voie Chloe ou au moins qu'il lui parle. Il avait besoin qu'elle lui rappelle qu'elle n'avait pas de problème avec cette mascarade, qu'ils avaient pris la bonne décision.

Il sortit son téléphone de sa poche pour l'appeler. À quel moment avait-il commencé à s'appuyer autant sur elle ? En tout cas, il lui fallait voir la vérité en face : il avait besoin d'elle. Et pas seulement pour Lolly…

Il n'avait pas l'habitude d'avoir besoin de quelqu'un. Il se débrouillait seul depuis ses dix-sept ans, ne comptant que sur le soutien de son frère. Mais Grant n'était plus là… Lui aussi l'avait abandonné, en quelque sorte.

Parfois, il se demandait ce qu'il avait fait pour mériter une telle solitude. Qu'est-ce qui avait poussé le destin à se montrer cruel envers lui au point de lui prendre ses parents alors qu'il n'était encore qu'un adolescent et, quinze ans plus tard, lui arracher Grant et Olivia, avec la même violence incompréhensible ?

Le destin ? Le destin n'existait pas. Et tout bien considéré, la solitude ne lui pesait pas. Il s'en accommodait très bien. Jusque récemment. Allons ! Il finirait bien par s'en remettre, tout comme Lolly. Il fallait juste qu'il fasse ce qu'il avait à faire aujourd'hui et, surtout, qu'il cesse de penser à ces choses aussi ridicules que le destin. Ce n'était rien de plus qu'un mythe, tout comme celui du coup de foudre.

Brusquement, un souvenir lui revint à l'esprit : Chloe, dans son costume de renne, le foudroyant du regard en le traitant de voleur de chiots le jour de leur première rencontre.

Il serra plus fort son téléphone. L'appel fut directement transféré sur la boîte vocale. Déçu, il soupira.

Ce fut alors qu'il sentit une main se poser sur son épaule.

— Je crois qu'il est l'heure, mon ami, fit la voix de Zander.

— Déjà ? demanda Anders en se retournant.

— Déjà.

Tout en souriant, Zander lui indiqua l'autel couvert de poinsettias blancs devant lequel un pasteur attendait de faire de lui un homme marié.

— Prêt à devenir mon beau-frère ?

— Oui.

Machinalement, il prit place à côté du pasteur tandis que les derniers arrivés s'installaient sur les premières notes de la musique. Derrière un grand piano à queue, Julian Shine, le beau-frère de Chloe, s'était mis à jouer un doux chant de Noël.

Anders sentit son cœur se serrer douloureusement quand il vit Lolly approcher en jetant des pétales de rose dans l'allée. Prancer tira alors sur sa laisse, et le petit écrin qu'il portait sur son dos glissa sur son ventre, provoquant quelques éclats de rire dans l'assemblée.

Ce qui, curieusement, ne fit que renforcer son impression d'être un monstre sans cœur.

Et soudain Chloe apparut, s'avançant vers lui au bras de son frère, telle une créature tout droit sortie d'un rêve. Mais pas le genre de rêves qu'il faisait ces derniers temps, ces horribles cauchemars dont il se réveillait en sueur, paniqué à l'idée d'avoir perdu Lolly, d'avoir déçu son frère une nouvelle fois.

C'était là un rêve totalement différent. Le genre de rêve où une femme au sourire aussi étincelant que le soleil d'été baignant Central Park allait lui promettre de l'aimer, l'honorer et le chérir jusqu'à la fin de ses jours. Le genre de rêve où il se disputait avec une femme magnifique au sujet d'un petit chien avant de lui glisser la bague au doigt.

Ce fut sa jolie voix qui le fit sortir de sa stupeur.

— Coucou, chuchota-t-elle une fois à côté de lui.

Avant d'aller s'asseoir, Zander lui adressa un regard qui relevait à la fois de l'avertissement et de la bénédiction.

Sans cesser de sourire, Chloe confia son bouquet de branches d'épicéa et de gui à Lolly, qui alla s'asseoir à côté d'Emily en le serrant dans ses mains comme un trésor.

Alors, il n'y eut plus qu'eux deux, main dans la main, devant le pasteur qui se mit à parler de l'amour, de l'engagement et de l'éternité. Comme dans un véritable mariage.

— Chloe Wilde, dit-il en se tournant vers elle, acceptez-vous de prendre pour époux Anders Astor Kent, et promettez-vous de lui rester fidèle, dans le bonheur et dans les épreuves, dans la santé et dans la maladie, pour l'aimer tous les jours de votre vie, jusqu'à ce que la mort vous sépare ?

Anders sentit son cœur s'emballer. Chloe leva les yeux vers lui, et son regard devint brumeux. *Ne pleure pas. S'il te plaît, non.* Il ne savait pas ce que ces larmes contenues signifiaient. Il savait simplement qu'il n'arriverait pas à s'en remettre si elle avait ne serait-ce que le moindre doute sur ce qu'ils s'apprêtaient à faire.

— Tu es sûre de toi ? chuchota-t-il. Si tu as changé d'avis, ne t'inquiète pas. Je trouverai un autre moyen, je te le promets.

Peu importait que le pasteur l'entende. Peu importait que la promesse qu'il venait de faire soit probablement vide de sens. Le temps leur était compté.

Souriant malgré ses yeux brouillés de larmes, elle serra sa main comme si sa vie en dépendait. Comme si elle avait, tout comme lui, besoin d'être sauvée.

Puis elle se tourna vers le pasteur et dit :

— Oui.

Tout s'était passé si vite.

Un instant plus tôt, Chloe remontait l'allée vers Anders, le cœur battant à tout rompre alors qu'il la regardait comme si elle était une véritable mariée et qu'il s'agissait d'un véritable mariage. Le mariage de ses rêves.

Et à présent, il y avait une nouvelle bague à son doigt, juste au-dessus de celle ornée d'un solitaire qu'Anders lui avait offerte la veille.

— Anders et Chloe, devant vous, se sont promis amour et fidélité, dit le pasteur. Ils ont formulé l'existence du lien qui les unit par des mots et par cet échange d'alliances.

Un lien. Ils étaient liés l'un à l'autre. Elle et Anders Kent, qu'elle avait rencontré moins d'une semaine plus tôt.

Le sourire du pasteur se fit plus large encore.

— J'ai donc le plaisir de vous déclarer mari et femme.

Elle sentit un frisson de plaisir lui parcourir le dos. De plaisir ? Non, ce devait être la nervosité. Oui, cela ne pouvait être que ça. Elle allait devoir embrasser son mari, à présent, juste là, devant sa famille et ses amis.

Pour la toute première fois.

Comment avait-elle pu oublier le baiser ? Ils auraient dû s'entraîner, répéter, au moins une fois. Elle n'avait jamais été très à l'aise avec les baisers. Elle se demandait toujours de quel côté incliner la tête, et les choses duraient généralement beaucoup trop longtemps, comme si aucun des deux partis ne voulait s'écarter en premier, même quand chacun commençait à suffoquer par manque d'oxygène.

Leurs chances de réussir en faisant paraître les choses naturelles étaient proches de zéro, mais ils n'avaient pas le choix. Un couple de jeunes mariés ne pouvait absolument pas sauter l'étape du baiser devant l'assemblée.

— Anders, vous pouvez embrasser votre femme, déclara le pasteur.

Sentant ses jambes faiblir, elle releva les yeux vers son... mari, puisque mari il y avait, à présent, et le regarda d'un air un peu paniqué, lui sembla-t-il.

Juste avant qu'elle ne prononce ses vœux, il lui avait proposé une porte de sortie. Il avait cessé de la regarder comme si elle était vraiment sa future femme et, l'espace de quelques secondes, elle avait eu l'impression qu'il la voyait comme autre chose. Ni une étrangère ni un être cher. Pas même quelqu'un qu'il faisait semblant d'apprécier. Plutôt quelqu'un qu'il était destiné à faire souffrir.

Mais ce moment était passé quand elle avait dit « oui », et désormais il la regardait comme personne ne l'avait jamais regardée. Pas même Steven. Ni le garçon avec qui elle avait échangé son premier baiser toutes ces années auparavant alors qu'ils interprétaient *Roméo et Juliette.* Aucun homme qui l'avait embrassée ne l'avait jamais regardée avec un tel désir dans les yeux. Une telle passion. Une telle faim. Comme s'il ne s'apprêtait pas à l'embrasser, mais à la dévorer tout entière.

C'en était presque effrayant. Ou du moins, cela aurait dû l'être, compte tenu du fait qu'il s'agissait d'un faux baiser visant à sceller son faux mariage avec son faux mari.

Mais quand elle passa ses bras autour de son cou pour joindre ses lèvres aux siennes, elle comprit que le feu qui coulait dans ses veines n'était pas un signe d'appréhension mais bien de plaisir à ce qui allait suivre. De pur désir, même. Exactement du même type que celui qu'elle voyait briller dans les beaux yeux bleus d'Anders.

Seigneur ! Elle était vraiment dans le pétrin.

Ce fut la dernière pensée qui lui vint à l'esprit juste avant le moment fatidique où elle ferma les yeux. Un moment qui semblait riche de promesses, malgré l'absurdité de la situation. Anders ressentait-il les choses ainsi, lui aussi, ou était-elle seule à avoir conscience qu'ils jouaient à un jeu dangereux et qu'aucun d'entre eux ne sortirait indemne de la rupture prévue de leur union ?

Elle n'était pas seule, non. Elle le sentit dans la vulnérabilité qui transparut dans la tendresse de ses gestes et qui semblait totalement déplacée chez un homme comme lui. Un homme fort. Prudent. Le genre d'homme qui exigeait des autres des engagements écrits plutôt que sur parole. Mais elle ne sentit aucune trace de ces froids calculs dans le premier effleurement de ses lèvres. Disparus, tout comme le contrat qu'il avait oublié de lui faire signer. Il n'y avait dans ses gestes que chaleur et passion, accompagnées d'un sentiment de désespoir qui lui mit les larmes aux yeux. Cette fois-ci, cependant, elle ne put les contenir, et elles coulèrent sur ses joues tandis qu'elle s'offrait à lui, le laissait la consumer...

Se liait à lui.

Ces mots résonnèrent dans son esprit, rythmés par les battements frénétiques de son cœur.

Car c'était bien ce que c'était. Bien plus qu'un simple baiser, c'était un lien. Une promesse. Un vœu.

« Oui. » Le mot semblait encore sur sa langue quand Anders l'enroula à la sienne, dans un délicieux mélange de douceur et de passion. Mais au-delà de ça, ce baiser était également une invitation. Une question.

« Veux-tu de moi ? »

Instinctivement, elle s'accrocha au col de sa veste tandis qu'il faisait sensuellement glisser ses mains brûlantes sur son dos, lui transmettant son enivrante chaleur à travers la délicate dentelle de sa robe.

Oui, oui, oui.

Quelque part, au loin, quelqu'un se racla la gorge. Qui ? Elle n'aurait su le dire. Elle n'aurait même pas su dire comment elle réussit à rester debout pendant toute la durée du baiser. D'ailleurs, combien de temps avait-il duré ? Une brève seconde ? Une éternité ? Impossible de le savoir. C'était comme si le temps s'était arrêté.

Doucement, Anders finit par s'écarter, appuyant son front contre le sien, ses yeux de saphir brillant d'un éclat étincelant.

— Qu'est-ce que c'était ? murmura-t-elle d'une voix haletante.

Avant de répondre, il passa sensuellement son pouce sur sa lèvre, où toutes les terminaisons nerveuses de son corps semblaient s'être rassemblées. Puis il sourit.

— Ça, ma chérie, c'était un baiser.

Voilà. C'était fait.

Cependant, le sentiment de soulagement qu'Anders s'attendait à ressentir une fois que les vœux auraient été échangés et que le pasteur leur aurait remis le certificat de mariage ne vint pas. Son cœur, en revanche, s'était empli d'une émotion qui ressemblait étrangement à de la joie au moment où la cérémonie simple avait laissé place à la réception. La fête.

Qu'y avait-il de mal à se sentir heureux à une fête ? N'était-ce pas le but même du concept ?

Mais alors qu'il saluait les invités et recevait leurs félicitations, il ne parvint pas à lâcher la main de Chloe. Là encore, il essaya de se convaincre que c'était normal. Que cela faisait partie de la mise en scène. Sauf qu'il se surprenait régulièrement à passer son pouce sur l'alliance qu'il lui avait glissée au doigt, comme pour s'assurer qu'elle était toujours là ou que tout cela avait bien été réel.

Et tout au long de la soirée, de la première danse au partage de la pièce montée, en passant par l'émouvant discours du frère de Chloe, il ne put écarter le souvenir du baiser de ses pensées.

Il l'avait totalement ébranlé, ce baiser.

S'ils ne s'étaient pas trouvés à quelques mètres d'un homme d'Église, et devant tous les proches de Chloe, il n'aurait jamais détaché ses lèvres des siennes. Et s'il ne lui avait pas promis de ne pas la toucher, il serait déjà là-haut, dans l'une des somptueuses suites du Bennington, à savourer de nouveau son goût. Caresser son corps souple et chaud de danseuse, et…

Et tout cela était impossible, naturellement.

Soudain, il prit conscience du fait qu'ils allaient partager une chambre pendant les quelques semaines à venir… Si l'on jugeait selon les critères de Manhattan, son appartement était immense. Avec une vue panoramique sur Central Park, les cerisiers en fleurs au printemps, la neige et l'esprit de Noël en hiver. Toutefois, si le séjour était très spacieux, l'appartement ne comptait que deux chambres. Dont l'une était toujours restée vide.

Jusqu'à ce qu'il devienne père de famille en une nuit.

Heureusement, Mme Summers l'avait aidé à transformer la chambre d'amis en chambre de Lolly. C'était d'ailleurs moins une chambre qu'un rêve de petite fille, tout en rose et en paillettes, avec un lit à baldaquin et des étoiles scintillant au plafond.

Alors, quand Chloe allait rentrer avec lui, où allait-elle dormir ? Il ne pouvait tout de même pas lui demander de dormir dans le salon. Il aurait pu y dormir lui-même et laisser sa chambre à Chloé, mais qu'en penserait Lolly ? Sa nièce, qui avait toujours vu son père et sa mère partager la même chambre, allait certainement poser des questions.

Chloe et lui allaient donc devoir trouver un accord pour les nuits, ce qui promettait d'ores et déjà une discussion embarrassante. Qu'il se força à oublier pour profiter de sa soirée.

Quand la réception toucha à sa fin, quand le crépuscule violet new-yorkais laissa place à un ciel bleu-noir, Zander vint le trouver et, discrètement, glissa une clé magnétique dans la poche de son smoking.

— La suite nuptiale, annonça-t-il en lui tendant une nouvelle coupe de champagne. Elle est à vous pour la nuit. Cadeau de la maison.

— Je ne peux pas accepter, balbutia Anders alors que des visions de lit en forme de cœur et de baignoires conçues pour deux se mettaient à danser dans son esprit.

Ce qui était peu probable, vu que le Bennington était un établissement cinq étoiles. Cependant, même sans ce genre de stéréotypes romantiques, il ne tiendrait pas cinq minutes dans une suite nuptiale avec Chloe. Pas après ce baiser.

— Ne dis pas de bêtises. Bien sûr que tu peux. Je te rappelle que cet hôtel m'appartient. Et tu fais partie de la famille, désormais, répliqua Zander avant de plisser les yeux. Promets-moi juste une chose.

— Quoi ? demanda Anders, soudain inquiet.

— Continue de rendre ma sœur heureuse. Je ne l'ai jamais vue aussi épanouie qu'aujourd'hui.

Il s'interrompit pour tapoter la poche poitrine d'Anders, là où il avait laissé la clé de la suite.

— Et ne te fais aucun souci, reprit-il. Julian et Tessa vont s'occuper de Lolly et de Prancer jusqu'à demain matin. Ta nièce est entre de bonnes mains. Tessa, qui est danseuse au New York City Ballet, lui a promis une séance d'essayage avec ses anciens costumes. On se retrouve tous demain pour le brunch, au dernier étage, conclut-il.

Et il disparut, laissant Anders seul avec la clé qui pesait une tonne dans sa poche.

À quelques mètres de là, Chloe était occupée à dire au revoir aux membres de sa famille.

Il la regarda un instant. Il avait envie d'elle, c'était incontestable. Si fort qu'il ne pouvait s'empêcher de penser à toutes les choses qu'il brûlait d'envie de lui faire une fois qu'ils se retrouveraient seuls dans cette suite… Et surtout, il avait envie de l'embrasser encore. Il avait besoin de ça, juste pour vérifier si la première fois n'avait pas été une exception, le fruit de ces circonstances exceptionnelles. Les quelques jours passés avaient été une horreur, marqués par le chagrin, et l'adrénaline, la seule et unique chose qui lui avait permis de tenir. Son esprit et son corps devaient lui jouer des tours, le poussant à croire en ce conte de fées qu'il avait lui-même monté de toutes pièces.

Au fond de lui, il savait qu'il se faisait des illusions. Mais peu importait pourquoi il avait envie d'embrasser à nouveau Chloe ou de lui ôter cette robe délicate pour la regarder tomber autour de ses chevilles. Le problème était qu'il en avait envie. De tout son corps et de toute son âme.

Mais les mots de Zander ne cessaient de lui revenir à l'esprit.

« Continue de rendre ma sœur heureuse. »

Et à chacun de leur écho, il se souvenait de ce qu'il était réellement : un monstre sans cœur.

Pas de sexe. Il avait fait une promesse à Chloe, et il comptait bien la tenir.

# 10

— Waouh ! Tu y crois, toi, à cette chambre ? s'exclama Chloe en faisant un tour sur elle-même pour mieux observer les rideaux de satin bleu, le ciel de lit aussi fourni et extravagant que le glaçage d'une pièce montée, et ce qui était sûrement le lit le plus grand sur lequel ses yeux se soient jamais posés.

La suite nuptiale. Une vraie.

— Je veux dire, tu as déjà vu quelque chose d'aussi beau ? précisa-t-elle vivement.

Elle essaya de rire de façon naturelle et détachée, mais le rire qui parvint à ses oreilles lui parut forcé.

— Mais qu'est-ce que je raconte ? Bien sûr que oui ! s'exclama-t-elle de nouveau.

Il fallait qu'elle se taise. Qu'est-ce qui n'allait pas chez elle ? Elle n'arrêtait pas de jacasser depuis qu'Anders et elle avaient passé le seuil de cette suite sublime. Impossible de dire quelle nouvelle absurdité allait encore sortir de sa bouche.

Les bras croisés sur son torse massif, Anders portait sur elle un regard impassible.

— Qu'est-ce qui te fait penser que j'aurais pu passer du temps dans une suite nuptiale avant aujourd'hui ? demanda-t-il.

— Ce n'est pas ce que je voulais dire, répondit-elle en secouant vivement la tête. J'imaginais juste que tu devais être habitué à ce genre de décor luxueux. Excuse-moi, je ne sais même plus ce que je dis. Je suis juste un peu...

— Nerveuse ? compléta-t-il en haussant un sourcil, l'air amusé.

Soulagée, elle soupira longuement. Elle ne s'était pas rendu compte qu'elle avait retenu son souffle.

— Voilà. Nerveuse. C'est ça.

— Tu n'as pas à l'être. Détends-toi.

Nonchalamment, il retira sa veste de smoking pour la poser sur l'un des luxueux fauteuils tapissés de soie. Puis il s'approcha d'elle et lui tapota le nez du bout du doigt.

— Tu n'as aucune raison d'être nerveuse, ma belle. Je t'ai fait une promesse, n'oublie pas.

— Je n'ai pas oublié, répondit-elle d'une voix mal assurée.

Pas de sexe. Oui, elle s'en souvenait.

Et qui pouvait bien avoir eu cette idée saugrenue ?

Ah oui. Elle.

Après lui avoir adressé un sourire, Anders se passa une main dans les cheveux et alla nonchalamment s'installer sur le canapé, comme si la situation ne le gênait pas le moins du monde.

Sérieusement ?

Elle sentit alors la colère monter en elle. Elle lui en voulait de l'avoir embrassée comme ça et elle s'en voulait d'avoir tant apprécié. Elle avait pensé que cela signifiait quelque chose. Quoi ? Elle n'en était pas tout à fait sûre, mais elle savait que cela n'impliquait pas qu'il reste dormir sur le canapé !

Elle le fusilla du regard tandis qu'il retirait ses chaussures. L'air étonné, il se mit à la dévisager en plissant les yeux puis il eut un petit sourire en coin. Alors, très lentement, avec la grâce langoureuse d'un prédateur, il retira l'un de ses boutons de manchettes. Sans détacher son regard d'elle, il le laissa tomber dans un petit plateau qui se trouvait sur le bout de canapé. Un léger tintement déchira le silence. Platine contre porcelaine.

Ses joues étaient désormais brûlantes, mais elle n'osait pas s'éventer.

S'il était satisfait de dormir sur le canapé, elle se montrerait tout aussi détachée face à son strip-tease de célibataire milliardaire. Sauf qu'il n'était plus célibataire.

Il était à elle.

Enfin, en quelque sorte.

— Tu veux bien te retourner ? demanda-t-il en retirant son autre bouton de manchette

Vint ensuite le nœud papillon. Après quoi il commença à déboutonner sa chemise.

Il défit le premier bouton, mais ses doigts s'arrêtèrent sur le suivant. À ce moment-là, le léger sourire qu'il arborait s'élargit, et à sa grande honte il lui fit signe avec sa main de se retourner.

Obéissante, elle fit un demi-tour sur elle-même pour se poster face au mur.

Il voulait jouer à ça ? Qu'à cela ne tienne !

Sensuellement, elle passa ses mains dans ses cheveux, qu'elle releva en chignon de sorte qu'Anders puisse avoir une vue parfaitement dégagée sur son dos, largement révélé par l'encolure de sa robe. Toute une vie de pratique de la danse lui avait appris à faire un chignon parfait d'une simple torsion de son poignet. Elle passa cependant plus de temps que nécessaire à remettre en place les quelques mèches rebelles. Et une fois le tout attaché, elle fit nonchalamment glisser le bout de ses doigts sur la courbe de son cou.

Elle avait senti qu'Anders la regardait avant même de l'entendre reprendre son souffle. Elle sourit. Elle percevait son regard sur elle, aussi chaud et sensuel que le soleil d'été. C'était comme si de petits incendies s'allumaient partout sur sa peau, ne faisant qu'accroître son désir pour lui, si tant est qu'une telle chose soit possible.

Qu'est-ce qui, chez lui, lui faisait cet effet-là ? Cette sensation d'être adorée, admirée, alors qu'il ne l'avait même pas touchée ? Il ne l'avait embrassée qu'une fois, et seulement parce qu'il y était obligé, et pourtant il semblait à ce moment-là avoir changé son corps en un véritable brasier. Cela défiait toute logique !

Au fond d'elle, cependant, elle comprenait pourquoi. Elle n'était pas un accessoire pour lui. Elle était une personne. Il savait tout de la catastrophe de *La Parade des soldats de bois*, et cela ne le gênait pas. Il la voyait, la désirait juste pour ce qu'elle était.

Mais dans sa tête, une petite voix cherchait à se faire entendre. Si faible, cependant, qu'elle eut du mal à l'identifier comme la sienne.

*N'était-ce pas censé être un faux mariage ?*

Agacée, elle la fit taire. Il n'y avait rien de faux dans les battements frénétiques de son cœur, rien d'illusoire dans le moment où elle passa sa main derrière sa nuque pour déboutonner le haut de sa robe. Il n'y eut qu'une pensée qui lui vint à l'esprit quand elle libéra le tissu, qui s'écrasa autour de ses pieds dans un murmure de rêve et de dentelle : tout cela était vrai.

Elle sentit alors un souffle chaud contre sa nuque.

— Tu es sûre de toi ?

Depuis combien de temps était-il là ? À quel moment s'était-il levé du canapé ? Elle n'en avait aucune idée. L'important, de toute façon, était qu'il l'ait fait.

Sans hésiter, elle tourna la tête pour le regarder par-dessus son épaule nue.

— C'est la deuxième fois que vous me posez cette question aujourd'hui, monsieur Kent.

Ses yeux étaient incroyablement sombres. Leur bleu saphir se rapprochait désormais de l'indigo.

— Et quelle est votre réponse, madame Kent ?

Ne portant plus rien d'autre que sa culotte de dentelle et son alliance, elle se retourna pour faire face à l'homme merveilleusement beau qui était désormais son mari.

— La même que tout à l'heure.

Pour l'effet de style, elle fit une petite pause. Puis :

— Oui.

Et il l'embrassa. Mais ce baiser fut différent de celui qui avait scellé leur union. Il y mit cette fois quelque chose qui évoquait de l'adoration. Une tendresse qui lui fit fondre le cœur.

Elle s'accrocha au col de sa chemise et devint alors très consciente du fait qu'il était toujours habillé alors qu'elle était presque entièrement nue. Si elle s'était trouvée avec quelqu'un d'autre, elle se serait certainement sentie embarrassée. Mais avec Anders, elle n'éprouvait pas le moindre complexe, pas même le léger embarras qu'elle ressentait toujours face à un nouvel amant. Elle ne savait pas pourquoi, mais elle espérait que ce n'était pas parce qu'il était son mari, ce qui aurait voulu dire que le beau mariage et les vœux romantiques qu'il s'était échangés avaient touché son cœur, alors qu'elle s'était juré de rester imperméable à tout sentiment.

Cet homme, dont les grandes mains viriles étaient désormais posées sur ses seins, et qui était à présent occupé à tracer un délicieux chemin de baisers le long de sa gorge, cet homme n'était pas son âme sœur. Il n'était pas l'amour de sa vie, malgré tout le plaisir que ses caresses lui procuraient et le petit cri de volupté qu'il lui tira quand, du bout de sa langue, il se mit à effleurer l'un de ses tétons durcis de désir.

Toutefois, les mots qu'ils s'étaient dits l'un à l'autre devant le pasteur étaient lourds de sens. C'était les mots les plus intimes du monde et, qu'ils les aient pensés ou pas, c'était comme si leurs corps les avaient entendus et intégrés.

Sensuellement, Anders fit glisser ses mains sur sa taille, effleurant à peine sa peau du bout de ses doigts brûlants.

*Lui rester fidèle.*

Sans cesser de couvrir son corps de ses baisers brûlants, il s'agenouilla devant elle et finit par faire glisser sa culotte le long de ses cuisses qu'il écarta légèrement en posant sa bouche virile sur son sexe déjà humide et brûlant de désir.

*Pour l'aimer tous les jours de ma vie.*

Sous le coup du plaisir, elle rejeta sa tête en arrière, et juste avant que l'extase explose en elle dans un déferlement de voluptueuses sensations, il s'échappa de ses lèvres un son qu'elle n'avait jamais entendu auparavant. C'était comme si elle était devenue quelqu'un d'autre. Chloe Wilde avait cessé d'exister, et Chloe Kent, passionnée et romantique, avait pris sa place.

*Jusqu'à ce que la mort nous sépare.*

Anders porta Chloe jusqu'au lit, souriant en l'entendant ronronner contre son cou comme un petit chat.

— Du calme, ma chérie. Tout cela ne fait que commencer, murmura-t-il contre ses doux cheveux.

Ils avaient toute la nuit devant eux. Toute une nuit pour s'explorer l'un l'autre, pour apprendre tous les petits moyens de se donner mutuellement du plaisir. Et il voulait les connaître tous.

Mémoriser son splendide corps de danseuse dans ses moindres détails et embrasser chacune de ses voluptueuses courbes. Il avait envie de la connaître, de la connaître vraiment, elle, cette beauté éthérée qui partageait désormais son nom.

Quand il l'eut délicatement posée sur les draps de satin, il commença à se déshabiller, mais soudain il s'interrompit, incapable de bouger d'un pouce alors qu'il contemplait celle qui était devenue son épouse dans toute la splendeur de sa nudité. Il ne pouvait détourner son regard d'elle. Les choses seraient-elles toujours ainsi ? Le spectacle qu'elle offrait déclencherait-il toujours en lui ce douloureux désir, le contact de sa peau de porcelaine l'emplirait-il toujours d'une émotion qu'il ne pouvait pas nommer et qui l'amenait presque à en oublier qu'ils n'étaient pas vraiment mari et femme, qu'ils faisaient simplement semblant ?

Il finit par se débarrasser de ses vêtements. Et au moment où elle tendit la main vers lui, le diamant qui ornait son doigt scintilla dans la pénombre. Il la regarda alors, hypnotisé, prendre dans sa gracieuse main son sexe dur et dressé, lui tirant un sourd grognement.

*Je te remets cette alliance, signe de notre amour et de notre fidélité.*

Sa respiration était de plus en plus rapide et saccadée, et il devait lutter pour se contrôler. Malgré tout le plaisir qu'elle lui donnait, il ne voulait pas que les choses se finissent ainsi. Il voulait sentir ses longues jambes fuselées enroulées autour de sa taille. Il voulait couvrir son corps souple et chaud du sien.

Il voulait être en elle.

*Jusqu'à ce que la mort nous sépare.*

— J'ai envie de toi, Chloe, murmura-t-il en enroulant une mèche de ses doux cheveux autour de son doigt pour pouvoir voir ses yeux.

Ils étaient devenus liquides de désir. Sombres. Brûlants.

Mais ils avaient un accord, Chloe et lui, et ils étaient sur le point de franchir toutes les limites qu'ils s'étaient fixées. Il voulait qu'elle soit sûre d'elle, et si ce n'était pas le cas, il s'arrêterait sur-le-champ. Ce ne serait pas facile, mais il y parviendrait.

N'y tenant plus, il l'embrassa. Ses lèvres avaient un goût délicieux de gâteau et de champagne.

— Dis-moi que tu as envie de moi, ma chérie. J'ai besoin de te l'entendre dire.

— J'ai envie de toi, Anders, murmura-t-elle avant de se mordiller la lèvre, manquant de peu de le faire succomber au plaisir. Désespérément.

Jamais une femme ne l'avait mis dans un tel état d'excitation. Quelque chose d'étrange était en train de se produire, une chose qui semblait bien plus importante qu'elle n'aurait dû l'être, mais il n'avait pas le temps d'analyser tout ça. Pas le temps, et pas l'envie. Il avait passé toute sa vie à analyser, et où cela l'avait-il mené ?

C'était par un pur hasard qu'il était tombé sur Chloe. Il ne la méritait pas, mais, tendu au-dessus d'elle, il était désormais pleinement conscient du fait qu'il s'apprêtait à s'enfoncer dans ce corps chaud et voluptueux qui était bien plus qu'un simple corps de femme.

De nouveau, elle le prit en main pour le guider en elle.

Ivre de désir, il commença à se glisser dans son sexe accueillant, s'arrêtant quelques secondes pour lui laisser le temps de s'adapter. Alors, tandis qu'il l'embrassait, elle s'ouvrit à lui, et il s'enfonça profondément.

*Et les deux ne feront plus qu'un.*

# 11

Qu'avaient-ils fait ? songea Chloe en contemplant Anders allongé à ses côtés, nu.

Elle n'avait posé qu'une seule condition : que leur relation demeure platonique. Tout le monde savait ce que signifiait « platonique ». Ce n'était pas un mystère. Platonique : pas de baisers, pas de caresses, et certainement pas de sexe. Et pourtant, moins de douze heures après son mariage avec Anders, elle en était là, à se réveiller nue dans un lit à côté de lui.

Aussi discrètement que possible, elle s'écarta de lui. Elle avait peur de se lever, peur de le réveiller. Car aussitôt qu'il aurait ouvert un œil, il faudrait qu'ils parlent de l'énorme erreur qu'ils venaient de commettre. Il faudrait qu'ils fixent de nouvelles limites, qu'ils réaffirment la politique de l'interdiction du sexe.

Le problème était... qu'elle n'était pas du tout prête à avoir ce genre de conversation. Elle se sentait beaucoup trop bien pour ça, son corps pleinement satisfait orné de rien d'autre que de ce diamant de chez Tiffany.

*Que ton mari a été obligé de t'offrir vu que c'était dans le contrat.*

Ce petit rappel à la réalité la fit redescendre d'un cran sur Terre.

Comment avait-elle pu se montrer aussi stupide ? Se convaincre que le baiser qu'ils avaient échangé à la cérémonie voulait dire quelque chose, alors qu'il n'en était rien ? Sans cela, elle n'aurait pas cherché à le séduire pour qu'il couche avec elle. Elle se serait montrée froide et distante, aurait dormi dans le lit et lui, sur le canapé ! Fin de l'histoire. Tandis que maintenant...

Anders dormait si paisiblement. Il lui semblait pourtant l'avoir entendu dire qu'il ne se levait jamais après 5 heures du matin. Les draps étaient baignés par la lueur rose de l'aube qui pointait entre les immeubles dans le ciel new-yorkais. Ils n'avaient pas pris la peine de fermer les rideaux. À l'instant même où il avait posé ses grandes mains sur elle, tout s'était effacé dans un brouillard confus de volupté. De sensations. La robe de mariée de sa mère se trouvait toujours par terre, comme si elle l'avait retirée seulement quelques instants plus tôt. Quant aux différents éléments de son smoking, ils étaient éparpillés un peu partout dans la pièce.

Face à ce spectacle, elle eut envie de sourire. C'était à ça que devait ressembler une suite nuptiale le lendemain d'un mariage, non ?

Aussitôt, elle se reprit. Elle était folle de penser ça.

C'était exactement ce qu'elle avait craint juste avant le moment décisif où Anders l'avait embrassée pour la première fois : elle avait alors compris qu'elle courait un danger. Elle l'avait perçu aussi nettement que le catastrophique effet domino qu'elle avait mis en branle quand elle avait trébuché à *La Parade des soldats de bois*. Sauf qu'en cette occasion, la destruction s'était faite lentement et qu'elle avait pu l'observer, consciente de chaque mauvais mouvement, chaque petit faux pas à mesure que les danseuses tombaient par terre les unes après les autres. L'horreur absolue.

Cette fois-ci, c'était tout à fait différent.

Cette fois-ci, elle avait plongé la tête la première dans une situation de catastrophe. Et volontairement, encore ! Elle savait très bien ce qu'elle faisait, et dès l'instant où Anders lui avait pris la main pour lui faire quitter la salle de bal. Il n'avait pas cherché à la séduire, comme elle l'avait imaginé, mais peu importait. C'était elle qui avait pris les choses en main.

Et c'était là le meilleur moyen de finir avec le cœur brisé.

Elle n'était pas le genre de femme qui pouvait s'immerger dans des ébats dépourvus de tout sentiment. Elle regrettait. Oui, elle regrettait vraiment. Toute cette idée de faux mariage aurait pu fonctionner si elle avait scrupuleusement observé les règles.

Pourrait-elle vraiment quitter Anders et Lolly dans moins d'un mois ?

Il le faudrait. Elle n'avait pas le choix.

Elle regarda son mari temporaire. Son torse musclé se soulevait régulièrement, et les traits durs de son visage semblaient un peu adoucis. Plus détendus.

Il avait l'air… heureux. Oui. Il semblait plus heureux qu'elle ne l'avait jamais vu l'être.

Mais qu'en savait-elle, après tout ? Elle avait beau être sa femme, elle le connaissait depuis moins d'une semaine.

Il finit par ouvrir les yeux, doucement, et quand il vit qu'elle le regardait, un tendre sourire se dessina sur son visage. Alors elle sentit son cœur se serrer. *Trop tard*, songea-t-elle. Elle s'était déjà trop impliquée. À la simple idée de le perdre, un vide douloureux se creusait dans son cœur.

Voilà pourquoi elle n'aurait jamais dû coucher avec son faux mari !

Bouleversée, elle se mordit la lèvre pour l'empêcher de trembler.

Au même moment, Anders glissa sa main sous le drap pour lui caresser sensuellement le téton du bout de son pouce.

— Hé ! Pourquoi ai-je l'impression que tu t'apprêtais à sortir du lit ?

Parce que c'était le cas.

Mais sous sa caresse, elle poussa un petit soupir de désir. Un simple effleurement de ses doigts. Il lui suffisait de ça pour changer son corps en un véritable brasier. Elle sentait désormais le désir monter en elle. Grandir. Devenir plus fort et plus pressant.

— Nous devons aller au brunch, au cas où tu aurais oublié, répondit-elle en se forçant à s'écarter de lui tant qu'il était encore temps.

Mais, emmêlée entre les draps et dans son désespoir, elle trébucha et faillit tomber.

Plus de vingt ans de cours de danse, et même pas capable de sortir d'un lit gracieusement. Bravo !

Tout en se redressant, elle réajusta dignement les draps autour de son corps nu, pleinement consciente de l'expression de plus en plus suspicieuse qui marquait désormais les traits parfaitement ciselés d'Anders. Et quand elle fut sûre d'avoir retrouvé son équilibre et une partie de ses esprits, elle lui offrit un beau sourire.

Faux, ce sourire, naturellement, puisque les apparences étaient tout ce qui semblait compter dans sa vie, à présent.

Anders ne bougea pas d'un pouce, se contentant de la dévisager. Comme elle aurait aimé pouvoir fermer son cœur comme on ferme un livre pour qu'il ne soit pas lu…

Toujours immobile, il tourna son regard vers le réveil puis de nouveau vers elle.

Était-ce son imagination qui lui jouait des tours, ou son cœur la faisait-il vraiment souffrir quand il la regardait ?

Elle ne pouvait s'en vouloir qu'à elle-même.

Il lui avait demandé. Plusieurs fois.

« Tu es sûre de toi ? »

« Dis-moi que tu as envie de moi, ma chérie. J'ai besoin de te l'entendre dire. »

Elle était sûre d'elle. Elle n'avait jamais été aussi sûre de quoi que ce soit dans sa vie, n'avait jamais désiré un homme aussi fort qu'elle l'avait désiré.

Ce qui l'avait tout droit conduite… dans un beau pétrin.

— Ce brunch n'aura pas lieu avant trois heures, ma chérie.

Sa voix était grave, musicale avec une touche d'érotisme. La sensualité à l'état pur.

Elle sentit un frisson courir le long de son dos. Cette conversation aurait été tellement plus facile s'il n'avait pas été nu.

Sans rien ajouter il se leva, s'approcha d'elle…

Le cœur battant un peu plus vite soudain, elle ne put s'empêcher d'admirer son long corps noueux et ses muscles puissants et bien dessinés.

Ces muscles, elle les avait embrassés. Tous. Elle avait planté ses ongles dans sa peau quand il s'était enfoncé en elle. Dans le miroir, derrière lui, elle pouvait voir dans son dos de petites marques en forme de demi-lunes. Preuves de son désir, de sa passion. Passion qu'aucun homme avant lui n'était parvenu à susciter en elle. Il n'y avait que lui.

Qu'est-ce que cela signifiait ? Qu'allait-elle devenir, une fois que leur contrat toucherait à sa fin et qu'Anders n'aurait plus besoin d'elle ?

Tandis qu'elle se posait ces questions, il avait pris sa main pour la porter à ses lèvres afin de déposer un tendre baiser sur l'annulaire où brillait son alliance.

— Parle-moi, ma chérie. Dis-moi ce qui ne va pas.

Il lui serait totalement impossible de continuer comme ça jusqu'à Noël...

— Rien, répondit-elle en dégageant sa main de la sienne. C'est juste que le mariage est terminé, maintenant.

— Et ?

Plissant les yeux, il la dévisagea avec intensité, comme pour la mettre au défi de poursuivre.

Était-il trop tard pour passer ses bras autour de son cou et l'embrasser, recommencer cette matinée depuis le départ ? Mais si elle faisait ça, que se passerait-il le lendemain matin ? Et le suivant ?

Que se passerait-il le lendemain de l'audience pour la garde de Lolly, quand elle se réveillerait en se souvenant que tout cela n'avait été qu'une mise en scène ?

— Et ce qui s'est passé cette nuit a été merveilleux, mais je ne veux pas que cela se reproduise, dit-elle d'un trait.

Elle s'interrompit avant d'avoir à étouffer un sanglot.

C'était elle, qui avait dit ça ?

De tous les mensonges qu'elle avait dits au cours des semaines passées, celui-ci était sans doute le plus gros. Le plus dévastateur. Car elle avait envie que cela se reproduise, au contraire. À l'infini. Et même bien plus que cela !

*Jusqu'à ce que la mort nous sépare.*

Mais qu'est-ce qui lui prenait ?

C'était la faute d'Anders, aussi ! Il lui avait fait perdre la tête avec ses caresses expertes. Raison pour laquelle ils ne devaient pas recommencer à coucher ensemble. Jamais.

Immobile, silencieux, il observait toujours son visage comme s'il essayait de lire en elle.

Il n'y parviendrait pas, heureusement. Ils étaient mariés depuis à peine cinq minutes, quand elle avait réécrit tout le scénario. Il ne pouvait pas le savoir.

— De toute façon, on s'était mis d'accord là-dessus, non ? reprit-elle.

Il la fixait toujours. Avait-il besoin qu'elle répète ? Qu'elle lui donne des précisions ?

Il resta silencieux.

Si seulement il lui donnait une indication quelconque de ce qu'il ressentait. Un simple mot aurait suffi. Car elle ne pouvait tout simplement pas se mettre à nu si elle n'avait pas la certitude qu'il ressentait bien la même chose qu'elle. Après tout, ils s'étaient mis d'accord sur un mariage blanc. Il avait même voulu lui faire signer un contrat.

Le souffle court, elle le regardait, espérant de tout son cœur qu'il chercherait à contredire ses propos. L'espace d'une brève et douce seconde, elle crut qu'il allait le faire... Dans la lumière du matin, son regard était plus bleu que jamais, aussi clair que l'océan.

Mais soudain, il cligna des yeux, et tout disparut. La connexion magique ou le lien sincère qui s'était formé entre eux quand ils s'étaient dit « oui » disparut, et l'expression de son visage devint dure comme de la pierre.

En un clin d'œil, l'homme avec qui elle avait passé la nuit était redevenu l'étranger glacial qu'elle avait rencontré au refuge.

Anders n'était pas du tout d'humeur à bruncher.

Il ne se voyait pas siroter des coupes de champagne avec les Wilde en grignotant de délicats amuse-bouches alors qu'il essayait toujours de percer le mystère de ce qui avait mal tourné au cours de la nuit, entre Chloe et lui. Car incontestablement, il s'était passé quelque chose. Le problème était qu'il ne savait pas quoi.

Mais il s'y rendit et fit de son mieux pour sourire et se montrer aimable avec Chloe et sa famille, car c'était ce que les mariés étaient censés faire, non ? Et il était le mari de Chloe, désormais.

*Officiellement, seulement*, se rappela-t-il en buvant une gorgée de café noir. Très amer, ce café.

Pourquoi l'aspect purement officiel de leur union le gênait-il autant ? Il savait très bien à quoi s'en tenir. Ils le savaient tous deux. Il n'y avait eu aucune ambiguïté au sujet des règles : une relation platonique, pas de sexe. Ils ne s'étaient jamais juré de ne pas développer des sentiments l'un pour l'autre, mais c'était une évidence. Et désormais il était là, assis à côté de Chloe, à brûler d'envie de lui prendre la main sous la table et de dégager une mèche de cheveux de son visage pour l'embrasser sur les lèvres devant tout le monde.

Ce qu'il ne ferait pas.

Lolly s'approcha d'eux en sautillant, serrant dans sa main un téléphone portable, et se mit à leur parler de la nuit qu'elle avait passée chez Tessa et Julian.

— Et après, on a regardé un film de danse. Et Tessa m'a laissée essayer ses costumes. On a pris des photos, regarde !

Aidée de Chloe, elle fit défiler les images sur le téléphone. Elles étaient adorables, et pourtant, plus il les regardait, plus il sentait le remords le torturer.

— Je suis content que tu te sois bien amusée, ma bichette, dit-il avant de l'embrasser sur le front, évitant prudemment le parfait chignon de danseuse que lui avait fait Tessa.

— Elle peut revenir quand elle veut, dit Julian en traduisant ses propos en langue des signes pour que sa femme comprenne.

Cette langue, toute la famille semblait la connaître, un fait dont il ne s'était pas rendu compte la veille, lors des préparatifs mouvementés du mariage. Lolly elle-même avait déjà appris quelques bases, car quand il lui rappela de remercier Tessa et Julian, elle appuya ses doigts sur son menton et les ramena devant son visage, presque comme si elle envoyait un baiser.

— J'espère que tu reviendras vite, articula Tessa sans un son, tout en agitant ses mains devant elle. Nous avons été ravis de t'avoir avec nous.

Vibrante d'enthousiasme, Lolly se mit à sautiller sur place.

— Vous pourrez venir à mon spectacle de danse de Noël ? S'il vous plaît ! Je serai Clara dans *Casse-Noisette*.

— C'est d'accord, répondit Julian en lui souriant.

— Nous serons tous là, Lolly, promis, intervint Emily en s'approchant. Au fait, que dirais-tu de venir dormir à la maison, ce soir ?

La petite répondit par des cris de joie.

Après avoir adressé un discret clin d'œil à Anders, Emily la prit sur ses genoux. Son intention était à l'évidence d'offrir aux jeunes mariés une nouvelle nuit d'intimité. Un message que sembla également percevoir Chloe, qui lui jeta un regard langoureux, tirant sans nul doute profit de l'occasion pour jouer la jeune mariée qui ne peut se passer de sa moitié.

Mais lorsqu'il passa son bras autour de sa taille, les mots qu'elle avait prononcés un peu plus tôt résonnèrent dans son esprit.

« Et ce qui s'est passé cette nuit a été merveilleux, mais je ne veux pas que cela se reproduise. »

Il avait pour sa part très envie que cela se reproduise. Dès le moment où il avait ouvert les yeux, il n'avait pu penser qu'à une chose : se rapprocher d'elle, enfouir ses mains dans ses doux cheveux emmêlés et lui faire l'amour à nouveau. Il n'arrivait toujours pas à se faire à l'idée qu'il ait pu se tromper à ce point sur la situation.

Mais était-ce vraiment le cas ?

À l'instant même où ses doigts effleurèrent le dos de Chloe, il la sentit frissonner, ce qui provoqua en lui une véritable décharge électrique d'excitation qui aboutit immédiatement à une érection. Son regard plongea alors dans le sien et, l'espace d'une brève seconde, il put lire en elle toutes les choses qu'elle refusait de lui dire : ce qui s'était passé la veille était important à ses yeux, elle avait toujours envie de lui, peut-être même aussi désespérément qu'il avait envie d'elle. Et apparemment, elle ne voulait pas l'admettre.

Il dut se retenir de sourire tandis qu'elle piquait un fard et reprenait sa coupe de champagne pour en boire une gorgée.

— Avez-vous pensé à une lune de miel ? demanda Emily.

Haussant les sourcils, il se tourna vers Chloe.

— Euh... Nous..., bafouilla-t-elle.

Ses joues étaient devenues aussi rouges qu'un costume de Père Noël.

— Laisse-leur un peu de temps, intervint Allegra. Dans deux semaines à peine, ce sera Noël. Ils préfèrent sûrement attendre que les fêtes soient passées.

Elle se tourna vers Chloe, pointa sa fourchette vers elle et ajouta :

— De plus, tu es responsable de *Mini Casse-Noisette*, je te rappelle. Je t'interdis de partir avant Noël.

— Je n'en avais pas l'intention ! répondit vivement Chloe.

Aucun d'entre eux n'irait où que ce soit avant Noël, car il s'agissait là de la date du terme de leur accord, songea-t-il. L'audience pour la garde de Chloe devait avoir lieu le 24 au matin. Après cela, tous les paris étaient ouverts.

Cette date avait tellement pesé dans son esprit depuis des semaines qu'il n'avait pas songé à ce qui pourrait se passer au-delà. C'était comme si toute sa vie devait s'arrêter à cette date.

Mais à présent, il commençait à entrevoir l'avenir. Pas très nettement, cependant. Il ne savait toujours pas à quoi ressemblerait sa vie une fois Noël passé. Il espérait simplement qu'elle inclurait Lolly, qui était, après tout, la raison pour laquelle il s'était retrouvé dans cette situation absurde.

Maintenant qu'il était marié, il pouvait de nouveau respirer. Se laisser aller à croire que tout finirait par s'arranger et que Lolly pourrait rester avec lui.

Il ne comprenait pas vraiment pourquoi il se sentait tout à coup si obnubilé par ce qui allait se passer dans les jours, les semaines, les mois qui suivraient Noël. Tout ce qu'il savait, là, assis à côté de sa complexe et magnifique épouse, entouré de personnes qui avaient été abusées, c'était que Noël ne serait pas une date de fin.

Ce ne serait que le début.

Le début de quoi ? Il n'en avait aucune idée !

Il avait mis Chloe dans son lit, mais leur mariage n'en demeurait pas moins une façade. Rien n'avait changé, et en même temps tout avait changé. Car malgré les problèmes qu'ils avaient engendrés, et même s'il avait parfaitement conscience que la bague qu'il lui avait offerte n'était qu'un accessoire, le diamant qu'elle portait désormais au doigt semblait illuminer quelque chose qui était ancré au plus profond de lui. Une sensation qu'il n'avait pas ressentie depuis très longtemps…

De l'espoir. L'espoir d'un fou. Un homme qui avait été forcé d'abandonner son existence parfaitement ordonnée pour flirter avec le hasard, s'inventer une autre vie au passage et provoquer une situation de chaos aux proportions désastreuses.

L'espoir. C'était tout ce qu'il avait. Au moins jusqu'à Noël.

— Ton appartement est magnifique, dit Chloe, les bras croisés, en observant la neige qui tombait toujours sur Central Park.

Des patineurs décrivaient de gracieux cercles sur le lac gelé, et des calèches faisaient le tour des tentes vert et blanc qui abritaient le marché de Noël de Columbus Circle. Elle n'avait jamais mis les pieds dans un appartement qui offrait une vue si spectaculaire sur la ville. C'était tout simplement époustouflant. Elle avait l'impression de se trouver au centre d'une boule à neige.

D'un autre côté, la situation était ridicule, si l'on considérait qu'elle découvrait l'appartement de l'homme qu'elle venait d'épouser.

*Leur* appartement. Pour le moment, en tout cas.

Et la pièce dans laquelle ils se trouvaient était *leur* chambre. Car un si bel appartement ne possédait que deux chambres, l'une étant occupée par Lolly.

— Merci, répondit-il en suivant son regard, avant de se détourner de la baie vitrée.

Son regard se posa alors sur le canapé puis sur le lit. N'importe où, sauf sur elle.

— Tu n'as qu'à prendre mon lit, je prendrai le canapé, proposa-t-il.

— Ah.

C'était vraiment stupide. Ils avaient fait l'amour juste la veille, et à présent ils n'allaient même pas dormir dans le même lit. C'était ridicule. Ce lit était immense, suffisamment large pour qu'ils puissent y passer une nuit côte à côte sans jamais se toucher.

Avec de la bonne volonté.

S'ils en avaient...

— Tu n'es pas obligé de dormir sur le canapé, dit-elle.

Mais c'était déjà trop tard. Il avait sorti un oreiller et une couverture d'un placard et était déjà en train de se faire un lit de fortune.

Très bien ! Si c'était comme ça qu'il voyait les choses, soit ! Au moins, avec ces dix mètres – au bas mot ! – qui le séparaient de son lit, l'observation de la règle de l'abstinence relèverait de la possibilité réaliste.

Car elle était déterminée à ne pas enfreindre cette règle une nouvelle fois. Leurs ébats de la veille avaient eu beau être merveilleux, ils n'en avaient pas moins été déroutants. L'espace d'un instant, elle en était arrivée à croire sincèrement qu'ils étaient mari et femme. Et ce sentiment, elle l'avait beaucoup plus aimé qu'elle ne l'aurait dû...

Tout bien considéré, donc, mieux valait qu'il dorme sur le canapé.

Ils jouaient la comédie. Rien de plus. Elle ne devait pas oublier comment tout cela allait se terminer. Il fallait qu'elle protège son cœur à tout prix.

— Ce ne sera que pour deux semaines à peine, dit-il. Ça va aller.

— Bien.

Elle hocha la tête et sourit. Si fort qu'elle en eut mal aux joues.

Pourtant, il ne lui rendit pas son sourire. Il arborait même un air plus sombre encore quand il passa les portes de la luxueuse salle de bains et les referma derrière lui.

Seule dans la chambre, elle se hâta de se déshabiller et de passer son pyjama noir à pois roses avant qu'il revienne. Après quoi elle se glissa sous les draps et les releva jusqu'à son menton. Les draps étaient froids, et les proportions gigantesques du lit ne firent que renforcer son impression de solitude. Enfreignant toutes les règles d'éducation canine, elle avait laissé Prancer dormir sur son lit depuis qu'elle l'avait adopté, mais ce soir-là comme le soir précédent, elle l'avait confié à Lolly.

C'était la fillette qui le lui avait demandé, et elle avait immédiatement cédé. Dans peu de temps, quand elle devrait faire ses valises et reprendre Prancer, comment réagirait Lolly ? Elle en aurait le cœur déchiré... Elle n'eut pas le temps de s'appesantir sur ce sentiment désagréable. Anders sortait de la salle de bains.

— Sérieusement ? lança-t-elle en regardant son torse musclé, totalement nu, et le boxer ajusté qu'il portait. C'est tout ce que tu mets pour dormir ?

Elle était complètement déstabilisée, et cela devait se voir, car pour la première fois depuis qu'ils étaient arrivés chez lui, un sourire vint éclairer son visage. Non pas un sourire en coin espiègle, mais un grand sourire entendu.

À la fois agacée et humiliée, elle lutta pour se reprendre.

— Oui, sérieusement, répondit-il en posant une main sur sa

hanche, attirant davantage encore son attention sur ses abdominaux parfaitement dessinés et, plus bas, le muscle en forme de V qui disparaissait sous l'élastique de son boxer.

— Tu préférerais que je porte autre chose ? ajouta-t-il d'un air innocent.

Oui ! Des tas d'autres choses ! Des choses qui cachent… tout ça !

— Euh… Non, bafouilla-t-elle. Cela ne me regarde pas. Tu choisis la tenue que tu veux pour dormir.

Pourquoi fallait-il que sa voix paraisse si mal assurée ? Elle s'éclaircit la gorge et poursuivit :

— C'est juste qu'il fait très froid dehors.

— Ah. Alors tu as peur que j'attrape un rhume ?

Son sourire se fit plus large encore comme s'il avait parfaitement deviné qu'elle avait pour sa part… de plus en plus chaud.

Il était terriblement agaçant !

— Tout à fait, répondit-elle.

Elle préférait encore poursuivre cette ridicule discussion en faisant semblant de s'inquiéter pour sa santé plutôt qu'admettre que se trouver dans la même pièce que lui alors qu'il était quasiment nu avait quelque chose de… distrayant.

Elle comprenait bien pourquoi ils devaient rester dans la même chambre. Il se pouvait parfaitement que le juge interroge Lolly, et que se passerait-il si la fillette disait qu'ils ne dormaient pas ensemble ? En outre, la pièce était assez grande pour deux. Même si elle semblait rétrécir au fil des secondes…

— Tu as peut-être raison, ma chérie. Je devrais sûrement mettre quelque chose de plus chaud. Un pyjama, peut-être ?

Elle hocha la tête. Un pyjama, oui ! C'était exactement ce qu'il fallait.

— Dommage que je n'en ai pas, précisa-t-il en hochant la tête d'un air faussement désolé. Au cas où tu ne l'aurais pas remarqué, je ne suis pas vraiment le genre de mari qui porte des pyjamas.

À ces mots, elle sentit le rouge lui monter aux joues. Il se moquait d'elle, et elle le méritait certainement après la façon brutale dont elle s'était comportée avec lui ce matin au Bennington. Il y avait d'ailleurs peu de chance pour qu'il la touche à nouveau, même si elle le lui demandait. Ce qu'elle ne ferait absolument pas. Mais tandis qu'elle se souvenait des sensations qu'elle avait ressenties en caressant cette peau brûlante et virile de nouveau exposée face à elle, elle ne put s'empêcher de lever les yeux vers sa bouche.

Instinctivement, elle se passa la langue sur les lèvres.

— Et quel genre de mari es-tu ?

Leurs regards se rencontrèrent à nouveau et, pendant un long moment, aucun d'entre eux ne parla. Ils n'avaient pas à le faire. Elle savait quel genre de souvenirs se rejouait dans son esprit, car c'était exactement les mêmes qui occupaient ses pensées à elle. Elle avait passé toute la journée à lutter pour les effacer, mais c'était impossible. Elle ne pouvait plus regarder Anders sans avoir envie de lui. Coucher avec lui avait été la pire erreur qu'elle ait pu commettre. Pourquoi ne l'avait-elle pas compris *avant* qu'elle le supplie quasiment de lui faire l'amour ?

En réalité, elle avait toujours été consciente du danger. Elle savait parfaitement que se donner à lui serait source de problèmes. Mais elle l'avait tout de même fait. Tout simplement parce qu'elle n'avait pas pu s'en empêcher. Plus elle passait de temps avec lui, plus elle le trouvait séduisant. Il n'était pas le voleur de chiots froid et distant qu'elle avait à l'origine vu en lui. Dommage. Elle aurait vraiment préféré qu'il en soit ainsi. Il lui aurait alors été plus facile de ne pas coucher avec lui.

— Un faux mari, finit-il par répondre avec une voix dont la dureté lui fit mal. Tu avais oublié ?

Ne pensant pas pouvoir parler, elle se contenta d'acquiescer.

— Bien, dit-il doucement avant de se tourner vers le canapé. Bonne nuit.

— Bonne nuit, murmura-t-elle.

Il lui fallut beaucoup de temps pour s'endormir. Des heures durant, elle resta étendue dans ce grand lit froid, seule, à écouter le bruit régulier de la respiration d'Anders et à regretter que les choses ne soient pas différentes. Qu'elle n'ait pas, par exemple, était vraiment choisie par Anders...

Elle allait vivre les deux semaines les plus longues de sa vie !

# 12

— Alors Anders, comment se passe ta vie d'homme marié ? lui demanda Penelope en passant distraitement en revue les documents qu'il avait apportés pour préparer la réunion qui devait se tenir dans moins d'un quart d'heure dans cette salle de conférences.

— Bien, répondit-il machinalement.

Qu'aurait-il pu répondre d'autre ?

Il ne pouvait tout de même pas avouer qu'il n'avait quasiment pas dormi depuis son mariage avec Chloe, une semaine plus tôt, parce qu'il avait le sentiment que, s'il baissait la garde ne serait-ce qu'une seconde, il céderait à l'impulsion qui lui ordonnait d'aller la rejoindre dans le lit pour couvrir son corps voluptueux du sien. Il ne pouvait tout de même pas admettre qu'il se réveillait tous les matins avec une érection de tous les diables, brûlant de désir pour elle, mais qu'il ne l'avait pas touchée depuis leur nuit de noces.

— La cérémonie était magnifique, affirma Penelope. Pas du tout comme je l'imaginais, mais charmante.

— À quoi t'attendais-tu ? demanda-t-il en relevant les yeux du document qu'il avait à la main.

Elle haussa les épaules.

— Je ne sais pas trop. À quelque chose de moins...

*Réel ? Bienvenue au club.*

— ... chaleureux, je suppose, festif, précisa-t-elle avant d'incliner la tête sur le côté. On te voit de moins en moins au bureau. Plus j'y pense, plus je me dis que j'ai bien fait de refuser ta demande. J'en viendrais presque à croire que tu as vraiment trouvé l'amour.

Agacé, il serra les dents. Il avait espéré qu'ils feraient l'un comme l'autre comme si cette histoire de contrat de mariage n'avait jamais existé et poursuivraient leurs relations professionnelles comme si de rien n'était. Il avait à l'heure actuelle suffisamment de problèmes affectifs pour que les élucubrations de Penelope ne viennent s'ajouter à cela.

— Ce sont les fêtes de fin d'année, répondit-il évasivement.

Il est vrai qu'il avait passé moins de temps au bureau que de coutume. Il avait espéré que personne ne le remarquerait. Apparemment, il s'était trompé.

Mais les choses étaient différentes à présent. Il fallait qu'il pense à Lolly.

En outre, vivre avec Chloe était comme habiter sous le même toit que l'un des lutins du Père Noël. Cette femme entretenait une véritable passion pour Noël. Le premier jour où il l'avait laissée seule dans son appartement, il avait trouvé en rentrant du travail un sapin dans son séjour. Et non pas un élégant sapin artificiel décoré par un professionnel, comme il avait l'habitude de se faire livrer. Un vrai. Couvert de guirlandes de pop-corn et de décorations que Chloe et Lolly avaient elles-mêmes fabriquées, à l'aide de papier crépon, de colle et de paillettes.

Ce sapin était un désastre, une catastrophe qui avait dénaturé tout son appartement ! Il ne pourrait jamais se débarrasser de toutes ces paillettes, il y en avait partout ! Mais Lolly était complètement émerveillée par cet arbre qui refusait obstinément de rester droit sur son support en métal.

De la même façon, sa nièce était aux anges, le lendemain soir, quand il était rentré et avait trouvé Prancer affublé d'un costume de Père Noël et d'une minuscule barbe qui pendait sous son museau. C'était, une fois encore, l'œuvre de Chloe !

Le jour suivant, il s'était surpris à trouver une excuse pour quitter le bureau une heure plus tôt que de coutume. Incapable de se concentrer sur son travail, il ne cessait de se demander quelle surprise l'attendrait chez lui, cette fois-ci. Un bonhomme de neige sur la terrasse ? Une fournée de cookies de Noël dans la cuisine ? Un vrai Père Noël invité à dîner ?

Rien de tout cela. En rentrant, il les avait trouvées toutes les deux emmitouflées dans d'horribles pulls de Noël, occupées à envelopper un cadeau sur lequel était écrit son nom. Résultat : il était désormais l'heureux propriétaire d'un ridicule pull de Noël bien à lui... Et assorti à celui qu'elles avaient acheté pour le chien !

La voix de Penelope le tira doucement de sa rêverie.

— Depuis quand prends-tu des congés à Noël ?

— Comment ça, des congés ? Je suis resté au bureau tous les soirs jusqu'à 17 heures, cette semaine.

— Justement. D'habitude, tu ne pars jamais avant 20 heures.

Elle le dévisagea quelques instants avant de secouer la tête, l'air sidéré.

— Alors c'est vrai ? Ce mariage avec Chloe n'était pas un mariage blanc ? C'était pour de vrai ?

Il commençait à avoir mal à la tête.

— Non. Ne pourrait-on pas revenir à nos affaires, maintenant ? Notre client va arriver d'une minute à l'autre.

— Je ne crois pas, non. Eric Johnson est toujours en retard. Il pense qu'arriver à l'heure est une marque de faiblesse. Depuis le temps que tu travailles avec lui, tu devrais le savoir.

Il le savait très bien, mais cela ne voulait pas dire pour autant qu'il avait envie de discuter de son mariage, blanc ou pas, avec cette femme qui avait jadis occasionnellement partagé son lit.

Tiens, d'ailleurs, il n'avait pas beaucoup pensé à son ex, ces derniers temps. Qui ne pouvait d'ailleurs pas vraiment être qualifiée d'ex ; leur relation avait été une relation de convenance, et désormais elle était terminée. Il ne s'imaginait pas reprendre les choses là où il les avait laissées avec elle, même quand son mariage serait terminé.

S'il se terminait.

Machinalement, il serra les poings. Naturellement qu'il allait se terminer. Chloe et lui avaient conclu un accord et, jusqu'ici, rien n'avait changé.

— C'est un mariage contractuel, dit-il, même si Penelope

ne lui avait rien demandé. Tout reviendra à la normale après l'audience, une fois Noël passé.

— Bien sûr, répondit-elle ironiquement en se remettant à feuilleter le dossier.

Mieux valait ne pas insister. Il voulait que la conversation se termine ? Elle était terminée. Mais au fond de lui, il ne pouvait accepter qu'elle s'achève ainsi.

Croisant les bras et prenant un air grave, il reprit :

— Qu'est-ce que tu veux dire par « bien sûr » ?

— Je veux dire que tu te fais des illusions si tu penses que vous sortirez tous les deux indemnes de cette brève union, même *contractuelle*. Le mariage n'est pas une chose anodine, que tu le veuilles ou non. J'ai essayé de t'avertir, tu te souviens ?

Elle s'interrompit, secoua la tête, et poursuivit :

— Et de plus, j'étais là. J'ai vu la façon dont tu la regardais. J'ai vu le gros caillou qui brillait à son doigt. Tu ne fais pas semblant, Anders. Et si tu penses vraiment que si, tu risques de tomber de bien haut dans pas longtemps.

— Tu te trompes, marmonna-t-il.

Un lourd silence s'installa, comme pour renforcer la portée de ses paroles.

Chloe avait posé une limite, et il n'avait aucune intention de la franchir à nouveau. Même si… toute sa vie avait été bouleversée, songea-t-il. Toutefois il ne pouvait tout de même pas y apporter davantage de chaos en piétinant leur accord et en lui demandant de l'épouser vraiment.

De toute façon, il n'avait pas du tout envie de ça !

Certes, il aimait le son cristallin de son rire et la ridicule petite voix haut perchée qu'elle utilisait quand elle s'adressait à Prancer. Certes, il passait de longues minutes à son bureau à songer à la douceur de sa peau et à se souvenir de l'enivrant mélange du parfum de ses cheveux et de celui de son bouquet de mariée. Mais cela ne signifiait pas pour autant qu'il voulait l'aimer, l'honorer et la chérir pour le reste de sa vie, si ?

Non, certainement pas ! Il n'était pas dans son état normal, voilà tout. Il n'avait toujours pas fait le deuil de son frère et, comme chacun le sait, le chagrin pouvait rendre fou. C'était pour ça que les experts en la matière cherchaient toujours à dissuader les personnes en deuil de prendre des décisions importantes. Comme se marier ou, dans son cas précis, rester marié.

— Je corrige, alors, reprit Penelope. Après Noël, vous n'aurez aucun problème à respecter les termes du contrat que vous avez tous deux signé et à reprendre votre chemin chacun de votre côté.

Embarrassé, il se détourna d'elle. Il ne pouvait tout de même pas lui avouer qu'il n'avait pas rédigé de contrat. Elle risquait de passer sa journée à analyser ce qu'elle considérerait certainement comme un acte manqué.

— Mais je ne l'espère pas, poursuivit-elle en lui adressant un sourire entendu. Car s'il y a bien une chose dont je suis sûre, c'est que tu ne m'as jamais regardée comme tu regardes Chloe.

— Penelope...

— Si tu as l'intention de t'excuser, économise ta salive. Je ne suis pas jalouse. J'aurais pu, moi aussi, devenir Mme Anders Kent. Ce que j'essaie simplement de te dire, c'est qu'il se peut que tu aies reçu un précieux cadeau, une chose que la plupart des gens passent toute leur vie à espérer recevoir. Tu devrais au moins envisager cette possibilité, avant de t'en débarrasser.

Un précieux cadeau, à l'image de tous les paquets emballés que Chloe avait empilés sous le pitoyable sapin ?

Non.

Serrant les dents, il s'agrippa à son Mont Blanc.

Chloe et lui faisaient semblant. Elle allait partir et lui permettre de reprendre le cours normal de sa vie avant que ce sapin de Noël perde ses aiguilles.

— Tu te trompes complètement, décréta-t-il.

L'opinion de Penelope sur le sujet importait peu pour lui. Alors pourquoi essayait-il de la convaincre qu'elle avait tort ?

À moins que ce soit lui, qu'il essayait de convaincre ?

Cette désagréable pensée lui fit l'effet d'une gifle au moment où Mme Summers apparaissait sur le seuil de la salle de conférences.

— Monsieur Kent. Mademoiselle Reed, dit-elle en guise de salutations.

— Oui ? fit-il, ravi de cette interruption.

Il aurait accueilli avec joie n'importe quel événement qui

aurait pu le distraire de la femme qui dormait dans son lit, toute seule, depuis sept nuits.

— Votre client est arrivé. Dois-je le faire entrer ?

— Oui. Merci.

Sauvé !

Le travail. C'était exactement ce dont il avait besoin. Il pouvait gérer ça. Il était doué pour ça, bien plus que pour tous les autres aspects de sa vie.

Mais durant tout le temps qu'il argumenta pour convaincre Eric Johnson de faire une nouvelle acquisition, son esprit ne cessa de vagabonder. Et quand l'entretien s'acheva, peu de temps avant 16 heures, il rassembla ses affaires et passa devant le bureau de la réception sans se donner la peine d'expliquer les raisons de son départ.

Il avait entendu suffisamment de commentaires sur sa vie personnelle pour la journée.

En sortant de l'ascenseur pour quitter le luxueux immeuble d'Anders, Chloe vérifia l'heure sur son téléphone et pressa le pas.

Sa mère ne l'attendait pas au studio avant 18 heures, elle aurait donc une heure d'avance, malgré la cohue dans le métro. Mais Lolly n'étant pas là, elle n'avait aucune envie de se retrouver seule dans l'appartement avec Anders quand il rentrerait.

C'était un plan désespéré, mais le problème était que, jusqu'ici, leur cohabitation n'avait rien fait pour émousser son attirance pour son mari temporaire. Même la ruse de l'horrible pull de Noël s'était retournée contre elle. Elle n'avait jamais vu un homme paraître aussi sexy dans un chandail aux couleurs criardes orné de petits pompons !

Le regarder jouer avec Lolly était pire encore. Il était tellement patient avec elle. Tellement gentil. Elle n'arrivait même pas à imaginer qu'il puisse la perdre. La simple idée que Lolly lui soit arrachée était la seule chose qui la retenait de prendre ses affaires et de mettre un terme à leur accord. Chaque nuit qu'elle passait dans son lit sans lui était un véritable calvaire. Mais elle ne pouvait pas s'en aller, elle ne pouvait pas le laisser seul devant le juge pour l'audience.

Plus qu'une semaine, et tout serait terminé.

Elle pouvait le faire. Elle pouvait tenir sept autres jours, à présent qu'elle avait commencé les rénovations de la Wilde School of Dance. Anders lui ayant versé la moitié de la somme due le lendemain du mariage, elle n'avait pas perdu de temps pour dresser la liste de tous les travaux à entreprendre. Les nouveaux meubles du hall ne seraient pas livrés avant le début de l'année, mais elle s'était arrangée pour que le plancher soit remplacé le week-end suivant. Le 24 décembre, *Mini Casse-Noisette* pourrait avoir lieu sur un magnifique revêtement de sol flambant neuf. Si cela ne leur permettait pas de recruter des étudiants sérieux, elle ne voyait pas ce qui pourrait le faire.

En attendant, une heure de bricolage au studio ne lui ferait pas de mal, surtout si cela lui permettait d'éviter la ridicule émotion qu'elle ressentait toujours quand Anders passait la porte de l'appartement et prenait Lolly dans ses bras. Même Prancer avait pris part à ce rituel de l'accueil du soir, en tournoyant autour d'Anders et en mordillant ses chaussures hors de prix, tandis qu'elle restait à l'écart, comme la cinquième roue du carrosse.

Mais si elle voulait être honnête avec elle-même, elle devait admettre qu'elle n'avait pas l'impression d'être la cinquième roue du carrosse. Quand Anders relevait les yeux, au-dessus de la petite tête de Lolly, pour rencontrer son regard, il lui fallait faire appel à toute sa force de volonté pour ne pas se joindre à cette démonstration d'affection. Ils n'étaient pas une famille et ne le seraient jamais, seulement, dans ces moments-là, c'était l'image qu'ils renvoyaient. Et au fond d'elle, elle y croyait. Malgré tous les efforts qu'elle pouvait faire pour le nier.

Lolly n'étant pas là ce soir, elle n'avait aucune idée de ce qui se passerait quand Anders rentrerait, et elle avait peur de le découvrir, d'où son départ précipité de l'appartement une bonne demi-heure avant le retour prévu d'Anders.

Mais aussitôt qu'elle eut salué le gardien et passé les portes du bâtiment pour se retrouver dans la rue, elle tomba littéralement sur l'homme qu'elle cherchait si désespérément à éviter. Son mari.

— Attention !

Sa voix était aussi grave et virile que jamais, et la première pensée qui lui vint à l'esprit quand son visage heurta les muscles durs de son large torse fut la nécessité de fuir. Vite et loin. Car son parfum, cèdre et pin chauds, était enivrant et tellement masculin, et son manteau de cachemire si doux contre sa joue qu'elle se sentait à deux doigts de ronronner de plaisir...

Jamais elle ne s'était comportée comme ça avec un homme !

On lui avait jeté un sort.

Ou... Ce devait être dû au manque. Il n'y avait eu entre eux aucun contact physique de quelque nature que ce soit depuis le lendemain de leur nuit de noces. La dernière fois qu'il l'avait touchée avait été au brunch, et cette généreuse tendresse avait été destinée à sa famille. Aux apparences.

La faute à qui ?

À elle.

Anders, lui, avait fait exactement ce qu'elle lui avait demandé : garder ses mains loin d'elle.

Ce qui menaçait désormais de la rendre folle.

— Désolée, dit-elle en s'écartant de lui avant de se ridiculiser totalement.

Elle avait besoin d'espace. De beaucoup d'espace. Des kilomètres, si possible.

Mais c'était trop tard, parce qu'il avait déjà posé ses mains sur ses épaules, pour l'empêcher de tomber. Car bien sûr, elle avait les jambes qui tremblaient, comme dans les pires clichés.

— Il y a le feu ou quoi ? demanda-t-il en riant.

*Ma foi...*

L'air était glacial et chargé de flocons de neige, et pourtant, depuis qu'Anders avait posé la main sur elle, elle se sentait toute chaude à l'intérieur.

— Non, c'est juste...

Elle se dégagea de son étreinte. Elle ne pouvait pas formuler une pensée cohérente en étant si près de lui.

— Comment se fait-il que tu rentres si tôt ? s'enquit-elle sur un ton accusateur.

Il garda les bras ballants quelques secondes, comme s'il

ne savait plus quoi faire de ses mains, à présent qu'elles ne se trouvaient plus sur ses épaules. Tout en s'éclaircissant la gorge, il finit par les glisser dans ses poches.

— Il n'est pas si tôt.

— Si.

Elle savait parfaitement à quelle heure il rentrait du travail, les autres jours. À partir du moment où elle savait à quelle heure l'attendre, elle pouvait reconstituer sa carapace invisible, parfaitement conçue pour le tenir à distance.

Elle n'aimait pas les surprises, surtout quand elles impliquaient son charmant faux mari. Depuis la nuit qu'ils avaient passée ensemble au Bennington, il lui semblait que la plus grande imposture n'était pas le mariage, mais ses efforts quotidiens pour que tout ce qui se passait entre eux reste strictement platonique. Quand elle était préparée, elle y parvenait assez bien, tout comme quand elle répétait avant ses performances sur scène. Seulement, au Radio City, tout le monde savait précisément à quel moment le rideau de velours rouge allait se lever. À la seconde près, ou presque. S'il y avait eu ne serait-ce qu'une minute de décalage, cela aurait été le chaos.

Comme dans son cœur, à présent, son cœur qui battait à tout rompre à la vue d'Anders sur ce trottoir enneigé et bondé, avec son écharpe Burberry négligemment nouée autour de son cou et ses beaux cheveux suffisamment décoiffés par le vent pour lui rappeler ce à quoi il ressemblait quand il sortait du lit le matin... Enfin, du canapé.

Décontenancée, elle resta quelques instants à le dévisager. Mais pourquoi, pourquoi, avait-il fallu qu'il rentre si tôt ?

— Les choses étaient calmes au bureau, expliqua-t-il.

Il mentait. Elle avait vu son emploi du temps, entendu les multiples messages quotidiens de son assistante. Les choses n'étaient jamais calmes à son bureau.

— Alors je me suis dit que je pourrais venir voir ce que Lolly et toi faisiez cet après-midi, ajouta-t-il en relevant les yeux vers l'immeuble.

Lolly, naturellement. Il était rentré pour passer du temps avec sa nièce, et c'était adorable. Vraiment adorable. Alors, pourquoi le sentiment qui lui écrasait la poitrine ressemblait-il tant à de la déception ?

— Lolly n'est pas là, dit-elle. Elle est encore au studio. Allegra l'a autorisée à suivre le cours de claquettes parce qu'elle n'avait pas envie de rentrer après nos répétitions du ballet. J'ai bien l'impression que tu as une future danseuse entre les mains.

Quelque chose dans le regard d'Anders s'adoucit. Agréablement surprise, elle retint son souffle.

— Comme toi ? murmura-t-il. Ce serait vraiment super.

Leurs regards se nouèrent, et l'espace de quelques brèves et magiques secondes, l'univers autour d'eux devint flou et silencieux. Les rues de la ville, le vrombissement des taxis, le hululement des sirènes, tout cela disparut jusqu'à ce qu'elle ne puisse plus voir que la douceur inattendue des yeux d'Anders et n'entendre que son cœur qui battait à tout rompre dans ses oreilles.

Sa famille ne savait toujours pas qu'elle avait été renvoyée. Anders, lui, connaissait la vérité, et pourtant il était là, à lui dire qu'il serait heureux que Lolly devienne comme elle.

— Je ne suis plus danseuse, au cas où tu aurais oublié, dit-elle en secouant la tête.

— Tu seras toujours danseuse, répondit-il simplement et avec suffisamment de conviction pour qu'elle ait envie de le croire.

Émue, elle prit une longue bouffée d'air.

— Il faut que j'y aille. Je dois retourner au studio.

— La nourrice ne peut-elle pas aller chercher Lolly ?

Ah. La nourrice. Il ne savait pas.

— Je lui ai donné une semaine de congé. J'espère que cela ne te dérange pas. Je me suis dit qu'avec les fêtes elle avait sûrement envie de passer du temps avec sa famille. Et puis, je suis là, maintenant.

Pour quelques petits jours encore…

— Mais ne t'inquiète pas, ajouta-t-elle vivement. Elle sera de retour le lendemain de Noël.

Il hocha la tête, et l'expression de son visage changea. Il aurait besoin de la nourrice une fois que l'heure de la fin de leur prétendue famille aurait sonné.

— Très bien, murmura-t-il. Cela ne me dérange pas, non.

Soudain nerveuse, elle se mit à se balancer d'un pied sur l'autre. Elle ne pouvait plus supporter de rester là, à discuter de la nourrice et des activités de Lolly comme s'ils étaient un vrai couple. Une vraie famille.

— Il faut que j'y aille, dit-elle. Je dois retourner au studio.

— Tu n'as pas terminé tes cours pour la journée ? demanda-t-il sans lui laisser le temps de commencer à s'éloigner.

Malgré le besoin intense, presque urgent, de fuir, elle ne put s'empêcher de sourire. *Mini Casse-Noisette* était une autre chose qui avait pris une place très importante dans sa vie.

— Si. Le cours était super, aujourd'hui. Tu aurais dû voir les enfants danser sur la valse des flocons de neige. C'était tellement mignon.

— J'ai hâte de voir ça, le 24 au soir.

— Je te comprends.

Sa bonne humeur s'était brutalement dissipée, comme à chaque fois que quelqu'un mentionnait cette date. Noël avait toujours été sa fête préférée, mais ce n'était plus le cas, à présent. Pas cette année, en tout cas.

— Quoi qu'il en soit, j'ai un peu de peinture à faire, précisa-t-elle.

— De la peinture ?

Il inclina la tête sur le côté, et regarder dans ses yeux était tellement semblable à relever la tête vers un ciel cristallin qu'elle dut se détourner de lui.

— Je fais quelques rénovations à l'école, expliqua-t-elle. Pour que les locaux soient plus jolis le soir du spectacle.

— Et tu peins les murs toi-même ?

Il semblait surpris, mais à bien y réfléchir, cela paraissait logique. Combien de milliardaires occupaient leur temps libre à faire du travail manuel ?

— Oui. Tu sais, ce n'est pas si difficile que ça. Tu devrais essayer, un jour.

Tout en haussant les épaules, il lui adressa un petit sourire espiègle.

— D'accord.

Et tout à coup, il s'approcha de la rue et leva le bras. Au même instant, un taxi jaune apparut, comme par magie.

Évidemment. Il était le genre d'homme à obtenir ce qu'il voulait quand il le voulait. Ce qui était très agaçant, surtout quand il la regardait ainsi, comme si elle était la chose qu'il voulait le plus au monde.

Plus qu'une semaine. Et tout serait terminé.

— Qu'est-ce que tu fais ? demanda-t-elle en restant à l'écart du taxi, dont il venait d'ouvrir la portière.

Mieux valait ne pas regarder le luxueux intérieur en cuir noir, ne pas réfléchir au confort et à la chaleur qu'il lui apporterait, par rapport au métro.

— Je vais t'aider à peindre, répondit-il. Tu viens de dire que je devrais essayer, un jour.

Croisant les pieds, il s'adossa au taxi, comme pour lui faire comprendre qu'il était prêt à réfuter toutes les excuses qu'elle pourrait trouver pour le repousser.

— Mais... Tu es en costume. Tu ne peux pas peindre habillé comme ça.

— Ce costume ? Tu sais, je ne l'ai jamais vraiment aimé..., répondit-il en lui tendant la main.

Tout ce qu'elle avait à faire était de s'éloigner pour prendre la direction de la station de métro. Ou trouver une excuse pour retourner à l'appartement. Elle partirait un peu plus tard, une fois qu'il serait occupé par un coup de fil professionnel ou ce genre de chose.

Sauf qu'elle ne fit rien de tout cela. Glissant sa main dans la sienne, elle le laissa l'aider à monter dans le taxi, tout en essayant de se convaincre que tout irait bien. Ils allaient peindre des murs, pas danser. On ne peut tout de même pas tomber dans le lit d'un homme en peignant un mur avec lui, non ?

Mais quand elle se retrouva nichée dans la chaleur du taxi, à côté de lui, alors que le crépuscule tombait sur la ville et que Manhattan se parait des nuances dorées de la lumière déclinante du soir, radieuse comme elle ne l'était qu'à cette période de l'année, elle eut du mal à résister à l'envie de poser sa tête sur l'épaule de son mari. D'appuyer sa cuisse contre la sienne juste pour sentir la chaleur réconfortante de sa présence avant qu'elle la perde.

De se hisser sur ses genoux pour réchauffer de ses baisers ses lèvres glacées par le vent d'hiver.

Tout bien réfléchi, tomber dans son lit n'aurait pas dû être son plus grand sujet d'inquiétude !

En qualité de danseuse, elle savait parfaitement qu'il y avait des moyens beaucoup plus dangereux de tomber.

Une heure plus tard, un pinceau à la main, sa chemise et son pantalon de créateur couverts de taches de peinture, Anders était prêt à admettre qu'il aurait mieux fait de se changer avant de se rendre au studio.

Il n'avait cependant aucun regret. S'il avait pris le temps de remonter se changer à son appartement, Chloe aurait sans nul doute profité de l'occasion pour partir sans lui. Or, il ne supportait même pas l'idée de se retrouver coincé dans son appartement vide pour la soirée.

Ayant vécu seul toute sa vie d'adulte, il aurait pourtant dû se sentir parfaitement à l'aise dans un appartement vide. Sauf qu'il s'était habitué aux joyeux pépiements qui avaient envahi l'espace au cours de la semaine passée. Il aimait le tambourinement des petits pieds de Lolly quand elle pourchassait Prancer autour du sapin de Noël. Il aimait écouter la voix de Chloe, aussi pure et cristalline que le son d'une clochette. Il aimait s'endormir en sachant qu'elle était juste là, même si elle ne partageait pas son lit.

Elle était là, c'était tout ce qui importait.

Seulement dans une semaine, elle ne le serait plus...

Raison pour laquelle il voulait savourer chaque seconde qu'il passait avec elle, et s'il fallait pour cela qu'il transforme son plus beau costume en une œuvre d'art moderne, eh bien tant pis !

Alors qu'il terminait de peindre le dernier panneau de mur, la jolie voix de Chloe le tira doucement de sa rêverie.

— Tu es très doué, je suis surprise.

Cela faisait deux heures, maintenant, qu'ils étaient là, parfois à peindre dans un agréable silence, parfois à discuter de tout le temps qu'elle avait passé ici dans son enfance. Il aimait apprendre de nouvelles informations sur sa vie, remplir les blancs de son passé. Apprendre à la connaître. Il avait vu la lueur de panique qui s'était allumée dans ses yeux, quand sa mère et sa belle-sœur étaient parties pour la soirée, emmenant Lolly, qui devait encore une fois rester dormir dans la demeure familiale des Wilde.

Et il avait très bien compris ce que signifiait ce regard : elle faisait tout son possible pour ne pas se retrouver seule avec lui. Le problème était que lui, il avait besoin de passer du temps seule avec elle. Il était las de prétendre que ce qui s'était passé au cours de leur nuit de noces avait été une erreur. Cela n'avait pas été une erreur du tout.

Cela avait été parfait.

Et à en juger par les coups d'œil furtifs qu'elle lançait dans sa direction quand elle semblait croire qu'il ne faisait pas attention, il pensait pouvoir dire qu'elle était de cet avis, elle aussi.

De nouveau, elle tourna vers lui son regard, qui passa de ses mains à sa bouche avant de remonter vers ses yeux. Après quoi, elle piqua un fard.

— Y a-t-il quelque chose que tu ne saches pas faire ? demanda-t-elle. Je n'aurais jamais imaginé qu'un célibataire milliardaire puisse se montrer si habile avec un pinceau dans les mains.

— Je ne suis plus célibataire, au cas où tu l'aurais oublié, répliqua-t-il avant de se remettre à l'ouvrage. Et il y a des tas de choses que je ne sais pas faire.

— Comme quoi ?

— Comme danser. Je suis une vraie catastrophe, sur une piste de danse.

— Je ne te crois pas.

— Tu penses vraiment que je mentirais à une danseuse au sujet de mes deux pieds gauches ?

— Sois honnête, Anders. Ce mensonge éhonté n'aurait-il pas pour but de me convaincre de danser un slow avec toi ?

Tout en souriant, il lui pinça le lobe de l'oreille.

— Il n'y a qu'un seul moyen de le savoir, non ? rétorqua-t-il.

Il pouvait presque voir les rouages s'activer dans l'esprit de Chloe. La lueur qui brillait dans ses yeux était la même que celle qu'il remarquait toujours quand il se déshabillait le soir pour aller se coucher : la tentation.

— Eh bien, je suppose que je te dois une leçon de danse, vu que tu viens de passer la soirée à peindre avec moi et à massacrer ton costume.

— Une danse, et on sera quittes. D'accord ? lança-t-il en lui tendant la main pour sceller le marché.

Ils échangèrent une poignée de main, et ce simple et innocent contact suffit à réveiller son désir dans toute sa force. En une seconde, son sexe était devenu dur. Il n'avait pas envie de Chloe, il brûlait de désir pour elle. Et ce désir, cela faisait plus d'une semaine qu'il consumait son corps tout entier.

— D'accord, répondit-elle en souriant. Tu crois que l'on pourra un jour avoir un échange normal et spontané, ou est-ce que notre relation sera toujours régie par des accords prénégociés ?

Avant de répondre, il la regarda sortir de sa pochette un disque vinyle qui, une fois qu'elle l'eut inséré dans la platine, vint emplir la pièce d'une douce mélodie française portée par une voix rocailleuse.

— Alors ? demanda-t-elle en revenant vers lui.

Elle était désormais si proche qu'il n'avait aucun mal à discerner les petites étincelles dorées qui dansaient dans ses beaux yeux bruns.

— Honnêtement, ça m'est égal, à partir du moment où je peux te prendre dans mes bras..., répondit-il avec un clin d'œil.

Sensuellement, il fit glisser son bras autour de sa taille fine et élancée.

Comme pour réprimer un sourire, elle se mordit les lèvres.

— Bien joué, mon petit mari, murmura-t-elle tandis qu'ils commençaient à onduler au son de la musique.

— Merci, ma petite femme, chuchota-t-il contre ses doux cheveux.

Et ils demeurèrent ainsi, hanches contre hanches, à se délecter de la chaleur familière du corps de l'autre, à onduler, se désirer, et ce encore bien après que le morceau fut terminé, ne leur laissant pour seul accompagnement que le rythme de leurs cœurs qui battaient à l'unisson.

— C'est bien ce que je pensais, finit-elle par murmurer contre son cou. Tu as menti. Tu es un excellent danseur.

Il laissa échapper un petit rire douloureux.

— Il vaudrait mieux que l'on s'arrête si on ne veut pas avoir à renégocier un autre terme clé de notre contrat.

— Je commençais à croire que tu ne me le proposerais jamais, répondit-elle en s'écartant juste assez de lui pour rencontrer son regard.

Après quoi elle se hissa sur la pointe des pieds et l'embrassa comme si elle avait l'intention de l'accueillir dans son lit.

Ce qu'elle fit.

Ce soir-là, et tous les autres, jusqu'au 24 décembre.

# 13

— Levez-vous, s'il vous plaît. La séance de la cour des affaires familiales de New York est ouverte, sous la présidence de l'honorable juge Patricia Norton, déclara le greffier tandis qu'une femme vêtue d'une longue robe noire faisait son entrée dans la grande salle lambrissée.

*Nous y voilà*, se dit Anders en se levant. C'était le moment qu'il avait redouté depuis qu'il avait pris connaissance du testament et de la condition qu'avaient apposée Grant et Olivia à la garde de leur fille. Était-ce vraiment moins d'un mois plus tôt ? Il avait l'impression que des années s'étaient écoulées depuis la dernière fois qu'il avait vu son frère. Tant de choses avaient changé.

Qu'aurait pensé Grant s'il l'avait vu, là, debout avec Chloe ?

Aurait-il été fier ?

Un peu, certainement, avant qu'il comprenne que le mariage n'était pas réel et que l'homme à qui il avait confié sa fille avait payé une femme pour l'épouser. Aurait-il été choqué ? Sans doute pas. Déçu, oui, certainement. Il savait pourtant qu'Anders n'était pas un homme de famille.

Et pourtant, curieusement, Anders avait l'impression d'en être un, à présent. Quelque chose dans la situation, le fait de se retrouver subitement face à face avec la personne qui allait décider s'il allait ou non devenir le père de substitution de Lolly, avait éveillé en lui un farouche instinct protecteur qui le poussait à serrer dans ses mains la rampe de bois derrière laquelle il se tenait avec Chloe, Lolly et son avocat. Machinalement, il se tourna vers elles. Lolly et sa petite bouille innocente, Chloe et ses magnifiques traits féminins. Un sentiment de panique qu'il ne connaissait que trop bien le prit à la gorge.

Pendant deux semaines, ils avaient tous trois vécu sous le même toit. Ils avaient partagé des repas, s'étaient confié des secrets, avaient accroché à la cheminée des chaussettes sur lesquelles ils avaient écrit leurs noms à l'aide de feutres à paillettes. Les six nuits précédentes, Chloe et lui avaient dormi dans le même lit, s'étaient caressés, embrassés, aimés. Ce qu'ils avaient conçu comme une mise en scène était devenu réalité. Et à présent qu'il regardait les deux femmes de sa nouvelle vie, il commençait à comprendre pourquoi le sentiment de vide qu'il avait ressenti après l'accident de Grant semblait être revenu le hanter. Le torturer.

À force de faire semblant d'être une famille, ils avaient fini par en devenir une réellement. Lolly et Chloe faisaient partie de son univers, de lui. Quoi qu'il puisse advenir dans les minutes qui allaient suivre, elles resteraient toutes deux gravées dans son cœur à jamais.

Et désormais, il risquait de les perdre toutes les deux.

— Vous pouvez vous asseoir, dit la juge après avoir procédé à un bref compte rendu de l'affaire.

Terrorisé, il serra ses mains l'une contre l'autre pour les empêcher de trembler.

*Reste calme. Ça va aller.*

Il avait bien maîtrisé les choses. Certes, il n'arrivait toujours pas à pousser la porte du bureau de son frère, mais leur dispute n'était plus la première chose à laquelle il pensait quand il se levait le matin ou la dernière qui lui venait à l'esprit quand il se couchait le soir. Il ne s'était toujours pas pardonné, ça c'était impossible, mais il était parvenu à repousser ces sentiments et poursuivre le cours de sa vie. Il vivait de nouveau. Il contrôlait son univers, tout comme il l'avait toujours fait.

Ou du moins le pensait-il.

— M. Anders Kent est-il présent ? demanda la juge, coupant court à ses pensées.

— Oui, Votre Honneur, répondit-il d'une voix tremblante qu'il ne lui semblait jamais avoir entendue dans sa bouche, pas même le jour où il avait dû annoncer à Lolly qu'elle ne reverrait jamais ses parents.

D'un geste tendre, Chloe lui prit la main, la serra doucement dans la sienne. Mais il n'osa pas la regarder, car il avait l'horrible sentiment que, s'il le faisait, il se mettrait à pleurer. Il n'avait pas versé une larme depuis la mort de ses parents. Il avait alors dix-sept ans. Et même à ce moment-là, il n'avait pleuré qu'une fois, à l'enterrement.

— Bonjour, monsieur Kent. Je présume que vous avez un avocat pour vous représenter.

Ledit avocat se leva et se présenta, avant de remettre à la juge le certificat de naissance de Lolly, la copie du testament de ses parents, ainsi que le certificat de mariage d'Anders et Chloe.

Tout allait si vite. Trop vite. La juge n'accorda qu'un bref coup d'œil aux documents avant de faire signe à Lolly d'approcher. L'air terrifié, la fillette leva son visage vers Anders.

— Ne t'inquiète pas, ma bichette. Elle veut juste te poser quelques questions, lui dit-il en faisant de son mieux pour paraître rassurant.

Chloe et lui savaient que cela se passerait ainsi. L'avocat les avait avertis que le juge demanderait à parler à Lolly et l'interrogerait sur sa vie avec eux. Mais il n'avait rien dit de cette douloureuse impression d'avoir le cœur arraché de la poitrine au moment où il regarderait sa nièce traverser la grande salle pour avancer vers la juge.

— Ça va bien se passer, chuchota Chloe à son oreille.

Machinalement, il baissa les yeux vers ses genoux, où sa main était toujours posée sur la sienne. Le diamant qui brillait à son doigt reflétait un kaléidoscope de lumière dans toutes les directions. Quand il posa les yeux sur elle, il lui vint à l'esprit qu'elle avait joué un rôle similaire pour lui. Elle était une étrangère qui était arrivée dans sa vie en sa période la plus sombre, et elle avait fait bien plus qu'accepter cet arrangement. Elle avait illuminé les ténèbres de sa bonté.

— Tu le crois vraiment ? lui demanda-t-il.

Car tout à coup, il lui semblait impossible que cela se passe bien. Et le mauvais pressentiment qui lui vrillait les entrailles ne concernait pas que Lolly.

— Bien sûr, tu vas voir, répondit-elle en souriant.

Il ne voulait pas la perdre.

Instinctivement, il se tourna vers Lolly, qui discutait désormais à voix basse avec la juge.

Il ne pouvait pas la perdre.

Ni Chloe ni lui n'avaient parlé de ce qui pourrait se passer après ce moment. Dans son esprit, leurs chemins se sépareraient aussitôt qu'ils seraient sortis du tribunal. Ils avaient un marché, et ils avaient tous deux rempli leur part.

Seulement un marché pouvait être renégocié. Il passait ses journées à gérer des contrats ; il excellait dans cette discipline. Il lui suffirait de parler à Chloe après l'audience et de lui proposer une extension de leur accord. Reporter leur séparation et peut-être même sortir ensemble comme deux personnes normales.

Il allait réussir. Il le fallait. Pour l'heure, il avait juste besoin d'y réfléchir de façon rationnelle, comme à une transaction professionnelle, en attendant la fin de la procédure judiciaire.

— Merci, Lolly, dit soudain la juge à voix haute, en tendant à la petite fille un sucre d'orge. Tu peux retourner t'asseoir, maintenant. Comme c'est bientôt Noël, je vais me montrer rapide. Je suis sûre que vous avez hâte de rentrer chez vous. Nous avons tous hâte.

Lolly remercia la juge d'une petite voix gaie et enjouée, qui réussit à tirer un sourire à Anders. À présent qu'il avait un plan, il pouvait à nouveau respirer.

— Bien. Tout a l'air en ordre, reprit la juge. Il semble que toutes les conditions du droit de garde aient été observées, et Lolly est à l'évidence très heureuse chez M. Kent. Je ne vois aucune raison de lui refuser la garde. C'est pourquoi je nomme aujourd'hui Anders Kent tuteur légal de Lolly Kent.

De son marteau, elle frappa le bureau d'un coup fort, qui marqua la fin de ces longues semaines de doute et d'inquiétude.

— Joyeux Noël, monsieur et madame Kent. Et à toi aussi, Lolly, ajouta la juge d'une voix radieuse.

Elle s'interrompit, leur fit un clin d'œil.

— Vous êtes une famille, désormais.

« Vous êtes une famille, désormais. »

Les mots de la juge résonnaient encore dans l'esprit de Chloe au moment où elle sortit avec Anders et Lolly de la salle d'audience.

Même si elle était très soulagée qu'Anders se soit vu octroyer la garde définitive de sa nièce, elle ne s'était jamais autant sentie dans la peau d'un imposteur. De tous les mensonges qu'elle avait dits au cours de ces récentes semaines, son mariage avec Anders avait été le pire. Elle le savait depuis longtemps, évidemment, mais elle n'en avait vraiment pris conscience que tout récemment.

Elle avait eu tellement peur d'avoir le cœur brisé qu'elle n'avait pas réfléchi à toutes les autres choses qui pouvaient mal tourner. Et s'ils étaient démasqués ? Et si Anders perdait Lolly ?

Ces hypothèses dévastatrices l'avaient frappée en plein cœur au moment où elle s'était assise dans le tribunal. Elle avait tenu la main d'Anders, avait dit et fait tout ce qu'il fallait. Mais au fond d'elle, elle était terrifiée. Et désormais, elle était presque trop choquée pour se sentir soulagée.

*Tout va bien, maintenant. C'est terminé.*

Elle se concentra sur la régularité de sa respiration tandis qu'Anders disait au revoir à son avocat.

Mais cette idée n'avait rien de réconfortant. Qu'est-ce qui était terminé, exactement ? L'inquiétude au sujet de la garde de Lolly ?

Ou sa relation avec Anders ?

Ravalant sa salive avec peine, elle s'efforça de sourire quand Anders les prit toutes deux dans ses bras. Son père faisait la même chose quand elle était petite. Il passait ses bras autour de sa mère puis d'elle, et toute la famille venait se joindre à cette étreinte. Il appelait cela un câlin de famille, et cette situation lui parut soudain si semblable qu'elle en eut le souffle coupé.

*Sommes-nous une famille ?*

*Le sommes-nous vraiment ?*

Tout en s'écartant d'eux, elle croisa les bras sous sa poitrine, pour se donner de la stabilité.

Anders et elle auraient dû parler de ce qui allait se passer ce jour-là. Car elle ne savait pas si elle était censée partager son lit ce soir-là, murmurer son nom tandis qu'il lui ferait l'amour, ou s'il attendait d'elle qu'elle prenne ses affaires et qu'elle parte.

Elle regrettait presque de ne pas avoir respecté leur accord originel. De cette façon, au moins, elle aurait su à quoi s'en tenir.

— Ça va ? lui demanda-t-il soudain. Tu es toute pâle.

Sortant brusquement de sa torpeur, elle cligna des yeux.

— Ça va. C'est juste...

*Que je ne sais pas où nous allons aller maintenant.*

*Que je crois que je suis tombée amoureuse de toi.*

Elle secoua la tête, essaya de chasser cette pensée ridicule. Tomber amoureux n'avait jamais fait partie du marché. Le sexe était une chose, l'amour en était une tout autre. Elle ne voulait pas être amoureuse. Elle ne pouvait pas. Et certainement pas d'un homme qui pouvait ne pas l'aimer en retour.

Elle était déjà passée par là. Et il était hors de question qu'elle recommence.

— Excuse-moi. Ça va, je t'assure, reprit-elle avant de se tourner vers le tribunal. C'est juste que c'était un peu plus stressant que je ne l'avais imaginé.

Glissant un bras autour de sa taille, il l'attira près de lui.

— Mais c'est terminé, maintenant.

Ce mot, encore... « Terminé ».

Elle se crispa sous son étreinte, et quelque chose qui ressemblait à de la souffrance vint ternir les yeux de saphir d'Anders.

Au même instant, son téléphone se mit à sonner dans son sac à main. Saisissant ce prétexte pour ne pas avoir à regarder son visage blessé, elle plongea la main dans son sac.

— Il faut que je réponde. Ça doit être maman ou Allegra au sujet du spectacle de ce soir.

Tout en hochant la tête, il croisa les bras, et l'espace d'un bref et déconcertant instant, il lui apparut exactement comme la première fois qu'elle avait posé les yeux sur lui : tout en lignes dures et en résistance finement ciselée. Le cœur battant à tout rompre, les mains tremblantes, elle finit par trouver son téléphone.

— Tiens, murmura-t-elle quand elle découvrit l'identité de son correspondant.

— C'est à propos du spectacle ?

— Non, répondit-elle d'une voix faible. Ce sont les Rockettes.

C'était le numéro de Susan Morgan, le manager de la troupe.

Chloe ne lui avait pas parlé depuis qu'elle avait été exclue du groupe. La distribution de flyers était supervisée par une personne beaucoup moins bien située dans l'échelle de la hiérarchie.

— Réponds, lui conseilla Anders. Ça pourrait être de bonnes nouvelles, non ?

Ou pas.

Mais dans un cas comme dans l'autre, la certitude valait mieux que l'incertitude. Car pour l'heure, rien dans sa vie n'était certain, notamment pour tout ce qui concernait sa situation amoureuse.

Fixant son regard sur le sien, elle appuya sur le bouton pour décrocher.

— Allô !

— Susan Morgan, des Rockettes. Vous êtes bien Chloe Wilde ?

— Oui, c'est moi. Bonjour, madame Morgan.

À moitié rassurée, elle adressa à Anders un léger sourire.

Mme Morgan avait l'air de bonne humeur. En tout cas, elle n'évoquait pas du tout une personne qui s'apprête à renvoyer quelqu'un la veille de Noël.

— Très bien. Écoutez, Chloe. Je sais que c'est un peu précipité, mais je sais aussi que vous avez hâte de remonter sur scène. J'ai entendu dire que vous vous donniez beaucoup de mal pour faire la promotion de nos spectacles, et je tiens à vous faire savoir que vos efforts ne sont pas passés inaperçus.

— Je suis ravie de l'apprendre, répondit Chloe en commençant à faire les cent pas devant le banc sur lequel Lolly s'était assise.

Le moment était arrivé. Elle allait récupérer son poste et sa vie allait enfin reprendre son cours normal. Elle attendait ça depuis si longtemps !

Alors pourquoi n'était-ce pas aussi merveilleux qu'elle l'avait imaginé ?

— L'une des danseuses de la troupe itinérante vient de se casser la cheville, et nous avons besoin d'une remplaçante. Si vous pouvez partir pour Branson demain, la place est à vous.

La voix de Mme Morgan était débordante d'enthousiasme. Chloe avait l'impression d'entendre le Père Noël lui souhaiter ses vœux.

Quant à elle, le regard toujours fixé sur celui d'Anders, elle s'était brusquement glacée.

— Branson ? Je ne comprends pas...

Les Rockettes comptaient aussi une petite troupe de danseuses qui faisait des tournées dans tout le pays. La troupe itinérante se déplaçait en bus et était sur la route neuf mois par an. Chloe ne s'était jamais produite avec ce groupe, dont elle ne connaissait aucune des danseuses.

— Si vous voulez revenir sur scène, voici votre chance. Le bus part demain après-midi.

— *Demain ?* Mais c'est Noël !

Le visage d'Anders avait brusquement blêmi.

— Je vais vous envoyer les détails par e-mail, lui expliqua Mme Morgan, que ce détail ne sembla pas troubler. Réfléchissez, et faites-moi parvenir votre réponse dès que possible. Je vais être honnête avec vous, Chloe. C'est votre dernière chance. C'est ça ou rien. Compris ?

— Oui. Compris.

Après avoir raccroché, elle regarda le visage déconcerté d'Anders.

— Bonnes nouvelles ? demanda-t-il d'une voix qui lui parut dure et blessante.

Oui. Enfin, pas vraiment. Elle n'était pas sûre de vouloir partir en tournée. Surtout maintenant.

Maintenant, Anders et elle devaient discuter de ce qui se passait entre eux.

S'il se passait quelque chose entre eux, tout au moins, et pas seulement dans sa tête à elle.

— Oui, répondit-elle d'une voix plate et factuelle. Ils veulent que je rejoigne la troupe itinérante.

— Ah, fit-il avant de s'éclaircir la gorge. Félicitations.

Sérieusement ? C'était tout ce qu'il avait à dire ? Félicitations ?

Elle ne lui avait pas dit qu'elle allait accepter. Elle ne savait pas ce qu'elle s'attendait à entendre, mais elle n'imaginait certainement pas que cela se résumerait à un simple mot.

Un poids lui serra la poitrine, et un élan de panique la traversa.

Tout bien considéré, un simple mot aurait pu la satisfaire. Mais pas celui-là, un autre. « Reste », par exemple.

Mais il ne le dirait pas. Leur marché était terminé, il devait être bien content de la voir disparaître.

— La troupe part demain, précisa-t-elle.

Que faisait-elle ? Elle se comportait comme si elle avait envie de prendre ce bus pour Branson. Or ce n'était pas du tout ce qu'elle voulait !

Déboussolée, elle se mordit la lèvre.

*S'il te plaît, Anders, demande-moi de rester. S'il te plaît, dis-le. Reste.*

— J'ai compris, dit-il sèchement.

Il prit une longue bouffée d'air et, l'espace d'un instant, la regarda d'une façon qui lui rappela tellement la façon dont il l'avait regardée le jour de leur mariage que la panique s'apaisa un peu en elle. Peut-être l'aimait-elle vraiment, et peut-être, peut-être, l'aimait-il aussi en retour…

Mais soudain, il se mit à fixer un point situé juste au-dessus de sa tête.

— Une séparation nette, c'est sûrement la meilleure solution, ajouta-t-il.

Elle le regarda, horrifiée.

Il ne pouvait pas le penser !

C'était impossible.

Désespérée, elle attendit quelques secondes pour lui donner la chance de revenir sur ces terribles mots, de trouver un moyen quelconque de les effacer.

Sauf qu'il ne le fit pas. Il les laissa s'inscrire en elle, jusqu'au plus profond de son âme, jusqu'à ce qu'elle n'ait plus d'autre solution que de tourner les talons et partir, le cœur séparé en deux.

— Mais enfin, ma chérie, je ne comprends pas.

Chloe était allée voir sa mère dans la grande maison familiale et se trouvait en face d'elle, devant une tasse de café.

L'annonce de la nouvelle concernant la tournée des Rockettes ne se passait pas aussi bien qu'elle l'avait espéré, et elle n'en était même pas encore arrivée à la partie sur son mariage, cette pure escroquerie ! Elle avait espéré que les deux cappuccinos à la cannelle qu'elle avait pris en sortant du tribunal rendraient les choses plus faciles, mais à l'évidence, ce ne serait pas ça qui l'aiderait à se tirer du pétrin dans lequel elle s'était fourrée.

— Pourquoi partirais-tu en tournée ? demanda sa mère. C'est absurde.

Sa mère prit sa tasse, la reposa sans en avoir bu une gorgée. Mauvais signe.

Presque paralysée par la honte, Chloe prit une profonde inspiration avant de se lancer.

— Parce que, si je n'y vais pas, je ne serai plus une Rockette.

Le temps était venu de dire la vérité. Sur tout. Et autant le faire rapidement, tant qu'elle en avait le courage. Enfin, si ce qu'elle ressentait à cet instant était vraiment du courage.

— J'ai menti sur les raisons pour lesquelles je ne me suis pas produite sur scène au cours des semaines passées, maman. Je ne me suis pas blessée. J'ai été renvoyée.

Crispée, elle attendit les remontrances qui allaient certainement venir. Elle le méritait bien.

Mais sa mère resta d'un calme olympien. Tout en secouant la tête, elle sourit.

— Ah ! Je me demandais quand tu allais enfin te décider à me dire la vérité.

Surprise, Chloe cligna des yeux.

— Tu veux dire que… que tu savais ?

— Oui, ma chérie. Évidemment que je savais. Je suis prof de danse depuis assez longtemps pour faire la différence entre une danseuse qui s'est vraiment blessée et une danseuse qui simule. Et je te connais par ailleurs depuis suffisamment longtemps pour comprendre quand tu as un problème. Mais je ne voulais pas insister. J'ai pensé que tu me le dirais au moment opportun.

Sa mère la connaissait depuis toujours. Était-ce mieux ou pire ? Ça ne pouvait pas être pire. Elle était déjà plus bas que terre.

Prenant une profonde inspiration, elle essaya de ravaler les larmes qu'elle avait retenues tout l'après-midi et qui menaçaient de nouveau de couler. Si elle pleurait à ce moment-là, elle ne pourrait jamais s'arrêter. Tout ce qu'elle avait à faire était de tenir jusqu'au spectacle de la soirée. Une fois qu'elle serait dans ce bus qui l'éloignerait de Manhattan, elle pourrait pleurer tout son soûl.

— J'imagine que ce moment est arrivé, répondit-elle en tentant de sourire. Je ne voulais pas te le dire. J'avais honte, parce que j'ai fait passer ma carrière en premier pendant très longtemps, et ce n'est que quand tout s'est écroulé que je me suis rendu compte que ma famille m'avait vraiment manqué. Je voulais me rattraper vis-à-vis de vous.

— Oh ma chérie ! C'est pour ça que tu es venue travailler au studio et que tu as fait toutes ces rénovations ?

— Oui.

Sauf que ce n'était pas vraiment la vérité. Pas totalement en tout cas. Et elle ne voulait plus mentir. Elle était lasse de mentir. C'était à cause de ses mensonges qu'elle en était là, et elle ne s'était jamais sentie aussi perdue.

— Au départ, c'était ça, mais passer du temps au studio m'a permis de me rappeler à quel point j'aimais ce lieu. Je ne veux pas voir l'école fermer, maman. C'est impossible.

Sa mère eut un sourire doux-amer.

— Cette école ne sera pas là éternellement, tu sais. Si elle ferme, ce ne sera pas un problème. Ni pour toi ni pour moi. Ce n'est qu'un bâtiment. Le cœur du studio, c'est notre famille, et notre famille, elle, est éternelle. Tu n'as pas à me demander pardon ou à te rattraper pour quoi que ce soit. Je t'aime de façon inconditionnelle, ma chérie. Et je suis juste ravie que tu aies fini par revenir, quelles que soient les raisons qui t'y ont poussée.

Mais à présent, elle allait repartir…

Elle baissa les yeux vers son café. Elle n'arrivait plus à se résoudre à regarder sa mère dans les yeux. Elle savait ce que son départ en tournée signifierait. Elle aurait l'air d'abandonner Anders et Lolly, de répéter les erreurs qu'elle avait déjà commises. Et c'était précisément pour ça qu'elle n'avait aucune envie de partir.

Il le fallait, cependant. Son prétendu mariage avait tourné à la catastrophe. Anders lui avait clairement fait comprendre qu'elle devait partir, et que cette occasion arrivait à point nommé.

« Une séparation nette », avait-il dit.

Les mots ne cessaient de tourner en boucle dans son esprit.

— Reste, murmura sa mère, avant de répéter, plus fort, cette fois-ci. Reste, Chloe. Ne pars pas en tournée.

C'était les mots qu'elle mourait d'envie d'entendre, les seuls mots qui comptaient. Seulement ils ne venaient pas de la bonne personne...

— Maman, je ne peux pas...

— Je ne te demande pas de rester pour moi ou pour l'école. Reste pour Anders et Lolly. Ils ont besoin de toi, mais surtout, tu as besoin d'eux.

Chloe n'avait jamais rien entendu d'aussi juste.

Elle ferma les yeux, et les paroles de la juge lui revinrent à l'esprit.

« Joyeux Noël, monsieur et madame Kent. Et à toi aussi, Lolly. Vous êtes une famille, désormais. »

Non, ils ne l'étaient pas. Et elle ne pouvait pas avoir besoin de Lolly et Anders. Elle n'en avait pas le droit.

— Il y a autre chose, dit-elle en repoussant sa tasse de café.

L'odeur de cannelle lui donnait la nausée. Cela lui rappelait trop les contes de Noël qu'elle avait lus à Lolly, la décoration du sapin dans l'appartement, ces moments où elle avait regardé par la fenêtre de la chambre les patineurs qui décrivaient des cercles sur le lac gelé tandis qu'Anders la serrait dans ses bras musclés et couvrait sa nuque de baisers.

— C'est bien ce que je pensais, répondit calmement sa mère.

Trop calmement. Comme si elle savait exactement ce que Chloe s'apprêtait à dire.

Était-ce sa mère qui était très perspicace ou elle qui était transparente ?

Le problème devait venir d'elle. Elle se sentait soudain aussi fine et fragile que du papier à cigarette.

— Si nous nous sommes mariés, Anders et moi, c'est uniquement pour qu'il puisse obtenir la garde de Lolly. L'audience a eu lieu ce matin.

Voilà. Elle l'avait fait. Elle avait tout avoué.

Elle avait retenu tellement de choses en elle qu'elle aurait dû se sentir libérée d'un fardeau. Pourtant, ce n'était pas le cas. Elle avait toujours l'impression qu'un poids de dix kilos pesait sur son cœur.

— Et ? demanda sa mère.

— Il a gagné. C'est terminé.

— Tu es sûre que ces deux choses vont de pair ? demanda doucement sa mère.

— Oui.

Elle était lasse d'espérer en vain. Elle ne pouvait plus le faire. Depuis le soir où Anders l'avait aidée à peindre le studio, elle s'était laissé aller à prétendre que leur accord sur le mariage faisait partie du passé. Officiellement, il n'y avait jamais eu de contrat. Peut-être était-ce un acte manqué de sa part. Peut-être était-elle différente. Spéciale.

Mais elle connaissait la vérité, désormais. Elle ne l'était pas. Elle aurait pu être n'importe quelle femme.

— Je ne vais pas prétendre ne jamais avoir eu de doutes concernant Anders et toi, ma chérie. Tout s'est passé si rapidement... Mais je t'ai soutenue, tout comme le reste de la famille, parce que tu nous as assuré que c'était bien ce que tu voulais. Au départ, j'ai eu du mal à y croire. Toutefois, cela n'a pas duré longtemps.

Tendrement, elle prit le visage de Chloe entre ses mains, pour l'obliger à lui faire face.

— Regarde-moi, ma chérie. Écoute ce que j'ai à te dire. Cet homme t'aime. Il n'arrive peut-être pas à te le dire, ou il ne s'en est peut-être pas encore rendu compte, mais il t'aime. Ça se voit comme une évidence sur son visage. Il a vécu des moments très difficiles. Il a perdu son frère et, d'après ce que tu viens de me dire, il a failli perdre Lolly. Si tu l'aimes, toi aussi, tu devrais lui laisser un peu de temps.

— Il aurait pu me demander de rester, mais il ne l'a pas fait, murmura Chloe en étouffant un sanglot. C'est trop tard.

— Non, ma chérie. Il n'est jamais trop tard. Et je te rappelle que tu portes encore son alliance.

# 14

Dans l'ascenseur qui montait au bureau d'Anders, Chloe jouait avec le diamant de sa bague de fiançailles.

Comment avait-elle pu oublier de lui rendre les bagues ?

Elle n'avait pas pensé qu'elle les portait toujours jusqu'à ce que sa mère le lui fasse remarquer. Ces bagues étaient devenues une part d'elle de la même façon que les chorégraphies s'ancraient en elle après les répétitions. La mémoire musculaire, disait-on. Le corps se souvient de ce qu'il est censé faire, les pieds se déplacent au rythme de la musique sans que le danseur ait à y songer de façon consciente. La plupart des gens pensent que les souvenirs ne sont rattachés qu'à l'esprit, mais ils se trompent.

Et désormais, elle avait l'impression que ces bagues appartenaient à son annulaire. Quand Anders les lui avait données, elles lui avaient paru étranges et étrangères. Régulièrement, elle se surprenait à les regarder, même si elle savait qu'elles ne signifiaient rien ; ce n'était que des accessoires faisant partie de la mise en scène.

Sauf qu'à un moment, elle en était venue à oublier cet aspect des choses, et ces bagues étaient devenues bien plus que des simples accessoires. Elles étaient devenues des parts étincelantes de son cœur, un souvenir qui appartenait à son corps.

Au moment où l'ascenseur ralentit, elle les retira pour les glisser dans la poche de son manteau. Les garder n'était pas envisageable. Elles devaient valoir une fortune !

N'ayant aucune envie de les rendre à Anders au moment du

spectacle, elle avait décidé de le faire maintenant. Clore le chapitre le plus vite possible pour pouvoir, le moment venu, se consacrer entièrement au spectacle et aux enfants.

Elle n'avait aucune envie de le faire chez lui. Si c'était une séparation nette qu'il voulait, elle allait la lui donner. Comme elle savait qu'il avait pris sa journée, elle avait décidé de glisser les bagues dans une enveloppe et de les laisser sur son bureau. Pour lui éviter l'effet de surprise, elle lui enverrait un texto.

Une vague de tristesse la submergea. Leur séparation était tellement courtoise et policée, tout le contraire d'une rupture normale. Mais tout bien considéré, leur histoire se terminait de la même façon qu'elle avait commencé. C'était peut-être logique, après tout.

Les portes de l'ascenseur s'ouvrirent, et il n'y eut rien de policé dans la façon dont son cœur se mit à tambouriner dans sa poitrine quand elle poussa la porte des locaux où il travaillait.

— Madame Kent, lui dit Mme Summers, l'assistante d'Anders, quand elle approcha de son bureau. Je regrette, mais M. Kent est absent. Il a pris sa journée.

— Je le sais, oui, répondit-elle en se tournant instinctivement vers la porte de son bureau. Je voulais juste lui laisser quelque chose ici. Puis-je entrer ?

— Bien sûr. Je dois simplement vous informer que nous fermons dans quelques minutes pour que tout le monde puisse se préparer au réveillon.

— Je ne serai pas longue. Merci, dit-elle avant de se glisser dans le bureau d'Anders et de refermer la porte derrière elle.

Une fois à l'intérieur, elle s'immobilisa, soudain gênée. Elle avait l'impression d'être une intruse. Avec son décor classique assorti à celui de son appartement, la pièce était tellement représentative de ce qu'Anders était. Elle pouvait même y sentir son odeur, chaude et boisée...

Elle n'avait pas mis les pieds dans ce bâtiment depuis le jour où elle y était venue en costume de renne pour donner le chiot à Lolly et avait en fin de compte fini fiancée. Quelque chose dans la pièce avait changé, mais elle n'arrivait pas à mettre le doigt dessus.

Peu importait, de toute façon. Il fallait juste qu'elle laisse les bagues à un endroit sûr et qu'elle se rende à la Wilde School of Dance pour préparer le spectacle. Sans compter qu'elle avait beaucoup à faire avant le départ de la troupe en tournée. Et c'était tant mieux. Tant qu'elle continuerait de s'activer, elle avait toutes ses chances de tenir le coup et d'arriver au bus en un seul morceau. Oui, elle avait tout intérêt à...

Son regard se figea, et elle comprit soudain ce qui avait changé dans le bureau d'Anders. Une collection de nouvelles photos encadrées décorait l'étagère de droite. Elle retint son souffle quand elle s'aperçut qu'il s'agissait de portraits d'elle et de Lolly. Elle s'efforça de ne pas y prêter attention. Ce n'étaient que des accessoires scéniques, après tout, pour que leur mariage « fasse vrai ». Ces photos n'étaient là que pour les apparences.

Elle devait trouver une enveloppe, et, après avoir regardé un peu partout sur le bureau et sur les étagères, n'en trouva aucune. Elle aurait sans doute dû demander à Mme Summers, mais cela aurait donné lieu à des questions auxquelles elle n'avait aucune envie de répondre.

Il allait donc falloir qu'elle ouvre les tiroirs, en priant pour que personne n'entre et la surprenne en train de fouiller.

D'un geste sec, elle ouvrit le tiroir du milieu et, quand elle vit ce qu'il contenait, elle se figea.

Le contrat de mariage.

Le choc fut tel que, pendant un instant, elle ne put ni bouger, ni respirer, ni même cligner des yeux.

Était-ce le contrat dont Anders n'avait cessé de lui parler au départ mais qui ne s'était jamais matérialisé ?

Il n'y avait qu'un seul moyen de le découvrir. Elle hésita. Ce serait certainement douloureux... mais elle avait besoin de le voir. Cela lui rappellerait peut-être à quoi elle s'était engagée en premier lieu. Pas à vivre une véritable relation, et certainement pas à tomber amoureuse.

Amoureuse...

Était-elle amoureuse d'Anders ? C'était impossible ! On ne tombait pas amoureux en quelques semaines. Ce devait être l'ambiance de Noël qui la rendait sentimentale.

D'un geste déterminé, elle ouvrit le porte-vue, certaine que les mots imprimés sur le contrat confirmeraient sa théorie. Si elle ne trouvait aucun moyen de se convaincre qu'elle n'était pas amoureuse, les aspects purement matériels de leur mariage imprimés noir sur blanc feraient certainement l'affaire.

Mais le nom qui était inscrit sur la première page n'était pas le sien. C'était celui de Penelope. Ce contrat était celui qu'elle avait aperçu sur le bureau d'Anders trois semaines plus tôt. Elle le feuilleta brièvement pour s'en assurer, mais son nom n'apparaissait nulle part. Seulement celui de Penelope Reed.

Et son nom n'était pas la seule omission notable. Aucune des pages ne faisait mention d'une bague de fiançailles.

Ce n'était pas logique. Elle avait clairement demandé à Anders si ce solitaire faisait partie du contrat, et il avait répondu que oui.

Ce qui n'était pas le cas.

Pour la première fois depuis leur échange tendu devant le palais de justice, elle eut l'impression que son cœur se gonflait de bonheur. Si c'était vrai ? Si cette bague avait signifié quelque chose depuis le départ ?

Dans ce cas, cela aurait voulu dire qu'elle n'avait peut-être jamais été une épouse de convenance. Que ce qu'elle avait partagé avec Anders n'avait peut-être pas été anodin. Que cela avait peut-être été vrai.

Un véritable amour. Peut-être.

Pour essayer d'apaiser les battements frénétiques de son cœur, elle posa sa main sur sa poitrine. Elle avait envie de croire qu'Anders l'aimait. Qu'elle était spéciale pour lui et pas une femme lambda choisie pour tenir un rôle.

Et elle avait envie de croire à tout cela avec une force qui lui donnait presque des ailes !

Alors elle ferma les yeux et se laissa aller à imaginer, juste quelques secondes, que tout cela avait été vrai. Et elle sentit s'envelopper autour de son cœur quelque chose de doux et tendre. D'intemporel. De lumineux.

Quand elle ouvrit les yeux, la première chose sur laquelle elle tomba fut la photo encadrée qui se trouvait sur le bureau. Elle, le jour du mariage. Et le cadre n'était pas orienté vers la porte, comme ceux qui se trouvaient sur l'étagère. La photo était face au fauteuil d'Anders, là où seul lui pouvait la voir.

Elle sentit ses yeux s'emplir de larmes.

Qu'avait-elle fait ?

Sa mère avait raison. Elle était si déterminée à croire qu'il ne l'aimait pas qu'elle s'était conduite comme si elle avait vraiment envie de partir en tournée, alors que, durant tout ce temps, il avait été là, tous les jours, assis à son bureau à regarder sa photo. Et désormais il était trop tard. Trop tard pour lui dire qu'elle en voulait plus, trop tard pour rester.

Trop tard, vraiment ?

Elle entendit les mots de sa mère résonner dans sa tête, aussi nettement que si elle était vraiment là, à les lui chuchoter à l'oreille. « Non, ma chérie. Il n'est jamais trop tard. Et je te rappelle que tu portes encore son alliance. »

Le visage ruisselant de larmes, elle remit les bagues à son doigt.

Là où était leur place.

Anders avait l'impression d'évoluer dans le brouillard depuis sa sortie du palais de justice.

Il se rappelait avoir pris la main de Lolly, mais n'avait aucun souvenir d'avoir descendu les marches de marbre blanc ou d'être monté dans la voiture. À un moment, il s'était trouvé sous le porche austère du bâtiment institutionnel à regarder Chloe s'en aller, et l'instant d'après, il était là, sur la banquette arrière de la voiture, à regarder les yeux de son chauffeur dans le rétroviseur, incapable de répondre à la question qu'il lui avait posée.

— Devons-nous attendre Mme Kent, monsieur ? répéta-t-il, plus lentement, cette fois-ci.

— Euh... Non. Elle ne nous rejoindra pas.

L'air intrigué, le chauffeur le regarda un instant. Mais heureusement, il ne posa pas d'autres questions.

— Bien, monsieur.

Après quoi la voiture s'inséra dans la circulation et une fois encore Anders eut l'impression d'évoluer dans un rêve. Ou plutôt un cauchemar dans lequel tout, autour de lui, était trop fort et trop lumineux. Le sapin du Rockefeller Center se dressait comme une menace, sombre et angoissant, et les vitrines animées de la Cinquième Avenue avaient quelque chose d'effrayant. Les flocons de neige qui tourbillonnaient dans le ciel lui donnaient la nausée. Las, il ferma les yeux et s'adossa à son siège.

Il adorait Manhattan. Il aimait les trottoirs où l'on pouvait entendre plusieurs langues parlées en même temps. Il aimait le métro, ruban de papier cadeau qui reliait les différentes parties de la ville, permettant de se rendre n'importe où en quelques minutes. Il aimait le reflet scintillant des lumières des gratte-ciel la nuit sur l'East River, qui devenait or liquide.

Mais par-dessus tout, il aimait ces rues débordantes de vie et d'enthousiasme, à n'importe quelle heure du jour ou de la nuit. Les lumières, le bruit. Cela lui permettait d'oublier plus facilement que, parfois, son cœur semblait creux et vide. Quand on était seul, on se sentait beaucoup moins seul à Manhattan.

Seulement aujourd'hui, la ville qu'il aimait tant était en train de le trahir. Sa vie s'était arrêtée, et partout où il regardait, les gens continuaient de marcher et de vivre. Des foules d'acheteurs de dernière minute emplissaient les rues, et les décorations lumineuses qui transformaient le granit gris et urbain en univers enchanté lui paraissaient irréelles.

Qu'était-il en train de lui arriver ?

Lolly était en sécurité. Elle était à lui. La juge les avait tous trois qualifiés de famille, et immédiatement après, lui, qu'est qu'il avait fait ? Il avait laissé Chloe partir !

Pire, même : il l'avait *encouragée* à partir.

« Une séparation nette, c'est sûrement la meilleure solution. »

Il avait prononcé ces mots, comme s'il voulait se séparer d'elle, ce qui n'était pas du tout le cas. Il ne voulait aucune séparation. Jamais.

Il essaya de prendre une longue bouffée d'air, mais il avait la gorge nouée.

Allons ! Il avait fait ce qui était le mieux.

Le mieux pour Chloe. Elle méritait mieux que ce qu'il avait à lui proposer, mieux qu'un faux mariage avec un homme qui ne pouvait s'empêcher de décevoir ses proches. Elle méritait d'avoir le monde à ses pieds.

Il savait qu'elle voulait reprendre la danse. Elle le lui avait dit à la Soho House. Si remonter sur scène n'avait pas été si important pour elle, elle n'aurait jamais accepté de se rendre à Times Square tous les jours dans ce ridicule costume de renne clignotant.

Il sourit au souvenir du jour où il l'avait rencontrée pour la première fois, au refuge. Après cela, il ne verrait plus jamais les rennes de la même façon ! Ou Noël, d'ailleurs.

Soudain, Lolly tira sur la manche de son manteau. Il se tourna vers elle. Il fallait qu'il se reprenne ; il était responsable d'une petite fille de cinq ans, à présent. Mais comment lui expliquer la soudaine disparition de Chloe ? Le soir du réveillon de Noël, pour ne rien arranger.

— Qu'est-ce qu'il y a, ma bichette ?

— Ton téléphone sonne. Tu ne l'entends pas ?

Il n'avait pas entendu, non, sans doute parce que la sonnerie s'était intégrée à cette surcharge d'informations sensorielles qu'il peinait à supporter. Tant de bruit, tant de lumière.

— Ah, oui. Merci, répondit-il en se forçant à sourire.

Elle lui rendit son sourire et se remit à sucer son sucre d'orge en regardant la neige tomber derrière les vitres.

Il sortit son téléphone de sa poche et, l'espace d'un bref moment d'optimisme, se dit que c'était peut-être Chloe. Mais c'était le bureau, naturellement. À 2 heures de l'après-midi, un 24 décembre.

Machinalement, il approcha son pouce de l'écran pour répondre à Mme Summers, mais il s'arrêta juste avant d'appuyer.

L'ancien Anders aurait répondu sans réfléchir, mais il ne voulait plus être cet homme-là. Il était le père de substitution de Lolly, désormais, la seule famille qu'il lui restait. Il voulait être un homme meilleur. Il avait besoin d'être un homme meilleur. Tout ce qui pouvait arriver à la banque pouvait toujours attendre.

Aussi fit-il quelque chose qu'il n'avait jamais fait une seule fois dans toute sa vie professionnelle : il ne répondit pas à son assistante. Et il n'éprouva aucun remords à ce sujet, jusqu'à ce que le téléphone se remette à sonner, presque immédiatement après. Mme Summers ne le harcelait jamais au téléphone. D'un autre côté, il répondait toujours, la première fois.

Quelque chose n'allait pas. Il le sentait. Il ne voyait pas ce que cela pouvait être un 24 décembre, mais c'était sûrement important.

— Allô.

— Je suis désolée de vous déranger, monsieur Kent, je sais que c'est Noël, et les bureaux vont bientôt fermer, dit son assistante, avant de baisser la voix pour se mettre à chuchoter. Mais Mme Kent est là, et elle a l'air très... triste. J'ai donc pensé que je ferais bien de vous appeler.

Son cœur se mit à cogner furieusement dans sa poitrine.

— Chloe est là ?

— Oui. Dans votre bureau. J'espère ne pas avoir commis d'erreur en la laissant entrer.

Chloe n'était pas venue pour le voir, c'était évident, puisqu'elle savait pertinemment qu'il ne serait pas au bureau.

— Non, rassurez-vous. Merci d'avoir appelé.

— J'allais m'en aller, mais je peux rester un peu si vous voulez, répondit-elle avant de s'éclaircir la gorge. Au cas où vous voudriez que je lui tienne compagnie en attendant votre arrivée.

Il ne put s'empêcher de sourire devant l'allusion subtile. Jamais Mme Summers ne s'était mêlée de sa vie privée, mais manifestement, elle avait compris qu'il y avait de l'eau dans le gaz, entre Chloe et lui, et que c'était important.

Il réfléchit rapidement et en arriva à la conclusion... qu'il ne savait que faire de cette information.

Chloe avait décidé de partir en tournée. Il avait décidé de lui rendre sa liberté, comme convenu. Tout était normal. Enfin, selon lui...

Bon sang ! Il ne savait plus.

À bout de nerfs, il serra les dents.

— Merci, mais ce ne sera pas nécessaire, dit-il. Passez un bon Noël.

Aussitôt qu'il eut raccroché, le chauffeur chercha son regard dans le rétroviseur.

— Avez-vous changé vos projets ou souhaitez-vous toujours vous rendre chez vous ?

— Non, je...

Regardant par la vitre, il s'aperçut que la voiture était bloquée dans les embouteillages au beau milieu du paysage familier de West Village. Comme toujours, des clients faisaient la queue devant la Magnolia Bakery, juste à sa droite. Un peu plus loin, au coin de la rue, il pouvait presque voir la Wilde School of Dance.

Allegra devait y être. Tout comme Emily. S'il s'y arrêtait tout de suite, il pourrait peut-être leur laisser Lolly, ce qui lui permettrait de retrouver Chloe aux bureaux... en privé... pour lui faire des adieux dignes de ce nom. Elle méritait bien ça, non ?

À présent, cependant, sa famille devait connaître la vérité. Et, par conséquent, le mépriser. Normal. Il assumerait.

— Tout bien considéré, oui, j'ai changé mes projets, dit-il.

# 15

Le temps qu'Anders dépose Lolly et traverse le quartier des finances dans les embouteillages, il était trop tard.

Allegra avait accueilli Lolly à bras ouverts et l'avait pour sa part traité avec son amabilité coutumière. Emily, elle, s'était montrée discrète et avait affiché un sourire doux-amer quand il lui avait expliqué qu'il avait besoin de retrouver Chloe pour lui parler. Elle savait. Il en était certain. Mais elle avait été assez gentille pour ne pas lui reprocher de ne pas avoir vraiment été le mari que sa fille méritait.

— Allez la trouver, s'était-elle contentée de dire. Lolly peut rester ici. À ce soir, au spectacle.

Il y avait eu tant d'espoir dans son cœur au cours du trajet... Mais à présent il était là, et son bureau était vide, aussi silencieux qu'un tombeau. Pas une seule trace de la présence de Chloe. Si Mme Summers ne l'avait pas appelé, il n'aurait jamais su qu'elle était venue.

Décontenancé, il parcourut le couloir, ouvrit des portes au hasard pour la trouver, elle, ou au moins un indice des raisons de son passage. C'était ridicule, bien sûr, mais il ne savait pas quoi faire d'autre et il avait besoin de s'activer. Il avait la sensation que, au moment même où il s'immobiliserait, la réalité de l'absence de Chloe deviendrait tangible. Et insoutenable.

Instinctivement, il s'arrêta devant la porte du bureau de Grant. La pièce qu'il évitait depuis des semaines. Des gouttes de sueur coulant le long de son dos, il serra et desserra les poings comme s'il se préparait à un combat.

Il était las de se battre. Épuisé, même. Cela faisait des semaines qu'il se battait. Contre son chagrin, contre ses sentiments pour Chloe, contre tout, absolument tout ce qui cherchait à pénétrer son cœur mort et froid.

Le regard fixé sur la porte close, il fixa le nom familier gravé dans le panneau de bois.

« Grant Kent. »

Les mains tremblantes, il tendit le bras vers la poignée.

*Ce n'est pas le moment. Va-t'en.*

Mais quand ce moment viendrait-il ? Allait-il devoir éviter cette pièce jusqu'à la fin de sa vie ? Allait-il continuer éternellement de se défiler à chaque fois qu'il se retrouverait face à face avec ce qu'il avait perdu ?

Tout comme c'était le cas à cet instant.

Tout comme il l'avait fait avec Chloe.

D'un geste brusque, il tourna la poignée et entra dans le bureau de Grant comme il l'avait fait des milliers de fois. Sauf que, cette fois-ci, ce n'était pas pour présenter des chiffres, discuter d'un contrat ou de kyrielles d'autres choses qu'il avait toujours jugées importantes.

Cette fois-ci, il était là pour dire au revoir à son frère.

Il fut surpris de constater que tout paraissait normal. Des documents étaient restés éparpillés sur le bureau, et si l'ordinateur n'avait pas été éteint, il aurait pu croire que Grant allait revenir d'une minute à l'autre pour se remettre au travail. L'odeur n'avait pas changé non plus : bois, cire et le parfum qu'utilisait son frère. La lumière qui filtrait à travers la délicate dentelle du givre donnait l'impression que la pièce avait été figée dans le temps.

Seulement il savait que ce n'était pas vrai.

Le temps continuait d'avancer. Les gens allaient de l'avant.

*Seulement si tu les laisses faire.*

Ces mots étaient arrivés à lui aussi clairs et distincts que si Grant lui-même les avait prononcés.

— Qu'est-ce que tu essaies de me dire, mon frère ? chuchota Anders.

Même s'il savait que tout le monde avait quitté les locaux, il se retourna, un peu gêné, pour voir si personne ne l'avait entendu.

Voilà qu'il parlait à des fantômes, à présent.

Sauf qu'il n'y avait pas de fantômes ici. Si l'esprit de Grant était resté quelque part, cela n'aurait pas été dans cette pièce mais autre part, dans un lieu plus important. Un lieu où il aurait pu voir sa fille ou l'endroit où il avait échangé son premier baiser avec Olivia. Son frère travaillait pour vivre, pas l'inverse. Combien de fois avait-il essayé d'expliquer cela à Anders ?

Il n'avait toujours pas compris la leçon. On était le 24 décembre, et où se trouvait-il ? Que faisait-il ?

Il cherchait une vie semblable à celle que son frère avait vécue. Il cherchait l'amour.

Il aimait Chloe.

Comment avait-il pu croire autre chose, ne serait-ce qu'une seule seconde ?

Si elle voulait partir en tournée, il la laisserait faire. Il l'encouragerait dans tout ce qu'elle déciderait d'entreprendre, mais elle devait savoir que, quand elle reviendrait, il serait là à l'attendre. De même que Lolly. Et Prancer, évidemment.

Parce qu'ils étaient une famille.

Il en avait fait le vœu, et il comptait bien respecter ses engagements. Pas parce qu'il avait besoin d'une épouse, mais parce qu'il avait *envie* d'en avoir une. Et pas n'importe laquelle : Chloe. Il était temps de le lui faire savoir. Il était arrivé là trop tard et elle n'y était plus, mais il savait où la trouver.

Jetant un dernier coup d'œil autour de lui, il essaya de se souvenir de tous les moments qu'il avait passés dans ce bureau. Ceux où Grant et lui avaient ri, ceux où ils s'étaient disputés. Il en était presque venu à oublier que les premiers avaient été bien plus nombreux que les derniers. L'écho de ces rires passés semblait entrer en lui, désormais, et il se rendit compte que, quelles qu'aient été les intentions de Grant quand il avait rédigé ce testament, la clause du mariage pour la garde de Lolly s'était révélée être un véritable cadeau. Un ultime cadeau de Noël fraternel, la seule chose dont il avait vraiment besoin.

— Merci, mon frère, murmura-t-il.

— Où est tonton ? demanda Lolly en tournant son regard vers la vitre neuve de la cloison tandis que Chloe nouait un ruban rose autour de sa queue-de-cheval haute.

*Mini Casse-Noisette* devait commencer dans tout juste dix minutes. La fillette avait revêtu son costume de Clara, une longue chemise de nuit dont les volants de tulle ondulaient gracieusement autour de ses petites jambes quand elle dansait. Son visage s'était illuminé comme un sapin de Noël quand elle l'avait enfilé devant le miroir, mais depuis, elle ne cessait de réclamer Anders.

— Il ne va pas tarder, ne t'en fais pas. Il ne manquerait ça pour rien au monde, murmura Chloe en déposant un tendre baiser sur sa joue. De toute façon, il vaut mieux qu'il ne te voie pas tout de suite. Tu imagines la surprise que ça lui fera quand il te verra arriver sur scène aussi belle ?

Momentanément apaisée par ces paroles, la petite fille hocha la tête en souriant.

Chloe la guida vers le côté de la salle où les autres enfants attendaient, assis, que le spectacle commence. Il y avait six souris, six flocons de neige, trois dragées et quelques fées et reines des neiges. Mais comme Lolly l'avait fièrement fait remarquer, il n'y avait qu'une Clara. Elle était la star du ballet.

Et son oncle n'était pas là.

— Maman, murmura Chloe en attirant sa mère derrière le sapin de Noël du hall pour obtenir un peu d'intimité dans la salle remplie de parents, grands-parents et frères et sœurs attendant impatiemment que le spectacle commence. Anders n'est toujours pas là. Qu'est-ce qu'il t'a dit, exactement, quand il est venu déposer Lolly tout à l'heure ?

— Il a dit que tu étais à son bureau et qu'il fallait qu'il te parle de quelque chose.

Elle s'interrompit, prit une inspiration forcée et précisa :

— Quelque chose d'important.

Bon. Ils s'étaient ratés, ce qui n'avait rien d'étonnant, compte tenu du fait que les rues étaient pleines de voitures et de passants pressés de se rendre dans les magasins, à la messe ou aux divers spectacles de Noël qui devaient se jouer dans la ville. Comme celui dont elle était responsable et qui était censé commencer dans moins de cinq minutes !

Elle ferma les yeux un instant, luttant pour ne pas trop penser à ce qu'Anders envisageait de lui dire, sans pour autant réussir à empêcher diverses possibilités de lui venir à l'esprit, toutes plus inquiétantes les unes que les autres.

Il avait eu l'air pressé de se débarrasser d'elle devant le tribunal et il voulait certainement récupérer les bagues. Ou les clés de son appartement. Des choses qu'il ne pouvait pas dire devant Lolly.

C'était sans doute Mme Summers qui l'avait appelé pour l'informer de sa présence. Elle aurait dû s'en douter, mais elle marchait au radar à ce moment-là, ne pensant qu'à ne pas s'écrouler en attendant de monter dans le bus qui l'emmènerait en tournée.

Sauf que depuis, elle s'était ravisée. Il n'y aurait pas de bus, pas de tournée. Plus de costumes de renne à sequins, plus de distribution de flyers à Times Square. Elle avait appelé pour annoncer son départ officiel des Rockettes. Elle voulait enseigner à plein temps à la Wilde School of Dance. Elle voulait rester à New York. Ça, c'était pour sa vie professionnelle. Quant à sa vie privée... Si Anders souhaitait une séparation nette, elle allait tout de même la lui donner. Elle s'installerait dans la maison familiale, s'il le fallait, mais elle ne quitterait pas New York. Elle était ici chez elle et elle comptait bien y rester.

— Lolly sera très déçue s'il n'arrive pas à l'heure, affirma-t-elle, juste au moment où les lumières commençaient à baisser.

Nerveuse, elle fit un signe à Allegra, à l'autre bout de la salle, pour l'encourager à ralentir. Attendre encore quelques minutes. Mais sa belle-sœur avait déjà placé le diamant de la platine sur la surface lisse du disque de Tchaïkovski, et les premières mesures de *Casse-Noisette* s'élevèrent.

Chloe soupira. Elle n'avait plus le choix, désormais : il lui fallait conduire les enfants au centre de la salle au sol flambant neuf pour la scène d'ouverture.

— Regarde, ma chérie ! s'exclama sa mère. Il est là !

Son cœur eut un raté quand elle vit Anders, entre les branches du sapin, pousser la porte et entrer discrètement dans la salle. Il resta adossé au mur, tout au fond de la pièce, où sa présence, comme toujours, sembla emplir l'espace tout entier et limiter la quantité d'air disponible.

Figée, elle resta quelques instants à le fixer, jusqu'à ce que sa mère se racle la gorge.

— Les enfants..., chuchota-t-elle.

Les enfants, oui ! Un spectacle allait commencer, et elle était la personne qui en était responsable.

— J'y vais, répondit-elle en s'approchant aussi discrètement que possible des petits qui attendaient de faire leur entrée.

Accroupie devant eux, elle procéda aux habituels encouragements tandis que les dernières notes de l'ouverture résonnaient dans la salle.

— Ça va super bien se passer, mes grands. Comme pendant le cours. La seule différence, c'est que vous avez des costumes.

Miraculeusement, ils avancèrent tous vers le centre de la salle, main dans la main, exactement comme Chloe leur avait enseigné. Et aucun d'entre eux ne pleura, même si l'une des petites souris resta immobile, à se tenir la queue, au lieu de procéder à la combinaison simple de sauts qu'ils avaient répétée tous les jours pendant une semaine. Heureusement, à environ un tiers de la scène, elle se mit enfin à bouger les pieds.

Restée sur le côté, Chloe mimait la chorégraphie pour que ses élèves puissent suivre au cas où ils se sentiraient perdus. De sa position, près du miroir, elle pouvait de temps à autre jeter de discrets coups d'œil en direction d'Anders qui, au fond de la salle, n'avait pas bougé.

Elle remarqua que son attention était totalement centrée sur Lolly, qui le regardait également tandis qu'elle flottait gracieusement sur la scène, affichant un sourire radieux. Après avoir adressé un petit signe de la main à sa nièce, il fixa brièvement son regard sur celui de Chloe dans le miroir. Et lui adressa un clin d'œil si rapide que Chloe se demanda si elle ne l'avait pas imaginé.

Et aussitôt il se remit à suivre le spectacle, la laissant songeuse et désorientée. Était-ce vraiment arrivé ? Son mari temporaire venait-il vraiment de lui adresser un clin d'œil malicieux quelques heures à peine après lui avoir proposé une séparation nette ? Si c'était bien vrai, ce Noël ne serait peut-être pas aussi lugubre qu'elle l'avait imaginé. Ce serait peut-être même le plus beau Noël de sa vie !

Il lui fallut faire appel à toute sa force de volonté pour se concentrer sur le mime de la chorégraphie, mais le spectacle d'une demi-heure passa rapidement, ponctué par des applaudissements émus et quelques éclats de rire. Au moment du final, même les enfants parurent surpris quand la machine qu'elle avait empruntée à un théâtre de Broadway souffla des flocons de neige artificielle sur la scène.

Devant ce décor hivernal fantastique, le public se leva en applaudissant avec enthousiasme. Et pour quelque raison idiote, Chloe sentit ses yeux s'emplir de larmes.

Elle avait récolté des standing ovations un nombre incalculable de fois au Radio City Music Hall, l'un des plus célèbres théâtres de la ville, mais jamais cela n'avait signifié autant pour elle. Car cette fois-ci, elle n'était pas déguisée pour ressembler exactement aux trente-cinq autres danseuses présentes sur scène. Elle était elle-même, tout simplement. Chloe Wilde.

Ou pas tout à fait. Car son nom était désormais Chloe Wilde Kent, et tandis que ses élèves virevoltaient sous les flocons de neige, son mari se dirigeait droit vers elle d'un pas décidé, fendant la foule, deux bouquets de roses rouges dans les mains.

Incapable de respirer, incapable de bouger, elle le fixa comme s'il allait disparaître. Car c'était peut-être un rêve... Elle préférait ne pas le savoir ! Elle avait envie de rester à jamais dans la bulle merveilleuse de cette parfaite boule à neige, entourée de sa famille. Une famille qui incluait une petite fille vêtue d'une chemise de nuit et de chaussons de danse, ainsi qu'un homme qui avait un véritable don pour lui couper le souffle.

Sous ses yeux fascinés, il monta d'un bond souple sur la scène, se pencha pour offrir l'un des bouquets à Lolly. Du coin de l'œil, Chloe aperçut sa mère et se tourna vers elle.

— Je t'aime, ma chérie, chuchota cette dernière sous les flocons de neige. Joyeux Noël !

— Je t'aime aussi, répondit-elle à voix basse.

Ce n'était pas un joyeux Noël, c'était un merveilleux, un fabuleux Noël !

Anders était désormais devant elle, à quelques centimètres à peine, avec des flocons dans les cheveux et un regard si honnête, si pur, que les larmes qu'elle avait tenté de retenir finirent par s'échapper de ses yeux et ruisseler sur ses joues.

Le regard rivé au sien, il lui tendit le bouquet.

— Ne pleure pas, ma chérie, dit-il d'une voix si basse qu'elle eut du mal à l'entendre à travers la musique de Tchaïkovski et les pépiements joyeux des enfants.

Prenant tendrement son visage entre ses mains, il en essuya les larmes de ses pouces. Ses mains sentaient l'hiver et les roses. Une odeur douce et familière qui l'enveloppa comme une couverture.

— Je t'ai menti, Chloe, affirma-t-il alors, l'air grave. Je ne veux pas d'une séparation. Ni maintenant ni jamais. Je t'aime. Il n'y a rien au monde de plus vrai que les sentiments que j'ai pour toi.

— Je t'aime aussi, souffla-t-elle.

Il y avait tant à dire, tant de promesses à faire, mais sans lui laisser le temps d'ajouter quoi que ce soit, il s'agenouilla devant elle et lui sourit. Ses cheveux et ses épaules étaient désormais couverts de neige artificielle.

Prenant sa main dans la sienne, il embrassa délicatement le diamant qui brillait à son annulaire, cette bague qu'elle n'aurait plus jamais à retirer.

— Acceptes-tu de rester mariée avec moi ? Je sais que cette proposition est un peu tardive, mais je regrette de ne pas t'avoir posé la question comme je l'aurais dû la première fois.

Tout autour d'eux, de minuscules ballerines s'étaient allongées par terre, agitant leurs bras et leurs jambes en riant aux éclats pour faire des anges de neige. Peu importait pour elles que la neige ne soit pas réelle, qu'elles se trouvent dans un studio de danse vêtues de costumes de scène plutôt qu'emmitouflées dans des anoraks à Central Park.

Elles y croyaient.

Parfois, le faux valait mieux que le vrai. Parfois, c'était un cadeau précieux.

— Oui, répondit-elle. J'accepte de rester mariée avec toi.

Tout sourires, il se redressa et, quand il joignit ses lèvres aux siennes, une seule pensée lui vint à l'esprit.

*J'y crois, moi aussi.*

Elle croyait en l'amour. Elle croyait en Anders. Elle croyait en eux.

Et pour le premier Noël depuis bien longtemps, elle croyait en la magie des apparences.